目击者

S农 著

中国工人出版社

图书在版编目（CIP）数据

目击者 / S农著. —北京：中国工人出版社，2017.4
ISBN 978-7-5008-6649-7

Ⅰ.①目… Ⅱ.①S… Ⅲ.①长篇小说—中国—当代 Ⅳ.①I247.5

中国版本图书馆CIP数据核字（2017）第073491号

目击者

出 版 人	芮宗金
责任编辑	吴 迪
责任校对	董春娜
责任印制	黄 丽
出版发行	中国工人出版社
地 址	北京市东城区鼓楼外大街45号 邮编：100120
网 址	http://www.wp-china.com
电 话	（010）62005043（总编室） （010）62005039（出版物流部） （010）62379038（社科文艺分社）
发行热线	（010）62005049 （010）62005042（传真）
经 销	各地书店
印 刷	三河市万龙印装有限公司
开 本	710毫米×1000毫米 1/16
印 张	19.75
字 数	393千字
版 次	2017年6月第1版 2018年8月第2次印刷
定 价	39.00元

本书如有破损、缺页、装订错误，请与本社出版物流部联系更换

目录

第一章

校花失踪

你有没有注意到一直有人在窥视你呢?

严颜一走进校门就觉得有人在跟踪窥视着她。她是这所大学的校花，人长得漂亮，气质也好。她一边走一边四下察看，可是并没有人注意她，她觉得很害怕，飞快地跑回了宿舍，到了宿舍以后心依然跳得很快。

“怎么了？有人追你？”说话的是同宿舍的李美佳。李美佳长得也很漂亮，气质也丝毫不输于严颜，但是严颜却更受欢迎，这让她一直忌妒严颜。虽然表面上看不出什么，但是李美佳心里却并不真的把严颜当朋友。

“美佳，我觉得有人一直在跟踪我。”严颜跑到李美佳的床前，想要和她好好说一说自己这些天的感觉，但是却被李美佳打断了。

“你能不能别胡思乱想，你觉得自己长得漂亮别人就都要偷窥你了？”李美佳的语气很不好，严颜知道再说下去也是自讨没趣，所以就回到了自己的床上。

“应该是我自己胡思乱想了，没事的。”严颜笑了笑，有些无奈。她和李美佳同住，虽然看起来关系好像很好的样子，其实她知道自己和李美佳根本就不会成为交心的好朋友，也不想在这上面执着，反正都是逢场作戏，没有必要较真儿。

“没事就好。”李美佳见严颜没有看她，而是正在收拾自己的床铺，就白了严颜一眼。在李美佳心里，这个严颜就是“眼中钉，肉中刺”。

两个人便再没有说话，而是各自忙自己的事，和在外面的亲热大不相同，甚至是截然相反。

虽然之后严颜没有再提及这件事，但是心里却一直很害怕，她只是不敢和李美佳说罢了，她一直小心翼翼，有的时候她都觉得自己快要患恐惧症了。

没过多久，严颜竟然失踪了，而且再也没有回来。李美佳本来以为严颜只是没有回来住而已，可是三天过去了，严颜还是没有出现，电话也关机了。她突然想起了之前严颜和她说的自己好像被人跟踪的事，她觉得脊背发寒，马上报告了学校。学校开始派人去找，但是由于害怕损坏学校的名誉，学校选择了暂时封锁消息，也就是在严颜失踪了一个星期后还是没有任何消息，她的父母也没有得到任何有关严颜失踪的消息。直到那天严颜的父母怎么打严颜的电话都打不通，他们这才找到学校来，纸再也包不住火了，严颜的父母报了警。

“她失踪多长时间了？”说话的是一位年轻民警，警察学院刚毕业，做事执着认真，名字叫孙志波。

“一个星期。”说话的是李美佳，现在的她已经没有了和严颜说话的那种刻薄语气。严颜这么长时间没有出现，她有些害怕，要是当时她多注意一点，早点报警的话，结果会不会就变得不一样了呢？

“到底是多长时间？具体时间。”孙志波语气有些不好，人都失踪这么久了，到现在才报案，恐怕已经凶多吉少了。

“她 11 月 20 日的晚上没有回来，我以为她在她男朋友那儿住了，也就没有多想。第二天还没有回来，我有些担心，就打了电话，没有人接，晚上依旧没有回来。到了第三天的时候我觉得不对劲儿了，就又给她打电话，可是手机关机了，我很害怕，就报告了学校，但是学校一直没有找到。”李美佳手托着脸，一脸的懊悔。她感到担心——要是严颜真的出了什么意外的话，她一定会懊悔一辈子的。

“为什么你们不早报警？难道不知道最佳的寻找时间是失踪后二十四小时内吗？”孙志波的眉头皱在一起，在他的眼里，犯了错误才知道后悔的人最应该给予惩罚，这样他们才能得到教训，要不然人人都只会把犯错当成一种错误，而不是一种教训。

“我知道，我真的没有想到，我真的没有想到。”李美佳害怕了，她泪眼婆娑，使劲儿摇头，最后直接趴在桌子上哭了起来。孙志波也觉得自己可能说得有点儿过分了，但是他的确很生气，这个叫严颜的女孩已经失踪八天了，可是一点儿消息也没有，生死未卜，这给了他们很大的压力。

“行了，你别哭了，有事我还会找你的，你先回去吧。”孙志波说完以后李美佳还没有走，还在那儿哭。孙志波就走了出去，叫了一直在等着李美佳的周小剑，他是李美佳的男朋友。

“带她出去吧。”周小剑点了点头，进来拉李美佳。李美佳依旧哭着，满面泪痕看着孙志波。

“我真的错了，我应该早点儿报警的，我不该不听她的话，我错了。”李美佳的话引起了孙志波的注意，不听她的话？什么话，难道有什么隐藏的秘密？

“什么话？”孙志波拦下李美佳，眼睛直勾勾地盯着李美佳。她依旧哭着，很痛苦也很委屈，她是真的没有想到，当时自己只是有点儿忌妒她，所以没把这些事放在心上，甚至还希望严颜会被人怎么样，但是事情真的发生了，她害怕极了。

“严颜失踪的前几天和我说，她感觉有人跟踪她，我觉得她是在炫耀自己走到哪儿都有人盯着看，所以不相信，后来她再也没有和我说过，直到她失踪，我觉得应该和那个跟踪她的人有关，她没有撒谎，肯定有人跟踪她，不然她怎么会失踪了呢？”李美佳肯定地说。孙志波觉得这有可能是案件的线索，继续追问。

“她说了跟踪她的人是谁了吗？”李美佳摇了摇头。

“没有，她只说好像有人跟踪她，但是并没有和我说她是不是看清了，我也没有问，谁知道她就失踪了，要是我知道会有这件事发生的话，我一定不会让她一个人晚上出去的，我一定会劝她不让她出去的。”李美佳又哭了。孙志波摇了摇头，心想怎么女人遇到事就知道哭，哭能找到人吗？早知今日何必当初呢？

“她每天晚上都出去吗？”李美佳点了点头，“出去干什么？”

“她……”孙志波没想到她竟然支支吾吾起来，他看了看周小剑，周小剑摇了摇她的胳膊。

“说吧，都什么时候了，你还不说，人都找不到了。”李美佳这才吞吞吐吐地说了。

“她每天晚上都说出去打工，她家条件不是很好，可是……可是大家都说她在外面做了别人的小三，被人包养了。”

“这事儿是真是假？”孙志波没想到那个长相清秀的校花竟然是个这样的人。当然也不排除有别人诬陷的可能，但是现在，凡是和严颜有关系的人和事都需要一律查清楚，任何人都有可能提供出有用的线索。

“不知道是不是真的，她自己不承认，她男朋友还因此和她分了手。”

“她男朋友？叫什么？”孙志波一边说一边记录着。这时候走进来一个警察，是孙志波的师傅，叫赵子坦，是个老刑警，他只是坐到了一边，并没有说话。

“程瑞。”

“还有什么人和她关系比较密切吗？”李美佳想了想，随后摇了摇头。孙志波看了他们两个一眼。

“行了，你们两个先回去，有什么情况再来告诉我们。”他们两个人点了点头，周小剑搂着李美佳的肩膀走了出去。

这时候赵子坦走了过来，“有什么收获没有？”

孙志波把手里的记录递给赵子坦，赵子坦看了一眼，摇了摇头。“看来这个案子没有这么简单，人已经失踪八天了，可是学校一直瞒着不报警，要不是她的父母报警，恐怕我们到现在还不知道有一个女孩已经离开了她原来的生活，去了未知的地方。”赵子坦叹了一口气。

“赵叔，你觉得失踪的女孩还活着吗？”孙志波看着赵子坦，赵子坦摇了摇头。

“一切还都是未知，根据刚才那个女孩说的，之前她发现有人跟踪自己，这么说，很有可能是有人觊觎她的美貌，你应该看到照片了吧，女孩长得很漂亮。”

“嗯，是很漂亮，也的确有可能是被人抓去关了起来，要是这样的话，她还有活着的可能，而且可能性还很大，可是……”孙志波顿了顿，看着赵子坦。赵子坦又摇了摇头，然后走了出去。

“赵叔，你还没回答我呢。”孙志波跟上赵子坦，两个人往外走去。

“答案你自己不是知道了吗，现在先回局里，我们要好好分析一下。”

“不是应该先找人吗？”孙志波有些不解地问道。

“他们找了这么久都没有找到，你以为我们是什么？我们现在连这个人都不了解，怎么找？要知己知彼，方能百战百胜，知道了吗？”孙志波若有所思地点了点头。

两个人走到门口的时候突然看到了门口的摄像头，赵子坦停了下来：“你那记录上写着她是别人的第三者？”

“是怀疑。”

“我知道。”说着就走进了门卫室。

“你好，我想问一下，这里的摄像头能够照到多远的地方？”

门卫走出来，对着大门口指了指，“这里所有的情况都能照到，这也是为了学生安全考虑。”赵子坦点了点头。

“谢谢啊。”

“没事，你们这也是为了学生办事。”赵子坦笑了笑就折回去往里走。孙志波不理解了，跟上他。

“赵叔，你这又是干什么去，不是回局里吗？”

“不回了，改主意了。”

“为什么不回了？”

“有更重要的事要做，现在你就跟着我，我们要去看看这些天的监控，说不定会找到什么蛛丝马迹。”

“对，监控。”说着两个人匆匆忙忙走了。

第二章

死亡危机

他们两个人在学校的监控室一待就是半天，调出了最近一个月的监控视频，仔细查看着。

“这个女孩的进出时间很规律，你发现了吗？”赵子坦看着监控对着孙志波说道。

“我发现了，一般都是晚上九点左右回来，下午六点多的时候出去，你说她真的是被人包养了？”孙志波也发现了这个问题，这个女孩到底是为了什么出去得这么有规律呢，其实他觉得打工的可能性比较大。

“你觉得被包养的人还会这么规律地出去，又这么规律地回来吗？”赵子坦问道。孙志波摇了摇头，这个想法和他的不谋而合。

“那就是出去打工了，她的舍友说她在外面有兼职，但是到现在为止还不知道到底是什么兼职。”

“去查！只要是和她有关的人都去查，一定要查个水落石出，越快越好！这样她活着的可能性也就越大。”赵子坦叮嘱道。

“赵叔，我觉得应该着重调查她的前男友，他们好像是因为矛盾分手的，说不定他会知道什么线索。”赵子坦点了点头。

“这件事很复杂，我们现在抓的不是一个杀人凶手，而是一个绑架犯，要是我们不能抓到的话，恐怕这个绑架犯就会变成杀人凶手了。”孙志波认真地听着，点了点头。

“我知道，我一定会好好查的。”

“把这些监控拿回去，我要好好看看有什么蛛丝马迹是我们错过了的。”说着赵子坦就站了起来。孙志波赶紧把这些拷贝下来的监控装好，跟着他走了出去。

“那么我们现在去哪里呢？”两个人走在夜晚的校园里，到现在他们还没有吃饭，其实肚子已经很饿了。赵子坦看了孙志波一眼，笑了。

“看你那个样子就知道你饿了，走，吃饭去，赵叔请你，吃什么？”两个人一边说着一边往外走。

“随便吃点就好，还真饿了，赵叔，你知道吗？以前的我只是觉得当警察很帅，但是现在我算明白了，当警察真的很辛苦，比起一般的工作更辛苦，有的时候也危险。所以我就在想，为什么还是有那么多的人想要来当警察呢？”

“你觉得为什么？”赵子坦看着他，孙志波想了想。

“我觉得应该是喜欢这种被需要的感觉吧。”赵子坦听到他说完就笑了。

“看来你小子觉悟还挺高，在这个世界上，不是所有的人都能够被需要的，有些人觉得当警察是个人英雄主义精神的一部分。其实不然，当警察的人大多数都怀着一颗帮助别人的心，想要被需要，因为在这个世界上，我们需要别人太多，可是被需要的时候却并不是很多。”

“赵叔，没想到你分析得这么透彻，看来你当时也是这种想法，要不然不会有这么深刻的见解。”孙志波看着赵子坦，赵子坦虽然有的时候看起来很严肃，但是人非常好，有自己的思想，是不可多得的良师益友。

“你小子不用给我戴高帽，这个案子我们可一定要用心，这件事非同小可，要是闹大了，恐怕整个学校都会人心惶惶的。”赵子坦有些担忧地说道。孙志波何尝不知道它的影响，可是现在一点头绪也没有，到底怎么做才好呢？

“赵叔，你说这个抓走她的人会不会就是单纯地垂涎她的美貌呢？毕竟她是校花，长得又这么漂亮。”

“也不是没有这种可能，现在这个社会什么人都有，要是真的单纯因为美貌的话倒是最好，这样她一定不会有什么危险，但要是不是的话，我们走错一步有可能就会导致她的死亡，我们不能掉以轻心呀，必须步步紧扣，这样才能不出一点差错。”孙志波点了点头，两个人找了附近的一家小饭店坐下。

“为什么不先回局里？”孙志波看着赵子坦，有些不解地问道。赵子坦四下打量了一番，这才点菜。

“这里离学校近不近？”孙志波点了点头。

“一切与这所学校有关的细节都不能放过，我刚才看到了一个摄像头，说不定会对我们有很大的作用。”赵子坦说完把菜单递给了孙志波，两个人只是简单地点了两道菜。

“摄像头？哪里？”赵子坦指了指柜台的上方。

“那里有摄像头有什么用？”孙志波不以为然地说道，赵子坦摇了摇头。

“用心想想。”孙志波看着摄像头，又看了看四周，恍然大悟。“赵叔，你的意思是……”他对着玻璃和摄像头指了指，赵子坦会心地笑了笑。

“算你聪明，我发现了，这个摄像头其实指的不是柜台，而是学校大门口，正好能看到门口发生的一切。”孙志波还有点儿不理解地看着赵子坦。

“可是为什么呢？”赵子坦看了看正在后厨炒菜的老板，这个老板是个体型壮硕的四十多岁的男人。

“答案可能就在这个摄像头里，等一会儿吃饱了去要监控记录。”孙志波似懂非懂地点了点头。

第三章

觊觎美色

两个人拿着录像带一直研究到深夜，也总算看出了一点端倪。

“赵叔，我觉得这个老板有问题。”孙志波看着赵子坦说道。赵子坦喝了一点儿水，然后看着他。

“什么问题？”

“难道你没有发现这里没有最近半个月的记录吗？”孙志波认真地说道，赵子坦点了点头。

“没错，我也发现了这个问题，还有什么问题？”

“而且我在监控上看到了严颜不止一次地和一个男人在一起，这个男人我觉得有蹊跷，一定要好好查查。”赵子坦点了点头。

“我也注意到了，而且看她的行为不像是那种女人，但是要是不是的话，这个男人又是谁呢？”孙志波一时间有些被困住，这个女人到底牵扯了多少人，又有多少人觊觎着她的美丽呢？

“看来案子更加扑朔迷离了，不知道到最后会牵扯进多少人。”赵子坦叹了一口气，孙志波也微不可闻地叹了一口气。

“赵叔，吃点夜宵不？”孙志波问道。

“夜宵？你们这些年轻人就是不注意自己的身体，晚上九点以后吃东西对自己的肠胃不好。你没发现我除了特殊情况，晚上很少吃东西吗？”

“没想到您还挺注意养生。”

“身体是自己的，自己难受自己知道。”赵子坦说完站起来伸了个懒腰。

“赵叔，有的时候我真的觉得您就像一本读不透的书。”

“等你年纪大了你也读不透。”

“我说你们两个还不回去？”值班的刘晨开门走了进来，他也是刚来不久的民警，人很随和，尤其爱和年纪大的长辈开玩笑。

“案子没有厘清头绪，我们怎么能回去。”孙志波也站起来伸了个懒腰。

“这头绪是慢慢理出来的，你们就是这么干熬上一天一夜也不见得有什么成效。”

“你这是关心我们？”赵子坦笑着说道，他是个很随和的人，虽然有的时候看起来很严厉。

“赵叔，您这疑问句用得可不好。”刘晨笑着说。

“你小子少在这儿打哈哈，你不管这案子不知道这案子有多急。”孙志波回了他一句。

“有多急？能有多急？”刘晨不以为然地说道。

“你知道有一个女孩失踪了吗？”

“知道呀，早上听说了，结果呢？”

“结果就是到现在还一点头绪都没有，生死未卜。”

“我看多半凶多吉少。”

“你少乌鸦嘴。”孙志波推了他一下。

“我怎么乌鸦嘴了，这年头失踪的人还少吗，可是活着回来的又有多少？我这是教你认清事实。”

“我不懂什么事实，我只知道，要是查不到，这个女孩就会白白地冤死。”

“什么样的人？我看看，我听他们说挺漂亮的，多漂亮？”刘晨对着孙志波挑了挑眉，孙志波没好气地摇了摇头，赵子坦却在后面把照片递给了他，他接过照片马上就愣了一下。

“这么漂亮，不是失踪，是被劫色了吧。”赵子坦摇了摇头。

“就知道你是这种反应，这可是校花，已经失踪了一个星期了，我们也担心她凶多吉少。”孙志波担忧地说道。

“我觉得不用担忧了。”

“为什么？”孙志波不理解地看着刘晨。刘晨还在看着那张照片，照片上的女孩笑得很甜，扎着马尾，眼睛不是特别大的那种，但是却很有灵气，皮肤白皙，让人过目不忘。

“这么漂亮的女孩谁舍得杀了她，肯定是被囚禁起来了，我看是图色。”刘晨的话成功地受到了孙志波的鄙视，赵子坦只是笑了笑，没有说什么。

“那是你，不是凶手。”

“那我问你，凶手是不是男人？”

“我怎么知道，说不定还是哪个嫉妒她美貌的女人呢。”

“你这人真逗，女的也舍不得，肯定是男人，女的不可能让她一下子消失。”刘晨信誓旦旦地说道。

“你怎么就这么肯定，莫非那个男人是你？”孙志波故作严肃地说道，刘晨笑了。

“那个男人要是我的话，你觉得我现在还有时间和你们俩唠嗑？早就跑到温柔乡里去了。”

“你们俩聊吧，我是听不下去了。”赵子坦说完开门走了出去。

“我也听不下去了。”孙志波也跟着走了出去。

“切，说不过我就跑。”刘晨说完就看到了监控录像，他对这个女孩很感兴趣，于是播放起录像来。

第四章
消失的证据

刘晨一个人在那儿看着，突然他发现了什么，叫了起来：“喂，你们两个进来，我有重大发现。”话刚说完没几秒钟门就被推开了，赵子坦和孙志波跑了进来。

“什么发现？”孙志波率先开口，赵子坦看着屏幕，屏幕定格在严颜骑自行车进来的画面。赵子坦一时间并没有觉得有什么不对劲儿，也转头看着刘晨。

“你有什么发现？”赵子坦也问了一句。

“难道你们没有发现她每次出去都是骑着自行车吗，除非是和别人一块儿出去，她自己一个人出门的时候都是骑着自行车的，那么自行车呢？”刘晨的问题问住了他们两个人。没错，他们显然忽略了自行车，现在严颜失踪了，那么这辆自行车呢，是不是也跟着失踪了？

“没错，自行车，我们一直把目光锁定在她的身上，而忘了和她形影不离的东西，找到了自行车说不定就能够找到她失踪的线索。”孙志波说道。赵子坦却陷入了沉思。

“赵叔，您认为呢？”刘晨看着赵子坦，赵子坦依旧沉默着。

“赵叔，您怎么了？”孙志波和刘晨对视了一眼，再次问道，赵子坦这才看向他们两个。

“那你们觉得这辆自行车会去哪里呢？”赵子坦的话问住了他们，现在找人根本就像大海捞针，没有一点线索，就算是有了自行车这条线索，可是去哪里找呢，找得到吗？

“赵叔，您看一个星期前的学校监控录像了吗？”刘晨接着问道，赵子坦点了点头。

“怎么了？你是不是又发现了什么蹊跷？”孙志波问道，刘晨点了点头。

“监控录像显示她在失踪的那天其实是回过学校的，也就是说极有可能是她后来又出去了，或者直接就是在学校消失的。”刘晨分析道。赵子坦陷入了更深的沉思，因为刘晨分析得很有道理。

“你的意思是自行车有可能在学校，但是她却消失了？”孙志波有些疑惑地问道。刘晨点了点头。

“那你说她有没有可能就在学校里呢？”当刘晨说完这句话的时候气氛骤然冷了下来，大家都觉得背后一阵凉意。

“也许我们离谜底越来越近了。”孙志波说道。刘晨也点了点头，可是赵子坦依旧没有说话。

“赵叔，您觉得呢？”孙志波问道。赵子坦却摇了摇头。

“您为什么摇头？难道我分析得不对？”刘晨有些不解地看着赵子坦，觉得他有点儿神秘。

“那么你们觉得在门口的小饭店里找到的录像带为什么会少了最近半个月的录像呢，这两者之间会不会有什么联系呢？”没有人回答，大家都在思考着。

“难道她是进去了又出来了？可是为什么监控上没有她出来的记录呢？难道有什么出口是监控拍不到的？”赵子坦几个问句又一次问住了他们，其实也问住了他自己，因为他也解释不出来到底是为什么。

“赵叔，我们好像又被困在里面了。”孙志波看着赵子坦和刘晨，幽幽地说道。

“到底会是谁呢？这么漂亮的女孩也下得去手。”

“而且我觉得凶手不简单。”

“为什么？”刘晨看着孙志波问道。

“因为凶手知道把录像带删除，这样我们就少了一条线索。”

“你的意思是有可能是那家小饭店的老板？”刘晨不确定地问道。孙志波没有摇头，也没有点头。

“你见过那家小饭店的老板吗？”刘晨摇了摇头。

“他长得很强壮，足以对付好几个弱女子的那种强壮。”刘晨懂了，他气得拍了桌子一下。

“那就去抓他，肯定是他。”

“你有证据吗？而且你为什么认定是他，万一抓错了呢，不能因为他长得强壮就去诬陷他是犯人，要动脑子。”赵子坦看着他们两个人，喝了一口水。

“那您说现在该怎么办？我们就这么坐以待毙？”刘晨这急躁的性格再次显露了出来。赵子坦摇了摇头。

“你这性格什么时候能够改了，你这是做刑警的样子吗？不是早就告诉过你，要学会沉得住气吗？”赵子坦有些严肃地说道。可是刘晨根本就听不进去。

“什么沉得住气，万一真的是他，那么我们就是他的庇护者。”刘晨声音不小，显得很气愤。

“为什么这么说？”孙志波问道。

“难道不是帮凶吗？我们这是在拖延时间，人已经这么长时间生死未卜了，我们竟然还能这么沉得住气，我也是服了自己了。我说赵叔，您就不能快点儿决断？”刘晨催促道。赵子坦有些无奈地摇了摇头。

“难道我不想快点解决吗？可是现在一点证据都没有，我们是警察，不是土匪，办案子是需要证据的，随便抓人的话，这个社会不就乱了。”气氛有些紧张，孙志波拉了刘晨一下，示意他不要再说了。

“那怎么办？”刘晨的语气软了些。因为他知道，生气归生气，这些都是无可奈何的事。

“明天先去查查自行车的问题，然后去看看学校是不是有什么地方不被监控捕捉到，而且还能出去。”孙志波点了点头。

“行了，不早了，都去睡吧，也都累了。”说完赵子坦走了出去。孙志波和刘晨对视了一眼——他们真的是太累了！

第五章

下套

第二天一大早孙志波和赵子坦两人就出发了，刘晨回家休息。他们到学校的时候才七点钟，两人先在昨天的那家餐馆吃了点饭，顺便和老板打听一下消息。

“老板，我们想向你了解点情况，你看行吗？”孙志波走到老板的身边。老板正在那儿坐着，老板娘在忙着招呼客人。

“行，怎么不行，我哪能不配合你们工作，走，去你们那桌说。”老板很爽快地走了过来，脸上带着笑容，孙志波仔细打量着他。孙志波感觉到他虽然长得很彪悍，但是说起话来让人感觉很随和，昨天他一直在忙，所以他们并没有机会和他说话。现在孙志波和他坐在一起，聊着天，觉得他不像是坏人，孙志波也希望他不是，可是，他要真的是凶手的话，那么这个人就很恐怖了，因为他太会掩饰自己了。

“你好，不知道怎么称呼？”赵子坦坐在老板的对面，便于观察他。

“我姓吴，口天吴，大家都叫我彪子。”他虽然普通话说得很不错，但是赵子坦还是听出了其中的东北味。

“你是东北人？”吴彪笑呵呵地点了点头。

“是东北人，不知道两位怎么称呼？”他很客气，很有礼貌，没有外表看起来那么粗犷，反而给人一种很是细心的感觉。

“我姓赵，他姓孙。”赵子坦一边吃着一边回答，看似很随意，其实看得很用心，他在揣测吴彪的内心。

“赵警官，昨天你们拿录像带的时候我就想和你们谈谈了，当时太忙，今天既然你们又来了，有什么问题尽管问，我一定会如实回答的。”他看起来很诚恳。赵子坦满意地笑了笑，孙志波坐在旁边看着，顺便记一下谈话内容。

“我们的确很想和你谈谈，主要是你这里挨着学校，而且你也知道，我们在你家的店里发现了有用的信息，但是我不明白，为什么录像里面少了最近一个多星期的内容？”赵子坦谨慎又沉稳地说着，吴彪听得也很认真。

“我想你们肯定会问录像带的问题。”赵子坦看着他，集中万分精神分析他话里的意思，难道他真的知道什么？

“嗯？不知道吴老板这话是什么意思？”

“就在前几天，差不多也有一个星期吧，我们店里突然被人偷了。”吴彪认真地说道。孙志波和赵子坦同时看向他，这里面难道有什么必然的联系？

“被偷了？那你为什么当时没有报警？”赵子坦小心地问着，想要一步步诱他深入，从录像带失踪这一点来看，这事儿就没有那么简单，也绝非偶然。

“虽然是被偷了，但是也没有丢什么贵重物品，钱平时也都带回去，留下的零钱倒是一点没剩，我想着这贼也是被逼急了。”吴彪一边说一边还笑了笑。赵子坦更加精神起来，觉得他的笑容里面有东西，一些他不知道的东西。

“那录像带也是那时候丢的？”赵子坦问道，吴彪点了点头。

“没错，第二天我来的时候发现电脑被人动过了，我这儿有个电脑，就是专门为了看监控的，被偷以后那几天的监控视频就没了，我也没什么办法，索性丢的钱也不多，我也就没有给你们添麻烦，知道你们平常事儿多。”他说得很真诚。赵子坦竟然没有看出一点破绽，可就是这一点破绽都没有让他感到更加不可思议，为什么一切都这么天衣无缝呢，好像有人在下套让他们钻一样。

“没有太大的损失最好，我们也怕这里治安不好，给你们的生意带来什么麻烦，有什么情况一定要及时和我们联系，避免发生什么不必要的损失。”吴彪感激地点了点头。

“对了，赵警官，有件事我觉得可能和这次偷窃有关系。”

“什么事？”

“就是在我店里被偷后不久，我发现店里少了一把刀子，我肯定没有扔或者放到别的地方了，我一直都是把这些东西都收拾好，尤其是那把刀子，我更是倍加小心。”

“那把刀子有什么特别之处？”赵子坦问道。吴彪点了点头，看得出来，他很舍不得。

“那把刀子是我几年前去外地的时候买的，非常锋利，切肉就和切菜差不多，用了这么多年，一点锈都没有，而且看起来还很新。我觉得这把刀应该是那时候丢的。”

“怎么会无缘无故丢了一把刀呢？”赵子坦琢磨着这其中的蹊跷，真的是太不平常了，刀怎么会就在那时候被偷了，而且录像也丢了。他立刻就意识到了问题的严重性，说不定那个女孩已经遇害了，现在时间很紧迫，务必要马上找出凶手。

“我也想不明白，怎么会丢了一把刀呢？”吴彪也很疑惑。赵子坦看着他，这到底是他最真实的状态还是他戴着假面具呢？要是他戴着假面具的话，那么这个人肯定不是泛泛之辈，这一切都在慢慢地指引着他将吴彪划归到嫌疑人名单里面，可是现在的他却不敢妄下决定，在事情还没有查清楚以前，任何人都有可能是凶手。同样，任何人也都有可能是无辜的，所以不能主观臆断，他们需要的是证据。

第六章
前男友

他们两人离开餐馆的时候已经快八点了，正好赶上学生们的上课高峰，两个人就站在教学楼的一角看着，看着来来往往的学生，心里各有感触。孙志波在怀念自己的大学时光，而赵子坦则在琢磨这些人的性格特点，他是个很喜欢看人，也很喜欢研究人的人，来来往往这么多人正好为他提供了一个良好的机会。赵子坦看到一个男人一直从远处看着他们，他和别人的目光不一样，别人或许就是简单的好奇，也会谈论几句，但是没有人像他一样一直看着他们。赵子坦看着他，他身高一米八左右，长得很干净，穿着一身极简单的休闲装，但看起来没有大学男生该有的朝气，有些愁眉不展，赵子坦觉得这个男孩有故事。

“赵叔，您看到了吗，他一直在看我们。”当那个男孩离他们越来越近的时候，孙志波也感受到了异样。

“他可能有话要说。”果不其然，男孩走到他们跟前的时候突然停了下来。这并没有让他们震惊，周围的同学也只是扫了一眼，然后继续向前走。

“你们好，我叫程瑞。”他有些局促地说道。赵子坦细心地观察着他，想看出他身上的不同和潜藏的秘密。

“程瑞？”孙志波反问了一句，他觉得这个名字有些耳熟，但是的确不知道这个人是谁。

“严颜以前的男朋友。”他的话让他们两个都愣了一下，同时打量着他。

“你是严颜的男朋友？”孙志波复述了一遍。程瑞点了点头，两个人立马机警起来。

“是不是有话对我们说？”孙志波问道。程瑞又点了点头，他看起来有些深沉，和他阳光的外表极为不符。

“我们能不能找个人少的地方？”赵子坦和孙志波对视了一眼，然后点了点头。

“去那边吧，那边人少。”孙志波指了指不远处的一个小花园，三个人朝着那边走了过去。

“严颜有下落了吗？”程瑞一见人少了就小声开口问道，孙志波摇了摇头。

“你是不是有什么事想要和我们说？”孙志波试探地问道。程瑞看了看孙志波，又看了看赵子坦，微微叹了一口气。

“都怪我，都是我不好。”孙志波立即机警起来，这里面是不是有什么难言之隐呢？或者说他知道什么真相，特地来告诉他们？现在这一切还都是个未知数。

“为什么这么说，是不是你知道什么？”孙志波紧接着问道。程瑞有些颓废地坐了下来。

“我们之前感情很好。她的家庭条件不是很好，但是她很勤奋，每天晚上都去打工，我也是担心她，后来就经常接送她。直到有一天，我看到她和一个男的聊得很开心——那个男的四十岁左右，看起来很有钱，我怀疑他们两个人之间有什么，于是借口有事不去接她。然后，就看到她和那个男人走得很近，而且那个男人还经常送她回学校，我的妒忌心让我不能够容忍这些，所以我们吵了一架。她解释说他们真的是清白的，但是我却不相信——我当时在气头上，根本就听不进任何解释，所以我们不欢而散。虽然后来我们和好了，她也保证再也不和那个男人来往了，但是我们的感情还是越来越坏，最终走向了分手。”他说的时候神情很落寞，看得出来，他很懊悔。

“那你为什么说都怪你呢？”孙志波有些不解地问道。

“当时我要是不和她闹分手的话，我们也许现在还好好的，她也不会失踪，都怪我。”他显得很沮丧，孙志波想要安慰他，可是又不知道该如何安慰。孙志波看了看赵子坦，赵子坦低着头沉思着什么。他又转向程瑞，程瑞也低着头，孙志波看到他好像哭了，他感觉程瑞一定很喜欢严颜，不然不会这么痛苦，自己的爱人失踪了，而自己却无能为力，这种感觉一定特别的难受。

“这也不能怪你，你能和我们说说那个男人吗？”孙志波问道，程瑞立马抬头看着孙志波。

“你们怀疑是他？”

“现在任何人都有被怀疑的可能性，我们不能放过一点线索。现在严颜已经失踪一个多星期了，要是再找不到的话，恐怕真的凶多吉少了，我们很着急，也同样很担心。”孙志波说道，程瑞点了点头。

“那个男人中等身材，长相我说不好，但是我知道他在什么地方。”

“什么地方？”孙志波一边听着一边拿笔记录着关键的信息，希望能够有所突破。

“他家有个餐馆，叫‘君来’，就在美食火锅旁边，以前严颜在美食火锅打过工，他们应该就是在那时认识的。那个男的有个女儿，他一直想让严颜去当他孩子的家教，但是严颜拒绝了，就因为那个男人是个离婚的男人，现在他自己一个人带着孩子。我怕严颜出什么意外，因为晚上出去做家教，严颜自己也害怕，所以就没有去。”

“那你们分手以后严颜和他又联系过吗？”程瑞想了想，回答道：“应该联系过，但是没有去做家教，估计还是害怕那个人不是什么正人君子吧。”

孙志波和赵子坦对视了一眼，然后在记着这个男人的那一页纸上做了个标记。

第七章
是个什么样的女人

“你还知道她和什么人走得很近吗？”孙志波感觉这件事情也许没有他们想象得那么简单。严颜到底是个什么样的女人呢，是水性杨花，还是真的只是单纯的自立自强，而这一切猜测都只是因为她长得太漂亮了。

“她身边最亲近的也就是我和李美佳，后来我们分手了，也就只剩下李美佳了吧。”程瑞有些悲伤地说道。

“你说的李美佳是不是就是她的室友？”孙志波问道，程瑞点了点头。

“没错，她们看起来很好，其实关系根本就没有那么好，都是女人之间的小心思。”

“为什么这么说？”孙志波机警起来，现在每一个与严颜有关的线索他们都要警觉起来。

“你也看得出来，李美佳长得也很漂亮，严颜以前就和我说过，她们两个其实不是很对脾气，而且李美佳家庭条件好，心高气傲，见不得严颜比她好，两个人也总是闹矛盾。本来我也没有当回事，但是有一次严颜说李美佳把她新买的衣服丢了，是严颜自己在垃圾桶里发现的，从那以后她们两个人就有了很深的隔阂。但是严颜脾气好，也不是很爱说话，所以看起来好像什么事也没有发生一样，只当是丢了一件衣服。可是为什么就是这么一个善良的女孩竟然被别人抓起来了呢？到底是谁这么狠心呢？”程瑞看起来很是痛苦。赵子坦仔细琢磨着他说的每一句话，分析这些话所要表达的意思是不是都与本案有关系，还是在隐喻别的事。

“你的意思是严颜并没有什么仇人？”孙志波试探着问道，说不定严颜也是个拜金的女孩，这又有谁说得清呢，一旦她变得复杂了，那么她就会更加凶多吉少。

“没有，我说了，她不是很喜欢和别人主动说话，但是有人和她说话她总是微笑着回应，她这么善良的女孩是不会有仇人的，除非有人妒忌她。”程瑞肯定地说道。

“那你觉得要是有仇人的话会是谁呢？”程瑞摇了摇头，这时候他的手机响了，他看了看，是室友打来的电话。

“我先去上课了，你们有什么想了解的可以找我，我希望严颜能够早日回来。”孙志波点了点头。

“谢谢你的配合，我们一定会全力以赴的，有什么情况也会及时向你了解的，再见。”

孙志波看着离开的程瑞，心里百感交集。

“你觉得这个人怎么样？”赵子坦开口问道。孙志波有些不解地看着赵子坦。

“什么怎么样？我觉得他挺难受的，看得出来他是真的很喜欢严颜，不然也不会这么痛苦。”孙志波有些同情地说道，赵子坦面无表情。

“我看出来了，他是很爱严颜，可是有没有可能会因爱生恨呢？”赵子坦的话让孙志波愣了一下，因爱生恨？会吗，为什么他没有感觉到程瑞的眼里有恨呢？

“为什么这么说，你是不是看出了什么？”

“我什么也没有看出来，只是猜测一下罢了，对了，他提到李美佳和严颜关系看起来并没有表面上那么好，我觉得好像话里有话，要好好查查这个叫李美佳的。”赵子坦耸了耸肩膀。

“你的意思是这个李美佳有可能会因为妒忌严颜而做出什么事来？”孙志波的心里也渐渐有了疑惑。

“反正有关系，不然也不会在严颜失踪了这么久以后才告诉学校，而且还没有主动报警，我不觉得这里面什么关系都没有。”赵子坦沉稳地说着。孙志波觉得有道理，他的怀疑也是在这里，要是两个人真的很好的话，李美佳也就不会在严颜第一次说有人跟踪她的时候置之不理。这就是女人强大的妒忌心，强大到让人心生恐惧。

“我也觉得里面可能有蹊跷，现在牵扯进来的人越来越多了，而且我有一种不祥的预感。”

“什么预感？”

“一种神秘的预感，觉得有什么不好的事将要发生，这也许会成为我刑警生涯里最难忘的记忆。”赵子坦说这些的时候是充满了感情的，他一直对刑侦很有兴趣。

“赵叔，我也有种预感。”孙志波小心翼翼地开口说道。赵子坦看着他。

“什么预感，不会也是不祥的预感吧。”孙志波点了点头。“关于严颜的生死？”孙志波再次点了点头。

“我担心……”他没有说下去。赵子坦知道他想说什么，他又何尝不担心呢，可是没有线索，一切都是未知数。

“‘生死有命，富贵在天’，看她的造化了。”说完赵子坦迈步走开了，孙志波也赶紧跟上，他们的时间更紧迫了。

第八章

悬疑

他们两个人拿着昨天晚上弄到的照片来到了后勤部，找人帮忙找那辆自行车，现在那辆自行车是一个很重要的线索，要是真的能够找到的话，整件事将更加扑朔迷离，严颜到底是不是被抓了呢？还是另有什么隐情，又或者不是被抓，而是自己消失了呢？只要严颜一天没有出现，就有一万种猜测。

“是这个吗？”后勤部的刘老师喊了正在帮着找的孙志波和赵子坦，两个人快速跑了过去。

孙志波看着那辆自行车，外形真的很像，难道这就是严颜的自行车？她真的回过学校吗？

“我觉得像，您觉得呢？赵叔。”孙志波看着赵子坦，赵子坦点了点头。

“我也觉得很像，叫李美佳下来认认。”赵子坦说道。

“好，我现在就打电话。”孙志波给李美佳打了电话。李美佳推说自己不认识，没有下来，这让孙志波感到很好奇。

“她不下来，说不认识。”孙志波对着赵子坦说道。赵子坦愣了一下。

“她说她不认识？”

孙志波点了点头。“她怎么可能不认识，她们两个人不是很好的朋友吗？”赵子坦反问孙志波，孙志波摇了摇头，其实他自己也很疑惑。

“她原话是这么说的，说她不舒服，不能下来。”

“她不下来有两种原因，要么就是她认识，只是不想被牵扯进来，要么就是她想隐瞒什么。就像程瑞说的，她们两个关系并不是外界看起来那么好，现在严颜失踪了，很难排除这次失踪和她没有关系。”赵子坦仔细地分析着。孙志波也觉得李美佳不下来有点蹊跷，明明昨天还那么害怕，那么自责，今天就变得那么冷漠，很难不让人起疑心。

“那怎么办？”

“调查她，现在只要是和严颜有关系的人都要调查，我倒要看看，这个案子到底有多复杂。”一向沉稳的赵子坦都着急了，现在还没有线索，严颜生死未卜，他甚至睡不好觉。

“赵叔，我也觉得这个案子越来越复杂了，我真怕到时候我们被这个案子绊住，错失了营救的机会。”

“我也担心，这有可能是嫌疑人用来迷惑我们的，但是我们到底该怎么做呢？现在我一时间也不知道该怎么办，这个严颜身份太特殊了，要是弄不好，会搞得人心惶惶的。”他顿了一下接着说道，“恐怕现在已经人心惶惶了。”他叹了一口气，这么多年，他从来没有这么发愁过。

“那我们只能竭尽全力了。”孙志波何尝不担忧呢。

“必须竭尽全力，这件事的影响非同小可。”孙志波点了点头。

“那赵叔，我们现在该怎么办呢，这辆自行车又该怎么办？”孙志波看着赵子坦，赵子坦沉默了一下。

“印下指纹，回去保存，这辆车子单独放在一边保护好，我们现在要放长线了。”

“什么意思？”孙志波有些不明了。

“既然他这么喜欢玩捉迷藏，那我们就陪他玩，我从来不信邪能胜正。”赵子坦有些发狠地说。要是严颜已经被害了或许还好，但是现在悬而未知，这种被吊着的感觉真的是太难受了，这个人到底把严颜弄到哪里去了呢？

“赵叔，你觉得最有可能是谁？”

“都有可能，现在我们不能相信任何人，只要是和她有关系的一概不许放过，没有关系的也不能掉以轻心。”孙志波点了点头，这时候刘老师向他们走了过去。

“赵警官，案子查得怎么样了？”

“现在还没有什么线索，刘老师，您认识这个叫严颜的学生吗？”刘老师点了点头。

“刘老师，您是怎么认识她的？”孙志波有些好奇地问道。

“有一次这个女学生来借东西，她走了以后我们的一个老师对我说，这个女学生长得很漂亮，所以被人包养了。我也是半信半疑，但是后来真的看到有人开着车送她回来，我也就记住了她。现在看来，应该是真的惹到了什么人，现在这个社会乱得很，女孩子们也不懂得洁身自好了。”刘老师是一个五十多岁的老头，为人正直，说话直白。赵子坦和孙志波对视了一眼，难道真的有这样一个人？

“您说的都是真的？”孙志波反问了一句。

“我也只是猜测，大家都这么说，或许你们可以调查一下这个男人，现在的有钱人什么都干得出来，也说不定这个学生和他走了呢。”刘老师这么一说，赵子坦突然觉得真的很有这种可能性，说不定这个女孩贪慕虚荣，但是为什么她连东西都没有收拾呢？这一点很不符合逻辑。疑点越来越多，涉及的人也越来越多，案子错综复杂，已经让人应接不暇了。

第九章

一个孤独的女孩

告别了刘老师，他们两个人决定去一次严颜的宿舍。宿舍里一个人都没有，李美佳好像已经搬了出去，因为东西都已经收拾好了，严颜的宿舍床铺很整齐，看得出来，她是个爱干净的女孩。书桌上摆着她和程瑞的照片，她还留着照片，应该是很喜欢程瑞吧。两个人看着这间不大的寝室，他们四下找了找，想要找到什么蛛丝马迹。床铺上面有几本书，大都是文学典籍，孙志波在心里赞美了一下严颜，这说明她应该是个很有思想的女孩。赵子坦找了找她桌子上的书，在最里面放着一本笔记，他打开翻了翻，竟然是严颜的日记本，赵子坦怎么也没想到严颜竟然还会记日记，现在很少有人保留着写日记的习惯。

赵子坦首先翻到最后一页，那是一张她和程瑞的照片粘在上面，下面写了一句话：人生若只如初见，何事秋风悲画扇。那照片上的严颜是那么地开心，程瑞也不似现在这般颓废，那时候的他也是目光炯炯，脸上写满了幸福。赵子坦在心中感叹了一下，然后翻到了日记的最后一篇，严颜这样写道：

今天我还是感觉到恐惧，我觉得我的感觉是对的，肯定有人在跟踪我，可是会是谁呢？现在的我真的好失败，程瑞不相信我了，美佳对我的态度也越来越不好。我找不到一个可以倾诉的对象，有的时候我真的很想回家，可是家里真的能够给我温暖吗？我的世界好像一直都是黑暗的，我真的不知道为什么会有这么多人羡慕我，我除了长得漂亮，恐怕没有任何可以炫耀的了吧，我还记得程瑞那种不信任的眼神，我真的什么都没有做，为什么没有人相信我呢？我真的是清白的，难道真的只是因为我长得漂亮吗？这个世界真的很不公平，别人看到的只是我的外表，真的有人试图看看我的内心吗？

我好几次都试图看到那个窥视我的人，可是我什么都看不到。我只是感觉到有一双眼睛盯着我，让我感到脊背发凉！我想，等到我做完这份工作就不做了。我真的好害怕，要是程瑞在我的身边就好了，可是为什么他就不相信我呢？

赵子坦看得有些心痛，这个女孩不但看起来很温和，而且心思也是这么温柔，但是却给人一种悲观的感觉，不像她的笑容那么阳光灿烂。

“赵叔，看的什么？”孙志波有些好奇地走到赵子坦身边，看了看赵子坦，赵子坦并没有看他。

“日记，严颜的日记。”赵子坦平静地说道。

“日记？”孙志波有些不敢相信，这种年代竟然还真的有人写日记？

“是不是有点不敢相信，这个女孩还写日记。”孙志波点了点头。

“写了什么？”孙志波充满了好奇，他也想看看严颜的日记里到底写了什么，是不是能够有什么线索。

“我觉得严颜并不是什么被包养的小三。”赵子坦肯定地说道，这让孙志波愣了一下，赵子坦怎么会这么肯定呢？

“赵叔，您怎么变得这么快？刚才不是还觉得很有可能的吗？”

“你看看。”赵子坦把日记本递给了孙志波。孙志波看的也是最后那篇日记，赵子坦在他看日记的时候又看了看书桌，上面有一个小本子，里面记着严颜每天的支出，还有自己的计划。赵子坦发现严颜是个很上进的女孩，她希望自己能够进一步深造，同时又很节俭。到底是个什么样的环境造就了这样的女孩呢？又是谁会对这么好的女孩下手呢？赵子坦更加急于知道答案。

“我觉得这个女孩其实很孤独。”这时候孙志波翻到了最后一页，看到了严颜和程瑞的照片，他突然心生感慨，想起了自己以前的女朋友。

“看什么呢，这么入神？”赵子坦叫了孙志波一声。孙志波赶紧回过神来，尴尬地笑了笑。

“想起了点以前的事。”

“想起女朋友了吧。”孙志波笑了笑 。

“这个世界上有那么多身不由己，我觉得严颜其实挺可怜的，就因为长得漂亮就受人排挤。”

“人都是有妒忌之心的，尤其是女人之间，你可千万不要小瞧女人，女人要是妒忌起来，可真的什么事都能干得出来。我还记得有一个女人因为自己的丈夫找了小三，而把两个人都杀了的案子，何必呢，好聚好散岂不是更好。”

“赵叔，我发现您真的很有思想。”孙志波赞叹道，赵子坦摇了摇头。

“我都是过了半辈子的人了，要是再不懂一些感情，恐怕你这个小孩子都不会服我的。”赵子坦开玩笑地说道。

“怎么会不服，我希望能够成为您这样的人。”

“做人难，做个好人很难，做个好警察更难，所以我希望你能够先学会做个负责的人，对人民负责。这些不是说说而已，警察不是一份事业，而是一份责任。路很长，慢慢走，我希望你能够在自己退休的时候不留遗憾，而我却做不到了。”赵子坦又想起了往事，心里有一些压抑。

“为什么？”孙志波不理解，为什么赵子坦会说自己会留遗憾呢？难道他也有过纰漏？

“好多年了，有机会慢慢讲给你听。说这么多就是想让你知道，人无完人，尽力而为，上对得起人民，下对得起自己。”孙志波点了点头。

“赵叔，您放心，我会的。”赵子坦笑了笑，那笑容里有着满满的信任。

“我相信你。”

第十章
恐惧

两个人拿了严颜的日记，却在下楼的时候碰到了李美佳。她正在往楼上走，看起来精神不是很好，当她看到他们两个人的时候停在了那儿，三个人就这么对视着，在楼梯口，谁也没有先开口，就这么停了一分钟。

“你搬出去了？”

李美佳点了点头。

“为什么搬出去？”孙志波接着问道。

“我害怕。”李美佳声音不大，带着点疲惫与胆怯。孙志波此时正在揣测着她内心的想法，她到底是真的害怕，还是担心自己被发现呢？可是看她的样子应该没有骗人。

“害怕什么？”孙志波追问道，他明显地看到李美佳皱起了眉头。赵子坦只是观察着，没有说话。

“如果你们有时间的话我们或许可以进去聊聊，我不想在这儿聊。”李美佳说完，孙志波看了看赵子坦，赵子坦点了点头。

“走吧，我们想和你好好谈谈。”

“谢谢。”孙志波看着李美佳，她已经往前走了，孙志波不知道为什么李美佳会说谢谢这两个字，这个女孩看起来也很脆弱，她真的会是凶手吗？

三个人再次走了进去，关上了房门，李美佳坐在凳子上，赵子坦也坐在另一个凳子上，孙志波站在李美佳的对面。

“你们想知道什么，我还有什么可以交代的吗？”李美佳低着头，看起来很温顺，一点也不像严颜日记中所写的那个骄横的李美佳，看来女人真的可以有很多面。

“你和严颜的关系一直很好吗？”

李美佳摇了摇头。

“为什么不好？你们不是一个宿舍的吗，而且你们在别人的眼里也是很好的朋友，为什么你会说不好呢？”孙志波一边问一边做着记录。

“我忌妒她。”李美佳痛苦地说道，让一个女孩说出自己忌妒自己的朋友，这绝对不是一件容易的事。

“你忌妒她什么？”

“我们两个明明都长得很漂亮，可是她却比我受欢迎，而且还成了大家口中的校花，你觉得我会甘心吗？所以我忌妒她，有的时候我甚至会排挤她，我也想过，要是有一天她真的消失了，那么我的生活是不是就不是现在这个样子，我一定会比现在过得更开心。”李美佳抬头看了严颜的床铺一眼，泪水突然顺着她的眼眶流下来。

“可是我也只是想想，从来没有想过她会真的离开。”她的声音不大，头低着，一滴眼泪掉在了地板上。

“既然你这样说，我们是不是有理由怀疑你就是那个导致严颜失踪的人？”赵子坦盯着李美佳说道。李美佳一下子抬起了头，眼里还含着泪水，带着点儿恐惧地看着赵子坦。

“我没有，我没有，不是我，真的不是我。”她在极力解释着，泪水混着担忧流过了脸颊，她在害怕，自己终于还是被牵扯了进去，要是抓不到真凶的话，这种嫌疑就会一直跟在她身边。

“我们凭什么要相信你，你忌妒严颜，而且你自己也说了希望严颜能够消失。现在严颜消失了，我们不得不怀疑你就是那个让严颜消失的人。”赵子坦用带点严肃又带点恐吓的口吻说道。李美佳听后不停地摇头，泪水不停地往下流。孙志波观察着她，觉得她不是装的，因为他在她的眼里甚至看到了绝望。

“真的不是我，我也很害怕，你们一定要相信我，真的不是我。”李美佳哭得很难受。赵子坦和孙志波对视了一眼。

“行了，今天就到这吧，等你冷静一下再说，这个问题还远远没有结束。我希望你能够配合我们工作，不要离开，有什么问题我们会再来找你的。”李美佳没有说话，只是低着头流眼泪。赵子坦拍了孙志波肩膀一下，孙志波就跟着赵子坦走了出来。

“赵叔，您觉得她像是在说谎吗？”

赵子坦摇了摇头。

“那您为什么还要这么问她，她看起来很害怕，哭得很伤心。”孙志波有些不理解地问道。

“因为我想告诉她一个道理，人都是会犯错的，可怕的并不是犯了什么样的错误，而是你意识不到你犯了错误，更不知道去改正。李美佳显然知道了自己的错误，这也就是一个教训而已，希望她以后能做个善良的女人。其实她说严颜并不比她漂亮很多，这倒是实话，但是为什么严颜会受欢迎呢，也许就是因为那份美丽外表下的善良。李美佳缺少的就是这份善良和宽容，其实她并不是个坏女孩，我看得出来，她的善良在心底。”孙志波点了点头。

赵子坦刚说完就听见旁边的一个女孩子叫了一声，他们两个同时看向了她，又顺着她的视线看到了楼顶上站着的人，这个人不是别人，就是李美佳。

“不好，出事了，快跑。”赵子坦如临大敌般地向楼顶跑去。孙志波一边跟在后面，一边打了消防电话，以免出现什么不测。

第十一章 负罪

当他们两个人跑到楼顶的时候，李美佳正站在那儿哭得很伤心。她背对着孙志波和赵子坦，独自站在六楼的楼顶，任风吹乱了她的头发。当孙志波看到李美佳站在楼顶的那一刻，忽然觉得自己的心被刺痛了，他相信李美佳是无辜的，这个女孩也不应该承受这样的怀疑，但是生活又是残酷的，它拷问着每一个人。

“你不要做傻事，快点下来。”孙志波和赵子坦都很着急，他们真的很担心李美佳。她的状态不好，他们两个人都看得出来，要是她一时想不开，那么就会再次酿成一个悲剧，而这个悲剧则是由他们两个人主导的。

“为什么不相信我，我没有害小颜，我真的什么都没有做，我承认我妒忌她，我承认我有的时候真的很讨厌她，但是我真的什么也没有做，为什么没有人相信我呢？是不是只有我死了你们才会相信我是清白的？”李美佳难以承受，不但孙志波和赵子坦怀疑，就连她的男朋友也曾问过她，难道自己在他们的心里真的是一个恶毒的女人吗？坏到去伤害自己室友？

“你冷静一点，没有人不相信你。”赵子坦也很着急，他害怕这个女孩会因为自己的冷漠而失去生命。

“你们明明就是不相信我，我为什么要害她呢？我也不想她有事，自从她失踪了以后，我没有一天睡好过，有人考虑过我的感受吗？我也不想过了这么久才去报案，我又怎么能想到会有今天呢？为什么就不能原谅我呢？”李美佳哭得很伤心，这时候教导主任和宿舍管理员都上来了，楼底下也传来了消防车的声音。

“我们真的只是想要问问，严颜失踪了你着急，我们也很着急，我们只是想要找回严颜，真的没有别的什么意思，你千万不要想不开，你才二十多岁，大好的前途等着你，你这样做就是毁了你自己。”孙志波大声劝说着。他很着急，不希望李美佳一时冲动做出伤害自己的事情，现在案子已经够复杂的了，要是李美佳再出事，他们一定会分身乏术的。

“你们都是骗子，你们把我骗回去还是会怀疑我，你们会询问我，我不想回忆，我害怕，我害怕哪一天自己会被自己逼疯，严颜已经一个多星期没有回来了，要是她回不来的话我该怎么办，我这辈子都不会原谅我自己的，我是个千古罪人。”李美佳对着孙志波二人，满脸泪痕，让在场的人看得都很动容，这个女孩已经背负上了愧疚，这种负累也许会跟着她一辈子。要是案子永远没有破解的那一天，要是严颜真的回不来了，她这一辈子也不会逃出良心的谴责，她不会忘了，是自己因为嫉妒无视了严颜对于被人跟踪的害怕，也是自己因为嫉妒而晚报了警，这一切都是自己造成的，她又该怎么逃脱良心的惩罚呢？

“这些都不怪你，都不是你的错，是那个带走了严颜的人的错，你下来，有什么话我们好好说。”孙志波着急地劝阻道。赵子坦看着李美佳，心里一阵难过，多少事情就是因为一失足而酿成了大祸，现在的李美佳沉浸在深深的自责之中，这也许会跟着她一辈子。

“孩子，我知道你自责，也知道你害怕严颜再也回不来了，你为你自己当时的行为感到愧疚，但是你这样就真的能够解决问题吗？何况这件事和你无关，并不是你一手造成的，你也许有错，但是罪不至死，你应该学会宽容你自己。现在这件事还没有定局，等到严颜回来的时候你亲自和她道歉。你有没有想过，哪天严颜真的回来了，而你却不在了，她的心里又该是多么地难受，难道你也希望她和你一样，背负一辈子的债吗？”赵子坦苦口婆心地劝说道，他觉得李美佳就像是一个无助的孩子，需要家人的呵护和鼓励。

“可是严颜真的能回来吗？她已经失踪了一个多星期了，她真的还能回来吗？”李美佳止住眼泪，等待着赵子坦肯定的回答。赵子坦看着她，知道这时候的一个回答对她来说是多么地重要。

“会的，她一定会回来的，我们现在已经掌握了很多证据，不久就能够把她找回来了，到时候你亲自向她道歉好不好？”李美佳用怀疑的眼神看着他。大家都屏息凝视，等待着李美佳的回答。李美佳朝下看了看，消防员已经把气囊打开，铺在了地上，下面也已经围了好多的人，她看到了程瑞，她不想死，但是又害怕面对以后的生活，她难以抉择地站在那儿。

“别往前走，危险。”孙志波喊了一声，因为李美佳又向前靠了一点。大家都在静静地等待着，无计可施。

“严颜真的会回来吗？”她又重复地问了一句，赵子坦点了点头。她又看向孙志波，孙志波同样点了点头。

“我真的很希望她能回来，这样我就解脱了。”她失神地说道。孙志波见她走神了，一下子冲过去抱住了她，两个人同时倒在了地上。孙志波半压着李美佳，李美佳回过神来看着孙志波，大声地哭了出来，大家都没有动，任凭她哭着。

第十二章 惊现手指

李美佳的精神状态非常不好，只能被送进医院，她已经两天没有吃饭了，身体很虚弱，需要好好地调养，医生给她吃了药她就睡着了。孙志波和赵子坦回到了局里，现在真的是一筹莫展，他们怀疑了好多人，今天甚至差点让李美佳跳楼，可是李美佳真的是无辜的吗？到现在他们还是不能够完全确定，到底谁才是真的凶手呢？

下午他们正准备再次出去的时候却突然接到了电话，是一个教授的电话，说是发现了一截手指，几个人火急火燎地赶了过去。

到了那儿以后发现教授吓得不轻，瘫坐在沙发上。厨房的地上扔着一些新买来的肉，还有一截手指，上面没有血迹，而且看手指的样子好像是一个女孩的手指。他们立刻警觉起来，把手指放好，又来安慰被吓到的教授。

“您好，我们是刑警中队的，我姓赵，请问您贵姓？”赵子坦坐在教授的旁边，教授害怕地看着赵子坦，赵子坦明显感觉到了他有点哆嗦。教授中等身材，五十多岁，看起来慈祥又和蔼，但是因为害怕而失去了往日的文质彬彬。

“我姓张。”教授颤抖着说。

“您能和我们说说这个手指是怎么来的吗？”赵子坦压制住自己的焦急，耐心询问着。

“今天我去菜市场买菜，回来的时候顺便去买了点肉，想要做点汤给我太太喝，可是没想到回来竟然看到了一截手指，简直是罪过，不知道是谁下了这样的狠手。”教授一边说着一边摇头。赵子坦和在场的刑警都看出了他的害怕。

“那您是在哪里买的？”赵子坦继续问道。孙志波在一边记录着，他也急于知道答案，或者说急于知道这个手指和严颜的失踪到底有没有关系。

“在这附近菜市场第三个摊位那儿，我以前都是在超市买肉的，但是今天想着顺便带回来，没想到竟然发生了这样的事，吓死我了。”教授一边说一边摇头。

“张教授，那您认识那个卖肉的吗？”教授摇了摇头。

“我这个人不爱和外人接触，所以不是很了解外面的人，更不认识那个卖肉的。那人只是看起来很强壮，看着让人有些害怕。”教授看着赵子坦说道。

“那请问您还有什么亲人吗？”赵子坦担心他一个人会害怕，所以这样问道。

“我太太在医院里住院，女儿嫁到了外地，现在家里就我一个人。”

“我们走了以后，您自己害怕吗？”老人点了点头。

“我去亲戚家住两天，就在这儿附近，你们有需要就给我打电话，我自己是不敢在这里住了。”

“那好，一会儿您把电话号码给我们留一下，志波，记得要一下。”赵子坦一边说一边扫视了屋子，屋子很干净，充满了书香的味道，看得出来，教授是个很有文化修养的人。

“我想问一下，张教授，您是教什么的？”赵子坦继续问道。

“我是教马克思主义哲学的。”教授说道。

“是一门很高深的学问，我看您这儿装修得很好。”赵子坦扯开话题，想要分散一下教授的注意力。

“好些年了。”教授叹了一口气。

“张教授，您听说最近有女孩失踪了吗？”教授点了点头，继而叹了一口气。

“这件事我也听说了，这个学生我还教过，虽然不记得是什么样子了，但是我教过她们班。”教授叹惋地回答道。

“那您怎么看？”赵子坦极力想要找寻和严颜有关系的线索，希望能够有所突破，手指已经送回去鉴定了，他希望不是严颜的。

“我觉得这个社会太乱了，上学还能失踪了，这是教育的失败呀。”教授叹着气说道。赵子坦看着他，有些不理解。

“这只是个意外而已。”

“这真的是意外吗？现在的女孩子太容易相信别人，别人给了一点好处就会被骗走，这些例子还少吗？这不是教育的失败是什么？要是孩子们都有独立性和辨识能力，这样的悲剧不知道会少多少。”一说起教育，教授来了精神，赵子坦看得出来，这是一位尽职尽责的好老师，这样的老师在中国真的是越来越少了。

“张教授说得有道理。”

“我说得有道理没有用，施行不起来的。”说着他又摇了摇头。

“时间问题，大家一起努力就好了。”孙志波插嘴道，教授抬头看了孙志波一眼。

“孩子，你还太年轻，不懂。”教授叹着气。赵子坦和孙志波对视了一眼，这大概就是文人的清高和孤僻吧。他们好像永远活在自己的思想里，走不出去，别人也休想走进来。

第十三章

良好修养

两个人离开后去了严颜的宿舍，取了点头发，然后拿回去对比做了DNA鉴定，在等待结果的时候两个人又开始研究起了录像带，还有孙志波做的笔录。

“你发现什么蛛丝马迹了吗？”宋志刚在一边问道，孙志波摇了摇头。

“我觉得还是劫色的概率大。”刘晨在一边说道，孙志波摇了摇头。

“你怎么就是摇头，你有什么想法？”宋志刚看着孙志波，这个案子他觉得并非失踪那么简单。

“你们觉得这截手指和严颜会不会有什么关系？”孙志波用怀疑的语气询问道。

“你觉得这是严颜的手指，她已经遇害了？”孙志波点了点头。

“有没有遇害等结果出来不就知道了，不过，要是真的是的话，那怎么办？我上午听说严颜的父母来了，这件事可没有这么容易过去。”刘晨一直是一个看客的姿态，他这人大大咧咧，什么事也不走心，但是很聪明，也很细心。

“你说严颜的父母来了？”

刘晨点了点头。

“什么时候的事？为什么我不知道呢？”孙志波看着刘晨，眉眼里有点意外。

“你每天这么忙怎么会知道呢，上午我和强子接待的，伤心得不行，看严颜的妈妈很虚弱，好像得了什么病一样，但是年轻的时候一定是个美人。”刘晨赞叹道，宋志刚白了他一眼。

“什么时候了都，还能想到这上面，我也是服了你了。”宋志刚的话并没有让刘晨不好意思，反而让他得意了起来。

“什么时候也是爱美之心人皆有之，你知道什么，你就知道破案子，可是到头来还不是一堆案子破不了。这世界上案子多了，当警察的还真要把自己累死不成，我这叫苦中作乐，怪不得你们每天愁眉苦脸的，这是自虐行为，知道吗？”刘晨的大道理永远那么多，宋志刚和孙志波都自觉地屏蔽了他的话。

“志刚，你把笔录拿来给我看看行吗？”宋志刚点了点头，走了出去。

“刚说完你，你又开始自虐了。”刘晨不满地嘟囔道，孙志波见怪不怪。

“你感觉严颜的家庭环境如何？”孙志波自觉忽略掉了他刚才的话，转向正题。

“我感觉她家的条件肯定不是很好，从她爸妈的衣着就能看出来，很朴素，而且两个人虽然很难过，也难以接受，但是都表现得很大气，一看就是有修养的人。所以我觉得，严颜应该不会做出什么伤风败俗的事来。”刘晨这个人喜欢开玩笑，但是认真起来也是真的很认真，而且总能透过问题看到事物的本质。

“你怎么看得出来她的父母很有修养？”孙志波问道。

“她的爸爸是个教师，妈妈以前也是教师，这样的人怎么可能没有修养，而且两个人的谈吐很好，这样的家庭养出来的女儿一定错不了。”

“没想到你也起了恻隐之心了。”孙志波挖苦道。刘晨白了他一眼，表示自己的不满。

“我怎么就没有恻隐之心了，我一直是个好人好吗，只不过这个世界上的不平事太多了，我管不过来罢了。”

“你不是警察吗，警察可以管很多事呀。”

“你以为警察是神呀，就算是神来了也管不了这人间的事，再说了，你不也是警察吗，你管得了这么多事吗？就像现在这个案子，我们连是谁干的都不知道，怎么管？”刘晨的话虽然有点儿消极，也有点儿激进，但是很有道理。这个世界上这么多的事，哪能件件事都管得过来呢？

“我和你不一样，我认定的事就一定要管好，就要辨个真伪，不能看着不管。”孙志波也毫不客气地反驳道。

“你以为你是谁呀，天王老子呀，还什么都管，早晚有你吃亏的时候。”

“你少说这些风凉话，我真觉得你不应该当警察。”

“那我应该当什么？”刘晨好奇地问道。

“当然是坏人，你要是当坏人的话，一定是个称职的坏人。”孙志波对着刘晨笑了笑。

“不带你这么损人的。”

“我说什么了吗？”孙志波无辜地看着刘晨。

“怎么了，我走了这一会儿发生了什么？”宋志刚拿着笔录走了过来，好奇他们之间在谈什么。

“什么也没发生。”孙志波笑着说道，伸手接过笔录的本子。

“我告诉你孙志波，道高一尺魔高一丈，你这年轻气盛的样子早晚遇到对手，狠狠地治治你。”刘晨有些发狠地说道。两个人经常拌嘴，谁也不当回事，都习惯了。

“但愿会有这么个人存在。”

“你可太自负了，小子。”刘晨看着孙志波说道。

“这叫自信。”孙志波看着他笑着说。

“切。”刘晨不满地哼了一声，宋志刚笑了。

第十四章

遇害

“结果出来了！”刘晨拿着鉴定报告单跑了进来，这时候赵子坦、宋志刚、孙志波还有程册正在商量解决方案。一听见刘晨的喊声四人立刻抬头看着他。

“结果怎么样？”孙志波率先开口问道，大家都屏气凝神地等待着，刘晨的脸上也是难以抑制的激动。

“是一样的，就是一个人，严颜已经遇害了。”刘晨说话的时候语气很沉重，大家的心也一下子跌到了谷底，真的是严颜，这么努力还是没能够救出这个女孩。

“鉴定出来是什么时候遇害的吗？”赵子坦虽然很难受，但是还是冷静地问道，大家的脸色都很阴沉。

“鉴定出来了，是一个星期以前。”这句话说完以后，屋子里死一般的沉寂，大家都没有说话，脸色铁青。这个结果也就预示着无论大家怎么努力还是不能够救出这个女孩，而这个女孩又经历了什么呢？又是谁这么残忍地杀害了这个善良的女孩呢？

“现在怎么办？”沉默了半天后程册开口问道。赵子坦看了看他，又看了看大家。

“一定要把这个恶魔找出来。”他的话里是带着恨意的，没有人可以无缘无故地夺走别人的生命，谁都不可以。

“ 那我们是不是应该在学校周围查查，既然手指是在肉摊儿出现的，我们就要先去找到这个第一线索，然后一步步深入，找到杀人的真凶。”孙志波同样恶狠狠地回答道。大家都点了点头，但是赵子坦却摇了摇头。

“赵叔，你觉得不可以？”宋志刚问道。

“你想想要是真的是肉摊儿主人杀的人，那么他杀人的动机是什么呢，真的只是因为严颜长得漂亮吗？而且严颜明明已经回了学校，又是怎么出去的呢？她会这么轻易地相信一个肉贩子说的话吗？会跟着肉贩子离开学校吗？而且在监控上根本就没有严颜离开的视频。退一万步讲，真的是肉摊儿主人杀的人，那么他又怎么会傻到让这些东西从自己的肉摊儿卖出呢？难道是想让我们直接去抓了他？”赵子坦说完大家都沉默了，只要是有点儿脑筋的人都知道赵子坦说得很有道理，而且没有人会傻到引火烧身，正常人都是在极力撇清，没有人会这样犯傻的。

“那我们是不是应该从学校开始查？”孙志波试探性地问道。赵子坦看了看他，又看了看大家。

“你们觉得呢？”

“我觉得应该也是从学校开始查，而且是排查。”刘晨说道。

“我说大哥，你知道排查需要多么大的人力吗？你别和我开玩笑好不好，现在我们局里已经没有闲人了，再去弄个排查，你觉得队长会同意吗？”宋志刚在一旁泼冷水道。

“那怎么办，我就是觉得谁都有可能是凶手，那不排查干什么？看着凶手一天天地逍遥法外，对着我们耀武扬威？”刘晨不服气地回答道。

“绝对不能让凶手逍遥法外，但是我敢保证，现在学校和周围已经知道了，相信新闻也会很快报道出来的，到时候我们的压力更大，不仅仅是人性的压力，还有来自社会和舆论的压力。”孙志波说道，一脸的无奈。

“你说这些有什么用，谁不知道压力大，可是压力大就不去查了吗？我就支持排查。”刘晨丝毫也不退让，程册摇了摇头。

“刘晨，别这么激进，我们这不是在讨论解决的方法吗。”程册的话并没有改变多少气氛。

“那怎么办？”刘晨依然不悦。

“我支持刘晨的说法，排查，一个人都不放过，别人不行，那就我们五个人，必须要找到凶手，将凶手绳之以法。”赵子坦说着，大家都看着他。

“赵叔，你确定？”孙志波怀疑地问道。

“现在都什么时候了，到时候新闻一播出来，我们的压力更大。程册，下午你和刘晨一组，志波和志刚一组，我们开始排查，看谁有嫌疑就要查。”赵子坦毫不犹豫地说道。

“要不要向局长汇报一下？”孙志波开口问道。

“一会儿我去说，现在你们就去准备，我们马上开始行动起来。我们已经拖延了好久了，再这么拖延下去，不知道会不会还有第二个人失踪。”赵子坦一边说着一边就站了起来。

“我们马上就去。”宋志刚和孙志波开门走了出去，刘晨和程册也跟着走了出去，就剩下赵子坦一个人了，他盯了电脑屏幕一分钟，然后转身开门离开了。

第十五章

怀疑教导员

下午他们开始从严颜身边的人排查，首先是教导员、程瑞，还有严颜身边接触比较多的朋友，但是暂时没有去查李美佳，因为她还在医院，怕她接受不了这样的打击。

“你知道严颜已经遇害了吗？”孙志波问着他们的教导员，教导员是个四十多岁的男人，他当时的表情也是很痛苦。

“知道。”

“那你能和我们说说，为什么当时知道了严颜失踪以后不及时报警吗？”孙志波问，宋志刚就在一旁记录着。

“我们……我们也是有难言之隐的。”教导员有些为难地说道。

“什么难言之隐？”孙志波紧接着问道。

“这个……”教导员有些吞吞吐吐，孙志波感觉到心情很不爽，严颜已经遇害了，还有什么是不能够说的呢？现在最主要的目的就是找到杀人的真凶，而不是包庇和隐藏任何有关的信息。

“现在还有什么是不能说的，现在都到这种地步了，你要是对我们隐瞒什么，我们可以依法逮捕你，定你的罪。”宋志刚听不下去了，威胁道。

“其实主要是怕损害学校的名声。”教导员有些不好意思地说道。孙志波和宋志刚对视了一眼。

“什么意思？”其实他们知道这是什么意思。

“你们也知道，我们学校是有名的高校，要是出了学生失踪的案件，对我们学校的影响是很不好的。”

“可是你们有考虑过严颜吗？她失踪了这么久，已经错过了最佳的救助时间，这对她的生命是个多么大的考验。”孙志波质问道，教导员涨红了脸。

“这个我们也没有想到，我们就是想让事情拖延一下，要是不是失踪的话，只要是找到了她的人就什么事也没有了，谁想到竟然……竟然……”教导员停住了，没有办法再说下去。

“现在知道后悔已经晚了，严颜的尸体还没有找到，凶手也还没有抓到，这件事情还远远没有结束，你们知道你们耽误的这些天犯了多大的错误吗？这是要追究刑事责任的。”宋志刚气不过，大声说道。教导员一言不发，他也知道这件事已经闹大了，一发不可收拾了。

“真的没有想到竟然会有人对严颜下毒手，这个孩子其实不很爱说话，但学习成绩很好，老师们很喜欢她，而且她很有上进心，是个难得的好学生。”教导员感叹道。孙志波看着他的眼睛，分辨着他所说的话的真假。

“那你觉得谁最有可能？”孙志波试探着问道，教导员吃了一惊似的看着他。

“怎么不回答了？”宋志刚问道，教导员这才低下头想了想。

“这个我真的不知道该怎么回答，很难回答。”教导员有些无奈地说道。

“怎么难回答，就是你觉得可以就行，我们会进一步去查的。”孙志波觉得这样的人实在是太可气了，明明自己做错了，可是还是会去找千万种借口为自己的错误开脱。

“我真的不知道谁可疑。”他就是不说，孙志波和宋志刚都知道他害怕自己说错了，更害怕自己会引火上身。

“那你觉得你自己可疑吗？”孙志波故意这样说道，没想到刚一说完教导员的脸色就变了。

“我说，警察同志，你们可不能瞎说，你们说的话也是要负法律责任的。”教导员的神情看起来有点紧张。宋志刚和孙志波对视了一眼，都觉得这个教导员有问题。

“我们没有瞎说，现在任何人都值得怀疑，别说是你，就是门卫的老大爷现在都是我们怀疑的对象。”

“我怎么可能去杀害我的学生呢？”教导员的脸色稍微恢复了一些，但是依旧不是很好看，孙志波确定这个教导员有问题，不然他不会这么紧张。

“怎么没有可能，也许你们两个之间有什么过节也说不定。”孙志波继续用这种方法来试探教导员，希望能够进一步确定教导员所处的位置，是不是真的和这个杀人案有关。

“警察也不能乱说话吧。”教导员猛地站了起来，有些生气地说，刚才的紧张也被生气掩盖了。

“我们有没有乱说话相信你比我们更清楚。”孙志波笑了笑，教导员的脸色立刻变得难看了。

“我不清楚。”他是真的生气还是在掩饰呢？

“我们会让你清楚的。”孙志波看着他，眼底透出深不可测的笑容，有些危险，让人发寒。

第十六章

悔恨

审问完了教导员，紧接着就审问程瑞，程瑞的状态一如前几天所见，没精打采，看不出是一个年轻有活力的青年，他就坐在孙志波的面前。宋志刚看到他以后就看了孙志波一眼，两个人一对视，开始审问。

“程瑞，我想关于严颜的事你已经知道了。”孙志波说完程瑞就慢慢地点了一下头。

“你有什么看法吗？”

“我不知道什么人可以这么狠心，严颜真的是一个很好的女孩，我真的好后悔，要是我没有和她分手的话，也许她现在还在我身边陪着我，对着我笑。”他说着眼泪就掉了下来，很痛苦的样子。孙志波拿了一张纸给他，他低着头，手扶着额头，那痛苦的模样让孙志波很难把他和严颜的死联系在一起，上次的怀疑到现在竟然没有了一点痕迹。他开始同情这个男人，难道是因为严颜对他的爱，还有那张曾经美好的照片？人都是念旧的，曾经的美好是一辈子都难以忘掉的，像雕刻在石壁上的遗迹，成为永恒。

“那天我们看了严颜的日记，你想知道上面写了什么吗？”孙志波看着程瑞，声音很温和，没有了对待教导员的那种严肃，更多的是两个男人之间的交流和抚慰。

“写了什么？”他抬起头来，用力掩饰着自己内心的那种期待与害怕，害怕严颜在某个时候需要他，可是他却没有陪在她身边。

“她很爱你，上面的每一天记的都有你，最后一天的日记写出了她的恐惧，她希望你能够陪在她身边，就连日记的最后一页都是你和她的照片。”孙志波说着就把那张照片拿了出来，递到了程瑞的眼前。程瑞看到那张照片再也不能抑制地痛哭起来，那种绝望与悔恨是难以用语言来表达的，那滴落的泪水，那痛苦的眼神，还有握着照片颤抖的手，这一切的一切都表明了这个男人此时此刻是多么地痛苦。在他的世界里，是自己害死了严颜，因为所谓的不信任，两个人走到了分手。又因为孤单，严颜失去了自己宝贵的生命。这一切的一切，看起来没有什么联系，可是这其中的关系恐怕难以厘清。

“是我害了严颜，是我害了她，我不该听别人的谣言，我不该不相信她，是我害了她。”宋志刚看着他，又看了看孙志波，这两个男人的感觉也很复杂，看着人间的悲欢离合，却要把自己置之度外，这恐怕真的不是一件很容易的事。

“程瑞，不是你的错。”的确不是他的错，可是他自己真的能够从中解脱出来吗？“你不要这么难受。”孙志波的话没有起到任何的作用。程瑞低下了曾经高昂着的头颅，这个男人曾经的每一天应该都是在篮球场、教室、宿舍……这些地方开心地生活着，但是现在，他已经完全沉浸在痛苦的深渊中了。

“是我的错，是我错了。”程瑞不断地重复着这句话。孙志波知道，一时半会儿是不能够让程瑞冷静下来的，于是拍了拍他的胳膊。

“程瑞，你先回去休息吧，等到你情绪稳定了我们再谈好吗？”程瑞没有点头，只是机械地站了起来，走了两步又停了下来，转身看了看孙志波。

“我能把这张照片拿走吗？”孙志波点了点头，然后他就离开了他们的视线。

“我觉得我同情这个男人。”宋志刚转头对着孙志波说道。孙志波低着头，他的情绪也很受影响。

“可是又有什么办法呢，好多事是不能后悔的，要是没有分手，也许他们真的走不到今天，但是谁又说得准呢，说不定那个人早就盯上了严颜，而遇害只是时间问题。”

“严颜是可怜的，可是这个男人何尝不是可怜的，我们和他年龄差不多，这件事要是摊到我们的身上，恐怕我们也会悔恨一辈子吧。”宋志刚叹了一口气。

“我看到严颜和他的那张照片就想到了我以前，我以前和我前女友也很幸福，可是因为一些矛盾分开了，然后再也没有见面，前段时间我在同学口中得知她出了车祸。但是那又能怎么样呢，走不回去的，我们谁也走不回去了。”孙志波现在的样子一点儿也不像一个严肃的警察，而是一个刚刚毕业、对学校生活满心怀念的年轻人。

“我也想起了我以前的学校生活，无忧无虑的感觉真好，我甚至能够想象程瑞之前的样子，他一定是个很阳光的人，不然照片上的他不会笑得那么灿烂，那时候的他也一定是很幸福的。”宋志刚叹了口气，这里面有的不仅是无奈，还有满满的回忆。

“也许他在之后的生活中都不会笑得再像以前那么开心了。”多么无奈，多么残酷的现实，可是又有谁能改变呢？

第十七章

警察的情感

审问了所有他们觉得可疑的人，除了教导员，孙志波没有感到有什么新的发现。晚上的时候赵子坦要在学校走走，孙志波也跟了过来。

“赵叔，我觉得严颜的教导员很奇怪。”两个人一边走一边说道。

“怎么奇怪？”赵子坦看了看他。

“他很紧张，这不是一个教导员该有的心理，他和严颜之间一定有什么不可告人的秘密，而他生怕别人发现。现在严颜死了，他就可以不用害怕被人知道了。可是在被我问到他们之间是不是有什么的时候，他竟然生气了，而且那样子一看就有问题。”

“查查他。还有什么新的发现吗？”这时，校园里吹来一阵阵的微风，吹得人感觉凉凉的。

“我今天让程瑞看了严颜日记本里面的照片，还和他说了严颜的日记。”

“他有什么反应？”赵子坦来了兴趣，看着孙志波，孙志波摇了摇头。

“他看起来很难受，完全接受不了，一直在自责，怪自己不该和严颜分手。我看得出来，他其实是很喜欢严颜的，这两个人也挺可怜的，因为误会，现在两个人已经再也没有见面的可能了，而那些悔恨也只能陪着他终老。”

“不要用你的心去看，而要用脑去思考。”赵子坦意味深长地说道。孙志波有些不理解地看着赵子坦，这时候两个人走到了一栋楼的拐角处。

“什么意思？”

“你是在用你的感情去思考这个案子，而这个案子恰恰是不能用感情去决断的。你和我说实话，你有没有把你的个人情感放到案子中去，你有没有同情严颜和程瑞，有没有设法减轻程瑞的痛苦？”赵子坦的问话让孙志波愣住了，这些问题他从来没有想过，他一直认为自己是对的，而同情别人也是对的，难道现在就错了吗？为什么是错的呢，他不明白。

“赵叔，您的意思是我错了？”赵子坦笑了笑，拍了拍孙志波的肩膀。

“你现在已经陷进了一个圈子。”

“什么圈子？”

“一个感情的圈子，你已经把自己的感情融了进去，你现在并不像是一个调查者，而是一个感同身受的当局者。你是不是觉得你也有程瑞的那种情感呢，为这种痛失而感到惋惜呢？”孙志波点了点头，但随后又摇了摇头。

“难道我同情他不对吗？我们做警察的不就应该去帮助别人吗？现在程瑞很痛苦，我觉得我就应该帮助他，我看得出来，他真的很痛苦，我觉得他也许这一辈子都走不出这片阴影来了。”孙志波真诚地说道。赵子坦理解他，他也有过这样的岁月。

“你说得都对，我们就是为了帮助别人的，可是帮助谁呢？”赵子坦反问道。

“帮助应该帮助的人。”

“那你觉得程瑞应该帮助，至少是现在应该帮助是吗？”赵子坦问道。孙志波点了点头。

“赵叔，难道我真的错了吗？”孙志波现在甚至在想，难道自己等到像赵子坦这么大的年龄的时候，也会变得这么冷血无情吗？还是自己真的错了，警察在破案子的时候是不能够带着感情的。

“我给你讲个最简单的故事，我儿子小时候我给他讲过的故事。有一只狼掉到了陷阱里，它怎么努力都上不来，最后来了一只羊，这只狼就装成了狗的样子，想要让羊救它。它装作自己是一只狗，它摇了摇尾巴，你觉得羊该不该相信这只狼呢，又会不会相信这只狼呢？”

“赵叔，您的意思是程瑞其实是一只狼？”

赵子坦摇了摇头。

“这只是一个故事，我们不知道掉进陷阱里的是一只狼，还是真的是一只狗——万一是一只狼的话，我们被它的伪装所欺骗了，到时候狼被救了上来，而羊就会被咬死，你懂了吗？”赵子坦看着孙志波。孙志波也看着他，过了一会儿，孙志波点了点头。

“我明白了，无论是谁，案子就是案子，在破案之前不能掺杂进个人的感情，不然有可能被蒙蔽，从而失去维护正义的机会。”

“你懂就好。”赵子坦满意地点了点头。

两个人刚转过拐角，正往前走着的时候孙志波突然停了下来，警惕地看着四周，赵子坦也跟着停了下来。

“怎么了？”赵子坦问道。

“赵叔，我觉得有人在跟踪我们。”

第十八章

一双看不见的眼睛

“有人？”赵子坦也立刻警惕起来，两个人环顾了四周，一片寂静，气氛显得有点紧张，孙志波感到了一种压迫的窒息感。

“我感觉好像有一双眼睛在盯着我们，冷飕飕的。”孙志波环视着四周，什么都没有，只有居民区的楼上亮着灯，天空虽然挂着星星和月亮，风也不大，但是仍然让人感觉到一阵战栗，这是一种有些恐怖的感觉，让人不由自主地想到了惊悚片里面的情节。

“不许吓唬自己。”赵子坦虽然嘴上这么说，但是眼睛还是警惕地看着四周，可是真的什么都没有，学校里大多数地方都有灯，所以不是很暗，但是还是给人一种压迫感。孙志波不知道这是不是自己的心理作用，但是他就是觉得有一双眼睛就这么直勾勾地盯着他们的一举一动。孙志波想到这儿下意识地抖了一下，脑海里闪过一种预感。

“赵叔，您还记得李美佳说的话吗？”孙志波问道。赵子坦看着他，突然想到了什么。

“你是说真的有人跟踪过严颜，而这个人现在也许正在窥视我们。”孙志波点了点头，两个人立刻什么都不说了，就这么站了一会儿，还是什么都没有感觉到。于是，两个人只能前进——更加小心和警惕，他们没有再感觉到有人跟踪了，甚至两个人都以为刚才只是错觉，直到赵子坦看到一个监控摄像头被堵起来才再次陷入巨大的震惊之中。

“你看这是什么？”赵子坦指了指摄像头。孙志波并没有看出什么，他又看了看赵子坦。

“赵叔，您看到了什么？”

“再仔细看看。”孙志波又靠近了一点，然后猛地睁大了眼睛。

“有人对这个摄像头做了手脚。”孙志波感到很震惊，为什么摄像头被人做了手脚竟然没有人知道呢？这是多长时间的事了，是严颜失踪之前，还是失踪之后呢？

“拿照相机拍下来。”孙志波带着照相机，就是为了防止突然看到什么线索，现在这个照相机派上了用场，他赶紧拿着照相机拍了几张照片。

“赵叔，那我们现在怎么办？”

“既然这里能被人做手脚，那就说明这个人一定对学校的环境非常了解，而且刚才我看了，这里很偏僻，没了这个摄像头，这儿几乎就成了这个学校的一个死角，这个摄像头被遮住肯定是预先想好的。那么为什么会是这儿呢？这里除了居民楼什么都没有，难道这里还有别的通道？”赵子坦看着周围，这里是最后一栋居民楼的最里面，只有一个拐角，而这个摄像头恰好能够照到拐角，也就是说，猫腻就出在这里。

“赵叔，我觉得我们应该再去看看这里是不是还有别的摄像头被遮住了。”赵子坦点了点头。

“走，去拐角那边看看。”两个人走过拐角，也就只是个小过道，杂七杂八地放着一些东西，看着好像并没有什么异常。

“里面进不去了。”

“这里面怎么这么乱，真没想到这么干净的校园竟然会有如此脏乱的地方。”孙志波摇了摇头，两个人抬脚退了出来。

“走吧。”赵子坦说道。

“不查了？”孙志波有些意外地看着赵子坦，赵子坦摇了摇头。

“明天吧，今天有些晚了。”他看了看时间，已经九点多了。

“是有点晚了，不然学校的大门一会儿都该关了。”两个人退出来往外走，走到摄像头那儿的时候赵子坦和孙志波又同时看了看摄像头，然后迈开步子往前走。

“李美佳怎么样了？”赵子坦随口问道。

“出院了，好像要回家，她的情绪有些不稳定。”

“我看回家待着也好，这个孩子受的刺激不小，别真出什么问题，她现在知道严颜被害的事了吗？”孙志波摇了摇头。

“没敢和她说，我也没去看她，怕她问我，我怕她知道了受不了，毕竟在她看来自己是有责任的。”赵子坦点了点头。

“可是谁没有责任呢，要是论起责任来，恐怕她身边的人都推卸不了责任，就连严颜自己也是有责任的。”

“怎么说呢？”孙志波有些不理解。

“要是每个人都能伸出一只手，要是自己对别人宽容一点，也许坏人就没有机会下手了，有的时候不是坏人把握了机会，而是环境创造了机会。”两个人往前走着，孙志波没有说话，静静地思考着。

第十九章 跟期破案

两个人在路上走着，赵子坦小声说道：“我想坏人马上就要浮出水面了。”孙志波有些不解地看着他。

“赵叔，您这话什么意思？”

“回去和你说。明天早上我们早点儿过来，再到这里来看看。还有，门口的店老板嫌疑也很大，再就是你说的那个教导员，明天我要见见他。李美佳的事就先告一段落，如果还有证据表明她和这个案子有关系的话，我们是不能够讲人情的，懂吗？”孙志波顺从地点了点头，赵子坦是刑侦大队的精英，大家都很敬重他。

“还有，赵叔，您真的觉得今天没有人跟踪我们吗？”孙志波带着疑问的语气，赵子坦笑了笑。

“我们何必庸人自扰，现在你还有那种感觉吗？”孙志波想了想，然后摇了摇头。

“难道刚才真的是我的错觉？”孙志波有些怀疑自己刚才的感受，赵子坦又摇了摇头。

“为什么你只有在那里才有那种感觉呢，没有人监视你的话，你又为什么会突然有了那种错觉呢？确切地说只有你自己认为那是错觉，难道你就没有什么疑问？”孙志波边走边看着赵子坦，赵子坦的话又一次引起了他的反思。

“赵叔，您的意思是那里的确是有问题的，只是现在我们还不知道是什么问题？”赵子坦点了点头。

“你想想，这个学校这么大，为什么偏偏那里的摄像头被封住了，而且还没有被人发现呢？”

“我知道了，问题就在那儿，可是刚才为什么您不让我去看看呢？”孙志波又有些想不明白了。

“这么黑你看得出来什么，而且刚才还有一双眼睛盯着我们。”孙志波再一次打了个寒战，看来这是个不小的难题。

“那赵叔，我们该怎么办呢？”

“不要一直问该怎么办，而要去想该怎么办，既然有人想要和我们兜圈子，那好，我们就陪他好好做做游戏。”赵子坦的笑有些深意，孙志波看不出其中的意思，但是他知道，游戏已经开始了。

晚上回去两个人也没有闲着，最近他们就一直住在局里，天天看视频，天天找线索，弄得自己都不知道什么是线索，什么不是线索了。

“赵叔，您觉得这个人像不像坏人？”孙志波把屏幕定格住，屏幕上有一个男人，长得有点猥琐。

“你为什么觉得他像坏人呢？”赵子坦反问道，孙志波又盯着屏幕看了一会儿，还是觉得像坏人。

“就是感觉他不像个好人，长得就像坏人。”

“你能够单凭别人的长相去判断一个人是不是坏人吗？长得不好并不代表他的心也不好，坏人可不是写在脸上的。”孙志波若有所思地点了点头。

“可是赵叔，我们这么大海捞针也不是个办法呀，我觉得我们还是要从学校找起。对了，我们查了那个肉贩，没有任何前科，像您说的，只是长得像个坏人罢了，家是山东的，是个农村人，在这里干点小买卖。我们说在他的肉摊儿发现了手指，他吃了一惊，有些害怕，我们带回他来做了笔录就让他回去了，这是笔录，你看看还有什么漏掉的吗？”赵子坦接过来看了看。

“今天上头下指示了你知道吗？”赵子坦一边看一边说道，孙志波愣了一下。

“什么指示？我怎么不知道呢。”

“我们今天不是去调查了吗，我回来也把这事忘了。”

“什么指示？”

“就是让限期破案。”赵子坦语气有点沉重，孙志波就知道事情不会这么简单。

“不会这么简单吧，期限是多少？”

“一个月。”

“什么？一个月怎么可能破案，现在还一点头绪都没有，就连尸体都没有找到，让我们限期破案，简直就是开玩笑。”

“你以为刑侦大队一个个都是干什么吃的，我们就是破案子的，可是一个月的确有点短，我说了，没有用。”赵子坦有些无奈地说道。其实孙志波很能理解他，毕竟人微言轻。

“赵叔，为什么这次这么急呢？”

“你看新闻了吗？”孙志波摇了摇头，最近这么忙，哪里有什么时间去看新闻。

“新闻上说 A 大出了杀人狂魔，专门杀年轻漂亮的女孩。”

“这是谁造的谣？”孙志波有些气愤地说道。

“我们能够堵住悠悠众口吗？还是安心破案子吧。”赵子坦何尝不无奈呢，可是又能怎么办，命令已经下来了。

第二十章

悲痛的父母

第二天一大早赵子坦就被严颜的父母挡在了门口，这让他有点措手不及。

“赵叔，这是严颜的父母。”刘晨把严颜的父母带到接待室坐下，赵子坦和孙志波也过去坐了下来。

“你好，我是赵子坦，这位是孙志波，我们是负责严颜案子的警察。”赵子坦很有礼貌地自我介绍，并且和严颜的父亲握了握手，五个人相对而坐。

“你好，赵警官，我们也知道我们来得有点早，这个案子也给你们添了不少的麻烦，可是我们真的很不安心。现在我女儿的尸体还没有找到，孩子的妈妈每天哭，现在又病了，我们也是没有办法，希望赵警官能够帮我们找到我们的女儿，将凶手绳之以法。”严颜的父亲看起来很和蔼，但是那眼里浓重的悲伤还是让在场的人动容，他极力掩饰着自己的悲伤，严颜的妈妈只是在一边坐着，她不爱说话，因为这件事的打击日渐消瘦下去。

“你们千万别这么说，我们也很着急，现在正在加紧寻找凶手，虽然还没有什么头绪，但是我们相信邪不胜正。”严颜的父亲点了点头。

“我们也实在是着急，现在我们两个人都向单位请了假，就想等着结果出来，我们就这么一个女儿，我们不能接受自己的女儿就这么被人杀了。”严颜的父亲说着流下了眼泪，这个男人是坚强的，但是依旧无法承受这样的打击，严颜的母亲也默默流下了眼泪。

“我们家小颜真的很听话，因为我的病家里条件变得不好了，她都是自己打工挣钱上学，到底是谁那么狠心杀了我的女儿？”严颜的母亲说着就难以控制自己的情感，低着头哭起来，周围一阵寂静，大家无言以对，都沉浸在悲伤之中。

半晌，严颜的父亲开了口：“赵警官，我们知道你们也很累，但是我们只能求助你们了，希望你们能够帮我们早日找到我们的女儿。”虽然严颜的父亲知道，再次找到的可能会是一具冰冷的尸体，甚至是分开的躯体，但是他还是希望能够再见自己的女儿一面，哪怕是阴阳相隔。

“我们一定会找到凶手的，不过现在我们有些事要问你们。”赵子坦有些严肃地说道。

“赵警官请问，我们一定会知无不言的。”严颜的父亲回答道。

“严颜对家里有没有说过什么不太对劲儿的话？”赵子坦问道。严颜的父亲想了一下，不太明白赵子坦的意思。

“赵警官的意思是严颜和我们说过什么没有？”赵子坦点了点头。

“这孩子从小懂事，坏事是不会和我们说的，可是真的有这么一次，她晚上九点多的时候给我打电话，问我好不好，我说挺好的，然后她就又开始说了一些话，最后说‘爸爸，我有些害怕’，我问她怎么了，她就突然转口说‘没事，就是路上有点黑’，我也就没有在意。过了几天，严颜一直不给家里打电话，以前都是一个星期打一次的，我们有些担心，怕她上课，就给她发了条短信，可是第二天都没有回，我们就打了电话，结果电话没人接，最后直接关机了。我们找不到她很担心，就把电话打到了学校，学校这才通知我们严颜失踪了。我们吓得不行，赶紧来了，怎么都没想到她竟然被人杀了。”严颜的父亲很痛苦，每说一句就好像在他的伤口上撒了一次盐，这种悲痛让人看了心疼。

“她真的说她害怕了？”严颜的父亲点了点头。

“我现在明白了，一定是她感觉到有人跟踪她，所以她一个人害怕，可是又怕我们担心，这个傻孩子呀，这个傻孩子呀。”严颜的父亲不断地重复着，严颜的母亲早已经哭得没有了声音。刘晨出去倒了两杯水，可是他们一口都没有喝。赵子坦有些受不了这样的场面，虽然见惯了生离死别，可是终究还不能适应这样悲痛的场面。这一家人都太无辜了，善良又善解人意的一家人，因为严颜的离开恐怕再也见不到阳光了。

“严颜是个好孩子。”赵子坦像是安慰两个人似的说道。

“早知道会有今天，我们说什么也不会让她离家这么远来读大学的呀，这孩子就是太要强了，什么事都自己扛着，就是太要强了呀……”赵子坦竟然说不出话来，面对着悲痛的父母，他突然想起了自己的孩子，要是自己的孩子失踪了的话，他的生活也一定会暗无天日吧。

第二十一章 城外浮手

赵子坦怎么也没想到，还没有送走严颜的父母，就得到了一个突如其来的消息。

“赵叔，您出来一下。”程册站在门口喊了一声，赵子坦站了起来。

“我失陪一下，你们照顾好两位。”说完赵子坦走了出去，程册伸手关上了门。孙志波和刘晨下意识地对视了一眼，知道肯定是有什么事情发生了。

“怎么了，神神秘秘的。”赵子坦被程册拉到了门外面。

“赵叔，刚才发现了一只手。”程册声音很小，但是赵子坦却听得很清晰，他被这个消息震惊了一下。

“什么时候的事？在哪儿？”赵子坦着急地问道。

“就是刚才，应该是个女人的，就在城外的一个水塘里。”

“现在去把孙志波叫出来，我们去看看。”程册点了一下头就离开了。赵子坦转身进了办公室，他有种不祥的预感，这只手极有可能就是严颜的，但现在不能走漏任何的风声，尤其是严颜的父母现在还在这里。

“志波，你出来一下。”程册又站在门口喊了一声，孙志波站了起来。

“你在这儿照顾好叔叔阿姨，我去看看。”刘晨狐疑地看了程册一眼。

“怎么回事？”孙志波一关上门就开口问道，程册赶紧拉着他走到了一边。

“城外发现了一只女人的手，赵叔说带你过去看看。”

“女人的手？”孙志波有些意外。

“我们猜测有可能就是前不久失踪的那个女学生的，不是刚找到了一截手指吗？恐怕剩下的也要慢慢浮出水面了。”程册分析道。两个人一边说着一边往办公室走。

“你听谁说的？”

“猜的，赵叔看起来也很着急，我猜想他肯定也是这么想的，所以我悄悄把你叫了出来，怕她父母知道。”孙志波点了点头，这时候赵子坦走了出来。

“现在孙志波跟我过去看看，不要让严颜的父母知道，明白吗？”

程册点了点头，孙志波跟着赵子坦去开车，然后两个人迅速离开了。

“怎么回事，神神秘秘的。”刘晨得空走了出来，他这个人本就好奇心重。

“城外发现了一只手，是个女人的——我们都猜测这只手有可能就是失踪的那个女学生的，现在她父母不是在这儿吗，怕他们听到了心里难受，也要跟过去看看。赵叔可是交代了，不许乱说，知道了吗？”

“这什么时候的事？我怎么不知道？”刘晨点了点头，还是拉着程册走到了一边。

“就是不久前，队长已经过去了，恐怕又要掀起一层波浪来呀。”程册叹了一口气。

“你说这万一真是严颜的怎么办呢？”刘晨若有所思。

“要真是她的不就好了，现在我们正好没有头绪呢，这说不定就是我们破案的突破口。再说了，要不是她的话，那岂不是又要多死一个人。”刘晨看着他，竟然无言以对。

“讨论新闻呢？”宋志刚刚从外面回来，走到他们跟前问道。

“什么新闻，出事了知道吗？”程册说道。

“什么事？要打仗了？”

“你就不能盼点好，城外出现了一只手，队长他们都去了。”刘晨和程册都白了他一眼。

“什么时候的事？”他问道。宋志刚显然吃了一惊。

“怎么都这么问，就是刚刚不久，赵叔他们也去了，怀疑是刚失踪的那个大学生的。在水里泡了这么多天，回来还要做个鉴定才行。”程册看起来最淡定，刘晨一副忧心忡忡的样子。

“怎么什么事在你这儿都变得不叫事了呢？”刘晨看着程册问道。

“什么意思？怎么就不叫事了，我们是办案子，那能怎么办，我也不希望她死，长得那么好看，可是她不是已经死了吗，现在最重要的就是破案子，你少在这儿怜香惜玉。”程册埋汰刘晨，宋志刚笑了笑。

“你别埋汰他了，一会儿该收拾你了。”

“去你的，说正事呢，现在严颜的父母就在里面，你们能不能有点同情心。”刘晨说完转身走了进去，不打算再和他们较真儿，但是心里就是感觉怪怪的，有点难受。

“他说的是真的？”

程册点了点头，宋志刚耸了耸肩。

“我们是有点过分了，撤了吧。”宋志刚说完也转身离开了。

第二十二章
手中握玉

赵子坦和孙志波到达的时候，水塘边已经围了好多的人，大家都在议论纷纷，他们两个人挤进人群，来到了队长身边。

“现在怎么样了？”

“还在继续打捞，刚才已经打捞上来了一只脚，还有一只手。”队长脸色凝重地说道。赵子坦看着法医正在鉴定，走近看了看，手脚已经开始腐坏了。孙志波也过去看了看——他没有见过这样的场面，直接愣在那里，被吓住了。

“被吓到了？”赵子坦拍了他肩膀一下，他还是愣在那儿。

“子坦，你过来一下。”队长喊了一声，赵子坦应了一声，然后拉了拉孙志波。

“别看了，跟我过去。”赵子坦说着就拉着他往队长那边走，孙志波有点儿魂不守舍。

“他怎么了？吓到了？”队长问道，赵子坦点了点头。

“这孩子小，刚毕业不久，还没有见过这样的场面，被吓到也是自然的，今天晚上回去肯定要做噩梦了。”赵子坦关切地说道，他何尝不理解这种心情，大家都是从年轻的时候走过来的。

“以后习惯了就好了，干我们这行的，跟什么打交道的可能性都有。”赵子坦看着孙志波，孙志波虽然点了点头，但还是有点儿心神不宁，脑海中一片混沌。

“你觉得这个案子到底需要多长时间？我要你说实话。”队长脸色看起来很不好，本来就严肃的脸显得越发威严了。

“实话就是我不知道，现在我们没有什么有用的线索，一切都是在猜测。你知道的，办案最忌讳的就是只有猜测，我们吃的亏不少，所以我保证不了。”赵子坦也显得很严肃。

"都一个星期了，还没有什么线索，这可不像你。"

"是真的没有线索，感觉每个人都有可能是凶手。你也知道被杀的女孩是个校花，这件事在学校里影响很坏。加上学校过了一个星期才报的案，好多证据凶手都已经销毁了，我们根本就无从查起，不过现在有几个可疑的人，但也仅仅是怀疑而已，没有确凿的证据能够证明他们其中的任何一个人是有罪的。"

"你告诉我，这个案子会不会变成悬案？"队长的脸色越发难看了。赵子坦看得出来，但是他还是要说实话。

"很难说，凶手有的时候比我们聪明多了，而且他们都是在暗处，我们在明处，我们的一举一动都在他们的眼里，我们很难掌握什么有力的证据。对了，今天死者的父母来了。"赵子坦看到队长叹了一口气。

"我现在都不知道该和她的父母说什么，严颜父母很通情达理，所以我觉得我们现在亏欠他们太多，他们那么信任我们，可我们却没有把事情办好。"队长这是说给自己听的，也是说给赵子坦听的，赵子坦都明白。

"死尸的鉴定结果最晚什么时候能够出来？"队长转移了话题。

"三天吧，我再让他们加班加点，看看能不能再早点，你觉得这有可能是那个死者的吗？"

"我不清楚，等结果出来吧。"

"队长，她手里有东西。"法医喊了一声，队长和赵子坦还有其他的警员都跑了过去。然后就看到法医在那只紧攥的手里使劲儿地取出一个东西，是一块玉，确切地说是脖子上带的那种玉质的挂件，那个挂件很透亮，看起来是一块好玉。

"竟然是块玉，肯定是凶手的，拿起来放好，回去好好研究研究，都仔细地看着点，不要漏掉一点东西。"队长叮嘱道。

"你怎么看？"赵子坦看了看孙志波，孙志波也看了看他，然后摇了摇头。

"可别吓坏了，以后都当不了警察了，警察这个行业就是这样，胆子一定要大，以后你就会习惯了。"孙志波没有说话。

"我看这个案子要破了。"队长好像是自言自语，又好像是对赵子坦说的。

"怎么说？"赵子坦问道。

"找到玉的主人不就能够找到凶手了吗？"

"有谁现在能够肯定这个女尸就是严颜呢？而且就算是严颜，那么想要找到一块玉的主人也是大海捞针，恐怕没有想象得那么简单。"赵子坦如实说道。

"你说得也对，我的确太心急了，可是上面催得紧，我也没有办法。"队长叹了一口气，赵子坦没再说话。

第二十三章

人性的残忍

鉴定结果很快就出来了，证实就是严颜，当孙志波拿到结果的时候，他一句话都没有说，只是自己开门走了出去。

“志波，干什么去？”刘晨喊了一声，他没有回答，“这人怎么回事？”赵子坦知道孙志波心里难受，一个刚毕业不久的警察就遇到这么惨的案子，他的心里肯定是难以接受的。

“随他去吧，我们继续开会。”队长回过头来对大家说道。

孙志波去了尸体存放的地方。

“志波，怎么到这来了？”法医老郑看着孙志波。

“郑叔，我能看看尸体吗？”老郑看着他点了点头。

“志波，看你的状态不是太好，是不是身体不舒服？”孙志波摇了摇头。

“没有，郑叔，您带我去看看吧。”老郑点了点头，带着孙志波来到了存放脚和手的地方，它们被冰冻了起来，以防进一步腐烂。孙志波看着那浮肿的手脚，怎么也不能和那个朝气蓬勃、漂亮善良的女孩联想到一起，人为什么能这么残忍呢？

“真惨，我看了这个女孩生前的照片，长得很漂亮，可是现在……唉……”老郑也叹了一口气。

“郑叔，从手脚的情况来看，您觉得浸泡多长时间了？”孙志波看着他说道。

“最起码有一个多星期了，这幸好是在冬天，要是在夏天的话，恐怕就剩下骨头了。”

“那手里面还有别的东西吗？”

“就是那块玉，图案很特别，没有见到过，也不知道是什么东西，就更无从查起了。”老郑摇了摇头，叹了一口气。

“郑叔，您有经验，您觉得会是什么人干的呢？”

“犯罪心理学可是一门很高深的学科，我猜不出来。她身边的人，甚至是她不认识的人都有可能是凶手。”

“在谈什么？”赵子坦提前出来了，他就知道孙志波会来这里，现在孙志波的心里有了阴影，不管是关于什么的，都对查案子没有好处。

“赵叔，您怎么来了？”孙志波有些吃惊。

“你可是无事不登三宝殿呀。”老郑开玩笑似的说道，赵子坦笑了笑。

“我还不是担心这个小子，队长让我开解开解他。”

“开解吧，我还有点事，你们聊。”老郑会意地笑了笑，说完就离开了。

“赵叔，我想不明白。”孙志波看着冰冻的手脚。

“有什么想不明白的说出来，我帮你分析分析。”

“人为什么会这么残忍？”

“你觉得人为什么这么残忍呢？”

孙志波想了想：“因为欲望，因为想要不属于自己的东西。”

“什么是不属于自己的东西？既然那个人想要，他就把这些原本不属于自己的东西看成属于自己的了，所以那些所谓的欲望在他们看来并不是欲望，而是一种理所当然，一种拿回自己东西的坦然。”

“可是为什么杀人呢？严颜是无辜的。”孙志波还是不能理解。

“你心里难受难道只是因为死的人是严颜吗？”孙志波被这个问题问住了，他从没有想过这个问题。

“不是。”但是他还是很肯定地回答了。

“其实有一半原因是因为严颜长得漂亮吧，爱美之心人皆有之，我也觉得严颜的死很意外，凶手也很残忍。可是无论是谁都不该被别人剥夺他们生存的权利，没有人有这个资格，所有人都是平等的。所以我们看待问题也需要公平，不能主观地去判断这个人是不是该死。记住，我们是警察，不管这个人是谁，只要是受害者，我们都要一视同仁。你这种消极的状态是不合格的，在实践中，只有能够接受挑战的才能生存下来，而你在开始就输了，输在了自己的心态上。你不应该摇摆不定，你可以害怕，甚至开始的时候接受不了，但是你一定要记住，你是一个警察，不仅要给严颜还有严颜的父母一个公道，更要将坏人绳之以法。我们要做的是保证人民的人身和财产安全，而不应该感情用事，你懂吗？”

孙志波被赵子坦说得不知该怎么回答，他看着已经死去的严颜，思考着赵子坦的话。

第二十四章

消失的监控

两个人站了好久，谁都没有说话，赵子坦的心里何尝不难受呢？他不可能看着一个人离开这个世界而熟视无睹，但是他能做的只有找到真凶，避免类似的事情再次发生。

“想明白了吗？想明白了就和我去找一个人，想不明白的话就在这儿好好想想。”赵子坦看孙志波转身看他，孙志波的眼神明亮了许多，也有了精神。

“赵叔，我一定要抓到凶手。”

“为了什么？”赵子坦看到孙志波满血复活了，这才是一个年轻人该有的人生态度，遇到困难的时候就要勇敢面对，而不是一味地选择逃避。

“为了正义，为了不让坏人笑得太久。”

“走吧，我们去找一下监控室的老师，问问监控的事。”赵子坦拍了拍他的肩膀。孙志波点了点头，跟着赵子坦走了出去，两个人离开了警局。

到达学校的时候是上午九点多，学生们都去上课了，所以学校的人并不是很多，他们径直来到了监控室。

“赵警官，是不是有什么线索了？”

“有点情况想找你了解一下，张老师现在有时间吗？”赵子坦看着监控室的张老师，仔细观察着他的一举一动。

“有时间，你有什么事就尽管问，我一定毫不隐瞒。”张老师是一个四十多岁的男人，看起来很随和。

“我们发现了一个问题，不知道你们有没有发现，还是之前发现了却没有告诉我们。”

“赵警官，不知道你说的是什么问题？”张老师愣住了，不知道赵子坦在说什么。

“家属楼北墙那有摄像头对吧？”张老师点了点头，“被人封住了你知道吗？”张老师看着他，有点难以相信。

“怎么可能，我们这里有全部的监控视频，要是被封住了我们一定会知道的，怎么可能不知道呢？”

“那请你把那里的监控视频拿出来让我们看看吧。”赵子坦有些严肃地说道，张老师知道了事态可能有些严重。

“我们不是把所有的视频都给了你们吗？”

“昨天我们看了，少了一个月的监控，不知道张老师能不能给我们解释一下，这一个月的监控是去了哪里，就算是被封住了也还是会有监控的吧，可是为什么就缺了一个月的呢？”赵子坦咄咄逼问，张老师的脸色开始不好看起来，孙志波和赵子坦都看到了他脸色的变化。

“这个……这个我真的是不知道。”张老师有些支支吾吾。赵子坦知道，张老师真的是有问题，为什么这么多人都有问题呢？真不知道这个案子还会牵扯出多少人来。

“张老师，请你配合我们办案。”孙志波严肃地说道。张老师的脸色更加难看了。

“这个……我想我还需要再去了解一下。”

“张老师，你应该知道严颜失踪以后一个星期才报的警，而我们一直找不到凶手。我不知道这一个星期内到底发生了什么，你们可能仅仅是为了维护学校的声誉，但是我真的想告诉你，生命比什么都重要，要不是耽搁了这几天，说不定严颜根本就不会死，而且凶手也不可能这么逍遥法外。张老师，我希望你能够配合我们，把剩下的那一部分录像带交出来，我们需要在里面找线索。”

“可是我真的不知道。”张老师急于辩解，赵子坦笑了笑。

“那你能够和我说说你们为什么不把这件事告诉我们吗？要是这里面真的有破案的线索的话，你们可就是在犯罪。”孙志波威胁道。

“我现在手里真的没有，不过我知道谁有，我带你们去找好吗？”

“谁有？”赵子坦看了看孙志波。孙志波问道。

“我现在还不能说。”张老师为难地说。赵子坦知道这里面肯定有事，张老师也一定知道什么。

“那什么时候能说呢？我们可以等。”孙志波等待着张老师的回答。

“我现在就去打电话问问行吗？”

赵子坦点了点头，张老师开门走了出去。

“赵叔，我觉得这里面有问题。”

“是有猫腻，就看我们能不能找出来了。”

第二十五章
教导员的纠缠

不一会儿张老师走了进来，脸色依旧不是很好，但还是为难地找了一盒录像带出来。

“这是什么？”赵子坦看着新拿出的录像带，虽然他想到了这会是丢失的那一部分录像带，但还是开口问了出来。

“赵警官，我不是有意隐瞒，实在是因为这里面有很多见不得光的事。我没有办法，也很为难，我知道既然你们查了出来，我再也隐瞒不了什么，我只希望你们能够不追究我的责任。我刚打了电话，虽然他不同意，但是我还是要把真相告诉你们。事关人命，我只能自作主张了。”张老师脸色阴沉着，看起来的确是十分为难的样子。

“张老师，你说的他是指的谁？”孙志波问道。张老师摇了摇头，把录像带放进电脑里。

“一会儿你们就知道了，先看看吧。”录像带开始播放，刚开始并没有什么特别，张老师快进了一会儿，画面上就出现了严颜，张老师把录像带暂停。

“被杀的就是这个女孩吧。”

赵子坦点了点头，录像带继续播放。

“这个男人是谁？”赵子坦问道，因为他看到严颜进去以后这个男人就一直在下面站着，看起来像是在等什么人。孙志波见严颜走进了单元楼，然后出现了一个男人，这时候电脑上的显示时间是九点零二分，然后严颜又走了出来。

“不对，这个男人不就是严颜的教导员吗？”孙志波想了起来，当时他就觉得这个教导员不对劲儿，他一定是觊觎严颜很久了，不然怎么会出现在这里呢？

“这就是严颜的教导员？”赵子坦听孙志波说过这个教导员有些不对劲儿，现在看来的确是不对劲儿。

“没错，我当时就觉得他们两个之间一定有什么关系。”孙志波说完就看到严颜被教导员拉住了，她一边挣扎，一边说着什么。

“停。”赵子坦喊了停，张老师立刻停了下来。

“怎么了？”孙志波看着赵子坦问了一句。

“为什么不早点把这盘录像带交给我们，你知不知道这有可能成为找到严颜的依据，这个教导员有可能就是杀害严颜的凶手。你早就知道，却什么都没有说。你告诉我，你还知道什么？”赵子坦显得有点气愤，一个老师怎么可以这么没有师德呢？强迫自己的学生，甚至有可能杀害了这个学生，而且还不及时报案，到底在隐藏着什么呢？

“赵警官，不是我不想告诉你们，我是不敢。你们可能不知道，这个教导员可不是一般人，他有关系，我们都惹不起他。他的这件事我也是看录像的时候知道的，后来他威胁我，我就把录像带给了他，但是我留了个心眼，拷贝了一份。这个学生在我们学校很有名，长得漂亮，学习又好，还勤工俭学，教导员就几次借口给她资助来强迫她，但是她没有要。后来我听说教导员生气了，把她的奖学金都没收了，什么都没有给她，所以她更加努力地打工，但是还是没有妥协。谁知道这件事刚过了一个月她就失踪了，刚开始我也害怕，觉得是不是他杀了她，但是后来想想觉得不可能。”

“为什么不可能？”孙志波问道，这些他都记录了下来。

“他怎么可能为了自己的私欲而不要自己的前程了呢？”

“你怎么知道他不会，你又不是他。他这人平时人品如何？”赵子坦问道。

“这人还算随和，就是有点自以为是，喜欢漂亮的女学生，这点大家都知道。”

“他有什么前科吗？”孙志波觉得自己的脊背有点发凉，这就是所谓的教师，怎么可以这么对待自己的学生呢？

“应该没有，不然档案上一定会有的。他就是家里条件好，对人还是可以的，对我们也还可以，我觉得他应该不会杀人。”张老师自己揣测着，他的心里其实很害怕，要是真的是他呢？

“我们不是他，猜测不出他的想法。张老师，我希望你不要把我们的对话告诉别人，这件事暂时保密，不许告诉任何人，否则你知道后果的。”张老师点了点头。

“好了，继续放吧。”张老师点开了视频，想看看会不会有什么其他的收获。

第二十六章

幕后窥客

录像继续播放，赵子坦和孙志波专注地看着，录像里严颜一直不停地推拒，教导员不依不饶，两个人起了不小的争执。

“停，倒回去。”赵子坦沉声说道。

“怎么了？”孙志波并没有觉得有什么不对。张老师虽然也很疑惑，但还是顺从地倒了回去。

“停，从这里开始放。”张老师停住，视频继续播放，又播放到了刚才暂停的位置，孙志波和张老师还是没有看出什么。

“赵警官，怎么了？”张老师试探着问道。赵子坦对着他看了三秒，然后笑了，这让孙志波和张老师都有点不明所以。

“志波，把录像带带回去。张老师，今天就到这儿吧，希望你能够保密。”

“一定，赵警官，有什么事你就再来找我，我一定会知无不言的，还希望你不要治我的罪。”张老师尽量说着好话，毕竟之前他的确撒了谎，这要是追究起来是要负法律责任的。

“好的，我们就先走了。”孙志波已经拿好了监控录像带，他还是不明白，为什么赵子坦突然就不在这儿看了，难道是有什么事在等着他？

“慢走，赵警官、孙警官。”孙志波对着张老师点了点头，然后两个人就走了出来。路上孙志波一直想问什么，但最终还是没有问出来，倒是赵子坦先发问了。

“你真的什么都没有看出来？”孙志波点了点头，难道真的有什么？可是自己除了看到他们两个人在争执，真的什么都没有看出来。

“走，现在就回警局，我发现了新问题。”赵子坦严肃地说道。

“赵叔，您到底看到了什么？怎么我没有看到呢？”

“回去我让你看看。”两个人开车回到了警局，这时候大家都在忙，警局里人不是很多。

两个人继续看起了录像，“停，倒回去。”赵子坦说道，孙志波听话地倒了回去。

“看到了吗？”

“没有，到底是什么？”孙志波紧紧地盯着屏幕，还是没有看到有什么不对的地方。

“认真看，仔细看，倒回去，接着看，注意四十八秒的时候。”赵子坦准确地说出了时间。孙志波又倒回去，然后看着屏幕，突然他愣住了。

“赵叔，闪光灯。”孙志波惊叫道。赵子坦点了点头，脸色有点阴沉。

“再往下看。”孙志波“嗯”了一声，录像带继续放着，突然两个人好像听到了什么，同时停了下来，然后严颜猛地推开教导员离开了，教导员环顾了四周，匆匆离开了。

“赵叔，不对呀。”孙志波说道。

“什么不对？”赵子坦早就知道不对，但是故意问道。

“现场并不是只有两个人，还有一个人，一个偷窥的人，而且这个人一定拍了照片。”孙志波分析道。

“你怎么知道那里有人在拍照片？”赵子坦问道。

“要不然怎么会有闪光灯呢？”

“有闪光灯就是拍照吗？也有可能是别的问题呢？”赵子坦引着孙志波步步深入，孙志波越来越觉得蹊跷。

“可是后来您也看到了，他们两个人突然不争执了，明显就是因为有人发现了他们。虽然我们不知道这个人是谁，但是肯定有这么一个人，这个人一直在观察着他们，不然那个男人不会放开严颜的。”赵子坦终于点了点头。

“我也想到了，这么说来，一直跟踪和偷窥严颜的并不是那个教导员，或者说并不是只有一个人在窥视着严颜。事情又复杂了，复杂得我已经快要理不清了。”赵子坦很少出现这种状态，他觉得自己的思想已经被这件案子困住了。

“赵叔，我觉得那个偷窥的男人目的一定不一般，而且还掌握了不少的事情，尤其是关于严颜的。我们现在还不知道他出于什么目的，但是他很有可能是因为喜欢严颜，但是最后因爱生恨。当然，也有一种可能，那就是他只是一个单纯的爱慕者，在背地里默默地关注着严颜，保护她。”

“这个世界上的人要是都是你这种单纯的想法就好了，就怕事情没你想得那么简单。”赵子坦叹了一口气，起身倒了一杯水。

“到底是谁呢？您觉得这个人会是谁呢？”孙志波看着赵子坦，赵子坦摇了摇头。

第二十七章

谁是凶手

“来，志波，我们先别急着查找，我们先把事情里的人物关系理清楚。现在人物关系复杂，我们要是理不清，恐怕就陷到别人的圈套里面去了。”

“赵叔，我也是这么觉得的，我们现在好像就已经被这一条条的线索困住了，也不知道哪个是真的，哪个是假的，哪个有用，哪个没用，完全没有头绪。”

“那就先把线索画出来。”两个人开始把所有的人物和线索串联起来。

“吴彪、教导员、李美佳、程瑞、教授，还有严颜的父母，对了，还有肉店老板、李美佳的男朋友周小剑、打工那家店的老板，最重要的就是这个还没有露面的偷窥者。赵叔，你觉得最有可能是谁呢？”孙志波一边指着画在板上的人员关系示意图，一边看着正在思考的赵子坦。

“先把严颜的父母去掉。”孙志波点了点头，然后把严颜的父母从示意图上画掉。

“还有呢？”

“你觉得谁的可能性最小？”赵子坦思考着。

“我觉得是肉店老板。”

“为什么？”赵子坦有些好奇。

“虽然手指是在肉店老板那里出现的，但是并不能证明手指原本就在肉店老板那里，说不定是别人想要栽赃嫁祸。再者说，一个人怎么会故意吸引我们的注意力呢？贼喊捉贼这一招并不是屡试不爽，我们一旦知道了东西在那儿，就一定会去找的，要是凶手真的是他的话，那不就露馅了吗？”孙志波分析得头头是道。赵子坦一边听着一边点头，等他说完以后却停顿了一会儿。

“怎么了？赵叔。”

“为什么就没有可能贼喊捉贼呢？你没有听说过一句话吗？那就是‘最危险的地方往往是最安全的地方’，也许他就是想要让我们有这种错觉，才想出了这么一步险棋。”孙志波也顿住了，因为他觉得赵子坦说得的确有道理。

“那么动机呢？他杀人的动机是什么？”孙志波问道。

“动机在他的脑子里。”

“那我们是要去把他抓过来问罪吗？”孙志波脱口而出。

“以后做事一定要多动脑子，我们凭什么把人家抓过来问罪？他犯了什么罪？难道就因为人家卖的肉里多出一根手指就被抓来问罪吗？我们可以审问，但是不能以此来定罪。一个人，哪怕他是我们认为的嫌疑人，只要没有被定罪，他就是无辜和清白的，我们不能用对待犯人的手段去对待他，你觉得呢？”赵子坦的反问让孙志波感到了一丝羞愧，自己太急于求成了。

“我们警察办案讲究的就是证据，没有证据怎么抓人，就算是你抓到了，没有足够的证据也还是要放了的。所以说不要想这些没有用的，最主要的就是证据、证据。”赵子坦又何尝不着急，案子迟迟没有进展，他现在是吃不好睡不好。

“赵叔，上次我审问他的时候调查过监控录像，基本上和他说的吻合，而且肉摊儿离学校又不是很近，严颜又不可能经常去买肉，所以我觉得他没有任何动机。”赵子坦的嘴角微微动了一下。

“以后话不要说得这么死。”

“那赵叔，您觉得呢？”孙志波点了点头。赵子坦盯着示意图看了半天。

“我觉得谁都可能有问题，除了严颜的父母。”

“可是这样我们没有办法继续走下去，我们现在需要理出一个线索来。”

“我难道不知道需要一个线索？我觉得一切线索都在录像带中，从今天的发现我明白了，我们之前看得还是不够仔细。我们要好好看，争取摸清偷窥者的习惯和变化。”

“好。”孙志波拿过电脑来逐帧播放。

“你能把这些摄像头的位置拼一张完整的位置图吗？”

“这个需要一点时间。”孙志波愣了一下，一是不知道赵子坦为什么这么问，二是不知道这个东西有什么作用。

“好，我给你时间，三天以后我要看到满意的答复。”

“赵叔，您有什么新想法？”

“想法谈不上，知己知彼才能百战不殆，现在我们连躲在暗处的偷窥者在哪儿都不知道，怎么谈得上知己知彼。我们把结构图拼出来，这样再把视频串联起来，我想就好办多了。”赵子坦嘴角露出一点笑。

“今天我多借几台电脑，然后叫人帮忙。”赵子坦点了点头，应该会有用吧，他不确定，却无路可走。

第二十八章 吃出脚趾

“赵叔，您快去看看吧，出事了。”宋志刚跑了进来，赵子坦正闭着眼睛思考。

“什么事？到现在还大呼小叫的。”宋志刚喘了几口大气，就站在赵子坦的身边，赵子坦皱了皱眉头。

“赵叔，又发现了受害者的身体了。”他用的是身体，赵子坦并没有在意这两个字。

“在什么地方，什么时候？”宋志刚的气息已经差不多平稳了，但是脸上的表情很难看。

“就是刚才，我给您打电话了，但是您没有接到，队长叫我过来，现在就让您过去呢。”

“行，你带我过去，我们一边走一边说。”宋志刚点了点头，两个人快步走了出去。孙志波看着他们两个人走了，他也想去看看，但是终究还是忍住了。

“到底怎么回事？在什么地方发现的？”赵子坦急于知道答案。

“今天早上我和刘晨在值班，然后就有人打来电话报警，说是在花园路那边发现了尸体。我们就赶紧赶了过去，结果您猜我们看到的是什么？”宋志刚的脸色变了变，赵子坦没了耐心，催促道，“你快说，卖什么关子。”

“我们看到了一堆肉，炖好了的肉。”宋志刚的脸色瞬间变得发白，赵子坦还是有些不明白。

“你说的是什么意思？什么一堆肉，怎么还是熟的？”赵子坦显得很着急。宋志刚顿了一下，然后又深深地吸了一口气，脸色稍微变得正常了一点。

“我们去的时候120也刚好到了，然后我们就看到一个老太太被抬了出来，我们进去以后看到地上有点乱，一个中年女人坐在沙发上发抖，还有一个男人刚送走了救护车，走了进来。那男人脸色发白，然后我们就问他，他指了指餐桌，我和刘晨走过去看了看，就愣在了那里，桌子上有一个小脚趾，一个女人的脚趾。”宋志刚觉得自己有些头晕，但是还在开车，他就尽量保持着镇定，生怕出什么意外。

“怎么回事？”赵子坦再也无法保持冷静了，焦急地开口询问。

“就是……”宋志刚刚想说什么，突然出现了一辆车，宋志刚猛地转了一下，脸上满满的都是汗。

“转弯。”赵子坦大喊一声，车子擦着另一辆车的边晃了过去，差一点就撞上了，两个人赶紧把车停到一边，开门下车。

“对不起，对不起，车子有事吗？”宋志刚开口问道，车主也下车了，正要发怒，结果看到是警察，怒气只能忍了回去。

“没事没事，你们执行任务要紧。”司机是一个中年男人，刚才本来是左转弯，宋志刚却闯了红灯，所以差点撞到一起，幸好他反应灵敏，不然一定会酿成悲剧，因为那时候他的车速很快。

“我刚才车速太快了，吓到了您，实在是抱歉。”那人看宋志刚态度很好，气也就消了一半，脸上也有了笑容。

“没事没事，你们快去吧。”司机很体谅地说道。

事情不能耽误，宋志刚他们见没有事也就离开了。

“到底怎么回事？”这时候换了赵子坦开车。

“您知道那根脚趾是怎么跑到锅里的吗？”赵子坦也在想这个问题，难道他们看不见有一个脚趾吗？怎么会把它炖了呢？

“那个脚趾是在肉里吃出来的。”宋志刚感到一阵恶心，赵子坦也觉得自己听了这个以后胃里有些不舒服。

“什么意思？为什么是在肉里？”

“我们也想不明白，于是就问了男主人，没想到我们刚问，女主人就跑了出去，男主人跟我们一块儿坐下，一个劲儿地摇头。原来他们想着自己的弟弟和弟媳妇要来，就买了点大肉炖着，可是正在大家吃到一半的时候老太太突然伸手在嘴里抠着什么，他们一看，老太太从嘴里抠出来一根特别纤细的丝，再一看，就看到原本那块大肉中间是空的，一个脚趾赫然出现在那个空隙里。老太太当场晕了过去，一家人也是吓得不行，赶紧打了120还有110。”赵子坦觉得自己的呼吸有点急促，这个世界上真的有这样变态的人？

第二十九章

鸭舌帽男人

到场的时候，队长正在和男主人谈话，看到赵子坦走进来就站了起来，看见赵子坦的脸色，他知道赵子坦已经知道了。

“手指呢？”赵子坦一进门就问道。

“是脚趾，已经拿去鉴定了，相信结果很快就会出来了。”

“还有什么别的线索吗？”赵子坦看了看男主人，男主人对着他点了点头，女主人已经离开了。

“肉是在和上次相反方向的一个肉摊儿上买的，我很奇怪，这个人是怎么把那块‘肉’放在肉摊儿里面而没有被发现的呢？”队长不会以为这次的这个人还是凶手，这次很有可能和上次一样，只是个诱饵。

“他这是在和我们玩捉迷藏呢。”赵子坦阴沉着脸说道。

“我已经叫刘晨去查了，应该最晚中午就会有消息。你一直经办那个案子，你看看这其中会不会有什么联系，会不会是凶手故意做给我们看的，让我们落入他的圈套里面。”

“我们已经落入一个旋涡了，回去我和你说说。现在这个案子已经把我缠住了。”

“连你都能被缠住，看来一个月很难破案了。”队长叹了一口气，赵子坦也摇了摇头。

“我就不信邪能胜正。”

这时候男主人走了过来，“我又想起了一件事，我记得早上我去买肉的时候遇到一个人，他有点奇怪，现在想起来的确是有点奇怪。”

“什么人？又是怎么奇怪的，你说说。”赵子坦马上警觉了起来，希望这个奇怪的人能够带给他新的线索。

“当时我正在那儿买肉，这时候走过来一个男人，戴着鸭舌帽，我并没有看清他的样子，只是在我付钱的时候他说我钱掉了，我一低头真的有钱，就弯腰捡了起来，我再站起来的时候就看他并没有买东西，而是离开了。这时候老板看了看我，就问了我一句‘你看看你的袋子里有什么别的东西吗？’我当时有点儿奇怪，但还是看了看，什么都没有。我就对着他笑了笑，他的眼神有点奇怪，我也没有在意，现在我明白了，那个脚趾肯定是那时候他放到我的袋子里面的。”男主人恍然大悟地说道。赵子坦和队长对视了一眼，觉得这件事绝对没有这么简单，能够用这种手段来设陷阱，凶手太狡猾了。

“你是在哪个市场买的？”赵子坦问道。

“就在我们家附近的市场。”

“谢谢你，我现在就去找一下刘晨，你们清理现场吧。”赵子坦急着走了出去，队长紧跟了两步。

“怎么了？”

“我可能想到了什么，我看看四周有没有摄像头，说不定能够找到凶手。”

“那好，你快去吧，这里留着我来处理。”赵子坦点了点头就离开了。

他到的时候市场已经没有早上那么热闹了，刚过中午，这里走动的人不多。他给刘晨打了个电话，他们正在肉摊儿那儿询问。

“怎么样了，查到了什么没有？”赵子坦来到刘晨的身边，刘晨点了点头。

“老板说早上有个人他觉得很可疑，我们正在问，您就来了。”

“怎么可疑？”赵子坦看着老板问道，这个老板看起来也是彪形大汉的模样，穿着一件满是油的棉衣。

“就是早上我在这儿卖肉，有个人来买肉，一会儿又来了一个人，那个人戴着鸭舌帽，还有口罩。我给买肉的人找钱的时候就看到那个人往另一个人的袋子里放了什么，反正是动了他的袋子，所以等那个人离开以后我就让买肉的人看看是不是多了什么东西，买肉的人看了说没有。但是我还是觉得那个人有点儿奇怪，于是就看着他，他又去了另一个肉摊儿，依旧是同样的把戏。我觉得应该就是那个人有问题。”

“那你为什么不报警？”刘晨问道。

“我又没有证据，而且人家都检查过了，什么东西都没有，我怎么报警？”肉摊儿老板有点儿为难地说道。

“你们这有没有摄像头？”赵子坦转换了话题。

“这个还真有，而且还正好对着我们这儿。”

“在什么地方？”

“那不是，就在对面。”肉摊儿老板指了指，赵子坦和刘晨看了过去，的确有一个摄像头，而且的确是对着这里。

“能照清楚吗？”

“能，这是我让人家安在这里的，我认识里面一个施工的，就动了点儿小心思，想着能够照着自己，而且还去看过，很清晰。”赵子坦点了点头，他觉得答案似乎正在一步步逼近。

第三十章

缺失的两个小时

赵子坦和刘晨找到了那个摄像头，并且要了一盘录像带。为了早些知道答案，他挨着查看了监控录像，结果只有那个摄像头捕捉到了比较清晰的画面。

“赵叔您看，是不是这个人？”赵子坦早就注意到了这个人，他戴着鸭舌帽，穿着一件黑色的上衣，手里提着黑色的袋子。

“应该是这个人。”赵子坦的脸色阴沉，找到这个人了，可是却看不清脸，因为他还带着一次性口罩，显然是做了很好的反侦查措施。

“赵叔，我觉得他袋子里装的就是那块‘肉’。”刘晨觉得自己的身体里涌出一阵恶寒，怎么会有这么恶毒的人，到底有多么大的仇恨，竟然会做到今天这一步。

“没错，肯定是，可惜看不清那人的脸，再找找，看看是不是能够找到比较清晰的面部图像。”

两个人看了一遍，但是就是没有清晰的面部图像，这可怎么下手，一下子又被困住了。

“赵叔，我觉得这个人太可恶了，怎么会想出这么恶毒的手法来呢？这让买到的人多么害怕。”刘晨愤愤不平。

“所以我们才更要抓到这个人，不然人心不能定。”刘晨点了点头。

等他们带着录像带回去的时候孙志波已经把视频整理出来了，所有的视频分别用十几台电脑操控着，同一个时间运转，可以看到这个时间段学校里任何地方发生的事。他累得不行，但还是先给赵子坦打了个电话，等到赵子坦他们回来的时候，他已经趴在桌子上睡着了。

“这小子怎么睡着了。”刘晨想要叫他，可是却被赵子坦制止了，他拍了拍刘晨的肩膀。

“去给他买点吃的吧，累了一天了。”刘晨点了点头，然后离开了。

赵子坦看着电脑屏幕上同时播放的画面，又想到今天看到的画面，会是一个人吗？如果是一个人的话，那么这个人会是谁呢？到底出于什么目的呢？

“赵叔，您回来啦。”孙志波本来就睡得不踏实，刚才赵子坦一不小心碰了桌上的玻璃杯，孙志波被这个声音弄醒了，他伸了个懒腰。

“打扰你睡觉了。”赵子坦笑了笑，坐了下来。

“没有，眯了一会儿。今天出去看得怎么样？”孙志波知道赵子坦出去查案子了，心里也急着知道进展。

“情况不容乐观，一会儿等刘晨回来和你说吧。”

“他也回来了？”赵子坦点了点头，“那人呢？”孙志波四下看了看，没有刘晨的影子。

“出去给你买吃的去了，看你累了。”

“还是这小子够意思。”孙志波听了这话脸上就笑了。

“你从视频里发现了什么吗？”孙志波先摇了摇头，随后又点了点头。

“倒还真有一点发现，我发现后来张老师给我们的那段缺失的视频，最后还是少一段，大约少了两个小时。”孙志波回归到了工作状态，态度认真起来。

“少了什么时间的？”赵子坦一边看着视频一边问道。

“严颜失踪当天晚上的两个小时。”赵子坦听到这话立马转身看着孙志波。

“你说什么？正好是那天晚上？”孙志波点了点头，“更重要的是，视频缺失的最后几分钟内，明明看到了严颜，可是那两个小时的视频找不到，我们就不知道这期间到底发生了什么。严颜就是在这两个小时里失踪的，去了哪里我们也不知道，只要找到这两个小时的视频，事情的真相就能够解开了。”孙志波意识到这两个小时对于整个案件的重要性。

“为什么会少了这两个小时呢？这两个小时到底在谁的手里呢？”赵子坦像是自言自语地说道。

“赵叔，要不要再去找找监控室的张老师？”赵子坦沉思了一下，然后点了点头。

“今天我们也有一个重大发现。”赵子坦看似平静地说道。

“什么重大发现？”孙志波来了精神地问道，他急于知道所有关于这个案子的线索。

“凶手出现了。”

孙志波瞪大眼睛，完全不相信自己的耳朵。

第三十一章

游戏开始

“凶手？在哪里，长什么样子？”孙志波觉得自己的心都要跟着跳出来了，凶手怎么会在这个时候出现呢？这个他们找寻已久的凶手到底是什么样的人呢？好多疑问在孙志波的脑子里飞速地旋转着。

“不知道什么样子，在这里面，你自己看吧。”赵子坦把视频递给孙志波。孙志波急不可待地点开，然后慢慢往下看，这时候刘晨走了进来。

“吃点儿东西吧！”赵子坦做了一个“嘘”的姿势，刘晨赶紧闭了嘴，孙志波看到了那个戴着鸭舌帽的男人，他点了停止，然后转头对着赵子坦。

“赵叔，是不是这个人？”这时候凶手刚刚出现，还没有开始行动，赵子坦满意地笑了笑。

“你怎么知道是这个人？”

“感觉，警察的感觉。”

赵子坦点了点头。

“没想到你还挺聪明，就是这个人，可是就是不知道这个人长什么样子，看起来有 175 厘米左右，这个人的反侦查能力很强呀，一张正脸都没有。”刘晨在一边附和道。

“等等，我再看看，看能不能发现什么蛛丝马迹。”孙志波点开继续看。刘晨把刚买来的包子递给他，让他边看边吃。赵子坦和刘晨则专心看孙志波整理出来的视频，但是却并没有什么新的收获。

“看出了什么？”半个小时过去了，刘晨打破了宁静的气氛，孙志波摇了摇头。

“反侦查能力太强了，后来竟然在镜头里面消失了。”

赵子坦还在专心地看着。

“不过我倒是真的有个发现。”孙志波接着说道，赵子坦回头看向他。

“什么发现？”刘晨着急地问道。

“我看到了教授。”孙志波指了指出现在镜头里面的教授，教授正在买菜，手里提着一个紫色的布袋，一边看菜一边讨价还价。

“哪个教授？”刘晨并不知道孙志波口中的教授是谁。赵子坦也看到了教授，但是并没有在意，因为他出现在菜市场买菜简直是最正常不过的事了。

“就是第一个发现严颜手指的教授。”孙志波一边解释一边喝了点水。

“就是他？看着像是有文化的人。”

“这话说得，人家教授能没有文化吗？”孙志波揶揄道。

“就你知道行了吧，看你能的。”刘晨不服气地说道，然后突然想到了什么，“对了，你想知道今天发生了什么吗？”孙志波看着他，他当然想知道，赵子坦刚才没有告诉他，现在他更加急于知道。

“别卖关子，快说。”

“今天又发现了一个脚趾。”刘晨的脸色变得严肃认真起来。

“脚趾？谁的？”

“谁的还不知道，但是极有可能是严颜的，而且手段极其恶劣。你知道在哪里发现的脚趾吗？”刘晨神秘兮兮地说道。孙志波觉得气氛有些不对，这个脚趾的发现肯定不同寻常，不然刘晨不会这样说。

“在哪里？”

“肉里。”刘晨一字一顿地说道。孙志波的眉头立马皱了起来，肉里？这个回答怎么也让人想不明白。

“什么意思？说话能不能说清楚？”

“脚趾被人用透明的纤绳缝在了一块肉里，然后偷偷地放到了一家人买的肉里面，然后这家人的老太太就吃了出来，直接被吓到医院里面去了。”刘晨一边说着一边摇了摇头。

“就是刚才视频上那一段？”刘晨点了点头。孙志波不敢相信自己耳朵，怎么会有人想到这种方法，胆子小的人一定会被吓死。

“在什么人家发现的？”

“一个政府人员的家里，老太太真可怜，我们去的时候正往救护车上抬呢。”刘晨叹息着说道。

“怎么会有这么变态的人，他这是在玩心理游戏吗？为什么要一再伤害无辜的人？”孙志波咬着牙，他就不信抓不到这个凶手，这样的人太残忍了，应该被千刀万剐才能解恨。

“志波，难道你没有发现吗？其实游戏才刚刚开始，而他在明，我们在暗。”

“我一定要抓住他。”孙志波恨恨地说道。

第三十二章
城外的人头

三个人正在商讨的时候程册跑了进来，一进门就抓住了赵子坦的手，三个人都愣愣地看着他。

“赵叔，有新发现了。”赵子坦看着气喘吁吁的他，知道一定又有大事发生了。

“什么事，快说，婆婆妈妈的像个娘们儿。”刘晨有些急躁，程册白了他一眼。

“城南的垃圾场发现了人头，是严颜的人头。队长他们已经赶过去了，刑侦的法医也已经过去了，队长叫我拿东西，您快去看看吧。”赵子坦听完没有回答，飞快地跑了出去，刚跑出去手机就响了，是队长打来的。这时候刘晨和孙志波也已经上了车，刘晨开车。

“队长。”赵子坦的声音很低沉，一股异样的感觉在他的脑子里旋转着。程册说是严颜的人头，现在严颜的尸体正在慢慢地拼凑出来，下一步会出现什么呢？严颜的心脏？

“知道了，我们正在赶过去，凶手的视频找到了，但是看不清是谁，我到了和你说，大概需要二十分钟的时间。”挂了电话，车里立刻就陷入了死一般的寂静。刘晨开车的速度本来就快，现在更是连闯红灯，幸好现在不是高峰期，路上的车不是很多。孙志波的困意一点也没有了，他的脑子里很乱，马上就要见到真正的严颜了，可是现在的她变成了什么样子呢？

他们赶到的时候现场已经围了不少的人，队长正在对发现严颜的头的人进行询问。那个人是个六十岁左右的老人，头发有些凌乱，是这里的一名工人。

“怎么样了？”赵子坦赶了上去，队长指了指法医那边，赵子坦又赶紧走近法医。

“怎么样了？”法医正在细细地检查着。赵子坦和孙志波、刘晨的视线都集中到了那颗人头上面。头发有些凌乱，脸部表情有些抽搐，眉头痛苦地皱在一起，嘴使劲儿地张开着，好像要呼喊什么，但是却又发不出声音。脸的左上角有一块瘀青，脖子被人用利器切断，上面甚至还残留着血迹。因为是冬天的缘故，头颅被保存得很好，没有丝毫破坏的痕迹。孙志波看着这颗好像在拼命挣扎的头颅，又想到了照片上那张灿烂的笑脸，他有些受不住地闭了眼睛，转身背对着她。孙志波觉得她好像在对着自己怒喊，质问自己为什么没有解救她；质问自己作为一名警察，为什么还没有找到凶手。孙志波睁着眼睛，想要再回头看一眼她，但是他却没有力气转身，他竟然有些不敢面对。这样花季的女孩，这样美好的年龄，到底是谁剥夺了她幸福的权利。

“头被保存得很好，可以看得出当时所受的伤害，脖子虽然被切断了，但是却能够清楚地看到上面存留的青色的掐痕，当时死者一定承受了非人的折磨，而且看她的口型应该是有大声喊叫的，但是却没有人听到过这样的喊叫，很蹊跷。左脸上有一块瘀青，应该是被殴打所致，具体的还要回去好好检查。”法医冷静客观地分析道。赵子坦点了点头，然后站了起来，当他看到孙志波背对着他们的时候，伸手拍了拍孙志波的肩膀。

“回去吧，你累了。刘晨送你回去睡一觉就好了，明天我还等着让你去和我找凶手呢。”他知道孙志波接受不了，别说是他一个刚参加工作的孩子，就是他这个在警察岗位上奋斗了这么多年，就快要退休的“老人”都觉得有些不忍。

“没事，我能坚持。”孙志波嘴硬地回答道。刘晨看了他一眼，不知道他是心理上的问题，只当他是累得不行了。

“熬了这么久了，回去吧，逞什么强，我送你回去。”刘晨说完就不由分说地去拉孙志波的胳膊。孙志波动了动，终究没有挣开。

“回去吧，休息好了就行了，我这边还有点事儿，你先回去。刘晨，送他回去。”赵子坦说完朝着队长走了过去。

“走吧。”刘晨拉着孙志波离开了。就算是离开了，孙志波还是没有勇气再看一眼那颗头颅，因为他觉得内疚，作为一名警察，找不到凶手就是他的无能。

“那边怎么样了？”队长看到赵子坦走过来问道，赵子坦摇了摇头。

“结果要等等，是谁发现的？”赵子坦要知道经过，这个可恶的凶手到底在哪里呢？会不会正躲在某个角落偷偷嘲笑他们警察的无能呢？

“我发现的。”老人回答道。

“大哥，您能和我讲讲经过吗？”老人点了点头。

“你们聊吧，我过去看看，小张，做笔录。”说完队长就朝法医走了过去。

第三十三章

恨意

“今天上午我们来清理这里，我就看到一个很好看的袋子，而且一点儿也不坏。我就想着谁会扔这么好的袋子，里面装的是什么，就打开来看了看，一看就吓了我一跳，里面竟然是一颗人头，我这不就赶紧报了警。”老人心有余悸地说道，布满皱纹和污渍的手微微颤抖着。赵子坦看了看周围，又看了看法医那边。

“那袋子在哪里？”对呀，袋子这么重要的问题他怎么会忽略了呢？

“就在那边。”老人指了指法医的身边，果然放着一个很好看的袋子，上面有花色的图案，看起来也很新。赵子坦径直走了过去，从旁边的警察手里拿了一副手套戴上。他看了看袋子，很新，虽然在垃圾旁边放了这么久，但是还是很新。他看了看外皮，上面只有几个英文单词，他看不懂，也就没有注意，他又伸手翻过了袋子，里面带一层防水层，有点点血迹和污痕，然后他把整个袋子翻了过来，突然就有了一个重大发现，就是里面粘着一块双面胶，上面竟然用钢笔写了一行字：这就是贱女人的下场。赵子坦打了一个寒战。

“队长，过来一下。”他显得无比镇定，声音是严肃的。队长快步走了过来，虽然不知道发生了什么，但是觉得赵子坦这么严肃一定是有什么事。

“怎么了？”队长蹲下来，旁边的人也都凑了过来。字不大，但是还是能够看得出来。

“你看看。”赵子坦把袋子递给队长侯德全。侯德全接过去看了看，然后抬头看着赵子坦。

“这绝对是情杀。”赵子坦没有回答，而是低着头想了想，真的是情杀吗？可要是不是的话为什么凶手会写下这样的话呢？赵子坦想了想还是拿出手机拍了张照片，虽然现场会有人拍照片，但是他还是拍了下来，他觉得这几个字绝对有更深层的含义，只是现在他不知道这个含义到底是什么，难道说严颜真的没有大家想象得那么单纯，她真的骗了大家吗？那么这个称她为“贱女人”的人又是从何而来呢？会是她的男朋友吗？会是她背后的那个男人吗？是教导员，是那个偷窥者，还是其他的人呢？赵子坦觉得绕了一圈似乎又绕了回来。

“想什么呢？”侯德全看着赵子坦。赵子坦回过神来，对着他摇了摇头，难道自己真的掉进了一个陷阱？

“没想什么，我在想这个人有可能是谁，你觉得呢？”赵子坦望向侯德全。侯德全站起来，看了看四周，叹了一口气。

“能够抛尸到荒山野岭，而且还采用了这么狠毒的手法的人，肯定是一个精神变态的人，同时这个人又说死者是‘贱女人’，可想这个人是知道死者的一些事的，而且是比较私密的事，那么这个人有可能就是她身边的人。这么一说范围就大了，上次你们也说了，死者的名声不是很好，不管她有没有做那种事，是不是那种人，首先，无风不起浪，肯定是有什么前兆的，大家有可能是捕风捉影，但是风从哪里来呢？这个放风的人又是谁呢？再者说来，死者的身份有些特殊，作为校花，肯定会吸引大批的追求者，平常的一举一动也都在大家的关注下，大家会不自觉地对她进行一种监视。这虽然不是什么坏事，但是一旦被别有用心的人利用，后果就很难想象。而且这么多的仰慕者，我们怎么会知道是谁呢？谁都有可能是凶手，而且谁也都有可能是无辜的。对了，你之前说，死者说有人跟踪她，那么这个人是谁呢？这个人是个很关键的人，一旦查出了这个人，那么这个案子或许就真正地找到转机了。”侯德全意味深长地说道。

“什么意思？”赵子坦看着他问道。

“现在我们已经陷到泥沼里面去了，难道你没有发现吗？”赵子坦看着前方，都是垃圾，到底是有多恨呢？就算是把人杀了也不让人留个全尸，在这样一个满是垃圾的地方，生前再荣耀又有什么用呢？

“发现了，我们绕了一圈又绕了回来。”赵子坦自嘲地撇了一下嘴角。

“看来还是凶手厉害，我们这些站在明处的人说不定正在被人看笑话。”

“你说是有多恨呢？”赵子坦看着他问道。

侯德全沉思了一下：“恨之入骨。”是呀，这个词用得多好，要不是恨到了骨髓里面，怎么会有这样的结局呢？

“看来人才是最可怕的。”赵子坦叹了一口气。

“不能这么说，大多数人还是好的，要是这个世界上都剩下坏人了，那么我们也都不用工作了。”

“为什么？”

“多了不就合理了。”侯德全说得很有深意。赵子坦愣在那儿，一时间不知道该怎么回答。

第三十四章
再次出现的黑衣人

处理好现场以后大家开始收拾准备回去，赵子坦顺带拿了监控视频。回去的时候孙志波在睡觉，他不确定孙志波睡没睡着，就直接去了电脑室，这时候刘晨走了进来。

“赵叔……”刘晨欲言又止的样子。赵子坦看了他一眼，他坐了下来，然后就看着视频，没有再说一句话。赵子坦最后终于忍不住了，抬头再次看向他。

“你是不是有什么事要说？”

刘晨看了他一眼，然后又幽幽地说道：“赵叔，您不觉得志波有什么不对劲儿吗？”

“什么不对劲儿？”赵子坦明知故问道。

“我就是觉得他不对劲儿，你没看到今天他看到严颜时候的表情，脸色苍白，整个人和傻了一样。回来的时候一句话都没说，倒头就睡，把我吓坏了。”刘晨心有余悸，这样的孙志波是他不曾见到过的，孙志波为什么会变成了这样呢？

“那你看到现场的时候是什么样的感觉？”赵子坦没有回答他的问题，反而反问道。

“感觉？我当时就是比较震惊，很惋惜。”他停住了，赵子坦见他没有说下去的意思，于是继续说。

“看来志波是一个感性的人。”赵子坦说完叹了一口气。

“赵叔，您这么说就是说我不感性喽？”刘晨有些粗枝大叶，但是在某些方面又会很细心，他没有孙志波那么多愁善感。严颜再好，他也不认识，再多的伤悲又有什么用呢？

“就你这样的粗枝大叶哪来的什么感性，你就别管那些了，跟我一块找凶手。”

刘晨点了点头。两个人看了半天，终于有一个男人提着那个袋子出现了，那个男人还是穿着那一身黑色的休闲装，戴着口罩，不过这次换了一个保暖的帽子，依然是完全看不清脸。他慢慢地走着，没有丝毫的慌张，然后轻松地放下了袋子，甚至还在离开的时候和一个刚来的工人打了个招呼。

“赵叔，我觉得这个人不一般。”刘晨说道。赵子坦看了看他，他一脸认真。

“怎么个不一般？”

“你看他穿的还是上次的衣服，但是这次他选择了一个鲜艳的袋子，足见他对人的心理有了解，知道人们对于黑色的袋子更容易产生怀疑，而且他在离开的时候还在和别人说话，说明了他的心理很强大，足以让他一步步实行他的计划。我敢保证，这只是他计划的一部分，说不定带着我们兜圈子也是他计划的一部分。”赵子坦点了点头，但是没有笑，此时此刻他怎么笑得出来呢？

“你很聪明，也很细心，但是他为什么会选择扔到那么远的地方呢？明明可以近一点的。”垃圾场在远离市区的地方，这个地方人烟稀少，而且要是他真的想要人发现的话，不是应该放到比较容易被发现的地方吗？这种地方可不是容易被发现的好地方，那里面的字又是为了什么呢？是想要让人发现，还是不想要人发现呢？

“我也不清楚，按照前几次的情况来看，他是想要让我们知道的，可是为什么这次跑得这么远，他到底是怎么想的呢？”两个人一阵沉默。

“赵叔，听程册说袋子上面写着字？”赵子坦点了点头，“写的什么？”

“这就是贱女人的下场。”刘晨愣了一下。

“上面写的是这个？”赵子坦又点了点头。

“那现在我问你，你觉得这句话是什么意思？”

“意思还不明确吗？肯定是报复，不然不会说这种话，也不会下这么狠的手。”

“那你觉得谁最有可能呢？”

“可能？可能的人太多了，但是我觉得最有可能的只有两个人。”赵子坦认真地听着。

“谁？”赵子坦也觉得有两三个人最有可能，就是不知道他们两个说的是不是一样。

“她男朋友，还有一个就是教导员。”答案重合了，看来这两个人该再次好好查查了。

“那你觉得那个偷窥的人呢？”

“两种可能。”

“哪两种可能？”

刘晨想了想，“要么就是他知道凶手是谁，要么凶手就是他。”

第三十五章
深入

“这个人很关键，我们一定要查出来，我今天看了看志波整理的视频，没有发现什么遗漏，只是少了那两个小时，我觉得事情就发生在那两个小时里。”赵子坦拿起一边的笔敲了敲桌子，笔碰到桌子不断地发出响声。

“赵叔，我觉得我们应该从一个新的角度去看这些问题。”刘晨想了想说道。

“什么新的角度？”赵子坦不知道刘晨的脑子里到底是什么样的想法，但是他对这个想法很感兴趣。

“你想，我们一直从严颜身边的朋友或者是比较近的人查，但是真的是这些人吗？不一定吧，我们为什么要墨守成规，不能够从一个全新的角度去看问题呢？说不定恰恰是一些不熟识的人，杀人的目的也不是为了报复，而只是找了这么一个人呢？我们都觉得犯罪嫌疑人是在和我们玩游戏，那么他的动机就绝对不可能单纯地对严颜一个人下手，而是一个更可怕的计划。”刘晨用严肃的语调说着让人感到毛骨悚然的话，但是赵子坦却听了进去。

“你为什么这么判断？”

“从凶手的行为上看出来的，你想，要是一个凶手真的只是为了报复，或者只是为情所杀的话，怎么会想出那么多花样呢？先是把人肢解，然后分不同的时间放到不同的地方，而且都是很容易被发现，或者说就是想要让人发现的地方，你觉得他的动机真的只是单纯的杀人吗？”赵子坦点了点头，示意他接着说下去。

“还有就是，我觉得我们应该用一种非正常的思维去想这个嫌疑人，首先排除女人作案的嫌疑，因为女人不可能把这一切都做得这么天衣无缝，就算是女人的话，也一定还有同党，不可能是单独作案，这可不是一个小工程，而且监控视频上显示的就是一个男人，所以我觉得女人的嫌疑可以排除。但是男人的范围太大，我们不好下手。按照常人的思维来看，凶手就是这些在她身边的人，但是今天袋子上的那几个字让我有了现在的怀疑。”赵子坦看着他，越发觉得刘晨说得有道理，这个年轻人看起来吊儿郎当，实则有很大的潜质，做刑侦的潜质。

“那几个字看起来很正常，你为什么会对此有所怀疑呢？”

“赵叔，您想想，他傻呀，但凡不想被抓到的人就不会这么干，为什么要在上面写字呢？真的恨的话也已经解恨了，还写这可有可无的字，原因只有一个，那就是想要嫁祸别人，把我们的调查方向引到她身边的人身上，这个人是真的很不简单！”刘晨感叹了一句。赵子坦看着他突然就笑了，笑得刘晨有点发蒙。

“我发现你小子也很不简单，分析得这么仔细。”刘晨听出了赵子坦是在夸他，心里美滋滋的。

“那可不是，他们每天说我不干正事，不务正业，其实我是在思考，他们不懂罢了。”

“那你想要加入这个案子吗？”赵子坦问道，他觉得刘晨是个很好的刑侦人才，加以培养必定能够成为一个出色的刑侦人员。

“可是队长现在让我跟着孙哥弄程晓那个案子呢。”其实刘晨是想要参与进来的，不然也不会花费这么多的心思，他很崇拜和尊敬赵子坦，赵子坦不争名夺利，一心一意为人民办事。他就是想做一名赵子坦这样的警察，更希望能够跟着他多学一些东西。他知道，虽然赵子坦什么也不说，但是他的心里其实已经有了很多想法，只不过他很谦虚罢了。还有一个原因就是他真的很想知道凶手是谁，因为不是每个人都这么残忍的。

“你要是愿意的话我去和他说，以后你就跟着我办这个案子，我们三个人组成专案组，一定要把这个可恶的凶手抓捕归案，让他知道，什么叫‘法网恢恢，疏而不漏’。”

“嗯，有我们这一群正义的守护神，我就不信这个世界上邪真的能胜正。”

赵子坦拍了拍刘晨的肩膀。

“这个世界还真的是什么事都有可能，只有你想不到，没有你见识不到的。”

“赵叔，您又打击我积极性。”刘晨喜欢开玩笑，也很招大家的喜欢。

“这不是打击你的积极性，而是在教你什么叫生活。”

“那您告诉我生活是什么？”

“生活就是你不断地努力，也许没有结果，但是你的努力对于你和一些人来说还是有价值的，只不过这份价值的大小不同罢了。”

“可我觉得这是一种变相的不公平。”刘晨反驳道。

“不公平？那你告诉我公平是什么样的。”刘晨虽然一直想着公平，但是现在竟然不知道该怎么回答。

“我告诉你，胜利者才有资格谈公平，而公平对于有些人有些事来说，未必有意义。”这句话一下子敲醒了刘晨，是呀，对于失败者哪有什么公平可言。就像这个案子一样，找到凶手是公平吗？那么对于死去的人呢？

第三十六章

我们是警察

孙志波醒来的时候已经是早上七点了，他就在值班室睡了半天加一晚上。这一晚上他做了一个很长的梦，梦到这一切都没有发生，可是醒来的时候还是要面对生活的残酷现实。他觉得自己有些脆弱，或者说是难以忘记以前的回忆。每每面对严颜的事他就会想起自己以前的女朋友，可是事情已经这样了，难道不是应该做好自己眼前的工作吗？

这时候赵子坦推门进来了，看到他醒了就对着他笑了笑，然后坐到了旁边的凳子上。

“赵叔！”孙志波有些惭愧地说道。他没有想到，自己竟然这么的脆弱，以前都是一腔的热血，可是真正面对那样的场景的时候，还是那么难以接受，这份职业真的是有太多的压力！

“是不是有什么话想要对我说？”

孙志波点了点头，看着赵子坦，就好像看着自己的父亲一样。

“有什么话就说吧，今天我会和你彻底讲清楚。”其实孙志波不说赵子坦也已经猜到了，这个孩子心思细腻，而且情感丰富，说实话不是很适合警察这个职业，但是他既然选择了，而且想要一直走下去，那么就一定要明白这是一种什么样的工作，也要克服自己内心的恐惧和难以接受的现实。

“赵叔，您是不是觉得我不适合当警察？”

“为什么这么问，是因为你自己觉得自己不适合当警察吗？”赵子坦笑了笑。

“我觉得我不够坚强。”孙志波点了点头，他有些羞愧，自己这就是在逃避吧。

“那么你告诉我什么叫坚强呢？”孙志波想了想。

“我觉得坚强就是不害怕面对一切的困难。我觉得我做得不好，昨天我就是在逃避。”

“逃避什么？”赵子坦循循善诱，一步一步引导着孙志波。

“我昨天看到那个场景的时候整个人都不好了，我觉得我难以接受这样的现实，明明是活生生的人，明明笑得那么的开心，可是为什么还会被人杀了呢？我看到那张狰狞的面孔的时候，我觉得我自己都是有罪的。”孙志波的情绪很低落，昨天的一幕幕又回到了他的脑海里，而这些都是他竭力想要忘记的。

“志波，我可以毫不掩饰地告诉你，我也害怕了。”孙志波有些吃惊地看着赵子坦，赵子坦肯定地点了点头。

“赵叔，您也会害怕？”

“我为什么不会害怕，我也是人啊。”赵子坦笑了笑，但是那笑容里却没有快乐，反倒是有些酸楚。

孙志波赞同地点了点头。

“那您是怎么克服的呢？”

“那你觉得你的职业赋予了你什么？”

职业？孙志波没想到赵子坦把问题又转了回来，这让他觉得有些难以回答。

“是责任，是一种完全高于自己的责任。我们应该保护人民，可是怎么保护呢？不是所有的人都能够干好警察这份职业的，我们也不是要等到一切都发生了才去解决问题，而是要防患于未然，而这一切都要靠着我们的这份沉甸甸的责任。倘若我们每个人都因为害怕或者一些个人的感情就选择逃避的话，那么坏人将在这个世界上横行，而我们所标榜的‘人民的公仆’也不过是自己给自己戴的一顶闪耀的帽子罢了。这些都是虚的，实在的就是要解决人民害怕的问题。现在杀人凶手找不到就是人民害怕的问题，昨天上午我们去的那户人家，老太太因为突然出现的脚趾而吓得进了医院，这就是我们的一种失职，甚至是无能。别人可以给我们找借口，可是我们自己不能给自己找借口，所谓的邪不胜正其实就是在比谁更勇敢。我们都是人，都是有感情的人，但是我们却要把自己变得好像冷血动物一样，我们不是没有感情，只是害怕多余的感情。志波，你刚毕业不久，害怕是肯定的，你还记得我上次和你说的吗？要是你跨不过这个坎儿，你就永远也当不了一个好的警察，因为在人民需要你的时候你逃脱了。”

“赵叔，我是不是很无能？”孙志波看着赵子坦的眼睛，觉得自己更加羞愧。

“不是无能，而是需要成长，每个人都需要成长。我还记得我刚来的时候就遇到了一个案子，是谋杀，那个人被人从楼顶推了下来，脑袋都摔碎了，我当时吓得两天没敢睡觉，最后强迫自己去看，慢慢就习惯了，我们是警察，我们应该比人民更勇敢。”

孙志波看着赵子坦，觉得他在自己心中的形象更加高大了。

第三十七章
影响之大

“干什么呢？两个人在这儿悄悄地打情骂俏？”刘晨拿着饭走了进来，靠着门口，一副拽拽的样子，还吹了个口哨。赵子坦笑了，孙志波直接给了个白眼。

“少废话，把饭拿过来。”孙志波没等刘晨开口，就伸手把饭拿了过来，然后递给了赵子坦，刘晨也拿了一份开始吃。

“我跟你说，你小子就是没心没肺，我对你这么好，你就不知道报答我一下。”

“怎么报答？难道让我以身相许？”孙志波说着自己都笑了，赵子坦含着笑摇了摇头。

“你想我还不要呢，我跟你说，好姑娘多着呢，我要你？”刘晨白了孙志波一眼。孙志波还是嘿嘿地笑着，他想开了，慢慢接受，让自己变得更强大。

“刘晨，你说你这样的人，怎么就这么讨人喜欢呢？”孙志波是在开玩笑，刘晨虽然性格大大咧咧，什么话都敢说，但是却很真诚，很招人喜欢。

“哥有魅力，可惜了你这副好皮囊，学着点吧。”刘晨得意地笑着。孙志波瞥了他一眼，没再搭理他。

“你们两个孩子就知道斗嘴，平常多上心，案子到现在还没有明确的线索，你们可不能吊儿郎当的，尤其是你刘晨，刚加入，还不是很熟悉，让志波多给你讲讲。”

“你跟我们这一组了，什么时候的事？你不是负责别的案子吗，队长同意了？”孙志波有点意外，但是却很高兴。刘晨聪明，而且胆子大，韧性强。

“赵叔出马，还有搞不定的吗？”

“这倒是，那你可要好好干，让我来辅导辅导你。”孙志波笑着说道。

“我用你辅导？我现在对这个案子门儿清，跟你说，我早就想过来了，可是赵叔没开口，我不也不好意思。现在好了，我一定要抓住这个狡猾又残忍的凶手，让他知道我们警察也不是吃干饭的。这个世界上我还真没听说过邪能胜正的。”刘晨说得义愤填膺。赵子坦拍了拍他的肩膀，然后站了起来。

“话可不能说得这么大，到时候要是真的把这个案子办成了悬案，那可不是打你一个人的脸，而是打我们整个局的脸。办事一定要细心、谦虚、不骄不躁，知道了吗？”刘晨点了点头，有些不好意思地笑了笑。

“赵叔，我这不就是和你们说着玩嘛，我还能真这么自大呀，我是最谦虚的了，你应该知道呀。”

“刘晨，你可真好意思，脸可真大。”孙志波一边听着一边笑。

“行了，你们年轻人闹吧，我再去看看视频。今天还得去学校看看。”两个人都点了点头，赵子坦转身走了出去。

“你小子行呀，怎么说服赵叔让你和我们一起办案子的？该不是使用了什么卑鄙的手段吧。”孙志波和刘晨开着玩笑。

“去你的，你以为我和你一样卑鄙啊，是赵叔找的我，你是不是很想知道我是怎么征服赵叔的？”

“少嘚瑟，快说，不会是因为赵叔觉得我没用吧。”孙志波突然想到了可能会是这个原因，因为赵子坦历来的规矩就是只带一个人。他这个人说和善是很和善，但是总带着那么一点孤傲，虽然不明显，但是有的时候还是能够让人感觉到，是因为太有能力的原因吧，一般有能力的人多少都有点儿与世俗格格不入的感觉，而赵子坦给孙志波的就是这种感觉。

“瞎猜什么呢，是因为赵叔说人手实在是不够用了，而且这次的案件影响太大了，已经不单单是杀人案了，现在人心惶惶，你知道吗？新闻上已经报道出来了，虽然大部分消息已经被封锁了，但是还是泄露了不少消息，就刚发生的买肉事件，你知道造成了什么样的影响吗？”刘晨知道孙志波是真的害怕赵子坦会嫌弃他，所以他故意没有说自己那些分析，不想给孙志波太大的压力。

“什么影响？”孙志波的注意力被成功吸引了过去。

“现在买肉的人急剧减少，就算是去买，大家也是去超市，都不再去肉摊儿买了，你说这影响大不大？”孙志波点了点头。

“要是再找不到凶手，我们可就不仅仅是输了，而是不称职，被查办估计都有可能。”

“不会吧。”孙志波其实早就察觉到了事态的严重性，凶手的计划可能真的不是简简单单地杀人。

“那可不一定，那要看事态的严重程度和影响了，你以为会有人管我们努力没努力吗？大家眼里只有自己的利益和安全。”孙志波听着，竟然无言以对。

第三十八章
醉生梦死

上午他们先去了学校，找到了程瑞，程瑞正在宿舍里打游戏，给他们开门的是同宿舍的一个男生。程瑞一边打着游戏，一边骂着脏话，这让赵子坦他们大跌眼镜，这可不是那个看起来阳光帅气的男人，倒像是一个无所事事的混混。

“怎么会打那儿呢，真是脑子进水了。”程瑞很不满地骂道。这时候室友走了过去，他还没有看到赵子坦他们进来。室友推了推他，他有些不满。

“有人找你。”

“谁呀？”程瑞语气很不好，但是还是转头看了过来，当看到赵子坦他们的时候他就愣住了，然后飞快地摘下了耳机，有些不好意思地走了过来。

“对不起呀，我没看到你们来。”赵子坦笑了笑，没有说话，但是却走过去拿起了放在他刚刚打游戏的桌上的那张他和严颜的照片。

“有时间吗？我们聊聊。”程瑞看了一看桌上的照片，点了点头。

“我们出去聊吧。”他们走了出去，就站在楼道的一端，楼道里没有人，显得很安静。

“打算醉生梦死？”赵子坦问了一句。程瑞没有回答，只是摇了摇头。

“你骂人的时候挺行的呀，像个行家。”刘晨讽刺了程瑞一句。程瑞并没有反驳，而是抬头看了他一眼。

“你这样下去可不行，你这是在糟蹋自己，你应该站起来，重新开始自己的生活。”孙志波自始至终都是同情程瑞的，他觉得自己就好像程瑞一样，所以才投入了那么多的情感，一个警察不该有的情感。

“我怎么重新开始，每天看着新闻里面的报道，我觉得我的世界都崩塌了。要不是因为我现在还是涉嫌人员，我真的想要一走了之。这个大学我也不念了，这样下去真的没什么意思，以前严颜和我在一起的时候总是管着我，所以我很少玩游戏，但是现在，我无论怎么玩，就算是我玩到直接倒在那儿睡着了也没有人关心我了。我怎么好好生活，我一闭上眼睛就是她被杀的画面，我真的很难受，你们能理解吗？”程瑞的样子看起来真的很难受。孙志波又开始同情他了，孙志波告诉自己，这是不应该的，因为在找到真正的凶手之前，谁都有可能是凶手，而孙志波现在并不能正确地分辨到底哪个才是真正的凶手。

“你这样就行吗？我们今天来找你就是想要得到你的帮助。”赵子坦说道，程瑞看着他。

“什么帮助？我能帮你们什么忙吗？只要是能够找到杀严颜的凶手，我一定竭尽全力。”程瑞来了精神，他真的好想能够为严颜做点什么，哪怕她再也不会出现在这个世界上了，他还是希望能够为她做一点补偿。

“那好，那么现在我们问你，你知道严颜有什么仇人吗？”

“什么意思？难道你们怀疑是严颜的仇人干的？”程瑞听到这句话先是愣了一下。

孙志波点了点头，程瑞却摇了摇头。

“我觉得不会。”程瑞甚至是有点肯定地说，这样的回答让他们很是意外。

“你为什么这么肯定，难道你知道什么？”刘晨问道。

“严颜的性格很好，虽然她平常不是很爱说话，但是很善良，很爱帮助别人，也很招人喜欢，所以并没有什么仇人，更不会恨到要去杀她，我觉得没有这种可能。”程瑞肯定的回答让赵子坦他们的猜测得到了印证。

“那你觉得还会有什么人会对严颜有杀人动机吗？尤其是男人。”刘晨接着问道。

“男人？我觉得男人应该不会对严颜下这种毒手。”程瑞又是肯定的语气。

“为什么？”孙志波不自觉地反问。

“要是你的话你会对这么漂亮又善良的女孩下手吗？”

“不一定吧！”刘晨说道。

第三十九章
争吵

“虽然我不知道你们到底查到了什么程度，但是我希望你们能够给严颜一个公道，她不该就这么在这个世界上消失。你们一直查不到的话，我不知道会不会还有第二个像严颜这样的好女孩在这个世界上消失。”程瑞气愤地说道，刘晨立即变得不高兴了。

“你这话什么意思，是在说我们没有努力吗？”刘晨针锋相对地说道，脸色和语气都极为不好。

“我有这么说吗？”程瑞不肯承认，但是脸色和语气也是同样不好，两个人一副要打起来的样子。

“干吗呀这是，多大点儿事儿。”孙志波上前劝阻。

“我告诉你，最好让我查出来不是你，要不然，我一定让你进大牢。”刘晨恶狠狠地说道。

“你什么意思？”程瑞愣了一下。

“意思已经很明确了，我告诉你，在没有找到真正的凶手之前谁都有可能是真凶，你也别觉得你自己就有多么无辜，你要是不听信流言蜚语，你要是不放弃了她，你要是在她需要你的时候出现了，会有今天的这一切吗？你少在这儿博取别人的同情，你以为你打打游戏，说说脏话，再颓废一下我就会同情你吗？你这样在我的眼里就是一个窝囊废。程瑞是吧，我告诉你，我有很多理由怀疑你，你也用不着看不起我们，你有本事的话就去证明你自己是无辜的呀，你就去找凶手啊……”刘晨还想说什么，被赵子坦打断了。

“行了，今天就到这儿吧，他这人直接，你也别在意，我们都着急，你也不要埋怨我们，我们现在还在积极地查找凶手，刚才他说的都是气话，你别放在心上，我们今天就先回去了，改天有时间还会来找你的。”程瑞没有说话，他还沉浸在刘晨的话语里，虽然这些话很难听，也很伤害他，但是他却在瞬间顿悟，为什么要去埋怨别人不努力呢？明明是自己没有做好，何必去指责别人呢？

“我们先走了。”孙志波见他愣在那儿也没有回答，就转身拉着刘晨走。刘晨“哼”了一声，转身离开，可是没走几步就听到了程瑞的话。

“我会证明给你看的。”

“不是给我，也不是给别人，是给你自己。”刘晨头也没回，说完就离开了。程瑞站在那儿，突然觉得自己的生活又有了希望。

“你刚才说得太狠了。”一转过楼梯口孙志波就对着刘晨说道。他刚才一直在看着程瑞那张苍白的脸，刘晨刚才说得的确有点狠。

“他就是欠这个，好话不听。”刘晨不以为然道。显然，他的话起了作用。

“那你也应该委婉点，你看他刚才的脸色了吗？我都不好意思听下去了。”孙志波比刘晨细腻，说话也更委婉。

“我跟你说，有些人适合你的那种方法，有些人就适合我这种手段。你看，我一激他，他就振作起来了，我敢和你保证，不出三天，你一定会看到一个不一样的程瑞，这小子受的打击不小，现在自暴自弃成什么样子了，和照片上那个阳光的男人一点不一样，我这是在帮他。”刘晨煞有介事地解释道，赵子坦在一旁笑了。

“看来让你进来还是对的，你小子有点能耐，你和志波搭配最好了，正好互补，说不定真的会像你说的那样，程瑞也许真的能够帮我们。”孙志波看了看赵子坦又看了看刘晨。

“赵叔，您真的怀疑他？”孙志波不确定地问了一句，赵子坦笑了笑。

“不是，但是说不定他会起什么作用，我们现在不能寄希望于他，而是要寄希望于我们自己。昨天我已经让他们加紧鉴定了，不知道今天能不能出来结果，现在这些监控视频也看不出什么破绽，但是我总觉得哪里不对劲儿。”赵子坦说着，三个人就走在了学校的主路上，人不是很多，因为是上课的时间，但路上还是三三两两地有人走着，说说笑笑。

“哪里不对劲儿呢？”孙志波反问了一句。

“我要知道就好了。”赵子坦回答道。

三个人沉默了一会儿，然后孙志波看到了一对情侣一边说笑着一边走了过来，就在他们的对面。

“你说，要是这个世界上没有杀戮，没有钩心斗角，没有利欲熏心，这个世界会变成什么样子呢？”孙志波感慨道。

“不会有这样的世界，因为人都是自私的，人可以为了自己的目的不择手段，所以你想要的那种生活也就只能存在于天堂，不过又可惜了，这个世界上没有天堂。”刘晨说道。

第四十章
指 纹

中午的时候三个人正准备吃点东西，结果一个电话把三个人都叫了回去。

“老赵，你快回来，这里有了新发现，在死者的脸上发现了指纹。”法医老郑有些激动地说道，赵子坦也惊了一下。

“好好，我们马上回去。”说完就挂了电话，赵子坦一边站起来往外走一边对着身后的孙志波和刘晨说道，“有线索了，现在就回去，刘晨你开车。”

“好。”刘晨应了一声，三个人快速离开了小餐馆，一路飞驰，没有十分钟就到了警局，一下车就直接跑到了法医那里。

“老郑，怎么样了？”老郑正在继续做着研究，见赵子坦他们要进来就赶紧迎了出去。

“小王，你先检查着，我们出去说。”然后就拉着赵子坦走了出来。

“你说你这么着急，现在这里面还在做检查，你这什么也没换就进来，你真是越老越糊涂啦。”赵子坦这才明白过来，自己太心急了，也没有换上消毒服，立马感到了抱歉。

“我太着急了，你刚在电话上说什么，说是有了新发现，发现了指纹？什么指纹？”他急于知道答案，孙志波和刘晨也直勾勾地盯着老郑，想要知道新的线索是什么。

“DNA 已经鉴定出来了，这些天的新发现就是一个人的，而且今天我在死者的脸上发现了指纹，来，你们到这边来。”老郑一边说着一边带着赵子坦他们来到了办公桌前，拿起了指纹的提取样。赵子坦接过来看了看，又递给孙志波和刘晨看了看。“能查出是谁的指纹吗？”

“现在还不知道，这么多人，可不就是大海捞针。不过你们可以把所有有嫌疑的人的指纹都提取出来，这样的话，要是真的有吻合的指纹，那么至少就能够证明这个人是真的和死者有关系，而且有很大的嫌疑。”老郑说道。

“指纹是在哪个部位发现的？”赵子坦问道。

“是在两个颌骨之间，我猜测死者应该是被人威胁过，而且从脸上的瘀青来看，死者很有可能遭受过虐待。”

“两个颌骨之间，很明显，就是被人威胁过，那么会是谁呢？”赵子坦自言自语道。

“现在还不知道，我觉得还是应该快点行动起来，先把指纹弄到手。对了，那个袋子我也检查过了，上面也有指纹，但是不知道是不是同一个人的指纹，你把那个发现这个袋子的老人的指纹也提取出来，对比一下。”赵子坦点了点头。

“老郑，你真是帮了我大忙。”赵子坦说道。

“我还没说完呢，你着什么急，我们还在口腔里发现了淤泥。”这句话把赵子坦他们三个人都震惊了，淤泥又是怎么跑到口腔里面的呢？

“郑叔，你确定那是淤泥？”孙志波问道。

“其实也不能说是淤泥，就是里面含有淤泥的一些成分，大多数是一些废弃的物质，我猜测是下水道里面的水进了口腔，于是我采集了一些下水道的污水，没想到成分基本吻合，只不过那里面还多了几样东西。”老郑的脸色变得异常凝重。赵子坦他们都感觉到了事态的严重性，线索是有了，可是范围似乎又变大了。

“什么东西？”赵子坦屏息凝视，只等着这一个又一个难以预料的答案。

“福尔马林。”

“福尔马林？怎么会有这个呢？”刘晨终于忍不住了，这到底是一个什么样的案子，怎么会这么乱，一个套子接着一个套子，好像永远也走不完一样。

“不仅口腔里有，而且身上也有残留，这样的话一定是需要大量的福尔马林，那么哪里会有这么大量的福尔马林呢？”

“标本室。”孙志波几乎想都没想就脱口而出，以前他们学校的标本室里有大量的福尔马林。

“也就是说凶手很有可能是这个学校里的某一个老师，或者某一个管理员？”刘晨大胆猜测着。

“谁都有可能，可是口腔里的污秽又该怎么解释呢？”孙志波问道，没有人回答他，因为大家都不知道答案，而答案又是什么呢？这一个个的线索引领着大家前进，可是出口在哪里呢？

第四十一章

八年的心结

“我这些天一直在想，到底会是谁呢？我觉得他的目的有可能并不是单纯地想要杀了某一个人，而是为了引起社会的关注，甚至是在和我们玩游戏，显然，到现在为止，我们一直是输的。”赵子坦第一次这样说，他是不肯服输的，但是又能怎么样呢，这个世界上不是什么事都能够找到结果的。

“这可不像你，你不应该是这样的，八年前的那个案子你都破了，这个案子你怕什么。”老郑安慰道，赵子坦摇了摇头。

“别提那个案子了。”那个案子是他一辈子的痛，并不是因为那个案子没有成功破案，也不是因为凶手逍遥了四年才被抓了回来，而是因为那个案子，他失去了自己人生中唯一的儿子。那天儿子出了车祸，而他没能看到自己的儿子最后一眼，因为那时候的他正在外地追击逃犯。虽然他什么也没说，但是大家还是知道了，也很同情他。自此以后，这件事就很少被提起，赵子坦也变得沉默寡言，甚至是大家认为的孤傲，但是大家依然很尊重他，他把自己的一生都奉献给了警察事业，可是结果呢？他失去的却是自己生命中最重要的人。尽管他充满愧疚，却从没有后悔过。

“老赵，你这辈子也走不出这个结了。”赵子坦摇了摇头没有说话。

“什么结？”刘晨好奇地问道，虽然孙志波也很想知道，但是终究没有问出口。

“以后有机会我会和你们说的。现在你们先去提取指纹回来比对，抓紧时间。”孙志波答应了一声，拉着刘晨离开了。

“何必给自己这么大的压力呢？反正你也快要退休了，你尽力了就好，就算是最后变成了一个悬案，那也不是你的事，你不要操心这么多了，还是多注意身体，你看看你，现在都老成什么样子了？”老郑一边说着一边摇了摇头，有些心疼他。

“不在其位，不谋其政，你每次都劝我，可是我倒是觉得你不应该劝我，这是我的职责，我必须要去做，要是所有的人都这么想的话，那么这个世界都成什么样子了。”

“你还别给我讲什么大道理，我也知道我劝不动你，你好自为之吧。你家那位每天提心吊胆的，你说你这要是马上就要退休了还负个什么伤的话，你家那位还不得伤心死。”

“我发现你现在越来越婆婆妈妈的了，你快进去做你的事吧，一会儿把这个检查结果给我复印一份，我先去看会监控视频。”赵子坦说着就要离开。

“你说你每天就知道看那个什么监控视频，你说你看出了什么？我劝你呀，还是多去这几个案发地点看一看，看看是不是有什么联系，视频是能够放着慢慢看的，可是外面的不行，过不了多久案发地点的这些证据就会被销毁了。”赵子坦听着觉得很对，就点了点头。

“你说得有道理，现在我就叫他们带我去看看，我就不信这个案子真能办成悬案。”说完就转身离开了。

“唉，真是个死心眼儿。”

“人呢？都去哪儿了？”赵子坦进了大厅只看到了程册一个人，就张口问道。

“赵叔，你回来啦，他们都出警去了。”程册一边吃着饭一边回答道。

“出警？出什么警？”赵子坦拿起程册旁边的那盒盒饭也吃了起来，吃饱了饭才能有力气去工作。现在他越来越觉得力不从心了，的确是感觉到了岁月不饶人。

“打起来了，说是挺厉害，队长不在，开会去了。后来副队长就把人都叫走了，留下我来看家。”

“打架也用不到这么多的人吧，是不是别的什么事？”赵子坦这么多年的经验怎么可能不知道，就算是打架也用不着全体出动，肯定是别的什么事，而且这事还小不了。

“赵叔，还是您厉害，其实不是打架，说是车站有人拿着刀子捅人了，后来制止不住，有人开了枪，说是打到胸口，一枪毙命。这不，副队长这才叫人封锁了现场，现在记者都去了好几拨了，这事儿可是闹大了。”程册叹了口气。

“谁开的枪？”赵子坦更关心谁开的枪，因为这是至关重要的。

“听说是车站的一个人，不认识，也不知道是谁，网上消息估计马上就要出来了，到时候就知道了。”

“你说这些人怎么回事，就知道闹事，让我们连个安稳的饭都不能吃。”程册随口抱怨了一句。赵子坦“嗯”了一声，然后继续吃饭。最近事太多了。

第四十二章

打死人

两个人正在吃着饭的时候宋志刚和陆路快步走了进来，这么冷的冬天他俩竟然满头大汗。

“干什么这么火急火燎的，火车站的事解决了吗？”赵子坦见他们进来就开口问道，他们两个人坐了下来，赶紧喝了口水。

“别提了，这工作真干不了了。”陆路说道。

“怎么回事，谁开的枪？”赵子坦看着他们两个人问道，他觉得开枪的人一定是这两个人其中的一个。

“我。”陆路说道。

“怎么回事？”赵子坦接着问道。

“今天有人报警，说是闹事者捅伤了好几个人，然后我就和志刚赶了过去，结果那个人闹得很凶，影响很坏，我们两个人加上车站的两名警察一起制止。那个人捅了车站警察一刀，我们几个人接着上，没想到他抓起了身边的一个小女孩，就在那儿威胁我们，还把小女孩砍伤了。我们警告了他，但是他没听，后来没有办法我才开了枪。”陆路一边说一边摇头，现在他脑子很乱，自己遇到了这种事，说不清了。

“那不是应该的吗？可是怎么就打死了呢？”赵子坦有些奇怪，开一枪应该死不了人，但是为什么却是一枪毙命呢？

“他和我抢，我就这么挣扎着开了枪，所以没有注意到打了哪里。现在记者都去了，一直问我为什么开枪杀人，我不知道该怎么办了，副队长让我先回来，这件事以后调查。”

“那你确定你是已经警告过他了吗？”陆路肯定地点了点头，他是个三十多岁的警察，从警这么多年，现在也是第一次遇到这样的事。

“我确定，当时情况太紧急了，要不然我怎么会开枪呢，我也没有杀过人，现在想想甚至有些后怕。”陆路的脸色变得很不好，程册有些担心地看着他。

“陆哥，那怎么办？”

“我也不知道该怎么办，最不济把我开除了，可我又没有做错。”陆路摇了摇头。

“这什么事儿呀，你说让我们保卫人民的安全，可是我们干什么都受限制，干好了是理所应当，干不好就要被撤职查办，还要说我们玩忽职守，拿人民的钱不给人民办事，就知道坑害、欺负人民。你说我们冤不冤，每个月也就这点钱，我们就活该被人骂，被人怀疑吗？”宋志刚很气愤，今天的这件事他是当事人，陆路不开枪，他也会开枪的，那种情况容不得半分马虎。

“大家都知道，可是总有人要去做，别看大家喜欢说我们，指责我们，可是这个世界少不了我们这个群体，难道别人不理解我们就不做了吗？我们为的是这个社会，而不是一个人的口舌，喜欢说的人让他去说吧，反正我们也阻止不了，我们又不是神。”赵子坦用宽慰的语气来安慰着他们，他年轻的时候何尝不是这样的呢，只不过随着时间的流逝，他懂得了这份职业真正的意义和坚守。

“赵叔，我知道我们不该抱怨，可是今天这件事真的不怪我们，谁也没有想到最后会变成这样，否则我们就不开枪了。”宋志刚有些负气地说道。

“这话怎么说的，什么叫否则就不开枪了，你知道枪是用来干什么的吗？是用来保护人民的生命和财产安全的，当人民的生命受到威胁的时候你不开枪，那你要它干什么？”赵子坦有些生气，语气也显得很严肃。

“您以为我们想要吗？多少人都不想要这把枪，您知道这把枪给了我们多少负担吗？我们又要怕枪走火，又要怕被抢，更要怕误杀，您说这把枪有什么好的。我宁愿被人打死，做个烈士，也不愿意被这些人的唾沫星子淹死。”宋志刚是个直性子的人，说话直，赵子坦摇了摇头。

“你这孩子就是太焦躁，你说你说这话有什么用，该给你的还是会给你。要是你真的当了烈士，你的家人怎么办？你这是自私的表现，要是大家都像你这么想的话，那我看这警察也都不用当了，来了就牺牲还来干什么，什么都比不上活着好。”宋志刚听着赵子坦的话，脸一阵泛红。

“赵叔，我……”他有些惭愧，自己心直口快，太气愤了，说了这些没头没脑的话。

“以后注意就好了。”宋志刚点了点头，有些尴尬地笑了笑。

第四十三章

跟踪者出现

“那赵叔，我该怎么办呢？”陆路担忧地问道。

“顺其自然吧，公道自在人心。”赵子坦安慰道。这时候小王拿着一件快递走了进来。

“拿的什么好东西，看你这表情，怎么跟拿了炸药似的。”程册开玩笑地问道。

“你还别说，还真有可能是炸药，这是我在门口拿的包裹，就在我们的信箱里面，我正在猜里面是什么。”小王说道。

“拿过来我看看。”赵子坦说道，小王走过来递给赵子坦，赵子坦开始打开，几个人屏息凝神地等待着，结果掉出了几张照片，而这几张照片彻底把在场的几个人震惊到了。

“赵叔，是严颜。”程册几乎是喊了出来。上面的人不是别人，正是严颜，而她的后面跟着一个人，是个学生模样的男生，接下来的几张照片都是那个男生跟着严颜。严颜有的时候步行，有的时候骑车，有的时候是和别人在一起，而这个人却一直都在不近不远的地方跟着，这个人难道就是那个偷窥者？

“走，去视频室。”几个人一块儿涌进了视频室，答案难道要揭晓了吗？

“赵叔，你看，这个人是不是就是照片上的那个人？”程册指着画面上出现的男人，这个男人跟着严颜走着，看起来很随意很自然，但是只要有严颜出现的地方差不多都有他。没错了，那个跟踪严颜的人就是他，那么他是谁呢？

“去看看在事发当天的晚上他有没有出现。”赵子坦吩咐着，其他人赶紧查看。

“没有，没有出现。”陆路回答道。

“这就对了。”赵子坦好似自言自语。

“那赵叔，我们接下来该怎么办？”程册继续问道。

“抓人，审问。”赵子坦阴沉着脸，说完就站起来往外走，他们几个人跟了出来。

“赵叔，去哪儿？”程册问道。

“我现在就去找刘晨他们，你们该忙你们的就去忙，还有小陆，不管这件事最后的处理结果如何，不要着急，身正不怕影子斜，我相信你的处事和应变能力，只要你觉得是必须要做的，你就应该去做。等我回来再问问队长，看看怎么处理，现在先干好自己的分内工作。”陆路没想到赵子坦还记着这件事，心里很感动，用力点了点头。

“赵叔，我知道了，您放心吧。”

赵子坦点了点头就转身离开了。在路上他给孙志波和刘晨打了个电话，两个人正好在学校的食堂吃饭，赵子坦直接找了过去。

“赵叔，怎么了，您这么火急火燎地赶来。”刘晨让开位置给赵子坦坐下，他们三个人在一个角落里，所以并不是很显眼。

“案子有新的线索了。”赵子坦拿出那些照片。

“什么线索？”孙志波问道。

“你们看看就知道了。”他把照片递给孙志波和刘晨，两个人接过去以后就睁大了眼睛，不仅仅是因为上面的人是严颜，还因为上面的那个男人。

“赵叔，我们刚才看到他了。”

“谁？”赵子坦一时没有反应过来，就看着孙志波。

“照片上的这个男人。”刘晨回答道。

“你们说你们刚才看到他了？在哪里？”赵子坦显得有些焦急。

“就在这里，刚才我们在吃饭，他一直看着我们这边，我们以为他只是好奇，所以也就没有在意。但是的确是照片上的这个男人，如果我没猜错的话，应该是个学生，而且是这个学校的学生，因为他中途又买了一个馒头，用的是这个学校的饭卡。”刘晨回答道。

“知道他去了哪里吗？”赵子坦看着他们两个人，难得地激动起来，这个男人出现了，那么是不是证明这一条条的线索起到作用了呢？

“不知道，没有注意他什么时候走的，但是的确看到了他。”孙志波努力回想着，还是一无所获。

“只要他在就好，就怕我们找不到他了。”赵子坦告诉自己，只要他在就好，而且看起来，这个男人也不是什么善类。

“那我们接下来该怎么办，是大海捞针还是直接大张旗鼓地找？”刘晨问道，赵子坦停顿了一下，然后看着他们两个人。

“不要声张，不要让他跑了，先去学校教导处，看看这个人是谁，在哪儿，然后我们从长计议。”孙志波点了点头。

第四十四章

嫌疑人

几个人在教导处找了半天的学籍资料，可是资料太多，一时间找不到，这时候走进来一个老师。

“老邓，这是干什么呢？”进来的是吴老师，看到正在这里找东西的警察愣了一下。

“这不是警察来这找人吗，这是赵警官，这位是我们学校的吴老师。”赵子坦和吴老师握了握手。

“找什么人，怎么找到这里来了？”吴老师有些奇怪地问道，因为看到他们正在翻学籍档案。

“就是找个学生，和前段时间的杀人案可能有点联系。”赵子坦回答道。

“什么学生，我看看我认识吗？”吴老师对着赵子坦说道。赵子坦顺手把那几张照片递给了吴老师，吴老师接过来以后就吃了一惊。

“是他？你们要找的人是他？”

“吴老师认识他？”赵子坦立刻警觉起来。

“怎么会不认识，这是我们班的学生，我是他的教导员，你们怎么怀疑是他呢？”吴老师问道。

“不是怀疑，只是觉得可能他和这件事有点关系，或许知道点什么。吴老师，你能告诉我们他叫什么吗？”赵子坦的心一下子放了下来，终于找到了，就是这个学校的人，而且看吴老师的表情，这个人也许还是一个看起来不错的男生。当然，知人知面不知心，谁也看不到最里面的本质。

“钱正奇。”吴老师回答道，手里依旧拿着那几张照片。

“那吴老师你能和我们说一说你的这位学生吗？”赵子坦示意孙志波做记录。

“行，这个钱正奇是大三的学生，人比较内向，不是很喜欢和人交流，但是看起来很老实，也从来没有犯过什么错误，学校有什么活动偶尔也会参加。其实这个学生挺聪明的，上次学校的软件设计大赛他就得了全省第二名的好成绩，体育也不错。”吴老师诚实地说道，赵子坦点了点头。

“那他家里是哪里的？”

“本地的，就在附近的县城里。”

“你是说他家是这个地方的，也就是说他对这个地方很熟悉对吗？”赵子坦接着问道，吴老师看着赵子坦，摇了摇头。

“这我就不知道了，他不是很喜欢交流，和我说话的次数也很少，所以我对他也不是特别地了解。”

“那他家里的条件怎么样？”

“他父母经商，家里条件应该是挺不错。”吴老师不知道赵子坦问这些的意图，但是还是一一回答了，没有任何的隐瞒，他也知道这个案子的重要性。谁也不能确定钱正奇是不是无辜的。

“好，那吴老师能带我们去一下他的宿舍吗？”赵子坦提出了要求，现在他迫切地想要见到这个偷窥者的真实面目，到底是狼还是羊很快就能揭晓了。

“行，我现在就带你们过去吧，我一会儿还有个会。”吴老师是个很爽快的人，说话办事都非常利落。

“那好，麻烦你了。”赵子坦笑了笑，表示自己的感谢之情。

“没事，老邓，那我先去了，一会儿我要是去晚了你给我请个假。”

“行，去吧，这事儿重要。”邓老师差不多也听明白了，知道这都是不能耽搁的事儿。

“那行，邓老师，今天真是麻烦你了，这些东西还要麻烦你收一下，我们就先走了。”赵子坦无论对谁都是彬彬有礼。

“没事没事，赵警官客气了，你们这也是办案需要，以后要是有什么事就过来，我一定知无不言，尽力去办。”赵子坦笑着和邓老师握了握手。

“谢谢邓老师的支持和理解，我们就先走了，再见。”

几个人告别后吴老师心里还是有些想不通，觉得钱正奇没有那么大的能耐办成这样的事，因为这件事的牵扯之大，他多少知道了点，虽然大家都不说，但是教导员和严颜之前的事他还是有所耳闻。随着案件的慢慢深入，说不定那个教导员就要被挖出来了，这样的丑闻是学校所不能够容忍的，要不然也不会在出了事这么久才报案，可是究竟事情会怎么发展，他猜不出来。

第四十五章

追查

到了钱正奇宿舍的时候他不在，宿舍里只有一个男生在打游戏，看到警察和教导员就愣住了，赶紧关了游戏站了起来。

“老师。”说话的是个看起来有些腼腆的男生，吴老师点了点头。

“钱正奇呢？怎么没在宿舍？”男生看了看后面的警察，摇了摇头，心里有一些害怕，不知道发生了什么事。

“不知道，他去吃饭了，没有回来。”男生照实回答道。

“那你知道他去哪儿了吗？”男生又摇了摇头。

“你不要害怕，我们只是来问问，你如实和我们说就行了。”赵子坦说完，男生点了点头，但是心里还是有点害怕。

“那我问你，他最近有什么不对劲儿的地方吗？”赵子坦接着问道，男生低着头想了想，摇了摇头，随后又不确定地点了点头。

“这么说就是有什么地方不大一样了，对吗？”男生点了点头，“那么哪里不一样了呢？”

“他……”男生磕巴了一下。

“没事，不要担心，你说的话只有我们这几个人知道，我们不会说出去，你可以放心的。”男生又点了点头，胆子看起来似乎大了一点。

“他以前一直不怎么在宿舍住的，可是后来就经常回来住，而且行为有点不对劲儿。”

“怎么不对劲儿？”赵子坦警觉地问道，看来这个人的确是有很大的嫌疑，而且很有可能就是凶手。

“就是他每天晚上都是十点多才回来。”

“十点多？那他干什么去了？”男生摇了摇头。

“这我就不知道了，他和我们的关系不是很好，而且脾气有点怪，所以我们不知道他平常干什么，他也从来没有和我们说过。”男生说完就看了看吴老师，吴老师对着他点了点头。

“那他喜欢严颜你知道吗？”赵子坦说完，这个男生就被这个问题问得愣了一下。严颜这个名字现在几乎成了学校里面的禁词，大家都不怎么敢提起来，因为害怕。

“我……”男生含糊了一下，眼神有点闪躲，但是却被赵子坦捕捉到了，他猜对了，钱正奇一定有嫌疑，而且是很大的嫌疑。

“你要是不说实话的话，我们可以把你抓起来让你说实话。”刘晨在旁边适时威胁了一下。男生立刻害怕起来，他还从来没有去过警察局，那种地方他这辈子也不想去，要是再背负上什么罪名，恐怕他这一辈子也洗不清了。

“我说实话，他的确喜欢严颜，严颜长得漂亮，是我们学校的校花，大家都很喜欢她，钱正奇也不例外，他追过严颜，可是严颜没有同意。后来严颜有了男朋友，而且还有很多传闻，说她被人包养了，做了别人的小三，反正什么难听的话都有，钱正奇也没有什么表现，我们也就都以为他放弃了。后来有一次学校突击检查宿舍，只有我和郑凯在宿舍，我就帮他收拾东西，结果就从他的枕头底下发现了一张照片，是严颜的照片，很好看，而且背面还写着字。”男生下意识地看了赵子坦他们一眼。

“写的什么字？”赵子坦问道，虽然他看起来依旧很平静，但是内心却在急切地等待着答案。

“贱女人。”当听到这三个字的时候，赵子坦觉得自己的头都要炸开了，那个装着严颜头部的袋子上不就有“贱女人”三个字吗？这么说，又有一项吻合了。

这时候刘晨也和孙志波对视了一眼，两个人也同样意识到了这个问题，这个叫钱正奇的男人的嫌疑越来越大了。

“那么那张照片还在吗？”赵子坦急切地问道。

“我不知道，我没有再看过。”

这时候刘晨直接走过去翻了翻枕头，没有照片，他看到了床上放着一本书，是一本关于人体解剖的书，刘晨被震惊到了。

“赵叔，您看。”他拿下书来递给赵子坦。吴老师和那个男生也好奇地过来看，都被这本书给震惊到了。他们是计算机专业，怎么可能学人体解剖呢？

“赵叔，碎肉。”孙志波在一旁小声提醒着。赵子坦没有回答，而是从书里拿出了那张照片，是一张偷拍的照片，照片上的严颜正在低着头看书，意境很唯美，照片上的人更美，那么地专注，那么地超凡脱俗。

可是等他翻过来看后面的字迹时却发现“贱女人”这三个字明显和上次留在袋子上的字迹不一样，那上面的字迹更加遒劲有力，而这上面的字却是充满了恨，因为笔尖嵌入得很深，是用了很大的力气写的。“找人。”赵子坦的口中轻轻吐出这两个字，语气却是不容置疑的。

第四十六章

审问风波

俗话说：好事不出门，坏事传千里。不到半天的时间，全校的人都知道钱正奇被抓了，说他是杀人凶手，学校再一次炸开了锅。

“知道为什么抓你来这里吗？”千篇一律的提问，可是今天对于孙志波来说却是难忘又激动的一天。他们找到钱正奇的时候他正在拍照，照相机里全是偷拍的照片，而且从严颜失踪以后他就再也没有单独拍过别的女生，而是拍学校里的一些不雅行为。看到他相机里面的照片以后，孙志波和刘晨果断把他带了回来。

“不会是因为我拍了几张见不得人的照片吧。”他看起来沉默寡言，但是说起话来却给人一种吊儿郎当的感觉，一副玩世不恭的样子。那种无所谓的表情让孙志波和刘晨看了很不舒服，甚至有一种要打人的冲动。

“你别和我们打马虎眼，也别装傻，里面的照片怎么回事？”刘晨接着问道，他笑了笑，没有回答。

“坦白从宽，抗拒从严。”孙志波提醒道，可是他根本就听不进去，而且满不在乎。

“骗谁呢，以为我是三岁的小孩？”钱正奇的脸上带着邪狞的笑容。孙志波和刘晨几乎是同时意识到了这个人不简单。

“你这是什么态度？好好说话。”孙志波严肃地说道。钱正奇的脸上依旧带着笑容，而这个笑容竟然让孙志波感到了不寒而栗。

“我怎么没有好好说话，难道警察就可以血口喷人吗？”刘晨狠狠地看了他一眼，要不是规定不能打人，不能刑讯逼供，他一定把钱正奇打倒在地，让他再也嚣张不起来。

“我问你，你这里面的女孩是谁？”刘晨平复了一下自己的情绪，拿着照相机对着他晃了晃。

“女孩？应该不止一个女孩吧，你们想知道哪一个？”他依旧那副难缠的样子，刘晨想要发飙，孙志波拉了拉他。

“严颜你应该不陌生吧？”孙志波强忍着怒气，平静地问道。

“我不认识。”钱正奇想都没想就肯定地回答道，这倒是让他们两个人吃了一惊，明明都是人尽皆知的事了，为什么他还能撒谎撒得这么坚定。

“你在撒谎。”孙志波的声音带着坚定，他现在确信这个无赖一样的男人就是凶手，不然他为什么撒谎呢？

“你怎么知道我在撒谎？”钱正奇没有了刚才的笑容，而是一本正经地问道，那眼神是那么的坚定，如若不是已经知道了他是真的在撒谎的话，孙志波真的会以为自己错了。他看着那双眼睛，不但看到了坚定，还看到了别的东西，有恨，还有……感情？真的是感情吗？要是真的有感情的话，又怎么舍得下得了这么狠的手，难道这就是所谓的因爱生恨吗？可是这样扭曲变态的爱是真正的爱吗？

“你明明就是在撒谎，你的眼睛里满满的都是恨。”孙志波这样说道。刘晨在一边看着，他不敢再说话，怕自己忍不住揍他一顿。

“那又怎么样呢？就算我的眼里有恨，可是那又能证明什么呢？就算是我讨厌这个世界上的所有人，就算是我埋怨这个世界的不公平，就算是我真的偷窥了别人，那又能怎么样呢？难道你们想要因为这个来判定我就是杀人凶手吗？别忘了，法律讲究的是证据，你们也用不着诓我，我不傻，也已经成年了。”说完他的嘴角又动了动。刘晨终于忍不住了，一下子站了起来，想要动手，却被孙志波拦了下来。

“你嚣张什么。”刘晨忍不住骂道，他一说完钱正奇就笑了。

“警察就这个素质吗？干脆别干了，真是有损人民警察的形象。”那满脸不屑的表情彻底激怒了刘晨，他正要打钱正奇的时候，传来了赵子坦的声音。

“刘晨，你跟我出来一下。”说完就离开了。不管刘晨现在有多么生气，多么咽不下这口气，但还是忍了下去，跟着赵子坦走了出去，把门关上了。

“赵叔，我太冲动了。”一出来他就意识到自己太冲动了，现在就剩下他们两个人了，他觉得有点惭愧，自己这火暴的脾气恐怕是改不了了。

“知道冲动就好，我要是不进去你是不是真的打算揍了他，然后自己再去反省一段时间，这是你想要的结果吗？”

刘晨摇了摇头。

“我刚才没有想那么多。”

“你知道人和动物的区别是什么吗？”刘晨看着赵子坦，没有摇头也没有点头，只是看着。

“就是因为人能很好地控制住自己的欲望。冲动是解决不了任何问题的，只会让问题变得更加复杂。”

第四十七章

新的线索

听了赵子坦的警告，刘晨冷静了下来，“赵叔，我不会这么冲动了。”赵子坦点了点头。

“进去吧，我在监控那看着呢，你们想问什么就问，别忘了，现在他还只是嫌疑人，不是真正的凶手，注意分寸。”刘晨点了点头。赵子坦拍了拍他的肩膀走开了。

“没事吧？”孙志波见他进来就问了一句。刘晨摇了摇头，然后走过去坐了下来。

“想好了吗？是继续和我们兜圈子，还是从实招来？”刘晨平静地问道。他明白，就算是自己再生气也没有用，因为生气根本就解决不了任何问题。只要钱正奇咬住了不说，只要刘晨他们没有找到确凿的证据，那么说什么都没有用。

“其实我这个人挺喜欢玩游戏的。”钱正奇脸上狂妄的笑容很扎眼，也在一下下地敲击着孙志波和刘晨的心。这个人不简单，也很狡猾，是个难缠的对手。

“你可一定要清楚，概不承认错误也是要受法律的制裁的。”孙志波尽量平静地说道。

“你怎么知道我说的不是实话呢？你们有理由怀疑我，不就是因为我喜欢过她吗？可是她没有和我在一起，你们非要说我杀了她，我至于吗，她再好也不过是别人穿过了的破鞋而已，我还真就不稀罕。”钱正奇耸了耸肩膀。他说这些话的时候看似平淡无奇，其实内心里暗藏着一阵阵的恨意。

“话不要说得这么难听。”孙志波敏锐地察觉到了钱正奇的恨意，他正在一点一点地表现着最真实的自己。

“自己做了害怕别人说吗？明明就是破鞋，还非要立什么贞节牌坊，真让人恶心。”钱正奇脸上那明显的嫌恶表情的确已经暴露了自己的感情。

“你怎么知道她是破鞋，你这样抹黑一个已经死去的人真的会舒服吗？”刘晨也听了出来，想要进一步让他说下去，希望能够找到什么线索和信息。

“我有没有抹黑她你们比我清楚。”钱正奇不屑地说道。

“我们清楚什么？”刘晨接着问道。

“清楚这个女人是不是破鞋，是不是自己有男朋友还在外面乱搞，表面上装得跟什么贞洁烈女一样，其实背地里什么勾当都做，真虚伪，让人感到恶心。”钱正奇越来越愤怒，这正好中了刘晨和孙志波的下怀，他们想要的就是这样的结果。

“就算是你知道了你不还是在追她，那你这又算什么行为呢？”刘晨故意激将道。

“那时候我还不知道她是这样的人。”他的脸上同样带着不屑。

“那你是什么时候知道的呢？”

“在被她拒绝了以后吧。”钱正奇的样子看起来很诚恳，孙志波注意观察着他，刘晨主要问他问题，来引导他。

“那你是怎么发现的呢？”刘晨问道。钱正奇突然就笑了，笑得让人有点莫名其妙。

“你笑什么？”孙志波看着他问道。钱正奇这时候才慢慢止住了笑，又变得严肃起来。

“你们用不着这么费尽心思地问我问题，我也只是想和你们兜兜圈子罢了，我说了我不是凶手我就不是凶手，不过我可以给你们一点东西。”

“什么东西？”刘晨和孙志波对视了一眼。

“一件你们可能会感兴趣的东西。”

“在哪里？”

“就在我的相机里面，最后的那几张照片，里面可能会有你们想要找的东西。”孙志波看了看他，然后拿起相机找了起来，时间好像静止了一般，大家都没有说话，屋里很安静，就连监控室里面的赵子坦都在安静地等待着，等待着那个所谓的“感兴趣的东西”。

“找到了，是这个吗？”孙志波找到了几张照片，上面是严颜和她的教导员，教导员正在撕扯她的衣服，严颜看起来是拒绝的，后面两张也是这样的内容，可是最后一张却不是，最后一张照片，教导员指着严颜恶狠狠地说着什么，严颜一副很害怕的样子。钱正奇看了看照片，然后点了点头，孙志波把照片给刘晨看，刘晨知道教导员和严颜之间有点什么，所以并不觉得新鲜。

“你想说明的是什么？”刘晨问道。

“我想说明的都在里面，难道你不会自己看吗？”钱正奇的语气也很不好，两个人一直处于“针尖对麦芒”的状态。

“这些我们都知道了。”刘晨无所谓地说道。

“真的都知道了吗？”钱正奇脸上带着笑说道。孙志波看了看刘晨，一时间不敢确定。

第四十八章

黑暗里的脚

“你什么意思？”刘晨看着他那么肯定的语气，还是反问了一句。

“为什么不再仔细看看呢？你们警察查案子就是这么查的吗？”钱正奇那满脸鄙视的表情让刘晨和孙志波很不舒服，但是两个人还是拿起来看了看，翻了一遍没有看到什么，孙志波又拿过来看了看，终于看到了不一样的地方，他都被震惊住了。

“怎么了？是不是发现了什么？”刘晨拿过来看了看，仔细看了看，这才发现了这不明显的一个地方。虽然不明显，但是足以让人毛骨悚然，因为照片是在一处居民楼拍的。孙志波联想到了上次和赵子坦去过的那个居民楼下面，照片的最角上有一双脚，就只能看到一双脚和一点裤边，而且因为天黑也看不清是什么样子的鞋和裤子，可是就是这一处却足以证明，当时不仅有严颜、教导员、钱正奇在场，还有另外一个人在场，那么这个人又是谁呢？

“照片上的另一个人是谁？”孙志波看着钱正奇问道，钱正奇耸了耸肩。

“我怎么知道，你们看到的是一双鞋，我看到的也是一双鞋。你们不知道，我又怎么会知道呢？”钱正奇一副无所谓也不配合的样子，这让刘晨很恼火。

“你别在这儿和我们打马虎眼，你最好老实交代，不然我让你走不出去。”刘晨半带威胁地说道。钱正奇突然就笑了，那笑容里面有嘲弄。

“你在威胁我？你以为我是被吓大的？”

“我们可没有认为你是被吓大的，我们只是不想让你犯错误。”孙志波平和地说道。

“这个嘛，我自己心里有分寸，你们要是想知道就自己去查呀，何必在这儿逼我呢？你们看我不顺眼，我看你们也不顺眼，咱们最好还是分开点好，俗话说得好，‘距离产生美’，说不定你们离我远了，到时候我心情一好，还真能说点什么出来。”

“你……”刘晨气得又想打人，但还是忍了下去。

“你知道凶手是谁对吗？”孙志波看着他问道，钱正奇没有回答，而是自己往后一靠，然后直接闭目养神，孙志波和刘晨拿他一点办法都没有。

“时间多着呢，我们慢慢来，今天我累了，能让我先去休息一下吗？”钱正奇闭着眼睛说道，孙志波只能让他离开。

“带他出去。”钱正奇被带了出去，屋子里就剩下了他们两个人，没过多久赵子坦走了进来。

“感觉如何？”赵子坦含着笑说道。

“是个难啃的骨头，好几次我都想揍他。”刘晨气呼呼地说道，孙志波也是一个劲儿摇头。

“其实今天也不是没有收获。”赵子坦指了指照相机说道，然后拿起了照相机，翻看了里面的照片。“这个人有意思，他在和我们玩游戏呢，而且有把握我们赢不了他。”

“那赵叔，您觉得他是凶手吗？”孙志波问道。

“很难说，现在一切都是个未知数，等到答案揭晓的那一天吧。”赵子坦叹了口气。

“可是我们该拿他怎么办呢？”刘晨问道。

“怎么办？慢慢问。他不是说慢慢来吗？反正现在严颜也活不过来了，所幸我们就和他玩下去，要是他真的是凶手的话，我一定会将他绳之以法。”赵子坦肯定地说道。

“那现在该怎么办呢？”孙志波问道。

“你们从这张照片上还看到了什么呢？”赵子坦指着那张有脚的照片问道。

“不就是那双脚吗，难道还有别的？”刘晨拿过去看了看，没有发现什么。

“我也看看。”孙志波拿过去看了看，也没有发现什么。

“看不出来？你们看这个拍照角度，从什么样的角度能够拍出这样的照片？”听到赵子坦这么说，两个人又拿过去看了看。

“我明白了，这是从上往下拍的。”刘晨恍然大悟，赵子坦笑了笑。

“没错，这么晚了，在哪里能够从上往下拍出这样的照片却不被人发现呢？”赵子坦接着问道。

“居民楼。”孙志波同样恍然大悟地说道。赵子坦点了点头，笑了。

第四十九章
居民楼的秘密

三个人拿着照相机就去了学校，在学校里找到了那处居民楼，他们三个人看了看周围的环境。

“这地方果然隐蔽，要不是这边有一个监控的话，这里还真是一个死角。”刘晨感叹了一声，这里就是上次赵子坦和孙志波来过的地方，而且那次他们就感觉到了不对劲儿，有的时候人的直觉很准，说不清楚为什么。

“这个地方上次我和赵叔来过。”孙志波看了看和上次并没有什么不一样。

“你们那时候来有什么发现？”刘晨知道他们来过，但是具体细节却不知道。

“那会儿刚刚接手案子没多久，当时我们就觉得有点不对劲儿，可就是说不清哪里不对劲儿。”孙志波摇了摇头。

“是真的不对劲儿还是你自己认为的不对劲儿？”刘晨接着问道。

“当然是真的不对劲儿，当时我和赵叔还觉得有人跟踪我们，现在看来应该的确有人跟踪我们。”

“说不定当时跟踪我们的就是钱正奇，而且我们也在他的相机里存在过，只不过现在我们没有证据罢了。”赵子坦说道，然后往旁边的居民区看了看。

“走，上去看看，看看是在哪里拍的照片。”孙志波和刘晨答应了一声，然后跟着走了上去，他们先上的二楼，里面都关着门，他们又上了三楼，在楼道那里找了一下角度，感觉不对，又上四楼看了看，有点高，于是又折了回去，把目标定在了二楼和三楼。可是楼道里没有人，各家的门也都关着，没有一点办法。这时候有一个老人家唱着京剧走了上来。

“老哥，问您点事儿。”老人家一见是警察，先是愣了一下，然后就笑了笑。

“有什么问题就问吧。”老人很热情。

“老哥，这里都有人住吗？”赵子坦接着问道。

“这里是指的整栋楼还是就三楼？”老人家是这里的一个退休教师，退休以后就在学校里管理一下卫生，运动运动。

“二楼和三楼。”

“有人住，都有人住，怎么了？”老人家又问了一句，“是不是又出了什么问题？”现在因为凶杀案的问题，人们都心存疑惑，也想早点儿找到凶手，更担心凶手会再次作案。

“还是上次的案子，我们最近正在进行排查，看看有没有什么可疑的人，要是有的话，你一定要告诉我们。”老人点了点头。

“这个还真没有看到什么可疑的人，学校一直都很安定的，谁知道最近出了这件事，弄得人心惶惶的。”老人接着说道。

“我们一定会尽早破案的，你们也不用担心。”赵子坦只能这么安慰着说道。

“我们相信你们。”老人笑了笑。

“谢谢，谢谢。”赵子坦也笑了笑，“那您就先忙您的，我们再看看。”老人点了点头，然后就要开门进去，赵子坦他们也往二楼走，可是走到一半的时候被老人叫住了。

“等一下。”老人说道。

“怎么了？”赵子坦他们赶紧又返回来，看来老人是又想到了什么。

“我想起一个人来，他是这个学校的学生，前段时间搬过来的，我也不知道算不算是外来人，觉得还是和你们说一声吧。他住在二楼，所以我和他接触得不多。”老人说道。

“学生？大概什么时候搬过来的？”赵子坦问道，他心里有些激动，这个人也许就是钱正奇。

“两个月前吧，我也记得不是很清楚了，我记得有一次我出去旅游回来，看到一个人正在楼道里看着什么，我也没注意，但是他却问我这里有没有房间出租，我正好知道二楼孙教授的那间房现在没人住，他和儿子出国了，我就想着要不然和他家人联系一下，于是我就帮着问了问。我问他是哪里的人，他说是本地人，我问他为什么不回家，他说家里没人，只有自己，不想回去，我也就没有多问。他不爱说话，但是看起来不像坏人。”老人一边回忆一边说道。赵子坦立刻就意识到了这里的问题。

“是这个人吗？”赵子坦把照片递给老人看了看，上面正是钱正奇，审讯的时候拍的照片。

“没错，就是这个小伙子。”老人肯定地回答道，赵子坦笑了笑。

“这就对了，老哥，能带我们去那间屋子看看吗？”老人家摇了摇头。

“我没有钥匙，但是我可以告诉你们是哪一家。”

第五十章

照片墙上的时间轴

老人带着赵子坦他们来到了钱正奇租住的房子门前，门看起来都一样，他们道了谢以后就找来了开锁匠，直接把门打开了。一进去看到屋子里很整洁，这倒不像一个男生住的房间。

房间里只有简单的几件家具，床上也很干净，只有一床被子，好像没有动过的痕迹，猜想钱正奇也是很少在这里过夜的。卧室里有一面墙上全是照片，大多数都是关于严颜的，而且从上往下看起来是一个时间轴。赵子坦仔细观察了一下，从春夏到秋冬再到来年春夏，不停地轮回。第一张就是严颜刚来学校时候的照片，上面还有她的父母，显然是偷拍，也许只是无意间拍到的一张照片。有的照片上面还有李美佳和程瑞，看得出来，钱正奇对严颜用情很深。

“赵叔，就是这里。”这时候刘晨走了进来，他刚才拿着照相机去拍照了，果然拍出来的效果差不多。就是在这里，在若干天前的某一个晚上，钱正奇就是在这里拍下了严颜和教导员，还有那个只露着一双脚的男人。

“那就没错了，来，看看这些照片，有什么发现吗？”刚在外面搜查的孙志波也走了进来。

“都是严颜。”孙志波就这么一看，然后回答道。

“除了严颜呢？”赵子坦问道。

“这些照片的拍摄是有规律的，完全按照时间排序。”赵子坦笑了笑。

“看来钱正奇真的很用心呀。”孙志波也感叹道。

“可惜爱不成反倒演变成了难以释怀的恨。”赵子坦摇了摇头，这样的感情还不如不开始。

“赵叔您看这张。”孙志波指了偏右下角的一张照片，上面的严颜神色有点儿慌张，好像看到了什么，又好像在害怕什么。

“这张的确有点儿奇怪，而且从这以后，教导员的身影开始出现了。”刘晨又有了新的发现，三个人突然发现这个照片墙不单单是挂满照片这么简单，似乎在透露着什么信息。

“这个钱正奇真是不简单，你们两个人把照片原封不动地拿回警局，我们好好研究。”赵子坦说道，孙志波和刘晨都答应了一声，开始着手工作，并且准备取下来编码，没想到照片的后面竟然有字，而且还有日期，这简直可以称得上是一件十分意外又十分重大的发现。

“赵叔，您快来看，照片后面有字，而且还有日期。”赵子坦急忙走了过来，就看到了上面写的一行字：无意间拍到你，好像天上落入凡间的仙子。日期是两年半之前，严颜刚来到学校的日子。

“往下看，看那张严颜害怕的照片。”孙志波找到那张照片，然后拿下来交给赵子坦，上面也写着一句话：就算你这么害怕你也不肯找我吗？

“看失踪前的那几天，看看有没有什么信息？”赵子坦直接取下了最后一张照片，上面写着的却是：人生若只如初见。

“什么意思？”刘晨有点儿疑惑。

“看看前面一张。”孙志波说着取了下来，上面写着：我觉得我就要失去你了，在我的视野里。日期是 11 月 15 日。赵子坦又拿过了最后一张照片，上面写着的日期竟然是 11 月 20 日，然后就再也没有然后了。也就是说他知道严颜在那个时候失踪了，只是什么也没有做，或者说做了什么，只是我们不知道罢了。

“把照片拍下来，然后取下来，按顺序放好。”赵子坦吩咐道，刘晨赶紧拍了一张照片，然后三个人开始动手取照片，然后把照片铺到床上。这项工作进行了差不多一个小时，天气很冷，可是他们竟然出了汗。

4 月 15 日：今天是我的生日，而你拒绝了我，没关系，我知道是因为你不够了解我。

4 月 18 日：你为什么有了男朋友，我没想骚扰你的。

4 月 25 日：看到你们那么幸福，我真的好难受。

4 月 30 日：我竟然看到你们接吻了，想要拍下来，可是我竟然没有勇气。

5 月 5 日：看到他比赛了，是不是你喜欢篮球呢？

5 月 11 日：你真的是万众瞩目的恒星，永远那么美丽。

5 月 24 日：你的闺蜜不是真的喜欢你吧。

5 月 29 日：但愿那小子不会伤害你，其实我觉得他没我对你真诚。

6 月 6 日：那个男人不是好人，难道你看不出来吗？

第五十一章

恨入骨髓的爱

他们把前面的内容过滤了一下，开始转到后面。

11 月 3 日：害怕什么，该来的总会来的。

“钱正奇肯定知道什么，不然他怎么会这么写，而且，他肯定知道凶手是谁。”刘晨分析道，赵子坦没有回答。

11 月 10 日：你早晚被她害死。

三个人同时震惊了一下（照片上是李美佳和严颜）。

11 月 13 日：我最爱你，你却不知道，你活该。

然后，照片到此结束了，严颜的生命轨迹也到此结束了。

“这期间到底发生了什么呢？”孙志波疑惑地问道，刘晨摇了摇头。

“为什么李美佳再次出现在了照片里，而且钱正奇还说了这样的话，难道李美佳不是无辜的？”孙志波又说了一句，这时候赵子坦站了起来，看着他们两个人。“别站着了，把照片原封不动地搬回去，然后去审钱正奇。”

三个人同时审问着钱正奇，钱正奇依旧是那副模样，看起来没有任何变化，也没有任何的害怕。

“这么快就又来审问我了，难道是因为有了新的发现？”他似笑非笑地说道。

“既然猜对了那你就从实招来吧。”刘晨回答道。

“你还没有给我看底牌，怎么就让我先亮牌呢，是不是有点不地道呀。”钱正奇的脸上又带上了笑容，那种让人毛骨悚然又恨之入骨的笑容。

“底牌当然有，不过亮出底牌以后你可就没有得到筹码的机会了。”刘晨说道。同样是信心满满，他觉得既然找到了钱正奇拍照的地方，还有照片为证，钱正奇应该会说点什么的，哪怕不说出最后的凶手是谁也没有关系，只要有线索就行。

“我这个人喜欢刺激，来吧，让我看看你们的底牌，我也好斟酌着怎么出牌。”

“给他看。”赵子坦在中间坐着，然后吩咐道，孙志波拿出一张照片来递到钱正奇的眼前。

“还认识吗？是不是觉得很眼熟？”钱正奇的脸色立马变了，脸上的笑容也没有了，他怎么也没有猜到赵子坦他们竟然能够在这么短的时间里找到自己租住的地方，看来这三个人也不是泛泛之辈。

“看来你们也是老狐狸了。”

“少废话，从实招来，说，为什么照了这些照片，又为什么隐瞒不说？”孙志波质问道。钱正奇刚才还铁青的脸色现在已经恢复了刚才的样子。

“暗恋一个人也有错？”钱正奇的无所谓让人很恼火，却又无可奈何。

“那好，那么这张呢？”孙志波又拿出了最后一张照片，钱正奇看了看，脸上什么表情也没有。

“这张照片怎么了？有什么疑问吗？”那种不屑的语气让刘晨又有了打人的冲动，但是还是忍了下来。

“你知道严颜失踪了对不对？为什么当时你不报警？”孙志波的质问掷地有声，可是对于钱正奇来说却没有一点儿威慑力。

“警察就知道乱说话吗？你们凭什么说我当时知道她失踪了呢？难道就是因为最后我的照片墙上没有照片了吗？我说因为她没有出现，所以我没有拍到有关她的照片，所以我没有把那张照片放上去，这样的解释你们觉得满意吗？”这些话竟然让孙志波无从反驳，的确，钱正奇说得很有道理，他们不能仅仅因为一张或者几张照片就认定这件事和钱正奇有关系。

“那好，我问你，你为什么说李美佳会害死严颜，你是不是知道什么？”孙志波的眼睛直直地盯着他，想要从他的眼里看出一点端倪。

“嫉妒是女人天生的特质，尤其是她那种女人，更容易招人嫉妒，你们不要告诉我，你们没有看出来李美佳嫉妒她，并不把她当作真正的朋友。”钱正奇此时此刻的表情是得意并且张狂的，因为孙志波他们丝毫难为不了他。

第五十二章
嚣张跋扈的嫌疑人

“就算你说的是对的那又怎么样，难道就因为嫉妒一个人就去判断他是不是杀人了吗？你这有点儿武断吧。”孙志波说道，钱正奇沉默着，不说话。

“为什么不说话？难道是你回答不上来了？”刘晨补充了一句，这时候钱正奇又笑了。

“我觉得我没有必要和你们在这里废话。”那满脸的不屑，简直不把他们放在眼里。

“为什么？”孙志波问道。

“因为你们根本就不配和我谈条件，你以为你们找到了那些照片还有我租住的地方就是很重大的发现吗？我又不是凶手，你们总是围着我转，像找到一根救命稻草就死命抓着不放，这样就能够解决问题吗？如果不奋力地游还是会被淹死的，自以为是。”钱正奇说完就这么直勾勾地看着刘晨火冒三丈，此刻他的心里开心极了，因为他觉得他们是找不到凶手的。

“你说话最好给我放尊重些，不然我对你不客气。”刘晨在极力压抑着自己，生怕自己一下子忍不住做出什么不该做的事，到时候又增加不必要的麻烦。

“不客气是怎么样，我倒是想要看看。”钱正奇满不在乎。刘晨觉得自己整个人都要气炸了，还是第一次见到这样的人，刀枪不入，而且厚颜无耻。

“不管你是不是凶手，你有那些照片，我们就有怀疑你的理由，而且你现在这种态度就是不配合执法，我可以依法给予你处置，严重的话还会坐牢。我知道你是在和我们兜圈子，其实你什么都知道，只是想看看我们能不能做到，能不能找到那个真正的凶手。暂且我们认为你不是凶手，但是刚才他们也说了，如果我们给你机会的时候你不抓住，等到我们自己找到了那就不叫机会了。后果也许是你承受不起的，就算是这样你还是不愿意配合吗？”赵子坦终于说话了，他看出来了，这个钱正奇不好对付，而且他软硬不吃，有他在，案子似乎变得更加复杂了。

“大 boss 说话了，不错不错，不过你们为什么非要诬赖我是在撒谎呢？我说我不知道难道不对吗？我要是知道的话难道不会来报案吗？别忘了，那可是我喜欢的女人，毕竟喜欢过一场，我又怎么会见死不救呢？”说这句话的时候钱正奇的脸上布满了阴郁和狠戾。这个男人绝对不一般，也绝非看起来那么无害，他就是一个彻头彻尾的无耻之徒。

“很好，既然话说到这个份上了，我想我们也没有再谈下去的必要了，来人，把他带下去，好好招待。”赵子坦声音平淡，听不出一点情绪的波动。走到门口的时候钱正奇突然站住了，回过头来看着赵子坦。

“还是那句话，别自以为是。”说完就走了。刘晨气得直接把手里的笔扔了。

“什么玩意儿，怎么会有这样的人呢？”

“这个人不简单呀，内心太强大了，我在想，到底是什么样的家庭才会养出这样的孩子呢？”孙志波感叹了一句，却被赵子坦听了进去。

“是该查查他的家庭背景了，志波，这件事就交给你处理了。”

“嗯，行。”孙志波答应道。

“对了，上次让你们查的福尔马林的事怎么样了？”赵子坦想起了严颜口中的福尔马林，这个线索到底能不能有用呢？现在还很难说。

“查了，全市有大量福尔马林的不多，有一家是生产厂家，不过两年前已经关闭了，再有就是医院，还有学校。医院的福尔马林也是严格控制的，不可能外漏。再就是学校了，学校也有严格的管理，外漏的话也很不容易，而且都有记录，也让实验室的老师查了，数量没少，然后就没有别的地方有了。”

“医院……”赵子坦念了一遍，然后点了点头。“去查医院的监控，看看有没有什么可疑的人，就在事发当天或者后几天，尤其是手术室，还有可以解剖的地方，务必一处不漏。”刘晨和孙志波都点了点头。

“那学校呢？”刘晨问道。

“学校的监控我们都看了，没有什么异常。你再看一遍，尤其是实验室周围，看看有什么可疑的情况，一定要对好时间，知道了吗？”刘晨点了点头。

“那钱正奇怎么办？”孙志波问道。

“喜欢玩游戏就让他先玩着，我们查着，这小子就是嘴硬，我倒要看看他到底有多硬。”

第五十三章
拨通神秘电话

当他们正在讨论的时候陆路走了进来，满脸的汗。

“你们都在呀，怎么样了？”陆路坐下来给自己倒了一杯水，他们三个人同时看向他。

“怎么了这是？怎么满头大汗，发生什么事了吗？”孙志波问道，陆路很认真地点了点头。

“看来你们还不知道，队长以为你们去学校查案了，就没通知你们，我们发现了尸体。”

“什么尸体？”刘晨十分激动。

“就是严颜的尸体，剩下的，你们猜在哪儿？”

“少卖关子，快说。”赵子坦也着急了，陆路赶紧点了点头。

“在火葬场，今天早上看大门的大爷打来了电话，说是外面放着一个箱子，大爷打开一看，里面是两条腿，吓了一跳，不过大爷也是见过世面的人，所以没被吓坏，给我们打了电话。我们去了以后发现箱子底下放着严颜穿过的衣服，都叠得很整齐，衣服的口袋里有一个电话号码。”陆路说到这的时候三个人都顿住了，电话号码？为什么会有电话号码呢？

“电话号码是什么？打过去了没有，对方是什么人？”孙志波焦急地问道。

“你们想不到的是，电话竟然接通了，当时我们都愣住了，但是那边什么声音也没有，也不回答我们，三分钟以后电话就被挂掉了，再打就打不通了，我们本来想用定位的，但是后来电话就关机了。幸好队长录了音，回来让他给你们听听。”听到这儿，几个人都感觉自己的神经紧紧地绷住了，这个人到底想干什么呢？而且他会这么做，肯定是有原因的，好像还是一种暗示，但是这些现在都未可知，等待着他们去挖掘。

“除了这些呢？还有什么？”赵子坦问道，陆路摇了摇头。

“别的我就不知道了。”

“那你回来干什么了？”刘晨接着问道，陆路听到这不禁叹了一口气。

“还是上次开枪的事，说是上面来人了，让我配合调查，队长就先让我回来了。”

“在哪里？为什么我们没有看到？”孙志波说道。

“不知道，等着找我吧，反正我身正不怕影子斜，有什么呢？我是在保护人民的生命安全，如果这样还要被处分的话，那我又有什么办法？但是我相信上面会给我一个公道的。”陆路现在比以前淡定了好多。

“你能这么想就好了，要是上面真的没有给你一个公道的话，我们跟着你一起上诉，不管怎么样，我们不能委屈了自己。”赵子坦表情很严肃认真，他这个人就是这样，为了正义付出了一生。

“谢谢您，赵叔。”陆路感激地说道，“对了，你们的案子怎么样了？”

“有了新的线索就又被绕了进去，现在我都不知道该怎么查下去了。”赵子坦实话实说。

“赵叔，要是连您都办不了的案子，那么一定会成为悬案的，这些年我们还没有出现过什么悬案，这个不会真成了悬案了吧？”

“闭上你的乌鸦嘴，我们这不是正在找证据吗？你少在这危言耸听。”刘晨威胁道，陆路笑了笑。

“这不是开玩笑嘛，看你们这段时间因为这个案子忙的，现在都被折磨成什么样了，以前都是帅小伙，现在都快成大叔了。”陆路开了几句玩笑，孙志波上前搭上了他的肩膀。

“我说陆哥，你这一说话可就得罪了三个人，你说你该怎么出这个门呢？”刘晨也跟着笑了起来，这时候陆路的手机响了。

“嘘，别闹，我这儿来电话了，队长的。”孙志波赶紧放开他，“队长，我在局里呢，我没看到呀，等通知呢。赵叔他们在呢，有什么事吗？用不用我转告？那行，那我先挂了，我这就过去，好。”挂了电话孙志波又围了上来。

“怎么了？是不是让你过去？”陆路点了点头，叹了口气。

“该来的总会来的，你说万一真的处罚我怎么办？”陆路是真的担心了，他的孩子才那么小，真的害怕这样的打击。

“相信正义。”赵子坦只说了这四个字，陆路认真地点了点头。

“赵叔，队长说一会儿回来，说要给你们听听录音，我就先走了，你们就不要出去了。”赵子坦点了点头。

“没事的，放心吧。”孙志波说道。

陆路笑了笑，有点苦涩，然后转身离开了。三个人看着他离开的背影，一阵异样的感觉涌上心头。

第五十四章

听筒录音

队长回来的时候已经是傍晚了，赵子坦没有出去，一直等着队长回来，孙志波和刘晨出去查指纹的事，到了傍晚还没有回来。

“你在这儿呢，我还以为你出去了呢，我有个东西给你看。”队长一进门就看到赵子坦在那看资料，然后就径直走到了赵子坦的面前。

“就等你了，我已经知道了，快把录音给我听听。”赵子坦放下手里的东西，然后见队长坐了下来，别的人也陆陆续续走了进来。

“耳朵还挺长，我听了，什么声音都没有，再打就打不过去了。”队长拿出手机来递到了赵子坦的手上。赵子坦拿过手机看了看，找到了下午刚拨打的那个号码，没想到竟然打通了。

“通了。”赵子坦开的扩音，周围的同事赶紧打开了定位系统，顿了一下，那边传来了声音，大家都在屏息凝神。

“你干什么？你放开我，你……”然后就没有声音了，电话随后也被挂断，而且关了机。

“谁的声音？这是谁？”队长焦急地问道，“查到了吗？”

“没有，时间太短了，只要再过一会儿就可以了，没找到具体的位置。”一个警察一边摇着头一边遗憾地说道，大家都围在周围，等待着赵子坦开口。

“是严颜的声音。”赵子坦用极为沉重的声音说道。

“严颜不是死了吗？怎么会是她的声音呢？”队长疑惑道，赵子坦沉思着。

“如果我没有猜错的话，这应该是录音。电话那端的人很有可能就是钱正奇照片上的那个男人。”

“录音？那是什么时候的录音呢？为什么要给我们放这段录音呢？”队长感到

很疑惑。

赵子坦现在也很乱，这个人出这一招到底是为了什么呢？到底是想被抓到，还是不想被抓到呢？

“这是什么破案子，怎么到现在还这么乱，你跟我说吧，到底什么时候能给我查出来。”队长着急了，现在焦头烂额，到底该怎么处理这些事呢？

“你问我我问谁呢？”赵子坦也是一脸的无奈，大家都去忙别的事情去了，就他们两个人还在这儿坐着。

“你说现在这个社会怎么这么乱，一会儿这里杀人，一会儿那里打架，前些天陆路给我惹的乱子现在还没有平息，你说我这一天天的多累，又跑出这么一个人，逗人玩呢？”队长很生气，语气也很不好，大家都面面相觑，不敢吭声。

“你说起陆路我倒是想问你，你说他这件事最后该怎么解决？你有什么想法吗？”赵子坦不希望陆路受到不公正的处罚，虽然他相信队长不会这么做，但是舆论的压力就很难说了。

“我能有什么想法，设法帮他吧，我看录像了，他做得没错，没表扬就够对不起他的了，现在竟然还出了这么一些事，这群人就知道瞎议论，话又说不到点子上，每天就知道怀疑这个怀疑那个，真以为警察这口饭就这么好吃呀，要不是责任在身，我也脱衣服走人了。”赵子坦听到他这么说就笑了。

“你这衣服都脱了好几回了，怎么还没见你走。”

“去去去。”

“你呀你，就知道这么说，你把手机给我，我再听听。”赵子坦一转话题。

“听什么，有什么好听的？”虽这么说着，但还是把手机递了过去，“你先听着，我去给上面打个电话。”说着就往办公室里面走。

“记得给陆路说情。”赵子坦知道他不会坐视不管的。

“还用你说，这可是我手底下的人，谁不分青红皂白地给我弄走了都不行。”说完就转身走了进去，关上了门。

赵子坦一个人打开录音听着，他反复地听，在听到不知道第几遍的时候终于察觉到了一点不一样，是什么不一样呢？他还说不清楚，于是继续听，这时候队长打完电话走了出来。

“发什么呆？”走到他身边坐了下来。

“你听听，有什么不一样吗？”队长狐疑地看了他一眼，然后听了听，并没有觉察到什么不一样。

“什么不一样？”

“难道你没有听到里面有音乐的声音吗？”

“音乐？”

赵子坦点了点头。

第五十五章
迷 宫

“怎么会有音乐呢？哪里有音乐，我怎么听不到呢？”队长抢过手机把声音开到最大，这才听到了极为细小的音乐声音。

“听到音乐声了吗？”赵子坦再次问道。

“我听到了。”小刘凑了过来，对着赵子坦说道。

“那谁听出了这是什么音乐？”赵子坦抬头看了看围过来的几个人，大家听了一下，都摇了摇头。

“不知道，不过真的有音乐，好像还是钢琴曲。”队长也听了出来，看来这又是一个线索。

“我也觉得是钢琴曲，这就说明在他住的周围有人会练钢琴，可是这个范围又太大了，不好下手，今天我让志波他们对比指纹去了，不知道会不会有新的收获，现在我脑子也是乱得很。”赵子坦摇了摇头。

“赵叔，我听说在尸体口腔里有福尔马林？”小刘问道，赵子坦点了点头。

“查了，现在还没有什么线索，今天看看他们回来的成果吧。”

“那个嫌疑人怎么样了？交代了什么吗？”

“没有，不过我们有新发现，来，带你们去看看。”赵子坦带着他们去了监控室，那里贴着满满的照片。

“这是什么？”队长第一眼就被震惊了。

“天呀，你们是怎么做到的呢？”旁边一个人惊叹道，因为他们也发现了时间的规律。

“因为这个。”赵子坦顺手取下一张照片，然后翻了过来。

“这上面所有的照片都有？”

“都有，差不多算是一个照片日记，我推测这个小子知道什么，甚至连严颜是谁杀的都知道，可是他不说，我们也没有证据。”

“想办法让他开口。”队长恶狠狠地说道。

“威逼利诱，什么都试了，不行。”

“带我去看看。”队长说着就站了起来。大家互相对视了一眼，赵子坦什么也没说，直接跟着去了审问室。

“知道我是谁吗？”钱正奇刚一坐下来队长就问道。钱正奇瞄了他一眼，不屑地笑了笑。

“是谁很重要吗？”这句话气到了队长，却差点儿让赵子坦笑出来，这个钱正奇还真的是什么都说得出口，而且还是对队长说。待在监控室的同事们也是面面相觑。

“你说话尊重点。”赵子坦开口提醒，但是却没有生气，只是有点严肃的样子。

“这里谁该让我尊重呢？莫不是你们已经找到真正的凶手了，是来放我出去的，要是这样的话我就尊重你们。”还是那种不屑的语气。

“你小子不简单呀，学过心理学吗？”队长再次听他这么说反而不生气了，对他倒是产生了一点兴趣。

“心理学没有学过，不过很喜欢看福尔摩斯，知道为什么喜欢吗？”

“为什么？”

“因为觉得很刺激。”

“这么说你现在和我们玩游戏也是因为刺激了，你的目的就是让我们一直找不到答案吧？”赵子坦问道，钱正奇笑着，像个真正的大男孩，可是他的内心恐怕连他自己都看不清吧。

“其实你挺聪明的，但是今天你却遇到了对手，你放心，对手不止我一个人，游戏已经开始了，很好玩的，你没感觉到吗？”他对着赵子坦说道，队长一边看着一边观察钱正奇，这个钱正奇让他捉摸不透。

“你这么说就是变相承认了你知道凶手是谁，而且你还参与了进来对吗？”

“你为什么总抓着我不放呢？难道你不知道越是意想不到的才越是最该怀疑的吗？我的动机这么容易被发现，怎么会是我呢？我又不傻，会等着你们来抓我吗？”钱正奇摇了摇头，赵子坦看着他。

“不如我们做个交易，如何？”

“什么交易，说来听听，说不定我真的感兴趣。”

“我找到那个隐秘的人，你告诉我们一个新的线索，如何？”钱正奇想了想，然后笑了。

“成交，不过我觉得你输了。”

“为什么？”

“因为你已经掉进迷宫了。”说完，钱正奇撇了撇嘴。

第五十六章
剑锋所指

“什么迷宫？我怎么掉进去了？”赵子坦看着他，脸上一股阴郁，心里也在隐隐担忧着。其实自己早就有了这样的感觉，只是不知道该从哪里爬出来，只能越陷越深。

“你比我清楚吧，何必问我呢，你们就习惯用自己的眼睛去看人，就知道看外表，殊不知外表才是最容易伪装的。”队长看着他，不禁对他刮目相看，这个钱正奇果然不是简单角色。虽然看起来没有什么特别，但是他真的很聪明，而且还会“读心”。

“你很聪明。”队长赞叹道。

“现在想要来拉拢我了？”钱正奇笑了笑，对着队长挑了挑眉，队长看着他，竟然笑了。

“你说你要不是这样的话，肯定会前途无量的。我就不明白了，为什么越聪明的人越想要做坏事呢？”队长叹了口气。

“你何必来揶揄我，你们觉得你们现在这样就很好吗？再说了，你们根本就不了解我，凭什么来评断我是不是好人，我就算不是个好人，那我也不能算是个坏人，因为我没有害过人。”钱正奇的脸上带着蔑视的笑容。

“没有人说你是个坏人，既然你也不想当坏人，那么你为什么不配合我们，做个好人呢？”赵子坦试探着说道。

“做好人很好吗？”钱正奇反问道。

“当好人有什么不好的，至少吃得安心，睡得踏实，这个世界上只有好人才能够踏踏实实地生活。”赵子坦想要试着去打开他的心扉，但是钱正奇却有着自己的一套逻辑，根本就不会动摇。

“你怎么知道坏人睡得不踏实，你做过坏人吗？你为什么又凭自己的主观臆断去猜想呢？你真的觉得你认可的，或者是说大家认可的东西就是对的吗？”

“那你觉得怎么样才能够不算是主观臆断呢？”队长问道。

“这个世界上这么多事，怎么可能所有的事都有答案，没有答案的事情多了，何必那么较真呢？不管那件事是不是大家认为的样子，抑或是你们认为的样子，它都存在，明白了吗？”钱正奇像个教父一样教导他们两个，赵子坦在想着他话里面的深意。钱正奇绝对不会说这些没头没脑的话的，他也不是个喜欢和别人浪费口舌的人。

“我们没有在较真儿，只是想要知道答案。”赵子坦回答道。

钱正奇摇了摇头，“懒得和你们废话了。”

“那你刚才说这么多是什么意思？”赵子坦追问道，他发现钱正奇虽然很聪明，但是脾气很暴躁，也很容易着急，这就是他的弱点。

“因为你们太笨了，所以我才会这么说的，不过看来你们没有听懂。算了，活该你们找不到凶手。”

“什么意思？”队长又问了一遍。

“凶手要是都站在那儿被你们抓，还要你们这群警察干什么，不管做什么事，不要光靠眼睛，还要靠脑子，都说了你们看到的不一定是真的，还听不懂，那还让我说什么呢？”钱正奇已经不耐烦了，语气也很不好。

“我再问一句，你是不是知道谁是凶手？”赵子坦追着问道。钱正奇这时候已经站了起来，准备往外走，听到他这么一说就顿了一下。

“都说了游戏已经开始了，知道了答案还有什么好玩的呢？生活还是需要乐趣的。”说着就笑了。队长和赵子坦同时感觉到了钱正奇的危险，这个人简直太不简单了，如果以后不走正道的话，一定会是社会的祸害。

“从你的笑容里面我知道了。”赵子坦沉着地说道，眼睛直直地看着他。钱正奇皱了一下眉头。

“知道了什么？”

赵子坦的嘴角也露出了笑容，自信、得意的笑容。

“你不爱她。”这四个字像锤子一样敲进了钱正奇的胸口，他的表情顿了一下，然后马上就恢复了自然。

“你很了解我吗？”钱正奇脸上是玩味的笑。

“那你很了解你自己吗？”赵子坦也笑着反问道。

“你到底什么意思？”两个人对峙着，赵子坦的眼睛对着钱正奇的眼睛，目不转睛。

“夜深人静的时候问问自己，你会知道我的话是什么意思。”赵子坦对着站在门口的警察招了招手，警察走进来带着钱正奇往外走，钱正奇看着赵子坦，眼神有些复杂，却什么也没有说。

第五十七章

指纹鉴定结果

这天晚上钱正奇没有睡着，他坐了一夜，也想了一夜。

第二天又是一个新的明天，赵子坦又出去了，去解开那个所谓的谜题，去走出那个陷阱，可是出口在哪里呢？

“赵叔，我们这么走有用吗？这个校园我们都走了多久了，再走下去就要中午了，你不累吗？”刘晨嘟囔道。没有吃早饭的他早就饿了，昨天和孙志波很晚才回去，以为今天可以睡个懒觉，没想到一大早就被叫了起来，这种又累又困的感觉实在是太难受，刘晨觉得自己都要虚脱了。

“我不累，你是饿了吧。”赵子坦一边走一边说道，刘晨赶紧点了点头。

“昨天回来那么晚，今天实在是吃不消。”

“年纪轻轻的不吃早饭，就应该给你长个教训，我们这行作息哪有什么规律，能吃的时候就吃。”赵子坦说道。

“知道了，又来教育我。对了，您怎么不叫志波跟您来，我觉得他比我强多了，任劳任怨的。”

“他有别的事，哪能让你闲着，要让你发挥一下自己的价值才行，不然你该感觉自己不重要了。”赵子坦笑了笑，刘晨撇了撇嘴。

“赵叔，您什么时候也学会开玩笑了，是不是昨天被钱正奇刺激到了。”刘晨嬉皮笑脸地说道。

“你也知道昨天的事情了？”

“怎么会不知道，现在局里恐怕没有人不知道吧。我早说了，这个钱正奇是个狠角色，怎么样，昨天听说他把队长都弄得下不来台，真是这样吗？还是他们编来骗我的？”刘晨的兴致越发地浓郁了，都把自己又累又饿的事情抛到了脑后。

“想看队长的笑话？”赵子坦看着他，就知道他一肚子的坏水。平时队长教训他，现在他就是想要看队长的笑话。

“我可没说，是您自己说的。不过呢，您要是非这么说的话我也可以勉为其难地接受，来吧赵叔，现在开始吧，耳朵都已经洗好等着了。”昨天大家传得沸沸扬扬，也不知道是真是假。刘晨觉得大家肯定添了不少油，加了不少醋，队长怎么会像描述得那么不堪一击。

“好吧，既然你这么想听，我就和你说说。不过我们还是找个地方先吃点什么吧，不然一会儿人该多了。”刘晨一听眼睛都要冒光了，终于可以吃东西了，他连忙点头。

“赵叔，还是您最懂我，这也快走到后门口了，就去后面的小饭店吃点吧，我实在是饿得不行了。”刘晨露出一副很可怜的样子。赵子坦看了看他，然后无奈地摇了摇头。

“看你这点出息，刚才说到队长出丑的时候也没见你饿，现在又饿了。”刘晨依旧嬉皮笑脸地跟着赵子坦。

“赵叔，您就别揶揄我了，我都够惨的了。昨天和志波去找指纹，结果当事人都不在家，最后去了程瑞的宿舍，你猜怎么着。”刘晨故弄玄虚地说道。

“怎么着了？”

“这个程瑞现在倒是不打游戏了，而是早出晚归，也不知道是去干什么，我们就在学校找了一圈，结果没有找到人。”

“这也叫新闻？”

“关键不是这个，关键是我们对比了所有的指纹，都不匹配。回来的时候您还在队长办公室，我们也就没说，今天上午出来都把这件事给忘了。”

“那你觉得程瑞是在干什么呢，会不会他就是那个偷窥的人呢？”赵子坦突然想到了这个线索。

“他？怎么看怎么觉得不可能，这个程瑞虽然不是特别合群，但是真的不像是那种人。”刘晨分析道。

“‘画皮画虎难画骨，知人知面不知心’，再加上他是有作案动机的，所以我们不能对任何一个人掉以轻心。这个程瑞还是要查查，就算他不是凶手他也肯定发现了什么，不然为什么早出晚归呢？我还记得上次他说的话，我觉得他是想要做点什么，现在我们就要想办法取得他的成果，让他帮我们。”

“可是怎么帮呢？他什么都不懂。”刘晨反问道。

“这个我就不知道了，今天去找找他，看看他到底在干什么。”刘晨点了点头，然后一抬头看到了小饭店的门牌，眼睛顿时亮了。

第五十八章
楼道里的钢琴声

两个人吃了饭就从后门走了进来，正好经过居民区。赵子坦就想着去看看照片上严颜和教导员说话的地方，两个人就走了过去。中午的时候很安静，也没有什么人，他看了看时间，已经十二点十分了。两个人站在那儿看了半天，什么也没有看到，被遮挡的摄像头已经被人弄开了，这个地方真的很隐蔽，可是为什么严颜他们每次都会在这儿呢？难道真的是因为这里太隐蔽的原因吗？

“赵叔，走吧，在这儿看也没用，要不然再去钱正奇的出租屋看看？”赵子坦顿了一下，然后点了点头。

“凶手到底是谁呢？那个隐藏着的人又是谁呢？”赵子坦像是自言自语似的说道。

“要是知道是谁就好了，真没想到我一毕业就遇到了这样复杂的案子，学的那些东西感觉都没有什么用呢。”刘晨摸了摸头发。

“知识本就来源于生活，学得再好，终究还是要回归生活的。要是不能够和生活相结合，那么你的这些知识也就算是白学了，书本上的知识是死的，生活中的例子才是活的。你刚毕业，需要学的东西还有很多。”赵子坦温和地说道。

“可我以前就没有这种感觉。”刘晨嘟囔了一句。

“以前是以前，以前你知道的东西少，所以觉得你是无所不知的。现在你知道的东西多了，你就会发现，你只是一个初学者，需要你学习的还很多。这就是大家说的，你懂得越多，就会觉得自己懂得越少。”赵子坦淡淡地笑了笑。

“赵叔，我觉得您就像是一个圣人一样，什么都知道。”刘晨是真的很佩服赵子坦，一个警察能够做到这样的境界，也是少有了。

“其实我觉得我还什么都不知道。”说完两个人就都笑了，继续往前走。

“赵叔，有没有人说过您很幽默？”

“有一个人。”

“谁？”刘晨认真地问道。

“你。”听到赵子坦的回答刘晨笑了。赵子坦这个人就是看起来比较严肃，其实很随和，有的时候还会有一点点幽默，虽然他自己不这么觉得。

“幽默幽默，的确是幽默。”两个人一边笑一边往楼道里走，就要进去的时候刘晨随口说了一句话，赵子坦顿住了。

“这里还有人弹钢琴，不愧是大学，有艺术气息。”刘晨半带羡慕地说道，他的家庭条件不是很好，所以从来就没有受到过这样的教育。

“你说有人弹钢琴？”赵子坦顿住了脚步，抬头看着刘晨说道。

“对呀，你听。”刘晨说道。两个人同时竖起耳朵来听，声音不大，可是赵子坦却立刻分辨出来了，这个音乐就是那天电话录音里面听到的音乐，怎么会在这里出现了呢？会是巧合吗？

“走，去看看。”说着就转了回去，直接往旁边的那栋楼走去，声音是从那里传出来的，肯定能在那里找到答案。

“赵叔，这个声音不会就是……”刘晨恍然大悟。那天他们说电话里有钢琴的声音，但是他没有听到过，现在他突然意识到，应该就是那个声音，不然赵子坦不会这么敏感。

“看看就知道了。”两个人快速走进了楼道，然后一层一层地慢慢听，声音很小。后来走到了四层，有一家的门微微开着，里面传出了响亮的钢琴声，可赵子坦总觉得哪里有点不对。

“赵叔，就是这家。”刘晨声音很小地说道，赵子坦点了点头。“要敲门吗？”赵子坦又摇了摇头。

“等一会儿，我总觉得哪里有点儿不对劲儿。”赵子坦思考着，到底是哪里不对劲儿呢？又说不上来。

刘晨有些疑惑，他觉得没有什么不对劲儿的，进去看看不就知道了。

“赵警官？”有人叫了赵子坦一声。他顺着声音看了过去，五楼和四楼之间的楼梯上站着张教授，他正在往下走。

“您好。”赵子坦终于知道哪里不对劲儿了，他来过这里，第一次发现手指的地方就是教授的家里。

“来找我？”教授问道，还是以前的模样，一点儿也没有变。

“不是。”赵子坦回答道。

“那你忙着，我还有事，就先走了。”

“好，您忙着。”赵子坦点了点头。

教授笑了笑，然后往下走去。赵子坦看着教授下楼的背影，突然就想起了钱正奇昨天说的话。

第五十九章

教授的嫌疑

“张教授，等一下。”赵子坦就这么喊了出来，几乎是下意识的。刘晨有点好奇地看着赵子坦，不明白他叫住张教授想要干什么，但是他还是安静地听着，看着，观察着。

“赵警官，有事？”赵子坦明显看到教授的神情有一丝异样，但是转瞬即逝。赵子坦突然就对教授产生了兴趣，他觉得自己应该听钱正奇的，从反方向开始思考，打破以往的思维定式。

“想问问您知不知道这栋楼里是不是有人之前见到过死者？我听说死者以前在这里当过家教，不知道是哪一家？我们找了半天了，还是没有找到。”赵子坦诚恳而认真地说道。

“原来你是问这件事，我还真不知道，我也不是经常出门，不能帮你的忙了。”赵子坦看教授有点不好意思，脸上也没有了刚才那一抹稍纵即逝的紧张。赵子坦断定，教授肯定在担心什么，不管是担心什么，都有了被他怀疑的理由。

“没事，我们再问问，您忙吧。”教授笑了笑。

“那我就先走了。”教授说着看了看手腕上的表，赵子坦注意了一下，然后答应了一声，教授离开了，但是在楼梯拐角那里回头看了赵子坦一眼，正好和赵子坦的目光相对，赵子坦感受到了他眼里的警惕。警惕？一般人怎么会有这种警惕呢？除非这个人心里有鬼，没错，赵子坦确定教授不简单，看起来无害的人往往更危险。

“赵叔，人都走了，您还看什么呢？”刘晨叫了赵子坦一声。刘晨的疑问又多了一点，他觉得赵子坦有点不对劲儿，和往常很不一样。

“没事，记下门牌号，走吧。”赵子坦看了一眼虚掩着的门，又看了看楼上，如果他没有记错的话，教授的家就在这家的楼上。一种不好的预感袭上了他的心头，他觉得自己有点呼吸不上来。有些事，你就算是不愿意相信也没有用，因为所有的证据都会告诉你，其实事实并不是你想的那样。

“这就走了？”刘晨也看了一眼门牌号，然后跟在赵子坦的后面往下走。赵子坦就在前面走着，心不在焉地答应了一声，刘晨看出了赵子坦在思考，也就没有说什么，跟着赵子坦走了出来。两个人走在大路上，刘晨四下看着什么，赵子坦还是自顾自地走着。

“赵叔？我们现在去哪儿？”路上的人不是很多，他们穿着这身衣服看起来很显眼。

“看到了什么？”赵子坦答非所问，问得刘晨有点儿摸不着头脑，刘晨又看了看四周，并没有什么异样。

“什么也没有看到，怎么了？”刘晨问道。

“别乱看了，我们都进了别人的监视圈了，你要是去当侦察兵的话，一定早就暴露自己了。”赵子坦头也不回地说道。刘晨疑惑地看着他，但是终究没有敢再回头，虽然现在的他很好奇赵子坦所说的监视圈。

“有这么邪乎？”刘晨有些怀疑。

“没有这么邪乎的话，严颜是被什么跟踪了这么久呢？”

“可是为什么跟踪我们，我们难道也在被跟踪的范围里？”刘晨越想越糊涂。

“只要凶手没有抓到就一天不能结束警戒，就算是凶手抓到了也不行，因为你永远不知道从你身边擦肩而过的那个人是不是正在监视你，想要害你。”赵子坦说得很轻松，但是刘晨却听得一点也不轻松，现在他甚至感觉到了后背吹来的一阵阵的凉风。

“赵叔，您别说得这么恐怖，我都有种脊背发凉的感觉了，您这不是吓唬我吗？”

“我吓唬你干什么，从今天开始，严密监视教授，不要穿着这身衣服了，太招眼，要是能够穿便装更好，但是一定不要打草惊蛇，知道了吗？”刘晨听着赵子坦的话，然后看了看他，满脸的不可置信。

“赵叔，您是怎么了，监视教授干什么？”刘晨不明白，赵子坦今天的确有点不对劲儿。

“让你怎么办就怎么办，我现在怀疑教授和这个案子有关系。我和你说的你记住了，找别的同事来，一定要给我找到线索。记住，千万不要打草惊蛇。”刘晨点了点头。

“可是我觉得教授不是那样的人，我这个人平时看人很准的，怎么看怎么觉得教授就是那种安心做学问的人。赵叔，会不会方向出了什么问题？”刘晨担心赵子坦决断出了问题，他虽有点忌惮，但是还是说了出来。

“你看到的就是真的吗？钱正奇看着还不像个会偷窥别人的人呢。好好监视，现在先回去。”说完就没再说话，直接往前走，现在赵子坦认定这就是个突破口。刘晨也没再敢问，跟着走了过去。

第六十章

监视张教授

两个人进去的时候陆路正在和大家说话，赵子坦和刘晨看到陆路都惊了一下，但是看到他脸上的表情好像挺开心的，也就笑着走了过去。

“这么快就回来了，我们还以为你回不来了。”刘晨调侃道，赵子坦也笑着拍了拍他的肩膀。

“回来就好，事情解决了吗？”陆路笑着点了点头。

“上面查了，说不是我的问题，而且还觉得我做得很好，起到了震慑作用。你都不知道，去的时候吓死我了，没想到他们挺和善。”陆路很开心，心里的大石头终于落地了，现在他感觉到了自由和解脱的畅快。

“我说过了，相信正义。”陆路点了点头，大家也跟着点了点头。

“现在我更加相信了，之前谢谢你们。”陆路感动地说道，赵子坦笑了。

“这样的话就别说了，大家都懂，你们先聊着，志波呢？”

“还在里面，说是弄什么指纹。”陆路回答道。

“行了，我进去看看。刘晨，你一会儿也进来。”刘晨答应了一声，赵子坦走了进去。

“你小子被奖励什么了？”刘晨找了个地坐下来，开心地问道。

“什么奖励不奖励，给我平反就行。”说完大家也都跟着笑了。

赵子坦进去的时候孙志波正在做校样，以方便查找。

“弄得怎么样了？”

“快了，赵叔，今天有什么新发现吗？”孙志波抬头看了看赵子坦，继续工作。赵子坦站在一边看着。

“有，很重大的发现。”赵子坦沉着地说道。孙志波立马看向了赵子坦，一脸的惊讶。

“真的，什么发现？”

“以后让刘晨去监视张教授，你就别去了，他对你应该印象很深。”

“张教授？哪个张教授？”孙志波根本就没有想到是那个张教授，还以为是另外一个人。

“就是第一次发现手指的那个张教授。”赵子坦平淡地回答道。孙志波满脸的不可思议，不知道赵子坦这么安排到底是意欲何为。

“为什么监视张教授，难道赵叔怀疑他？”孙志波试探着问道，但是其实心里已经确定了，赵子坦一定不会无缘无故地去做一件事情的。赵子坦点了点头，“那是为什么呢？”孙志波就是不明白，做事情总该有点儿理由。

“还记得我昨天和你们说的那个手机录音吗？”

“就是队长打电话的那个手机录音？”赵子坦点了点头，“那和这个有什么关系呢？”

“那里面有一段钢琴曲，今天我和刘晨无意间听到了，而出现这个钢琴曲的地方就在钱正奇拍照的楼里，教授也刚好住在那户人家的楼上。这一切你不觉得都太巧合了吗？”孙志波这么一听倒是真的感觉到了巧合，这个世界上凡是太过巧合的事情大多都有蹊跷。

“是有点蹊跷。”孙志波好像自言自语一般。这时候刘晨走了进来，他一直站在门口，听到赵子坦对孙志波的解释，他也觉得的确是太巧合了。

“要不我过会儿就去。”刘晨走到赵子坦的身边，赵子坦沉思了一下。

“你觉得谁现在最有时间？”赵子坦问道，他想要找个合适的人选。

“陆哥吧，他刚被解放了，现在正好没什么事情可做呢。”刘晨笑着说道。

“那行，就你们两个人吧。记住我说的话，千万不要暴露目标，打草惊蛇。注意拍照片。”刘晨点了点头。

“那我先去问问他有没有时间。”

“行，你去问问吧，要是可以的话就去吧，穿便装。”

“行，我知道了，我先走了。”说完又看了看孙志波整理的东西，“也就你干得了这工作，太费脑子。”刘晨说完笑着走了出去。

“赵叔，要不要张教授的指纹？”孙志波看了看指纹的样本，突然意识到没有张教授的指纹。

“要，但是要等机会，我先让他们盯着，到时候再看看。这次我的直觉很准，我觉得这个张教授就是有问题，钱正奇说得对，我们太墨守成规了。”

第六十一章

黑色塑料袋

刘晨和陆路一身便服来到了学校。刘晨看起来和在校大学生没有什么两样，一身休闲装干净利落。陆路没有和刘晨走在一起，而是在居民楼外面听老人们聊天，聊得都是些家长里短。他没太在意，他的注意力在对面的那栋楼上。

刘晨在学校溜达了一下午，本来以为没有什么希望了，没想到竟然真的看到了张教授，而且张教授的手里提着一个黑袋子，里面装的什么不知道，但是刘晨觉得很可疑，就用隐形照相机拍了照片。他还是一边悠闲地走着，一边告诉陆路注意观察。

陆路听了刘晨的描述，很自然地看到了张教授手里的袋子，他也拍了照片。然后张教授进了居民楼，再也没有出来，直到晚上九点多钟他们才回到了局里，这时候孙志波和赵子坦还在局里。

“赵叔，还没回去？”刘晨一进门就看到了赵子坦，他正在看案卷，孙志波在整理这些天的案件资料。

“还没有呢，等你们，今天观察得怎么样了？”赵子坦让他们坐下，陆路先喝了一口水。

“还不错，有点收获。”刘晨嘚瑟道。

“什么收获？”孙志波感兴趣地凑了过来，陆路也跟着笑了，刘晨这时候拿出了照相机。

“把你的电脑拿过来，这里面有照片。”刘晨对着孙志波说道，孙志波赶紧去拿了电脑。

打开照片，里面就只有几张张教授提着黑色袋子的照片，孙志波有些失望地看着刘晨。

“就这个？能说明什么问题？”

“怎么不能说明问题，一般人怎么会提着黑袋子，而且我就是觉得不对劲儿。”

“记住时间了吗？”赵子坦一边思索着一边问道。

“记住了，照片上显示时间。”他说着就看了看照片上的时间，“六点十三分。”

“以后记住这个时间，看看他是不是有固定的出入时间，最好能够摸清楚他的作息规律，这样我们就方便掌握他的行踪了。”赵子坦说道。

“我知道了，那明天早上怎么办？”刘晨问道。

“明天早上早点去，按我的安排，你们可以住在钱正奇租的房子里面，这样更加方便监视，你们觉得呢？”刘晨想了想，又看了看陆路。

“我没有问题，我回去和我媳妇说说，她支持我工作。”陆路一边笑着一边说道，他们三个人也跟着笑了。

“陆哥，你不会在家里怕媳妇吧。”孙志波开玩笑地问道，陆路瞪了他一眼。

“这话说得，什么叫怕媳妇，那叫疼媳妇。你们这群单身汉是不会明白的，说白了，你们这还不是羡慕我。”陆路笑着说道。

“陆哥，说得有道理呀，”刘晨一本正经地说道，“什么时候让嫂子给小弟找个媳妇呢？”又开起了玩笑。

“你还用得着帮忙，你小子不是挺会花言巧语的吗？”

“这花言巧语也要对着人呀，对着一群牛怎么花言巧语，这时间久了，都把我的天性扼杀了。”刘晨嘿嘿地笑着，孙志波摇了摇头。

“你这是在说我们是一群牛呀。”孙志波的话让刘晨笑得更甚了。

“我可没有这么说，你自己要是非这么认为的话，我也没有办法。你说是吧，赵叔。”

“行了，这个问题一会儿讨论，正事还没有说几句，倒是说了一堆乱七八糟的话。刘晨，你明天早上能去吗？”刘晨点了点头。

“就连陆哥这拖家带口的都去了，我怎么能不去呢？”赵子坦看着他嬉皮笑脸的样子就笑了。

“真像个长不大的孩子，那你们明天早上七点去吧，也别太早了，早点休息。还是那句话，不能被他发现了。我们现在是在监视，还没有足够的证据证明这件事和张教授有关系，他是教授，影响很大，没有完全的把握我们绝对不能贸然前进，到时候我们都承担不起这个责任，知道了吗？”赵子坦看着刘晨和陆路说道。

“知道了，您就放心吧。”刘晨满口答应道，陆路也点了点头。

“那我干什么？”孙志波其实也是想去的，但是他去的次数太多了，比较扎眼。

“你就跟着我调查吧，我想去那几个有福尔马林的地方看看，看能不能有什么新的突破。”

“知道了。”孙志波回答道。

第六十二章

衣服的疑点

早上不到七点他们两个人就到了校园，学校里已经有很多人了，有的在早读，有的在打球，有的在跑步，刘晨突然觉得自己好像回到了大学时候。

“唉，时间过得真快，转眼间我都毕业这么长时间了，以前我也每天早上起来打球呢。”刘晨和陆路走在学校的主路上，路过体育场，一边走一边看。虽然冬日已经没有了青葱的绿色，却依然充满了活力，让人感觉不到冬日的寒意。

“是呀，好多年了，我都快要忘了在学校的日子了，那时候没想过自己会变成现在这个样子。”陆路也不无感触地说道。

“那你觉得自己会变成什么样子？”刘晨有些好奇地说道。

“其实你们现在已经很好了，我记得我刚毕业的时候就是处理一些纠纷，东家长西家短，我刚毕业什么都不懂，每天可头疼了，后来终于来到了刑侦科，没想到还是个打杂的，我一直以为自己会成为像福尔摩斯这样的人。唉，现实呀。”

刘晨听着陆路的话本来是想笑的，可是笑不出来，“是呀，现实就是这样。”

“你以前是怎么想的？怎么会选择警察这个职业？”

“以前觉得警察很帅，穿着警服到处办案子，感觉很荣耀，但是现在就没有这种感觉了。”刘晨不知不觉地叹了一口气。

“帅是需要付出代价的。”陆路开玩笑似地说道。这时候刘晨正好看到了正在体育场上散步的张教授，刘晨愣了一下。

“陆哥，等会儿，你看那是谁？”刘晨并没有指向他，而是装作很自然地站着，并且用手上的隐形相机拍下了照片。

“还真是，竟然还有锻炼的习惯。”陆路也装作不经意地看了一眼。

“得了，我们去那边看看，也去散散步，跟在他后面看看。”陆路点了点头。

两个人走到张教授的后面，距离不远不近，“陆哥，你有没有觉得有点儿熟悉？”刘晨想不起来到底熟悉什么，可是就是有种似曾相识的感觉。

“哪有什么熟悉的，你现在和赵叔学的什么都开始怀疑了。”陆路笑着说。

“你少在这挖苦我，我是真的觉得有什么是真的很熟悉，就是想不出来。好像是这身衣服，我应该是在哪里见过这身衣服。”刘晨嘟囔着说道。张教授就这么慢慢地走着，一会儿小跑一下，然后继续慢慢地走，好像还戴着耳机，很悠然自得的样子。

“穿这种衣服的人多了，你看到过也很正常，又不是限量版，肯定有好多人穿的。”陆路试图解释，但是刘晨就是觉得有点不对劲儿。

“可能吧，等我回去让赵叔看看，我总觉得这件衣服不对劲儿。”刘晨一边说着一边向后面看了一眼，没想到竟然看到了程瑞。

“程瑞？”刘晨回过头来对着陆路说道，陆路疑惑地看了他一眼。

“谁？”

“就是严颜的前男友，昨天我和赵叔想要去看看他来着，后来我们忘了，没想到竟然在这里遇到了，他是来运动的？”刘晨也很疑惑，他又看了一眼，没想到程瑞也正在看他，他想了想，然后又猛地回过头去和他对视了一眼，就看到程瑞对着门口指了指。刘晨下意识地点了点头，又把头转了回来，对着陆路。

“陆哥，你先跟着，我现在想去找找程瑞。”陆路回头看了一眼正在往门口走的程瑞，点了点头。

“去吧，这边交给我了。”刘晨这才转身朝着程瑞走去。程瑞找了一个相对隐蔽的角落，然后在那儿靠墙站着，低着头想着什么。

“你有话和我说？”刘晨走过去，站到程瑞的身边。

“你在跟踪张教授？”程瑞抬起头来看着刘晨。刘晨猜测着程瑞此刻的想法，他这么说是知道了什么还是只是在猜测而已？

“你也在跟踪他？”刘晨反问了一句，很显然，程瑞既然这么问肯定不只是因为他看到了什么，而是他知道了什么，想到这儿刘晨猛地看着程瑞，他的表情很自然，没有任何的异样，但是刘晨觉得程瑞一定知道什么，他这段时间到底找到了什么呢？

“你们是不是也在怀疑他？”程瑞接着问道。

“既然你说的是‘也’，那么还有谁也在怀疑他呢？”刘晨是变相承认了，程瑞笑了。

“还有我。”刘晨看着程瑞那有点开心的样子，一股怜悯涌上了他的心头。

第六十三章

照片

“你是怎么开始怀疑他的？”刘晨看着程瑞问道，程瑞耸了耸肩。

“一个偶然的机会，那次被你刺激到了，我也知道自己这样颓废没有用。于是很早就起床，然后在学校里溜达，希望能够放开自己的心境，做点有用的事。然后我就看到了张教授拿着一个黑色的袋子在学校的主路上走，我和他接触得不多，但是知道他少言寡语，其实那时候我也没怎么在意，就是看了两眼，更没有上去打招呼。后来我也没有想明白我该怎么办，于是在傍晚的时候又去了主路，还在那儿闲逛，结果又看到了张教授，他手上的袋子没有了，我也不知道为什么就对他的行为产生了兴趣，以后我就每天早起，然后跟踪他，就发现他每天遛弯儿不是去别的地方，而是去菜市场，你还记得菜市场事件吗？我觉得他有很大的嫌疑，虽然跟踪了这么久还是没有找到确凿的证据，但是我敢确定，他一定有问题，因为他每天都去那个菜市场。”程瑞很笃定地说道，刘晨听得很认真，也在不停地思考着，这个张教授到底是不是那个“杀人恶魔”呢？

“你还记得那个黑袋子的样子吗？”刘晨突然想到了当时他们有那段视频，上面的人也是拿着黑袋子，但是上面好像还有点什么，他一时间记不起来了。

“记得，我还拍照了，要看吗？”程瑞对着刘晨说道，刘晨点了点头。

“能把你拍的照片给我们一份吗？”

“能，我就是想要早点抓住凶手，我自己也不可能抓到，还是要依靠你们。”

“我们也很想快点抓到凶手，可是凶手真的是太狡猾了，我们也是一筹莫展，你要是能够帮到我们就太好了。”

“那你跟我去拿照片吧。”刘晨答应了一声，然后跟着程瑞去了宿舍，陆路还在那儿监视着。

等到刘晨回来的时候张教授已经回家了，陆路正在路边等着刘晨。今天天气有点冷，陆路的脸都冻红了，他不停地在那跺着脚。刘晨看到他不好意思地笑了笑。

“陆哥，对不起你，让你等了这么久。”

“没事，你去干什么了？怎么这么久，我还以为你不出来了呢。”其实陆路都要冻僵了，但是他还在坚持着。

“去程瑞的宿舍了，他拍了一些照片。这样吧，我带你去钱正奇租的房子，然后我回局里找一下赵叔，怎么样？”

“没问题，走吧，实在是太冷了，昨天没这么冷，今天这气温降得太快了。”陆路一边走一边裹紧了身上的衣服，把肩膀缩到了一起，刘晨也冻得直哆嗦。

“屋子里应该好点，暖气应该还暖吧。”刘晨猜测着，陆路摇了摇头。

“这个还真不知道，去看看就知道了。”两个人飞快走到了钱正奇租住的房子，一进去就感觉到了温暖的气流，顿时就感觉到身体被暖流包围了，陆路下意识地打了个寒战。

“还冷？”刘晨有些好奇地看着陆路。

“不冷，这屋子里真暖和，我是还没有适应过来。今天晚上在这儿睡看来是不错，这屋子里的温度高。”陆路一边说着一边四下打量着，这是他第一次来这里，也是刘晨第二次来这里，这里还很整洁，被子还在，看起来依旧很新。

“这屋子应该很少住，但是看得出来，钱正奇很爱干净。屋子虽然被我们翻了个遍，但是看起来还是挺干净的。”

“我都惭愧了，你嫂子不在家的时候我都不收拾屋子，跟我比起来他真的是太干净了。”

“这个钱正奇就是个怪人。”刘晨有些无奈地说道，明明可以很简单就解决的问题，为什么他就是不肯透露一点信息呢？

“听说了，就连队长都整不了他。”刘晨看了陆路一眼，叹了一口气。

“可惜了。”

“可惜什么？”陆路有些疑惑地问道。

“这个钱正奇要是做个好人的话，前途不可限量，就算这件事和他没关系，他也是负有责任的，以后背上了隐瞒事实不报的罪名，再坐几天牢，这可不就毁了吗？”

“这人呀，真不知道是怎么想的。”陆路也叹了一口气。

第六十四章 狐狸出现

安顿好了陆路，刘晨就回到了局里，这时候赵子坦和孙志波还没有回来。“赵叔他们什么时候回来？”刘晨来到程册的身边，程册正在整理资料。

“不知道，你事先没有打电话问问？”程册抬头看了他一眼，他坐在了程册的身边。

“没有，我以为他们在呢，要不我现在打个电话问问吧，不行我就先回去。”刘晨说着就拿出了手机。

“打吧，问问不就知道了。”程册应付了一句，刘晨拨了出去，没一会儿赵子坦就接了起来。

“赵叔，你们什么时候回来？我这里有点事想要和您说。”刘晨说道，“那行，我在这里等你们一会儿。好的，再见。”挂了电话他就往旁边的宋志刚那看了看。

“看什么？赵叔什么时候回来？”宋志刚问道。

“一会儿就回来了，路上呢。你这弄的什么？”

“乱七八糟，我都快烦死了，说是这些年的案卷调查，真不明白，让我弄这个干什么，唉……”宋志刚叹了一口气，刘晨笑着拍了拍宋志刚的肩膀。

“队长这么做自有这么做的道理，你弄吧，我去休息一会儿，累。”

“你去吧。”宋志刚拍了拍他的肩膀，刘晨转身看了看大家，大家都在忙着，只有一两个人在说话，完全没有了往日的轻松，一股阴郁的气氛侵袭着这里的每一个人。

20分钟以后赵子坦和孙志波回来了，这时候刘晨正在查找上次在菜市场拿回来的视频，上面的那身黑色的衣服证实了他的猜测，这个人不是别人，就是张教授，这个看起来没有任何害人之心的教育工作者。“你有事要说？”赵子坦看到刘晨看得认真，就开口提醒了一句。刘晨赶紧按了暂停，画面正好是那张侧身的照片。

“有，赵叔，我给您看一样东西。”说着就拿出了几张照片，赵子坦接过来一看，他又看了看画面，他的猜测得到了肯定。

“真的是张教授？”孙志波反问了一句，刘晨点了点头。

“如果不出意外的话就是张教授，我看了菜市场的视频，上面的那身衣服还有那个黑袋子，全都是张教授的，而且今天早上我就看见他穿着这件衣服。我们今天还遇到了程瑞，他一直都在跟踪张教授，并且摸清了张教授的作息时间。”

“很好，陆路呢？”赵子坦把照片递给孙志波，孙志波又仔细看了看，已经很明显了，凶手就是张教授。

“还在学校，我让他先去了钱正奇住的地方，外面太冷了。”赵子坦点了点头。

“志波，你现在先去申请搜查令，我们一会儿去张教授的家里。”孙志波答应了一声就转身离开了。

“赵叔，我们现在就要去搜查吗？”刘晨问道。这么快，他觉得自己还没有适应张教授的角色转换。

“现在不去要等到什么时候，这只老狐狸终于露出尾巴来了，我们要是不赶紧抓住狐狸的尾巴，说不定他就跑了。”赵子坦坐下来，他在想，这样难道就足够了吗？这些真的能够证明张教授就是那个凶手，真的能够把张教授送进监狱吗？他不确定，就算是到了现在，一切还都是个未知数。

“的确是只狡猾的老狐狸。”

“走，去会会钱正奇。”两个人开门去审问钱正奇，虽然现在没有直接的证据证明钱正奇有罪或者没罪，但是他一直在这儿，也不申辩，好像也不着急出去。

“有事？”钱正奇一进来就没好气地说道。他刚才在睡觉，猛地被人叫醒实在是不舒服。

“看来你在这里住得还挺习惯。”赵子坦面带笑容说道，钱正奇讪讽地一笑。

“少在这儿给我拍马屁，有话就说，说完了我还要继续回去睡觉呢。”这句话赵子坦听了没有什么感觉，可是刘晨却是满肚子的火。

“你嘴巴放干净点，别忘了这是哪里。”刘晨警告道，但是钱正奇不以为然。

“我还真不知道，你告诉我吧，我也好长长见识，如何？”钱正奇一副玩世不恭的样子，刘晨很看不惯，但是还是忍了下去，因为现在有很重要的事情要做。

“我们叫你是想告诉你，狐狸出现了，不知道你有没有兴趣听一听。”赵子坦平静地说道。

“说吧，我听着。”钱正奇同样淡然地说道。

第六十五章

顽固的对手

“我想张教授对你来说并不陌生吧。”赵子坦说道，一边观察着钱正奇的表情和他微妙的情绪波动，结果完全在他的意料之中，这个张教授肯定就是他所说的那个找不到的凶手，也难怪，谁会把这个温文尔雅的老教授看成是杀人凶手呢?

“你说的是哪个张教授?”钱正奇装作一无所知的样子。赵子坦轻轻地笑了笑，拿出一张照片。

“就是这个张教授，你不会告诉我你不认识吧?”赵子坦继续说道，并且看到钱正奇的眉头微微皱了一下。很好，就是要这种效果，狐狸出来了，案子终于要真相大白了。

“我不认识。”钱正奇矢口否认。

“不认识也没有关系，我们只是来和你说一声，听听你的意见。”赵子坦很坦然，一种成竹在胸的感觉。

“你是醉翁之意不在酒吧。”钱正奇没有笑，脸上也没有过多的表情，他一直都是这样，把自己隐藏得很好。

“在酒也好，不在酒也好，我只是想要得到最后的答案，我不管你是不是愿意和我说，只要是我认定的，就绝对不会放手，你也逃不了干系。”赵子坦有些威胁地说道。钱正奇听到这句话就笑了，带着一种不屑的神情。

“还没到最后呢，你怎么知道我不会是赢家呢?”钱正奇看起来信心满满的样子，这让刘晨的心里又泛起了点点涟漪，总觉得这一切变化得似乎有点太快了，难道真的就要这样结束了?

“张教授是不是凶手都没有关系，倒是你隐瞒不报，我一定会让你在里面待上一段时间的，让你知道，玩游戏和赌博一样，是要付出代价的。”赵子坦耐着性子说道。他今天似乎并不是很着急，而且像有意等待着什么。

“你想给我个机会坦白，然后让我感激你，让你能够找到凶手，升官发财？”钱正奇很无所谓地反问道。赵子坦看着他，并没有回答他的问题。

“怎么，不敢回答还是不好意思回答？”

“你觉得这个话题有意义吗？我就算是丢了这身制服又能怎么样，我已经这么大年纪了，难道还要为了这些浪费光阴吗？我还是要提醒你一句，坐牢是会留下一辈子的烙印的，到时候你想要抹去恐怕就难了。”

“你知道吗？你这个人很聪明，最大的缺点就是太自以为是了，你一定没有见到过强大的对手，不然怎么会这么自以为是呢？你也不用在这里和我浪费口舌了，你想知道的我也告诉你，不过我敢确定，你还会回来请教我的。”钱正奇有些得意地笑着。刘晨看了看赵子坦，赵子坦并没有看他，而是看着钱正奇，他到底是哪里来的自信呢？

“那你觉得我想知道什么呢？”赵子坦试探性地问道。

“你想知道张教授到底是不是凶手，和这个案子到底有没有关系，我没有猜错吧？”

“你很聪明，真的很聪明，但是，你又知道什么呢？”赵子坦点了点头。

“我知道的多了，不然你也不会跑来问我，我也很明确地告诉你，张教授和这个案子有关系。”钱正奇并不想透露太多，他可不希望游戏这么快就结束了，他还没有玩够，他还想看看到底谁斗得过谁。

“有什么关系呢？”刘晨开口问了一句。

“你是在问我吗？”钱正奇莫名其妙地说了这么一句。

“当然是问你，不然你觉得我会问谁呢？”刘晨的语气也有点不善，他就是看不惯钱正奇。这个世界上让他这么讨厌的人真的不是很多，钱正奇算是一个。

“我怎么会知道什么关系，别忘了，你们现在是警察，而我只是被误认为是杀人嫌疑犯而已。你觉得我会知道什么呢？”钱正奇的脸上是玩味的笑意，他就是不想说得很明白，他就是喜欢看别人吃瘪的样子。

“我觉得你什么都知道。”刘晨说完就听到钱正奇冷哼了一下，然后看了看赵子坦。

“你们真是看得起我，不过你们要是觉得我什么都知道的话，那还要你们警察干什么呢？”这话又一次刺激到了刘晨，但是他忍住了，他吸了一口气，决定无视他。

“那你的意思是你不知道，瞎说的。”刘晨改用激将法。

“我知不知道重要吗？重要的是你们知不知道。我不知道没关系，你们不知道的话，可能会很麻烦哦。”说完自顾自地笑了。

第六十六章
因爱生恨

赵子坦发现这个钱正奇是不会透露什么消息的，于是摇了摇头，“说不定有一天你会后悔你今天所做的事情。”

“后悔？”钱正奇意味深长地重复道，继而笑了出来。“那就等到我后悔的那一天吧，不过也许没有那一天。”他对着赵子坦挑了挑眉。赵子坦自嘲地笑了笑，他不应该试图说服他的，因为他的意志很坚定，坚定到听不进任何一句话。

“我想我说不动你，现在我们也就只能拭目以待了，我相信我能够胜过你。”赵子坦是说给自己听的，也是说给钱正奇听的。但是在现在这个社会，邪真的不能胜正吗？赵子坦其实也不敢肯定。

“那好，拭目以待，现在我能回去了吗？”

赵子坦点了点头，钱正奇走了两步，又停了下来，然后转身对着赵子坦，“你真的认为邪不胜正吗？”赵子坦有些好奇地看着他，但是依旧很肯定地笑了。

“当然，要是这个世界黑白颠倒了，那它的存在也就没有任何意义了。”

“其实这个世界本来就是亦正亦邪的，也许有一天你会发现，事情的答案并不都是你想象的那样，到时候你还会相信你所坚持的信念吗？”

“当然会，国有魂，人有心，我会坚持自己所坚持的信念，并且会为此奋斗到最后一秒。”赵子坦以为钱正奇是在向他挑衅，这个钱正奇的世界是他看不懂的。

“说实话，我很少佩服别人，你是其中之一，所以我想奉劝你一句，不要太较真儿了，不然困住的是你自己的心。”钱正奇说这些话的时候眼神是真诚的，赵子坦甚至以为自己的眼睛出现了幻觉，钱正奇竟然会有这么真诚的眼神。

“那你的心呢？”

“我的心早就困住了，索性我也不想把它打开，虽然我并不讨厌你，甚至还有点喜欢你的执拗，但是我依旧不会告诉你我知道的。我就想看看你到底能不能抓住真正的凶手，找到你想要的证据。如果这些你都办到了，我想我会更加佩服你的。”钱正奇笑了笑，一改往日的桀骜不驯和目中无人。

“你果然是知道凶手的对吗？”

“今天我也告诉你实话，我的确知道谁是凶手，而且我还能找到所有的证据，但是我不会告诉你的，对于一个无情的女人来说，她不配得到我的同情。”赵子坦和刘晨明显地感觉到了钱正奇那满满的恨意，到底是有多恨，才会看着自己心爱的女人被杀而无动于衷。

“其实你不爱她。”刘晨终于忍不住了，听了这么久的对话，他再也听不下去，也看不下去了。

“你凭什么这么说？”钱正奇不服气地反驳道，他不喜欢别人议论他的人生，还有他的生活。

“要是你真的爱她的话，你会忍心看着她被人杀害，又被人分尸吗？当你看到以前那个活泼的女孩突然间变成了一堆堆的尸肉的时候，你竟然还这么无动于衷。你说你爱她，你自己能信吗？”刘晨的声音很大，带着一股怒气，直指着钱正奇的脸。

“你怎么知道我会无动于衷，你怎么知道我不爱她？你不是我，你没有资格评断我是不是做得对，就算是我做错了那又怎么样，她不是我的，我没有理由去保护她。”钱正奇发狠道。刘晨还想说什么，却被钱正奇抢了先，“我爱不爱她我自己清楚，用不着你对我指手画脚。你们关我的时间已经够多了，要是一个星期内你们还查不到真正的凶手，那么我就有权利去申请我的自由。我希望你们能够明白，现在我不是犯人。”说完钱正奇走了出去。刘晨愣在那儿，竟然不知道该说什么。

“赵叔，您说这个钱正奇有心吗？”刘晨怒气未消，赵子坦转身拍了拍他的肩膀。

“当然有心，不然他怎么会这么恨她呢？”

“难道是因为爱得太深了吗？”刘晨不解地问道。

“这也许就是所谓的因爱生恨吧，但是这种爱不要也罢。”刘晨听赵子坦说着就点了点头。

“可是他为什么说严颜无情呢？”刘晨看着赵子坦，赵子坦摇了摇头。

“还是因为太爱了吧。”说完赵子坦迈步走了出去，刘晨也跟着走了出去。

第六十七章

搜查令

孙志波拿到了搜查令，三个人急速赶到了张教授的家里，这时候陆路也跟了过来。

“现在怎么样？”赵子坦看着陆路问道。陆路耸了耸肩，又紧了紧穿在身上的衣服，刚从温暖的屋子里走出来，身体还不太适应寒流的侵袭。

“早上回去以后就没有出来，现在还在屋子里，不过看不到在里面干什么。”

“走，进去看看不就知道了。”赵子坦说着，四个人就走到了张教授家的门口，悠扬的钢琴声又响了起来，赵子坦顿住脚步听了听，多么动听的声音，要是楼下的孩子知道了自己的邻居是个杀人犯的话不知道会有什么样的影响。

“敲门吧。”赵子坦对着刘晨说道，刘晨轻轻地叩了三下门。过了一会儿，门开了，张教授戴着平常并不常见的眼镜，一副学者气派，赵子坦和他对视了十秒钟，思绪翻飞，这到底是个怎样的人呢？

“你好，赵警官。”张教授脸上带着浅浅的笑容，率先开口打了招呼。赵子坦的嘴角动了动，终究没有笑出来。

“有些事情想要和您了解一下。”赵子坦的声音冷静沉着，对于狡猾的狐狸，猎人更应该沉得住气。

“那请进吧。”张教授看起来没有任何的心虚和惧怕，好像他什么都不知道，什么都没有参与，只是一个与世无争的文化人一样，每天教教书，闲来养养花草。

“谢谢。”赵子坦客气地说道，四个人一起走进了屋子。赵子坦先是四下看了看，好像和以前相比并没有什么变化，但是他看这些的心境却变得不一样了。孙志波、刘晨和陆路也是四下看了看，然后开始各自分开搜查，张教授看着他们四下查看着，然后转头看向了赵子坦，脸上的表情有些僵硬，但还是尽力挤出了一点笑容。

“赵警官，这是在搜查？”赵子坦也笑了笑，装作有些若无其事地看了看他们三个人。

“他们也就是随便看看。张教授，有件事想要向你求证一下。”

“什么事？”

“不知道张教授会不会做饭呢？”张教授没有立刻回答，而是看着赵子坦脸上的表情，琢磨着他话里的意思。

“会做饭，而且还很喜欢做饭，自己在家闲着的时候也会做些吃的。赵警官是想要尝尝我的手艺？”张教授一边说着一边瞄着孙志波他们，观察着他们的动作。

“这倒不是，只是不知道张教授喜欢去哪里买菜呢，是超市还是菜市场？”

“我这个人不喜欢逛超市，所以一般就是去菜市场，赵警官也喜欢去菜市场买菜？”张教授接着反问道，但是赵子坦依旧没有回答他的问题，越往下问张教授就越能明白赵子坦意有所指。

“难怪有人会看到张教授去买菜，就是不知道张教授喜欢吃什么菜，肉还是蔬菜？”赵子坦步步深入，这个张教授现在已经意识到了赵子坦今天绝对不是单纯地来问问题，而是来查找什么东西。

“我不吃肉，很早以前就戒了，现在只吃素食。”张教授回答道，赵子坦的表情变得有点严肃。

“张教授应该不信佛吧？”赵子坦接着说道。

“赵警官这话是不是扯远了，不知道赵警官是什么意思呢？”张教授的表情也开始变得僵硬，就连一丝笑容也挤不出来了。

“我只是想知道一下，张教授是不是杀生呢？”这一问让张教授的脸彻底僵了下来。赵子坦的意思已经很明确了，张教授是个聪明人。

“我不杀生。”张教授针锋相对地说道，赵子坦突然就笑了。

“不一定吧。”

“赵警官到底什么意思，有话就明说，不用和我拐弯抹角。”张教授铁青着脸说道。

“志波，搜查令。”孙志波赶紧走了过来，然后把搜查令交到了赵子坦的手上，赵子坦展开呈现在张教授的面前。

“什么意思，为什么搜查我？”张教授问道。

“等找到为什么以后就告诉你为什么。”

第六十八章

张教授被抓

“我还是不明白，难道你们在怀疑我？我可是第一个报警的人，你们现在竟然来搜查我，这是哪里的道理？”张教授一边嘟囔着一边走上前去阻拦刘晨，伸手就拉住了刘晨的胳膊。刘晨看着他，并没有挣扎和反抗，就是有点意外，甚至是有点震惊，为什么这个看起来文弱的教授竟然会如此动怒，甚至不惜动手，难道就是因为他感觉到自己的权利受到了威胁吗？

“你们不许动我的东西，我不管什么搜查令，这里是我的家，我不许你们动我的东西。”张教授气急败坏地说道。刘晨看了看赵子坦，赵子坦点了点头，刘晨伸手把张教授按住，迅速从口袋里掏出了手铐，拷在了张教授的手腕上。张教授在震惊之余开始挣扎。

“张教授，冒犯了，等到我们搜不出什么来的时候您再想办法对付我们吧。”刘晨平静地对着张教授说道，张教授气得脸色铁青。

“你们这是什么行为，你们还是人民警察吗？你们这就是土匪的行为，我要去告你们，告你们侵犯我的权利，我要让你们都去坐牢。”赵子坦看着他摇了摇头。

“张教授，今天我们的搜查是合法的，所以称不上冒犯。你要是想告我们的话也可以，还是那句话，等我们搜查完了，要是我们真的找不到什么的话，我们甘愿被罚。刘晨，先把张教授带回去，等一会儿我们再回局里汇合。”刘晨点了点头。

“走吧，张教授。”刘晨说着就拽着张教授往外走，张教授一边挣扎一边喊。

“你们这群土匪，你们不能这么干。”就在他喊着的时候从里屋跑出来一条狗，一条黑白相间的京巴。它冲到了张教授的面前使劲儿摇着尾巴——它并不知道张教授要去哪里，也不知道张教授此刻已经没有了自由。

“贝贝，你出来干什么，回去看着家，不许他们动我们家。”就在他还说着话的时候刘晨就把他拉了出去，门随即被关上了。赵子坦他们看着这条看起来很温顺的狗，一时间不知道该干什么，互相对视了一眼。

“赵叔，我不记得以前张教授家里有一条狗呀。”孙志波看着这条对着他摇了摇尾巴的京巴问道。

“我也不记得以前有过这样一条狗。”赵子坦想了想，难道说这条狗是后来才被买进来的？

“这狗叫京巴，特别忠实。”陆路一边逗着小狗一边说道。

“可是看这条狗和张教授也不是特别亲密呀。”孙志波的话一语中的。狗是最忠诚最通人性的了，为什么这个叫贝贝的狗看起来对张教授并不是很亲近呢？

“你说对了，我也看出来了，我看它对张教授和对我们差不多。看起来应该是刚养了不久。”陆路分析道，赵子坦看了看这条狗，又看了看四周，点了点头。

“说不定这条狗对我们有用呢 ，狗的眼睛可是记录了这里的一切。”赵子坦若有所思地说道，孙志波点了点头。

“那现在这条狗怎么办呢？”陆路看着赵子坦问道，他这个人比较喜欢狗，所以生怕这条狗没有人管而被饿着。

“等会儿带回去，现在你们先去找，别管这条狗了。”赵子坦吩咐道，陆路这才站了起来，孙志波也开始搜查，这一忙就是多半天，连中午饭都没有吃，下午四点的时候孙志波突然在冰箱的最底层发现了一把刀子。

“赵叔、陆哥，你们快来看，这里有一把刀子。”孙志波并没有把刀子拿出来，而是叫了赵子坦和陆路。他们两个人赶紧跑了过来，赵子坦一看到这把刀子就想到了之前门口小店的老板说丢失过一把锋利无比的刀子，他的直觉告诉他，这就是那把刀子，而且和这个案子有着非常重大的联系。

“志波，戴上手套把刀子拿出来。”孙志波听话地带上手套，刀子被冻住了，他使了使劲儿，刀子还是拿不下来。

“赵叔，刀子被冻住了，应该是放了很长时间了，我试了试，拿不下来，怎么办？”他看着赵子坦问道，赵子坦想了想，他希望能够保护现场。

“那就放在那儿吧，这个一会儿再管，拍下照片来，看看还有什么可疑的东西。”赵子坦看着孙志波拍照片，他的脑子在转动着，为什么要把刀放在冰箱里呢？

第六十九章

冰冻的心脏

孙志波又看了看，在冰箱的最里面有一个盒子冻着一块肉，起初他并没有在意，但是再看的时候突然就觉得哪里不对劲儿。于是拿起来看了看，盒子关着，他用戴着手套的手拿起来转了转，然后打开了盒子，他拿起里面的肉闻了闻，有一点腥味，肉的形状有些圆，表面很光滑，下面少了一点，好像是被切了去，应该是吃了吧。他又拿了里面放着的别的空盒子，把肉放下，这时候那只小狗跑了过来，对着孙志波摇了摇尾巴，然后看着盒子里的肉叫着。孙志波看了看小狗，笑了笑，可是笑容还没结束他就顿住了，什么样的肉会是那样的形状呢？

“起来，别在这儿，去去去。”孙志波把小狗赶走了，然后再次拿起了盒子里的那块肉，这次他看到了上面的血管。孙志波脑中有个想法一闪而过，这个想法立刻把他自己震惊了，因为他无论怎么看都觉得这不是一块肉，而是一颗心。

“赵叔，赵叔，你过来，你快点儿过来。”孙志波的声音颤抖着，赵子坦甚至被这个声音吓了一跳。他赶紧跑了过来，陆路也跟着跑了过来，这时候三个人同时盯着孙志波手里的那块肉，他的手微微颤抖着，心仿佛被什么东西控制着，让他既惊恐又无力。

“这是什么？”陆路问了一句，赵子坦戴着手套接了过来，他看了一眼就明白了为什么孙志波会被吓成这样，就连他自己也是难以接受。

“好像是心。”孙志波颤抖着说道，他还半蹲在那儿，大脑有些迟钝地回答道。陆路并没有联想到什么，只是感觉很疑惑，心？什么心会让孙志波这么害怕呢？

“你害怕什么？”陆路接着问道。赵子坦轻轻地把心放回盒子里面，看着还在失神的孙志波。

“志波，志波，回来，志波……”他连续喊了这么几声孙志波才转头看向他，对着他点了点头，然后站了起来。要是他事先知道了这是什么也许就不会这么害怕了，刚才突然间的意识真的把他吓住了，与其说是他在害怕，还不如说是他不能够接受。

“赵叔，这是什么？”陆路也意识到了什么，孙志波怎么会无缘无故这么害怕呢？他可不是三两岁的孩子了，这个心不会是……想到这里陆路也顿住了。

“如果我们没有猜错的话，应该是人心。”赵子坦说得很平静，其实他的内心充满了波澜，心不是完整的，那么被切下去的那些去了哪里，还有剩下的那几个空盒子以前装的是什么呢？

“人心？”陆路睁大了眼睛说道，他也想到了，只是同样难以接受。

“现在要紧的就是把现场封锁起来，我现在就给队长打电话，叫人过来，我们要彻底地把这里搜一遍。”赵子坦站起来，阴沉着脸说道。陆路点了点头，孙志波也已经回过神来了。

“没事吧，刚才看你吓得。”陆路走到孙志波的身边，摘下手套来拍了拍孙志波的肩膀。孙志波轻轻地摇了摇头，继而看向他。

“你不害怕吗？”他的声音很轻，好像还没有从刚才的震惊和恐惧之中醒来。

“害怕。”陆路诚实地回答道。

“你说那会是严颜的心吗？”孙志波问道，他多希望不是，他多不想看到这一幕，因为这一幕再一次让他想到了她那支离破碎的身体，现在的他都快要想不起她完整时候的模样了。

“我希望不是。”陆路何尝不是这么希望的呢，可是这不是她的又能是谁的呢？现在只不过是自己骗自己罢了。

“我怎么也不能够想到，教授竟然是这样的人，我觉得他不像坏人呀。”孙志波想不明白，难道人真的有这么难看懂吗？还是他太笨了。

“画皮画虎难画骨，知人知面不知心，只能说他隐藏得太好了，我们都被骗了。”陆路叹了口气，他看了看四周，这里突然就布满了阴郁的气氛，让人感觉到有些害怕，有些阴森。

“你说他晚上能睡得着吗？他不会想起她的模样吗？”陆路看着依旧有些神伤的孙志波，他还是太年轻，接受不了这个社会的残忍，虽然自己也接受不了。

“不知道。”

“你知道我刚才握着的是一颗心，人心呀。”孙志波有些痛苦地说道。

第七十章
残忍的恶魔

赵子坦从外面走进来，就看到两个人在那儿站着，不用说他们接受不了，就连他这个干了这么多年刑警的老警察也接受不了。

“我已经叫人了，应该一会儿就来，你们两个先休息一会儿吧，志波，你还行吗？”赵子坦看着孙志波关切地问道——孙志波就像是他的孩子一样，每次看到他，赵子坦都能想起自己的儿子，要是自己的儿子还在的话，他也一定会鼓励他当警察，虽然他自己劳累了一辈子。

“没事，赵叔，我们下一步该怎么办，直接申请批捕吗？”孙志波的精神好了许多，这么长时间了，他也差不多习惯了这样的生活。

“只要检查结果出来，确定这就是严颜，不对，确定是人心的话，他就构成了杀人罪，我们绝不可能放过这只狐狸。”

“你说这个人怎么这么狠，怎么下得去手呢？”陆路带着疑惑问道。

“人才是这个世界上最残忍的生物，要是没有人存在的话，这个世界一定会变得很美好。”孙志波像是在回答陆路的问题，又像是在设想，他看了看陆路，又看了看天花板，这里的一切都见证了这个残忍的过程，要是它们能够有生命的话，一定不会见死不救。

“说得好像还挺有道理。”陆路点了点头说道。赵子坦看着他们两个人，然后叹了一口气。

“说不定这个案子就要结束了，可是我竟然一点也不觉得开心。”是呀，应该开心吗？这是对一个人死亡过程的追查，就算是最后胜利属于了自己又能怎么样呢，这份胜利对于已经逝去的生命来说，没有半点意义。

“我们怎么可能会开心呢，我们发现的是一个个死亡的瞬间，就算是让我闭上眼睛我都不能想象严颜死去时候的样子，从她脸上的瘀青看，这个禽兽应该打过她吧，那时候的她该是多么绝望啊！”孙志波觉得自己的心很痛，任何一个有良知的人面对一个生命的非正常逝去都会感到心痛与惋惜。

“就该判他死刑，到时候看他还怎么害人，最好是下地狱。”陆路气愤地说道，他已经不再害怕，而是愤慨。

“现在说这些没有用，等到回去好好审问，我一定要知道他为什么这么做，他一个年过半百的人又是怎么做到杀了人又分尸的。”赵子坦觉得这还是个疑点，他的脑中一下子就多出了一个想法，难道有帮凶？他觉得不管张教授再怎么健康，让一个人不喊叫地死去也是很反常的。

“赵叔，您的意思是有帮凶？”聪明如孙志波，他一下子就想到了帮凶，因为他也认为凭借张教授一人之力是很难完成的。

“越说我越觉得这其中还有疑点。”赵子坦用的是推测的语气，但是他在心里却越来越确定，这件事不是张教授一个人干的，他做不到杀人于无形，何况还有那些一直在窥视的眼睛，这一切好像都是环环相扣的，可是却又找不到解开的方法。

“疑点？什么疑点，现在不是已经很清楚了吗，我觉得就是张教授干的。”陆路并不觉得这其中有什么疑点，对于这个案子他虽然了解一些，但是终究了解得不多，所以不能够察觉到其中的诸多疑点。刚才他们在发现“人心”的时候似乎过于兴奋了，以至于忘了去把这一切联系起来，忘了去想想这一切是不是合理，是不是能够解释得通，是不是真的找到铁的证据。现在下结论还为时过早，赵子坦怎么能忘了钱正奇这个关键的人物呢。

“疑点很多，需要我们一点点地去拼凑，我还记得钱正奇的那些话，我们似乎还不能下定论。”赵子坦说道。孙志波看了看他，然后看了看周围，这里一切都好，就是多了一份阴郁的气氛，他还以为马上就能够还严颜公道了。

“现在都别坐着了，我总觉得哪里不对劲儿，再找找，我倒要看看，这个张教授到底是怎么把这一切掩藏得这么好的。”赵子坦突然严肃地说道，难道就是因为他有着一张足以迷惑大众的外表吗？让人们相信他不是一个坏人，让人们怀疑不到他，他甚至都没有过多地伪装与隐藏，他太自信了，自信人们找不到他的把柄。

“我一定要撕下他的伪装，让他再也不能去害人，可是他为什么要去害人呢？”赵子坦在心里问着自己，这一切不可能是没有原因的。

第七十一章 针孔摄像头

队长没过一会儿就带着刘晨他们赶了过来，这时候赵子坦他们正在继续搜查着，队长火急火燎地跑到屋子里，后面跟着同样小跑进来的刘晨他们还有法医老郑他们。

“怎么样了，在哪儿呢？我带了老郑过来，带我们过去看看。”队长对着屋里喊了一声。赵子坦从里面走了出来，手上戴着手套，陆路和孙志波也跟着走了出来，一同出来的还有那条狗。

“你们这么快就来了。”赵子坦看到屋里此刻站了五个人，队长、刘晨、老郑、程册、宋志刚。

“你不看看这是什么事，你给我打电话的时候我正在和局长他们开研究会呢，一接到电话我就赶了过来，快带老郑看看，是不是心。”赵子坦指了指客厅的冰箱，队长对着冰箱看了几秒钟，然后又转头看向赵子坦。

“你是说在冰箱里面？”赵子坦点了点头。

“还是我先去看看吧。”老郑看了看赵子坦，然后戴上口罩和手套走了过去，大家也都跟着走了过去。老郑打开冰箱，刚蹲下那只小狗就跑了过来，在他身边摇尾巴，老郑有些好奇地看了看这只小狗，然后又看了赵子坦一眼。

“这狗是这家人的？”赵子坦点了点头，老郑低下头又看了看这只小狗，小狗又对着老郑摇了摇尾巴。老郑没再管它，而是从冰箱的最底下拿出了那个盒子，他轻轻地打开盒子，然后就看到了那颗心，没错，就是心，他一眼就看了出来，他对着这颗心看了看，大家都屏息凝视，等着老郑的结论。

“是吗？”队长低声问了一句，老郑点了点头，大家的心都跟着颤动了一下。老郑把心放回盒子，然后又拿出了另一个盒子，他看了看，放了回去，然后站起来关上了冰箱门。

“把这些都带回去吧。”他转身对着队长说道，然后有些沉重地摘下了口罩，“具体是不是那个女孩的我还不确定，这个还需要我回去鉴定，但是这是一颗人心是确定的，这个教授不管是不是杀了人都已经犯法了。”老郑的语调是平静的，他不是没有见到过人心，他也并不害怕，可是一个人为什么会把人心冻在冰箱里呢，而且还用刀切下了一部分。他只是觉得有点诡异，一般人是不会这么做的。

“竟然真的是他，今天早上志波去找我的时候我还在纳闷，怎么可能是他呢。真的是没有想到呀，他看着一点都不像那样的人，唉……”队长叹了一口气，剩下的人都没有说什么，也不知道该说什么，都等待着接下来要发生的事情，在这里，他们还会找到什么呢？

“看也看完了，现在就去找吧，我们已经找到了以前在监控视频上看到的那身衣服，还有那个黑色的袋子，接下来还能找到什么就不知道了。”

“那现在就去找，别把这里弄得太乱了，保护第一现场，都戴上手套、口罩，说不定这里就隐藏着杀人的证据。”大家都点了点头，然后开始四下查找。

整整一个上午，竟然再无收获，大家都有点泄气，最后队长不得不让大家休息。虽然是冬天，但是大家都热出了一身汗。

“赵叔，现在怎么办，什么都找不到。”刘晨对着赵子坦说道。赵子坦站在客厅的中央，他环视了一周，真的再也找不到什么了。

“时间太长了，恐怕我们找不到别的证据了。”赵子坦也有点失落，他还以为会有什么别的发现，但是什么都没有找到，这一点真的是出乎了他的意料，他不是很大胆吗，为什么不敢留下什么呢？

“其实最大的证据就是张教授，只要他肯承认了，这一切不都好办了吗？”刘晨说道。

“要是他能够轻易承认的话，我们还用得着这么费劲地找证据吗？”程册看着刘晨回答道。刘晨想了想，的确是这样。

“真是想不到呀，看来以后看人可不能只看外表，你说他让我们走了多少冤枉路！”刘晨怎么也想不到，张教授竟然还能够保留着人心，可是他的动机是什么呢？

“你净说废话，要是什么都不用查的话还要我们这群刑警干什么，直接回家不就得了。”宋志刚回了刘晨一句，刘晨嘿嘿地笑了笑，没有再说什么。

“你们看那是什么？”队长指着大家背对着的那个墙角说道，大家的目光一下子就聚集了过去，那里有一个黑色的东西，怎么看怎么像针孔摄像头。

第七十二章

狡猾的教授

“感觉有点儿像微型摄像机。”程册看着那儿说道，他在大学的时候学过监控，对这些设备并不陌生。

“微型摄像机？”赵子坦看着程册问了一句。程册点了点头，然后又走近了一点。

“我确定就是微型摄像机。队长，要取下来吗？”程册看了看队长，队长点了点头，脸色看起来有些沉重。这个东西到底会带给大家什么不一样的信息呢？

“小心点儿，志刚、刘晨，你们帮着弄张桌子，让程册拿下来。”宋志刚和刘晨搬来了里屋的书桌，程册站了上去，大家都抬着头看着，程册轻轻地取了下来，刚一着地，东西就被队长从手里接了过去。

“这个小东西是和电脑连在一起的吧？”程册点了点头，“走，去看看电脑能不能打开。”队长又带着大家来到了书房，但是电脑打不开，需要录入指纹——这就难住了大家，没有办法。孙志波试了试，打不开，他对着赵子坦和队长摇了摇头。

“这个老头儿还挺有心机，竟然还设置了指纹密码。”队长有些气愤地说道。

“你们先在这找着，志波，你和我先回去。我现在就想去会会这个张教授，看看他能玩出什么花样——带上你拍的照片。”赵子坦说道。

“我去拿相机。”孙志波转身去拿相机。

“那行，你们就先回去，这里不是还有刘晨吗，我们弄完了也就回去。”赵子坦点了点头，然后转头对着刘晨。

“你在这儿看着点，有什么事就给我打电话，所有可疑的地方都要拍下照片，结束了就赶紧回来找我。”刘晨点了点头。

“那我们就先回去了。”队长拍了拍他的肩膀。

“辛苦了。”赵子坦没有再说什么，转身和孙志波走了出去，一路上车开得很快，没过多久就回到了局里。当他们去看张教授的时候张教授正在想着什么，一个人对着天花板发呆。

“张教授，在想什么？”赵子坦开门走了进去，就站在离门口很近的地方，孙志波就站在赵子坦的身边，拿着记录仪，记录下这一审问的过程。

“有发现吗？赵警官。”张教授转过身，对着赵子坦，脸上十分平静，看不出任何情绪。

“发现倒是有，不过还不能够告诉你我们发现了什么，你很想知道吗？”赵子坦拿着凳子坐到了张教授的面前，看着他那双沉静的眼睛，这个人真的是一只狐狸，就算是到了现在，他还能够面不改色，的确不简单。

“赵警官可不像是喜欢拐弯抹角的人，你是在试探我吗？”张教授看着赵子坦说道。

“不是试探，而是想要给你一个机会。”

“什么机会？”

“一个洗涤你良心的机会。”赵子坦并没有说是一个改过的机会，因为他知道，一旦这件事确定最后真的是他干的，那么他就再也没有改过自新的机会了。

“洗涤我的良心？”张教授听完就这句话就笑了，笑里带着一丝嘲讽。赵子坦看得出来，他知道张教授是不会轻易服输的，不然不会做出这么多这么奇怪又残忍的行为。

“难道你就不觉得你应该自责，应该觉得自己的良心上过不去吗？”

“你怎么确定那个人就是我，我真的很想看看那些证据，你自认为的那些证据。”

“你真的不想抓住这最后的机会吗？如果让我说出来了，这个机会可就不能够叫作机会了，而是证据，抓你进监狱的证据。”赵子坦的表情极为严肃，张教授注视着他的眼睛差不多一分钟，然后笑得格外自然，不信任的神色流露了出来。孙志波看着他，他发现自己真的还很年轻，因为他看不懂张教授脸上的表情，更看不到他的心。

“赵警官，太自以为是也不是你的性格吧，我怎么不知道有这样的证据能够证明我就是那个杀人凶手呢，难道我还不如你了解我自己吗？”

“照片。”赵子坦对着孙志波说道。孙志波从照相机里面找到了那张刀子和心的照片，然后递给了张教授，张教授盯着照片看了一会儿，脸上没有多余的表情。

“这到底能说明什么呢？”这句话说得很自信，赵子坦都在怀疑，他的自信到底是从哪里来的。

第七十三章

钢琴曲暗示

“那这么说来，张教授不介意我们借用一下你的指纹吧。”赵子坦用平和的语气说道。这么多年的打拼，已经让赵子坦以前的锋芒毕露消失不见了，现在的他不管遇到什么样的事情都能够淡然处之。

“当然不介意，我又没有杀人，为什么不敢给你们指纹。”张教授直视着赵子坦的眼睛，他脸上看不出一点儿慌张，赵子坦也看不懂他，看不懂一个杀人犯的内心。

“那你能和我说说那冰箱里的是什么吗？”

“我能认为你这是在明知故问吗？如果我没有猜错的话，你应该已经知道是什么了吧，何必来问我呢。”

“我需要的是你的回答。”赵子坦严肃地说道，看来这个张教授又和钱正奇一样，是一个十分难缠又极端狡猾的人。

“可是我不想回答，我以为我们之间是可以相互信任的，没有想到你最后还是不信任我，其实你派人监视我的时候我就已经知道了，但是我很好奇，你是怎么开始怀疑我的？”他的确很好奇，因为他并不觉得自己露出了任何的马脚。

“你也违背了我的信任不是吗？”赵子坦的嘴角动了动，孙志波看着两个人针锋相对，觉得这两个人都不简单。

“看来我们彼此彼此，你还没有告诉我你是怎么开始怀疑我的，甚至去搜查我家。”

“你还记得那个电话吗？”

“哪个电话？”

“就是尸体在火葬场门口发现的那一天，里面留了电话号码，而那个电话号码能够打通，却没有人说话，不久就挂了。不知道你是不是还有印象，也不知道你为什么要留下那个电话号码。”张教授听到以后先是顿了一下，然后低下头看了看地面，又抬起头看向赵子坦。

“你为什么认为是我留的电话号码，又凭什么怀疑电话那头的人是我呢？”

“因为那首钢琴曲。”

“钢琴曲？哪里来的钢琴曲？”张教授感到很疑惑，他为什么不知道有这么一段曲子呢？

“你不会不知道你家的楼下有一个上小学的孩子吧。”

“那又怎么样，这和钢琴曲有什么联系呢？”

“你楼下的那个小男孩正在学习钢琴，而且准备参加比赛，所以经常在练习一首钢琴曲。打电话的那天正好是周六，所以那天那个孩子没有去上学，而是在家里练钢琴。我一直以为你是个细心的人，可是我发现我错了，而且我发现你不是一个热爱生活的人。”

“何以见得？”

“因为那么美妙的钢琴曲你都没有注意到。我查了，那首钢琴曲叫《神秘园之歌》，你应该听听，孩子弹得真的很不错。”赵子坦在想，有这么美好的声音充斥着他的生活，他为什么还能够下得去手，难道就不会在孩子面前感到惭愧吗？

“赵警官，我想你已经跑题了。”张教授有些不耐烦地说道，他不喜欢听这些大道理，他想要知道的就是过程，以至于结果都不想知道。

“看来你是真的没有心，所以才会想要留住别人的心。”赵子坦意有所指。

“请赵警官继续往下说。”张教授并不答话，但是他听赵子坦说，他也听出了赵子坦的另一番意思，但是他却不想解释，因为只有他自己知道他为什么要这么做。

“后来我们去居民区的时候无意间听到了这首曲子，也就是在那天还遇到了你，你还记得吗？”没错，就是那天让他对张教授产生了怀疑，要不是遇到他的话，赵子坦是无论如何都不会想到张教授的头上的，这种遇见就是一种暗示吧。

“我还记得那天，那天你看我的眼神有点不对劲儿，所以我后来就留神了一下，没想到真的被我猜中了，你开始怀疑我了，而且还派人监视我。不过，你的决定是对的，就算我没有杀人，我也肯定脱不了干系，所以你的决定是对的。我也不得不承认，你很聪明，也很细心，但是还少点儿什么。”张教授像是教育学生一样地看着赵子坦。

“少点儿什么呢？”

“你会知道的。”说完他就笑了，这笑让赵子坦和孙志波感到有点莫名其妙。

第七十四章

奇怪的钱正奇

对张教授的审问并没有取得什么进展，他死活都不肯说什么。赵子坦抱着试试看的心态又叫来了钱正奇，他今天的心情似乎不是很好，脸色阴沉着，进来好几分钟也没有抬头，更没有说一句话。赵子坦总觉得他有点心不在焉，这不像以往的他，他不应该是这个状态。“你真的打算一句话也不说，就这么和我们耗着？”孙志波看着钱正奇说道。对于这个人他始终是有点无奈的，在孙志波的眼里钱正奇就是一个彻头彻尾的怪人，甚至于怪得有点病态。

孙志波的话依旧没有得到钱正奇的回应，他依旧不抬头，只是微闭着眼睛，双手在不停地搅动着，看起来像是在紧张什么，心神不宁。“钱正奇，我们在问你话呢，请你配合我们调查。”孙志波加大了声音，钱正奇依旧保持着这个姿势，孙志波有些无奈地叹了一口气，他看向赵子坦，赵子坦只是看着钱正奇，并没有说话。孙志波以为钱正奇还会继续沉默，他坐直了身子，正准备再说一遍，没想到这时候钱正奇竟然开口了。

“你们什么时候放我回家，我好像好久没有回家了。”他的头也随着慢慢抬了起来，他没有看孙志波，直接看向了赵子坦。赵子坦先是不说话，注意看着他的反应，但是他似乎没有什么反应，只是这么看着，好像精气神一下子被掏空了一样，赵子坦感到很奇怪。

“你生病了？”他关心地问道。

“没有，我只是想回家了。”钱正奇难得没有嚣张跋扈，也没有针锋相对，今天的他少了太多的锐气。

“我觉得你是生病了，一会儿我叫医生给你看看吧，但是你现在还不能回家，我们的案子还没有结束，所以你还需要配合我们的调查。等到案子结束了，我们才能判定你是不是能够回家。不过我们可以叫你的家人来看你。”赵子坦平静温和地说道，他第一次觉得钱正奇也是脆弱的。

“那案子什么时候才能够结束呢？”钱正奇看着赵子坦问道。赵子坦摇了摇头。

“我不知道，但是，要是你配合的话，应该很快就会结束了，只要你把你知道的事情全部说出来，我们一定会很快就能抓到凶手的。”赵子坦想要抓住这个机会让钱正奇说出他知道的事情，因为钱正奇难得有这么脆弱的时候，一旦他又变回了以前的样子，那么让他开口就会难上加难。

“你们不是已经抓到了张教授了吗？”钱正奇的声音平静无波，就好像在说一件无关紧要的事，赵子坦不知道他是怎么知道的，只是觉得这个钱正奇真的不一般。

“你是怎么知道的？”孙志波开口问道。

“我猜的你信吗？”孙志波摇了摇头，钱正奇的嘴角动了动，最终还是没有笑出来。

“我一直想要问你们一个问题，不知道你们想不想回答。”钱正奇看了看赵子坦，又看了看孙志波。

“什么问题？”赵子坦有些好奇。

“你们说一个人杀人的话，真的只是因为恨吗？有没有可能是因为爱呢？”赵子坦看着钱正奇的眼睛，他的眼神有点迷离，好像也在思考着这个问题，这个纠缠了他好久好久的问题，这个他一直找不到答案的问题。

这个问题同样难住了孙志波和赵子坦，他们并不是觉得问题有多么难回答，而是觉得不知道该怎么回答才是钱正奇想要的答案，最后索性说出了自己认为的答案：“我觉得一个人杀人的动机有很多，有的是因为爱，有的是因为恨，还有的真的是因为一点别的，也许是并不重要的一点原因。”赵子坦回答道。钱正奇沉默了一下，没有点头也没有摇头，但是他继续问了一个问题，算是对上面那个回答的认可。

“那你们觉得是自己重要还是别人重要呢？”这个问题问完孙志波就笑了，他认为这并不能算作一个问题，因为答案显而易见，“当然是自己重要，不是有句话说了嘛，‘人不为己，天诛地灭’。”钱正奇看着他，又是一阵沉默，然后又突然开了口。

“我知道答案了。”他的语气里并没有高兴。

“什么答案？”孙志波紧接着问道。

“我一直没有找到的答案。”他说完又不再说话了。

第七十五章

反常的举动

“答案到时候你就知道了，你们不是想问我吗，我可以告诉你们，但是你们要先告诉我，你们查到了什么。”钱正奇看着赵子坦的眼睛，再一次开口道。

“你想知道什么？”赵子坦反问，钱正奇的话正好印证了他今天的不对劲儿，他也许想要说什么了。

“关于她的。”

“我们找到了一颗心，如果没有猜错的话，应该是她的。”赵子坦平静地回答道，他相信这个答案一定会让钱正奇说点什么的。

“心？”钱正奇顿了一下说道。赵子坦点了点头，然后他就看到钱正奇的眼神开始涣散，大脑好像处于一种神游的状态，又好像是在思考着什么。过了许久他没有说什么，而是扶着桌子站了起来，像极了被人抽干精血，那种带着无力又无助的模样。赵子坦和孙志波甚至被他的这种状态吓到了，他们两个人也赶紧站了起来，孙志波飞快地来到钱正奇的身边，扶住他，不让他倒下去。

“你生病了？”孙志波关心地问道，现在不管他是不是凶手，是不是和这个案子有关系，他只知道，他扶着的是一个看起来很虚弱的人。

“我能先回去吗？我想我需要好好地休息一下。”赵子坦没有迟疑地点了点头，在人命面前，他知道孰轻孰重。

“志波，送他回去，叫医生来给他看看。”赵子坦刚说完钱正奇就摆了摆手，他看了赵子坦一眼，然后在孙志波的搀扶下慢慢走向门口，在门口的时候他顿住了，没有回头，孙志波看着他，不明白他的意图，刚想开口问的时候他说话了。

“他就是凶手。”说完钱正奇就慢慢离开了。赵子坦看着他离开，心里有很多的疑问，为什么钱正奇今天这么反常呢，他说的话是真的吗，还是他的又一个阴谋？

可是看他的样子的确是受了刺激，难道他之前的不在乎都是装的？其实他很在乎，这一段时间他也一直在隐忍着自己的感情，可是为什么他明明知道谁是凶手却不愿意出手相救呢？好多的疑问困扰着赵子坦，可是他找不到答案，只能等答案一点点地浮出水面。

傍晚的时候队长他们回来了，带回了电脑，还有那个微型摄像机，依然没有其他发现。队长和赵子坦交代了一下，就带着大家出去吃饭了，刘晨则留了下来。

“赵叔，有什么发现吗？”赵子坦点了点头，“有什么发现，快告诉我。”刘晨有些激动。

“我们得到了张教授的指纹，一会儿试试能不能打开电脑，说不定里面就有我们想要的东西。”

“那别的呢，他承认了吗？”赵子坦摇了摇头。“这个老狐狸，都到现在了还嘴硬，真是‘不见棺材不落泪’，非要让刀架在脖子上才行。”刘晨咒骂道。

“我们今天还见了钱正奇，他有些不对劲儿。”赵子坦端起放在桌子上的水杯，一边想着一边说道。

“他这个人不就是这样，一副不把任何人放在眼里，自己掌控了大局的样子，我最看不惯他这样的人了。”刘晨看出了赵子坦的心不在焉，他想问孙志波，让赵子坦休息一下，可是孙志波去找老郑了，他又很想知道情况，所以不得不问下去。

“不是，今天的他不是这样的。今天他好像受了什么刺激一样，一直提不起精神，也没有了往日的飞扬跋扈，他还问了我们一些奇怪的问题。当我们告诉他在张教授的家里找到了一颗心以后，他整个人都要崩溃了一样，最后说张教授就是凶手。我在想，这个钱正奇今天为什么这么奇怪，他说的话到底可不可信呢？”刘晨听着觉得有点不可思议，为什么钱正奇会有一种被打击的感觉呢，他不是一直装作不在乎的吗，现在是在表演还是真的很在意呢？这些恐怕只有钱正奇自己知道，而他现在肯定不会说。

“这个钱正奇本来就很奇怪，但是他说的也许就是实话。虽然张教授现在还没有承认，但是从种种证据来看，凶手肯定是他，但是证据又不是很充足，还不能让他伏法。”刘晨分析道。

“你也觉得凶手就是张教授？”赵子坦突然看着刘晨的眼睛问道。刘晨被问得有点发蒙，但还是点了点头。

“不然他的家里怎么会有一颗心呢？”

“可是万一不是呢？”赵子坦像是在问刘晨，又像是在问自己，真的是他吗？为什么自己这次这么不确定呢？

第七十六章
对不上的指纹

晚上的时候孙志波拿到了张教授的指纹和严颜脸上的指纹比对，结果让人大吃一惊。

“赵叔，不是一个人。”孙志波看着电脑上显示的结果回头对着赵子坦说道。刘晨站在旁边，有点不相信这个结果，于是又靠近看了看，的确不是。

“怎么可能呢，怎么会不是他呢？”刘晨感到很意外，要是严颜脸上的指纹真的是张教授的话，那么这个案子的证据又多了一个。可是现在的结果说明了什么，说明了他们又被绕了回去？

“结果就是这么显示的，你自己不是也看到了，难道说真的有一个帮凶？”孙志波看着刘晨，又看了看赵子坦脸上的表情。赵子坦看起来很平静，他站在那儿看着电脑上显示的结果，虽然有点意外，但是他却早有了预感，难道真的有所谓的帮凶吗？可是那个人又是谁呢，潜藏得这么好，会不会是一个看起来比张教授更加无害的人呢？赵子坦真的害怕自己陷入猜测的旋涡中，因为这种猜测不但会使人的心越来越乱，而且起不到任何积极的作用，只会让人更加看不到希望。

“老郑说鉴定结果什么时候出来了吗？”赵子坦突然转换了话题。

“郑叔也不能给出确定的时间，不过明天应该差不多，现在这种情况我们应该怎么办呢？”

“如果我没有猜错的话，应该还有一个帮凶，而这个人可能看起来比张教授更加无害。如果张教授不说的话，我们很难知道这个人会是谁，就算是排查，这个范围也会很大，而且极有可能波及无辜的人，让大家人心惶惶，这不是我们想要的结果，我们所能做的就是尽快平息事态，还大家一个安定的社会环境。”

“可是这根本就不是我们说了算的，谁不想快点结束，每天累死累活的，以为自己离成功越来越近了，没想到还是在兜圈子，像掉进了别人设下的圈套，而那个真正的杀人凶手却站在我们看不见的暗处，看我们的笑话。”刘晨有些泄气。

“是呀，别人在暗处，我们在明处，我们以后要更加小心才行。”孙志波同意刘晨的看法，他也觉得很无力，每天这么忙着，却不知道自己做得到底对不对。

“志波，去把钱正奇之前拍的照片拿出来，我要看看。”赵子坦很沉静，面对这些他只能够让自己波澜不惊，一旦自己的心乱了，那么自己就真的输了。而现在，他并不觉得自己已经到了无法挽回的余地。在他的眼中，不到最后，永远不知道胜利掌握在谁的手中。

“知道了。”孙志波站起来去拿照片。刘晨转身看着赵子坦，他很佩服赵子坦，因为在这种情况下他还能够这么理智地思考问题，的确让自己望尘莫及。

“赵叔，您有什么新发现？”刘晨问道。赵子坦摇了摇头。

“倒不是什么新发现，只是突然想起来，在钱正奇拍的照片中有一个在暗影中的人。这个人在暗处，我们并不知道他是谁，我想通过照片再看一看，是不是能够辨认出来这个人是张教授。要确定不是的话，我们还要赶紧把这个人找出来。”赵子坦的脸上没有过多的表情，语言没有过多的情绪，就好像是在叙述一件极为平常的事情，可是这件事在他的心中却并没有那么的轻松。

这时候孙志波已经拿着照片走了过来，并且把照片递到了赵子坦的手中，赵子坦拿着照片看着，一张一张仔细地看着，每看完一张就交给刘晨或者孙志波，让他们也帮着寻找、观察。他注意到黑影中的人穿的应该是一双运动鞋，那么张教授喜欢穿运动鞋吗？他仔细地看着，别的地方实在是找不到任何的辨别点。因为照片是在晚上拍的，光线也不是很好，尤其是这个人还站在暗处，所以能发现的也就只有那双模模糊糊的运动鞋。

“有什么发现吗？”赵子坦看着孙志波和刘晨说道。两个人同时摇了摇头。

“明天问问张教授喜不喜欢穿运动鞋，不要明着问，问完了就给我答案。对了，志波，他的电脑用指纹能够打开吗？”

“能是能，可是我看了一遍，并没有什么可疑的地方。”

“有没有那个连接摄像机的软件？”赵子坦接着问道。孙志波摇了摇头。

第七十七章

难以捉摸的嫌犯

没有找到更有利的线索，赵子坦就让孙志波和刘晨先去休息了，他一个人睡不着，在外面站了好久，天气有点儿阴沉，他在想会不会下雪呢？好久没有下雪了，都要忘记雪是什么样子的了。他很少吸烟，但是今天却吸了两根烟，第二根烟吸完以后他就走了进去，并没有回值班室，而是去了钱正奇那里。他站在门口，看着钱正奇，他还没有睡觉，躺在那里一动不动，一个人望着天花板发呆。赵子坦不知道他是不是看到了自己，但是钱正奇没有做出一点反应，他觉得自己不懂钱正奇，这个 20 岁的大男孩看起来像是一个老成的男人，他的心里装了太多的东西，有仇恨，也有怜悯，还有那不易察觉的脆弱与无助，这到底是一个什么样的人呢？什么样的环境才能够让他和别人这么不一样？赵子坦有过去了解他生活的打算，可是太忙了就忘了，他觉得这件事情应该提上日程了，或许对了解他，了解这个案子有很大的帮助。

赵子坦没有继续待下去，而是去了张教授房间，张教授也没有睡着，而是在不停地翻身，他和钱正奇不一样，他看到赵子坦站在门口就坐了起来。

“赵警官，你们这条件也太差了，床又冷又硬，我们读书人可不像你们，睡这种床睡不着。”赵子坦想要挖苦他一句，但还是忍住了，他为什么可以这么若无其事呢？难道是自己产生了错觉，他其实是无辜的？为什么他的脸上看不到一点惊慌，也看不到一点歉意？他或许比钱正奇更加可怕。

“为什么我在你的脸上看不到悔恨和歉意呢？”赵子坦看着张教授说道。张教授和赵子坦对望了一下，然后把旁边的被子裹到自己身上，看着赵子坦摇了摇头。

“你为什么非要让我愧疚呢？我就是那个十恶不赦的人吗？我想说，现在你还没有证据，所以千万不要诽谤我，不然我一定会告你的。”他说得很轻松，就像是开玩笑一样，但是赵子坦却没有半点轻松，他开始讨厌这个人，这个他曾经一度同情的“脆弱、胆小”的男人，这个披着伪善外衣的男人，这个满腹经纶却心狠手辣的男人……

“你不配当一名老师。”赵子坦这些天以来的隐忍终于要爆发了，他不能够忍受张教授这样的人，就算他像钱正奇那样他都能理性面对。可是这个人偏偏不是那种人，这个人就算是犯了错误也会找机会给自己开脱，用自己的学问去招摇，用自己的身份去掩盖自己黑暗的内心，这种人恰恰是赵子坦最讨厌的。

“你又在主观臆断，在我看来你也不是个合格的警察。”张教授有点鄙弃地说道，他同样看不惯赵子坦。

“此话怎讲？”这么多年以来只有人说他是多么称职，多么敬业，多么厉害，却从来没有人说过他不是一个合格的警察。

“你不觉得你过于自以为是了吗？你一直在用你的思维去想别人，你真的以为别人都和你一样吗？你说我不配当老师，但是我教出来的学生很多都成了国家的栋梁。而你呢，你到现在不还是一个普通的警察吗？你觉得你自己很厉害，我不知道你的自信是从哪里来的。别人不知道，我却知道，你当年因为一个案子没有见到自己儿子的最后一面，你觉得你很伟大吗？其实你很残忍，你对自己的家人残忍。你是一个自私的人，你围着自己的世界画圆，却还是一无所获，你说你失败吗？”张教授轻蔑地一笑。赵子坦竟然无言以对，自己的确是一个自私的人，他说得很对，但是自己却依旧无悔于自己的事业。警察这个职业或许很平凡，但是也很伟大，没有警察，这个世界恐怕不会像现在这样安宁。自己是对不起家人，可是人生不就是因为一个个的缺憾才让人备加珍惜吗？

“或许你说得对，可是之于我而言这就是我的宿命，我或许有点儿自以为是，我或许真的不能够算一个合格的警察，但是我无愧于我的心。那么你呢？你真的能够无愧于你的心，无愧于已经死去的无辜的严颜吗？如果我没有记错的话她应该还是你的学生，对一个你教过的学生你都能够下这么毒的手，你还能够说自己对得起教师这份职业吗？”这句话戳中了张教授的心坎，他这一生中只喜欢教书育人，他一直把这个看得无比重要，但是赵子坦的话却在告诉他，自己不够合格，因为自己做了有愧于自己学生的行为，而他一直忽略了和严颜的这层师生关系。

“我累了，要睡了。”张教授说完就面向墙躺了下去。赵子坦叹了一口气，也转身离开了，他知道张教授在逃避。

第七十八章 兜圈子

赵子坦在值班室里待了一宿，可是怎么也睡不着，他真正睡着的时间也不过两个小时，早上不到五点就醒来了。他起身去看了看孙志波和刘晨，他们两个人还在值班宿舍睡觉，他没有叫醒他们，而是一个人走了出去。站在警局的门口，赵子坦看着路上并不多的车辆和路边一排排已经凋敝的树木。冬天真的很冷，尤其是北方的冬天，一阵冷风吹过，赵子坦裹了裹身上的衣服。

“明明人的身体是热的，可是为什么血液却是凉的呢？”赵子坦看着向远处延伸的公路，自言自语道。以前他觉得自己很懂人心，但是现在，他觉得自己越来越不懂了。

“赵叔，在想什么？”孙志波的声音，赵子坦回头对他笑了笑。

“刚才看你还在睡觉，怎么现在起来了，不多睡一会儿吗？”他的语气很温和，他好像一直都这么温和，遇事波澜不惊。是因为年龄的原因吧，他觉得自己已经被磨平了棱角。

“刚才看到你去了，我就起来了。”孙志波是一个睡觉很轻的人，其实他昨天也没有睡好，或者说这些天他很少睡好。他和刘晨不一样，他的心思更加缜密，也更加感性。

“没有，是我一直睡不好，睡觉太轻了，有一点动静就醒了。”孙志波和赵子坦并排站着，虽然他醒得并不晚，却很少这么安静地欣赏清晨的风景。

“我们年纪大了睡不着，怎么你年纪轻轻的也失眠？”赵子坦关心地问道，孙志波苦笑了一下。

“还不是愁的，这案子已经查了差不多两个月了，我们竟然还没有找到凶手，或者说还没有办法将凶手绳之以法。我真的好害怕，拖得越久就越难办，到时候真的成了解不开的悬案，我会觉得我自己很无能，也会愧疚一辈子的。”孙志波的语气很沉重，赵子坦又何尝不是呢？“悬案”意味着凶手将逍遥法外，受害者将白白被杀害，而随着时间的流逝，没有人会再记得那个名字，这一切都将被人遗忘。不管现在大家有多惊慌，有多同情这个死去的女孩。

“你说这个世界上有公平正义吗？”

“我不知道。”孙志波对于这个问题还真的难以回答。这个答案看起来有点滑稽，其实是这个世界最好的写照，大家都相信公平正义，可是真正的正义和公平又在哪里呢？恐怕只是在我们的嘴里吧。

“其实，我也不知道，别看我一直在和大家说要相信正义。就像上次陆路的那件事，最后的确得到了解决，当陆路得知自己还能继续工作，并且没有受到处分的时候他很开心，他忘了他曾经那么痛苦，还有被人诬陷时候的绝望。人有的时候挺容易满足的，他觉得自己得到了正义和公平，可是真的公平吗？他曾经受到的伤害又应该算到哪里呢？”孙志波就这么认真地听着，因为他不知道自己该回答什么。

“昨天晚上我去找了张教授。”

“怎么样？”孙志波有些震惊。

“他并没有觉得自己做错了，他觉得自己很对。你说，这样的人是真的在坚持自己呢，还是在为自己的错误找借口？”

“我觉得他是在找借口，证据面前他还能说些什么呢？而且钱正奇不也说了吗，他就是那个凶手。”孙志波已经认定了张教授就是那个不折不扣的衣冠禽兽，不管怎么样都不能够改变他的想法了。

“那么钱正奇是不是凶手呢？”赵子坦的嘴角弯了弯，孙志波有些迷茫不知所措。

“我不知道。”

“我也不知道，但是我们似乎已经给他们定好了位置，而那些所谓的查找范围和行动方向也是按照我们自己的想法来定的。昨天晚上我想了很久，我们或许还没有找到真凶。张教授一直在说自己没有杀人，如果他说的是真的呢？”赵子坦看着孙志波。孙志波顿了一下，然后摇了摇头。

“赵叔，你的意思是我们还在兜圈子？”

“我们不是在兜圈子，而是没有找出最重要的人。”

“最重要的人会是谁？”

“我总觉得张教授还有什么事瞒着我们，客厅里面的摄像头不可能只是安着娱乐的，那么里面的内容呢？去了哪里？里面又会有什么东西呢？我们还都不知道。”

第七十九章 新证据

今天上午他们先审问了张教授，并没有什么实质性的收获。张教授并不比钱正奇好对付，他一直在隐瞒着什么，却又不像钱正奇那样明白地说清楚自己就是在隐瞒，他这个人的心思远远多于钱正奇。

“怎么办？这个张教授死活不开口，要不要再审审钱正奇，昨天他不是说凶手就是张教授吗？我们问问他为什么这么说，有没有证据。”孙志波对着赵子坦和刘晨说道，刘晨点了点头，赵子坦沉思了一下，也点了点头。

“去把钱正奇带过来，我问问他。”赵子坦说完孙志波就走了出去，刘晨在那整理刚才的审问资料。

“张教授说那个摄像头就是用来看小偷的，你觉得可信吗？”赵子坦摇了摇头。

“你觉得学校里面既有保卫，又有警察，还有比这里更安全的地方吗？怎么可能是预防小偷的，小偷是不会去这种地方的，而且张教授几乎天天在家，怎么可能被偷，这只不过是借口罢了。”

“可是我觉得学校并不安全。”刘晨如是说道。赵子坦愣了一下，这才明白了刘晨的意思。

“我懂你的意思，学校出现了杀人案，当然不能够算是安全的。但是某些方面却真的能够算是安全的。”

“赵叔，人带来了。”孙志波和钱正奇走了进来，钱正奇很自然地坐到了他们对面的椅子上，今天的他看起来依旧很沉静，也平和了好多。

“今天我们还是想要问你一些问题。”赵子坦开口，钱正奇抬起头来看着他。

“你们问吧，我一定知无不言。”他难得这么配合。孙志波和刘晨对视了一下，赵子坦开始发问。

“你可以简单地和我们说说事情的经过吗？”

钱正奇点了点头，这更让他们感到意外。

“我一直喜欢严颜你们也知道，这个就不用我细说了，因为我喜欢她，所以想要和她靠近，后来我终于鼓足勇气和她表白了，但是她拒绝了。其实这些都在我的意料之中，我能够接受，我打算一直努力，直到打动严颜的那一天，可是她没有多久就和那个男人好了，我嫉妒，但是我依旧不恨她。直到后来，我发现她并没有我想得那么纯洁，她其实很脏。”钱正奇顿住了。孙志波看着他，不想相信这一切，他觉得严颜不是这样的人。

“你为什么说她脏？”孙志波的情绪看起来比刘晨和赵子坦更加激动。

“她不止和一个人好了，我没想到她是这样水性杨花的女人。”钱正奇的眼神看起来很受伤。

“你有什么证据吗？”孙志波接着问道。刘晨和赵子坦同时看出了孙志波的异样，孙志波对于这个案子格外的上心，也赋予了更多的情感在里面。

“证据当然有。”

“在哪儿？”三个人同时振奋了起来，证据来了，只要有足够的证据，他们就能够起诉张教授了。

“就在我们宿舍。”钱正奇不紧不慢地说道，他说完赵子坦他们三个人就对视了一下，他们好像真的没有仔细查找过他的宿舍。

“你们宿舍哪里？”刘晨着急地问道，他特别急于知道答案。

“就在我的日记本里，在日记的最后一页有一个用胶带黏着的内存卡，里面有我拍的照片，你们找到了就知道里面有什么了，证据就在里面。”钱正奇说着这些话的时候神情显得非常痛苦，眉头也皱在一起。孙志波就这么静静地看着钱正奇，他说不上来自己是什么样的感觉，就是觉得心里很难受。到底经历了什么，他为什么不出手救严颜呢？他明明爱着严颜不是吗？

“你能告诉我们你为什么非要等到现在才告诉我们证据在哪儿？”赵子坦略显平静地问道。他看着钱正奇，心里有着和孙志波一样的想法。

“我以为你们找不到他的。”

“谁，张教授吗？”赵子坦问道。钱正奇点了点头。

“他是一只老狐狸，没想到你们竟然找到了他。”

“我们还有一个问题想知道。”赵子坦继续问道。

“什么问题？”

“你当时为什么没有救严颜，是因为恨吗？”赵子坦问完以后，钱正奇看着他，他的眼神有些复杂，又有些伤感和悔恨，赵子坦在心底觉得这不是一双属于他这个年龄的眼睛。

第八十章
十二年前的凶杀案

“我只是想要体验一下看着自己爱的人在自己面前死去的感觉。”钱正奇说这句话的时候竟然是笑着的，这个笑容把在场的三个人都震惊了，为什么他会有这种想法呢？这绝对不是一个正常人该有的思维。

孙志波使劲握了握手中的笔，然后看着他问道：“你为什么会有这种想法，难道你不觉得奇怪吗？”刘晨也是目不转睛地看着他，他也完全不能够理解钱正奇的想法，这个想法让人感到毛骨悚然。

“还记得12年前的那个杀人案吗？我想你们应该不知道，或者不记得了吧。”一说到12年前的杀人案，赵子坦的神经就绷了一下，12年前的杀人案，对他来说是一个不可碰触的记忆，因为那个杀人案他失去了对自己来说最重要的人。

“你是说徐秀英的那个案子？”赵子坦当然记得，就连名字也能够记得一字不差。徐秀英死得很惨，被凶手砍了11刀，当时他们赶到的时候她满身是血，已经没有了生命的迹象。可是今天，为什么钱正奇又提起了这件事呢？难道这件事和他有什么关系吗？

“真好，你还记得那个案子，如果我没有猜错的话，这案子应该是你经办的吧？”赵子坦点了点头。

“你和这个案子有什么关系？”赵子坦问道。孙志波和刘晨都看出了赵子坦的紧张和在乎，他们知道赵子坦有禁忌，没想到竟然是这个案子，那么这个案子和钱正奇又有什么样的关系呢？他们也感到很好奇。

“徐秀英是我的妈妈。”钱正奇的话一出口赵子坦就震惊了，他怎么也没有想到，那个一直让他难以释怀的杀人案的死者竟然是钱正奇的妈妈，而且钱正奇如今竟然变成了这样，他无比意外。

“你是徐秀英的儿子？”赵子坦不确定地又问了一遍，钱正奇点了点头。

“我应该谢谢你，因为你帮我妈妈抓到了凶手，让她在天之灵得以安息。”钱正奇说这些的时候显得十分虔诚，他对于那个抓到凶手的人是非常感谢的。

“这是我应该做的，只是我不明白，你为什么说想看着自己爱的人死去，难道这件事另有蹊跷？”聪明如赵子坦，怎么会不知道这其中的关系。

“你很聪明，我说到这儿你就明白了。的确，这件事是有蹊跷。”钱正奇脸上的笑容早已敛去。

“什么蹊跷？”赵子坦问道。孙志波和刘晨对视了一眼，他们两个并不知道这其中的关系，也不知道 12 年前的杀人案细节，他们只能够等着钱正奇慢慢道来。

“你当时接到的电话是不是她的丈夫打来的？”赵子坦点了点头。“所以你们理所当然地认为她丈夫当时不在场，事实上他自己也是这么说的，所以你们相信了。可是你们不知道，他其实撒了谎。”钱正奇说这些话的时候眼睛里竟然充满了恨意，赵子坦猜测这恨意不会是来自徐秀英，而是来自他的父亲，可是为什么他会恨自己的父亲呢？只有一个可能，那么就是当时他父亲在场，却没有出手相救，想到这个结果的时候赵子坦都被自己震惊住了，难道真的会有人宁愿看着自己的亲人死去而不愿意相救吗？

“那到底发生了什么呢？”

“当时我们是出去旅游的，我和他出去买东西，可是回来的时候我们发现妈妈正在被人拿着刀子砍，我想要叫妈妈，可是他却堵住了我的嘴，我们躲在树后面，妈妈就在院子里。那是我们租的一个小别墅，只有我们，并没有别的人，我不停挣扎，可是于事无补。就这样，我们看着妈妈被那个人捅了好多刀，最后倒在了血泊里。我吓傻了，后来我也不知道自己是怎么回到屋子里的。后来我就听到他在打电话，但是我却并没有想到反抗。后来我问他为什么不救妈妈，他告诉我他非常爱妈妈，可是为了保护我才不去救她。我知道他在撒谎，我和他闹僵了，他没过多久就娶了一个年轻漂亮的女人，我才明白，他当时就是为了让妈妈死，为了不让妈妈分他的钱。他一直都在撒谎，如果真的爱一个人的话，怎么可能看着自己爱的人死去而无动于衷呢？我试过，真的不能。”钱正奇痛苦地闭上了眼睛。他们三个人就这么看着，竟然一句话也说不上来。

第八十一章
杀人凶手

“你们是不是觉得我很不正常？”钱正奇见他们都不说话，就问了一句。他们三个人都很沉默，只是这么看着他，最后还是赵子坦开口打破了这种有些尴尬的气氛。

“你为什么不叫他爸爸？”赵子坦答非所问。钱正奇顿了一下，然后笑了，他的笑容和以前一样，带着那种桀骜不驯和放浪不羁。

“我为什么要叫呢？赵警官，如果换成是你的话，你会对着一个杀人凶手叫爸爸吗？”赵子坦皱了一下眉头。他知道，这个钱正奇对于他的父亲积怨很深，恐怕也是难以化解的。

“可他并不是凶手。”赵子坦平静地答道，他希望能够用自己的真诚去打动他。毕竟在赵子坦的眼里，钱正奇还是个孩子，一个似乎还没有长大的孩子，一个极度需要呵护与关爱的孩子。

“你不用为他开脱，他就是凶手，看着自己的老婆被人杀死却不出手相救。”钱正奇气愤地说道，那双深藏着心事和仇恨的眼睛看起来深不见底。

“那么你呢？”刘晨终于忍不住了，钱正奇明明知道这是错的，但是他还是延续了他父亲的行为，那么他算不算是凶手呢？

“我？”钱正奇不明所以地看着刘晨，刘晨此刻的脸色很不好看，赵子坦和孙志波也看着他，但是他们两个人已经明白了刘晨的意思，他是在质问钱正奇。

“你一直在说自己的父亲是凶手，那么你呢，还不是和他一样，明明可以出手相救，可是却眼睁睁地看着自己爱的人死去，难道你和他不一样吗？”刘晨咄咄逼人，他最痛恨这样的人，只看到别人身上的缺点，对于自己的问题却总是视而不见，甚至包庇纵容自己的错误行为。

钱正奇看着他，刚刚还桀骜不驯的脸慢慢变了颜色，像一座将要喷涌而出的火山一样，他就这么盯着刘晨。突然他猛地站了起来，然后一把抓住了刘晨的衣领，愤怒的火已经烧遍了他的全身，“你凭什么说我和他一样，你凭什么拿我和他比较，我和他不一样，我们不一样，你知道吗？”他恶狠狠地说道。这时候孙志波已经站了起来，他被孙志波推着坐回了椅子上。

“你想干什么，你知不知道我们可以告你袭警？而且现在都是全程监控，你做什么事情最好考虑清楚，不要因为一时冲动就酿成大祸。”孙志波同样很气愤，虽然他也很讨厌钱正奇，也对他的行为感到愤慨，但是他却温和得多，不似刘晨那般火暴。

“行呀，你竟然想揍我，你来吧，我不躲，今天你要是揍了我，我保证不会让你好好出去！”刘晨也发了狠。这样的人为什么就没有人来惩罚呢？他们明明不是什么好人，可是却偏要把自己扮演得这么无害。

“行了，像什么样子，我们这里是公安局，都坐好了。”赵子坦的脸色很不好看。刘晨很识时务地坐了下来，虽然依旧是满脸的愤怒和不满。

“没事，赵叔，您接着问吧。”刘晨调整了一下自己的情绪，看了对面坐着的同样脸色铁青的钱正奇一眼。

“不用问了，我累了，明天再说吧。”钱正奇没有等赵子坦开口就站了起来，他挑衅地看了刘晨一眼，然后转身就往外走。孙志波赶紧跑到他的前面拦住他。

“我们还没有问完呢。”钱正奇看着他，也不说话。孙志波见他不说话，就看了赵子坦一眼，赵子坦盯着钱正奇的背影看了三秒钟。

“让他好好休息吧，明天再问。”孙志波看了刘晨一眼，刘晨皱着眉头没有说话，虽然有些不甘心，但是孙志波还是让开了，孙志波有些颓废地看着赵子坦。

“赵叔，您为什么让他走了？”

“你觉得他留下来就会说什么吗？”孙志波没有说话，因为赵子坦说得对，像钱正奇这样的人，你只能顺着他的意思，不然他不会按你的意愿行事的。

“赵叔，对不起，都怪我一时没忍住。”刘晨虽然并不认为自己错了，但是他还是觉得造成现在的局面和自己有一定的关系，不然钱正奇又怎么会走了呢？

“让他好好想想也好。”赵子坦就这么说了一句，然后站起来走了出去。刘晨看了孙志波一眼，孙志波耸了耸肩，也跟着走了出去。

第八十二章

一个女人的心脏

赵子坦刚走到办公室坐下法医老郑就走了过来，看起来很着急的样子，手里还拿着几张纸，还没有靠近就叫住了赵子坦。

“老赵，你快看，鉴定结果出来了。”老郑说的是那颗心的鉴定结果。赵子坦一听这话赶紧站了起来，伸手接过老郑手上的单子。老郑气喘吁吁地站在旁边看着赵子坦。

“不是？”一句话惊到了旁边坐着的孙志波，也惊到了刚走过来的刘晨。孙志波和刘晨凑上前去，看着那几张单子，脸色一个比一个难看。

“老郑，这是怎么回事？”这个结果真的是太出乎赵子坦的意料了，怎么可能不是呢？要是不是的话，那么这又是谁的呢？

“我看到结果的时候也很震惊，一点没敢耽误，就赶紧跑了过来，这不是死者的。不管是DNA配型，还是对比化验，都完全不一样，这是另一个人的心脏。不过从心脏的大小来看，也像是一个女人的，还是一个小巧的女人。”小巧的女人？这几个字迅速占据了赵子坦的大脑。

“郑叔，那我们能够查到这个心脏的主人吗？”孙志波看着老郑问道。

“要是找的话会很麻烦，但是应该能够找到，关键是我们现在还不知道这个人和张教授有什么关系，要不然你们问问张教授，看看能不能问到什么结果。”孙志波皱了皱眉头，老郑有些无奈地摇了摇头。

“这个人面兽心的东西，看来他还杀了别人。”刘晨拿着结果单恨恨地说道，他现在更是无比厌恶张教授，他到底做了多少坏事是大家不知道的呢？

“老郑，别的鉴定出来了吗？”赵子坦指的是另外几个盒子，老郑明白他的意思，对着他摇了摇头。

“因为细胞残留量很少，所以有点麻烦，还在做着，等结果出来了我马上来告诉你。”赵子坦点了点头。

“看来案子又复杂了，复杂得我都要找不到头绪了。”赵子坦很少叹气，但是这次，他真的感到很迷茫，这么久了，证据到底在哪里呢？这些披着羊皮的狼真的要再次放回到羊群里面去吗？他的担忧越来越甚，他知道这个案子迫在眉睫，可是又无计可施。

“不管这个死者是不是张教授杀的，他都逃不了干系了，他的家里有了这个证据，还能让他逍遥法外吗？”赵子坦听着老郑的分析心也宽了一点，抓到他也算是一个胜利，至少他不会，也不能再去害别的人了。

“我知道，这几天辛苦你了。”赵子坦伸手拍了拍老郑的肩膀。

“这种见外的话就别说了，你们先忙着，我再去看看是不是有新的进展了。”赵子坦点了点头。

老郑转身离开了，赵子坦从孙志波和刘晨的手里接过单子，他有些失神地坐到了椅子上，现在该怎么办呢？他一筹莫展。

“赵叔，您先别着急，钱正奇不是说他有证据吗？我们先去把他的证据找出来，这样张教授就不可能再狡辩了，先把他送到监狱里面去，这样您就不用担心他再出来祸害别人了。”刘晨看出了赵子坦的担忧，赵子坦听着他的话，他知道刘晨说得很有道理，但是他还是半天没有回应，他觉得自己现在有点乱。

“这个案子关系重大，现在又出来了一个不知名的被害者，我们一定要把凶手绳之以法。志波、刘晨，你们两个一会儿就去钱正奇的宿舍，找到他口中所说的内存卡，然后再看看是不是有什么东西是我们遗漏了的，一点细节都不能疏漏，等我们拿到了证据，我们就先申请向法院起诉张教授，先让他进去。”赵子坦有些愤愤地说道，他觉得自己的理智已经受到了挑战。这个张教授，这个披着羊皮的老狼，他一定要让他再也出不来。

“行，我们知道了。”孙志波回答道。

“你们两个先去吧，我一个人静一静，我要好好想想，到底哪里有漏洞呢，为什么我们就是找不到确切的证据呢？”赵子坦靠在桌子上，用手支着头道。

“那赵叔，我们就先去了。”赵子坦点了点头，刘晨和孙志波对视了一眼，转身离开了。

第八十三章

谜团

孙志波和刘晨来到了钱正奇的宿舍。现在是下午，宿舍里只有一个人在睡觉，其他的人已经去上课了。

他们敲了敲门，一个同学睡眼蒙眬地走了过来，开门的时候还微闭着眼睛，嘴里嘟囔了一句，“自己进来不就行了，敲什么门。”他有点不耐烦地转身就往回走，根本没有看到孙志波和刘晨。

“对不起，打扰你睡觉了。”刘晨挖苦似地道歉道。这时候他们两个人也已经走了进来，并且关上了房门。

那个同学听到声音不对，这才猛地从床上坐起来，当他看到屋里站着两个警察的时候，整个人是震惊的，以至于半天才开口说话。

“你们……有什么事吗？”一边说着，他已经从床上下来了，穿着拖鞋，有些紧张不安地站在孙志波和刘晨的对面。为什么自己的宿舍里突然出现了两个警察呢？他一时间还没有明白过来，更没有联想到钱正奇。钱正奇之于他甚至是有点陌生的，因为他也经常不在宿舍，更不和钱正奇交流。

“我们来找点东西。”孙志波看出了他的紧张，对着他笑了笑，“你不用紧张，如果你觉得我们不妨碍你的话，你可以继续睡觉，我们声音一定会很轻的。”那个同学赶紧摇了摇头，有些尴尬地笑了笑。

“没事没事，你们要找什么东西就找吧，不过，你们要找什么呢？”他有些好奇地看着他们两个人。

“钱正奇的床是哪个？”其实刘晨已经知道是哪个了，那个被子叠得工工整整，好像好久没有人睡过的床一定是钱正奇的，钱正奇应该是有点轻微洁癖的。

“钱正奇？”他顿了一下，然后好像突然想到了什么，伸手指了指刘晨看着的那张干净的床，“那张干净的床就是他的，听说他被抓走了，他是真的和这件案子有关系吗？”经过这番谈话，这个钱正奇的室友已经完全放松了，既然和自己没有关系，他也就不再紧张和害怕了。

“现在我们还不能透露，不过你觉得他和这件事有关系吗？”刘晨看着他问道。

“我也不知道，他这个人很奇怪，虽然是我们宿舍的，但是很少回来，也就晚上回来睡觉，有的时候也不回来。他家是本地的，所以比较自由，他喜欢严颜我们宿舍都知道，不过严颜没有看上他也是意料之中的事。”那个人说话的时候表情很自然，好像是在谈论一个自己不认识的人，一件不相关的事。

“你们是怎么知道的？”刘晨继续问道，他想要问出点什么，这个钱正奇很狡猾，他的话刘晨不会完全相信。

“他经常偷拍严颜，我们都看到过，而且我们宿舍也有严颜的不少照片，都是他拍的。”

“那些照片现在在哪里呢？”孙志波听到有照片，马上开口问道。那个同学抬着头想了想。

“现在不知道了，以前就在他的小抽屉里面，你们可以看看有没有。”

他说完刘晨就走到了钱正奇的书架那儿，那里依旧很整齐，在竖着的三个抽屉里面放着好多东西，最下面的那个上了锁，刘晨看了看那个同学，指了指上锁的抽屉。

“这个抽屉为什么上了锁？”孙志波也有些意外，刚才他们两个人都没有注意，现在一看，果然不对劲儿，难道是有什么秘密在里面？

“这个抽屉一直上着锁，他不说我们也没问。他这个人挺怪的，我们和他交流的机会也很少，所以有些事也就没有太注意，说不定里面就有你们想要的东西呢。”那个同学也走到了抽屉的旁边，随手拿了一本书翻着。

“你拿的这本书叫什么名字？”刘晨有些好奇钱正奇会看什么样的书，他一边试图开锁，一边问道。

“黑客全攻略。”那个同学声音不大不小地念道。孙志波也没有注意听，而是去找那本日记，那个带有内存卡的日记本。但是这本书却引起了刘晨的兴趣，他为什么看这样的书呢？

“我看看。”他站起来，接过那本书，看着目录，整本书都是干干净净的，只是有几页被画过，做过笔记，而那几页讲的恰好是怎么用网络手段窃取监控视频。监控视频？这四个字迅速占领了刘晨的大脑，钱正奇为什么要学这个呢？而且还这么认真地做了笔记。

“你们是学什么专业的？”他看着那个同学问道。

“计算机工程。”

“那学不学这个？”他指了指这本书。

“学这个干什么，又不是为了去做坏事的。”那个同学笑着说道。他当作一句笑话来说，可是刘晨却听了进去。

第八十四章
黑客攻略

“你找到了没有？”刘晨把这本《黑客全攻略》暂时放在了桌子上，然后蹲下来又动了动最底下那个锁着的抽屉，“你们这儿有锤子吗？”他看着那个同学问道。

“锤子？”那个同学顿了一下，然后马上联想到了开锁，“我们这里没有，不过宿管那里应该有，我去给你们借借。”那个同学说完就赶紧去借锤子了。

“还挺热心。”孙志波拿着那本刚找到的日记本翻了翻，果然看到了最后粘着的内存卡，他拿着日记本走到刘晨的身边，“给你，他说得果然没错。”他把日记本递给刘晨，刘晨看了看，又翻了翻，然后站了起来。

“这小子真有一套，竟然还保存起来，是不是就等着被我们拿走的这一天。”

“我刚才简单翻了翻，里面大多数记的都是他的心情，我觉得这个人心理应该是有点扭曲。”孙志波随手拿起了刘晨刚才放在桌子上的那本书，他看了看书名，有些好奇。

“他要是心理不扭曲能干出这种事来？”刘晨有些讥讽地说道。

“《黑客全攻略》，这是他的书？”

“嗯，你猜我在里面看到了什么？”刘晨斜靠在书桌旁边，对着孙志波说道。孙志波看了看他，又翻了翻里面。

“什么？”

“怎样用电脑窃取监控视频。”刘晨一边翻着日记本一边说道。孙志波皱了一下眉头。

“这些人，每天净想着干这些见不得人的勾当，你说要是大家都好好地干好自己的事，还用得着我们这么辛苦吗？”孙志波有些不满地嘟囔道。刘晨有些好奇地看着他，孙志波脾气一向很好，很少发火，也很少抱怨，今天这是怎么了？

“你没事吧？”孙志波看了他一眼，对他的话不置可否。

“我有什么事，就是心里有点乱了。”说着就叹了一口气。刘晨对着他笑了笑，用手拍了拍他的肩膀。

“这时候呀，你就应该多跟哥学着点儿，想开不就好了？你说这些事不管你是办得成还是办不成，尽全力办不就行了，你说你苛求什么完美，这个世界上本来就没有什么完美的事，也不是所有的事都是有答案的，你要放宽心，何必这么折磨自己呢？太较真儿可就不好了。”看着刘晨认真教育自己的样子，孙志波突然就笑了。

“我发现你活得才叫有境界呢，恐怕赵叔都不如你这么坦然，这么随性。”刘晨一听这话就对着孙志波得意地挑了挑眉，孙志波白了他一眼。

“赵叔和你一样，都是个死脑筋，做什么事认死理，才不会像我活得这么自在呢。”刘晨的话刚说完，那个同学就走了进来，看着他有些微喘，刘晨就知道他是快步跑上来的。

“拿到了，给你们。”他把锤子递给靠在边上的孙志波，孙志波刚接过去就被刘晨从手里拿走了。

“你要用砸的？”刘晨并没有抬头，而是已经行动了起来。

孙志波没再和他争论，也蹲了下来。旁边那个同学就这么看着，他其实也很想知道那里面是什么，每次看到那个锁他都有打开来看看的欲望，但是最后还是没有行动，现在终于有机会了，他目不转睛地盯着他们的动作。

没砸两下这个小锁就开了，刘晨急切地取下锁，然后又迅速打开抽屉，是一张光碟，他拿起来看了看，光碟的正面是几个歌手的照片。他把光碟递给孙志波，抬头看向那个和钱正奇同宿舍的人，“钱正奇平常很喜欢听歌？”那个同学摇了摇头。

“他很少听歌，闲着的时候要么看书，要么打游戏，不过他也不怎么闲着，白天很少在宿舍待着。”刘晨点了点头，他回过头去，就看到孙志波手里拿着一个本子，和那个日记本的样子一样，都是黑色皮革的封皮，但是这个本子看起来有点旧了，应该有些年头了。

“这是什么？”刘晨问道。

“日记本。”刘晨并没有拿过来看，而是拿起最底下的一张照片，上面是一个女人和一个小孩，女人牵着小男孩的手。刘晨知道，这个小男孩就是钱正奇，那时候的他笑得很开心，而这个女人应该就是钱正奇的妈妈，一个看起来温柔美丽的女人，两个人一同笑着，很幸福，很开心。刘晨就这样看了这张照片很久，直到手里的照片被孙志波拿了过去。

第八十五章
日记本

“这个应该就是钱正奇的妈妈吧。”孙志波看着照片说道。刘晨点了点头，站在一旁的那个同学也凑过来看了看。

“没想到他妈妈还挺漂亮，不过倒是没有听他说过他妈妈的事。”那个同学有点疑惑地说道。

“他妈妈已经去世了。”孙志波感到有些叹惋。照片上的女人看起来很温和，可就是这样的人却被自己的丈夫眼睁睁地看着被杀了。

“难怪他从来不提起他妈妈。”那个同学若有所思地说道。

“志波，走，现在马上回局里。”正在翻着钱正奇日记的刘晨突然对着孙志波说道。孙志波还没有明白过来他为什么突然这么着急回去。

“怎么这么着急回去，我们不再找找了吗？”刘晨摇了摇头，把抽屉关好，又看了看钱正奇的床。

“同学，麻烦你告诉你们宿舍的人，不要动钱正奇的东西，我们随时都会来调查的。”那个同学认真地点了点头，他也看出了刘晨的着急和严肃。

“是不是有什么事？”孙志波下意识地问道。这时候刘晨已经拿着日记本还有那本书往外走了，孙志波感到有些莫名其妙，但还是跟了上来。“怎么了，是不是你发现了什么？”他追问。

“回去再说。”两个人飞快地跑出了宿舍楼，然后开车离开了学校。

他们赶到局里的时候赵子坦正在和队长聊天，看着他们两个人风驰电掣地跑了进来，手里还拿着本子和书，他就知道他们一定是发现了什么情况。

“跑这么快，后面有狼追你们？”队长半开玩笑地说道。刘晨快步走到他们的面前，把手里的日记本递给赵子坦，孙志波把另一本日记本也递给了队长。

“你们是不是从里面发现了什么？”

“我发现钱正奇真的是一个心中有阴影的人，而且他在那个日记本上还记录了他看到严颜被害。”他指了指队长手里的那个日记本，那本带有内存卡的日记本。

“在哪儿？”队长翻了翻，并没有看到，刘晨拿了过来，然后飞快地翻到了那一页，队长接了过去，然后脸色顿时变了。

“这个钱正奇，他知道竟然还隐瞒不说。”赵子坦从队长的手里拿过日记看了看，又看了看最后的那个粘着的内存卡，然后抬头看着刘晨。

“你们还发现了什么没有？”

刘晨从手里的那本书里拿出了那张照片递给赵子坦，赵子坦接过去看了看，又递给了队长。

“这个是谁？”队长指着那个女人问道。

“这个是钱正奇的妈妈，这个小孩就是以前的钱正奇。”孙志波解释道。

“看这孩子以前还挺阳光的。”队长已经知道了钱正奇的事，对于现在的钱正奇，他除了愤怒，还多了一份惋惜。如果没有那件杀人案，如果钱正奇没有看到那一切，如果他的父亲没有在那么短的时间里再婚……这一切是不是就不会发生了呢？可是这个世界上哪有这么多的如果，所有的事情，有因才会有果，而因果是断然分不开的。

“要是人人都没有这么多的欲望，这个世界将变得很太平，也会很和谐。”赵子坦开口说道。

“可是人怎么会没有欲望呢？人和动物最大的区别就是因为人有欲望，人想要的太多了，才会互相妒恨，甚至不惜自相残杀。”孙志波看着那个翻开的日记本说道。

“行了，别讨论这个问题了，太高深了。刘晨，你手里拿的什么书？”队长开口打断了刚才阴郁的气氛，刘晨把手里的书递给队长。

“《黑客全攻略》，怎么会有这种书，这不是教人做坏事吗？”赵子坦看了看这本书，然后转头看向刘晨。

“这书有什么名堂吗？”他不记得刘晨喜欢看这种书，也不记得他们出去的时候有拿着这样的一本书。

“这本书里有一章节是讲怎么用网络窃取电脑监控视频。”刘晨说得很平静，他相信赵子坦能够明白他的意思。

“监控视频？”赵子坦重复了一句。刘晨知道，赵子坦已经明白了。

第八十六章

另一份鉴定

“我猜测学校电脑丢失的视频有可能就是钱正奇窃取的，还有门口那家小店的监控视频。”刘晨大胆地猜测着。孙志波和队长都看着他，赵子坦沉思了一下。

“你这么说也不是没有道理，但是他为什么没有说出来呢？难道他还有什么瞒着我们？”

“这就未可知了，谁知道他葫芦里卖的什么药？他这个人从小受了这么大的刺激，心里的仇恨消解不了，什么事都做得出来。”刘晨摇了摇头。

“这个孩子有的时候也挺让人可怜的，但是可怜之人必有可恨之处，他就是因为自己的童年阴影，现在又去伤害别人，唉……”队长叹惋道。

“等下你们两个先研究一下这些东西。志波，你把照片都看一遍，细细地看，看不出来就一遍一遍看，一定要给我看出什么名堂来。刘晨，你把日记都看一遍，我现在出去一下，你们两个人把有疑点的地方都找出来，回来告诉我。”赵子坦阴沉着脸。原本已经看到了曙光，怎么突然间又模糊了呢？

“赵叔，您去哪儿？”孙志波问道。

“我们去检察院看看，了解一下情况，看看现在这种情况应该怎么处理，是暂时搁置，还是要把证据找全了才能起诉？我们打算先起诉那个张教授。”队长没等赵子坦说话就对着他们说道，刘晨点了点头。

“我也看不惯他这个老狐狸。”刘晨有些厌恶地说道。

“这不是看得惯看不惯的事，现在最大的问题就是怎么让他开口，他一直不承认，我们又找不到有力的证据，现在只能寄希望于钱正奇的这些照片和日记了。”队长现在也很担心，像现在这种不前不后的状态最让人难受，每天面对着这些嫌疑人，却找不到证据将他们绳之以法，实在是叫人很不舒服。

“现在我脑子都是乱的，这些线索错综复杂，看似没有什么关系，可是又好像冥冥之中有什么关系，似乎就是缺少那么一条线索，一条主要的线索。”

“我也觉得很乱。”孙志波附和了一句。赵子坦没有再回答，而是站了起来，手里拿着一些资料。

“我们先去吧，让他们在这找着。”队长点了点头，也站了起来，“你们去忙吧，我们先去看看情况。”

“走吧，开工。”孙志波拍了刘晨肩膀一下，刘晨就拿着日记跟着孙志波去了自己的办公桌那儿。

看了没多久，法医老郑就气喘吁吁地跑了过来，没有找到赵子坦，老郑就直奔孙志波那儿。

“志波，老赵呢？”老郑看起来很着急的样子，他手里拿着一张纸，看不清写的什么。

“郑叔，赵叔刚才和队长出去了。”

“怎么了？郑叔？”刘晨也站了起来，走到了老郑的旁边，从他手里拿过了那张纸。

“鉴定报告？”孙志波在旁边看了一眼，难道是心脏的鉴定报告？不是已经出来了吗，那这又是什么呢？

“郑叔，这是什么鉴定报告？”刘晨一边看着一边问道。老郑坐到了他们的旁边，看起来很累的样子。他已经忙了好多天了，现在感到有些力不从心了。

“就是上次在张教授家里拿的那几个小盒子，之前不是鉴定出心脏不是死者的吗，今天又鉴定出了那几个空盒子上的残留物和死者的匹配率高达百分之九十九，确定那就是死者的身体细胞，而且同样来自心脏。”老郑说话的时候很严肃。这时候已经有几个同事因为听到这个消息而靠了过来。

孙志波又仔细看了看鉴定报告，的确是匹配程度很高，那么严颜的心脏呢？

“郑叔，你等一会儿，我马上就告诉赵叔，让他回来拿报告。”孙志波突然想到了赵子坦，这不就是最好的证据吗？这些证据已经能够证明那个杀人凶手就是张教授了，这次他再也不能够辩解了。

“行，你现在就去打电话，他是不是去检察院了？”

“刚走没多久，应该还来得及回来，就算是不拿报告也要让赵叔知道这个情况。”

老郑点了点头，孙志波拿着手机走了出去，旁边的同事都拿过鉴定报告来看。

“这个世界上还真有这种变态。”一个女警官看着报告气愤地说道。

“这个世界上什么人都有。”刘晨幽幽地说道。这下好了，终于可以把张教授绳之以法了，可是他却高兴不起来，总觉得还差点什么。

第八十七章

偷拍疑云

赵子坦是在傍晚的时候回来的，这时候孙志波和刘晨差不多已经把照片和日记整理了出来。

“赵叔，怎么样？”孙志波看着赵子坦问道。队长并没有跟着回来，而是回家了，别的同事也大都回家了，警局又安静了下来。

“已经上诉了，等到上面审批下来就能够开庭了。”赵子坦的脸色看起来并不是很好，他坐到了孙志波的旁边，刘晨现在不在。

“刘晨出去买饭去了，赵叔，您吃饭了吗？”赵子坦点了点头。

“吃了点，你们整理出来了吗？”孙志波赶紧点开照片给他看，大多是偷拍的，孙志波把和案子有关的都整理到了一起。

“这是拍的严颜和谁？”赵子坦指着照片上一个正在和严颜说话的人。这张照片是在学校的主路上拍的，虽然是白天，可是因为距离比较远，所以看不清那个男人的模样。

“赵叔，您不记得啦，这不是严颜的教导员吗？”经孙志波这么一提醒，他想起了这个人，之前他甚至已经把这个人从脑子里淡忘了。

“我想起来了。”他接着翻，后面连着好几张都是严颜和这个教导员，地点不一样，有的离得不是很远，能够看出严颜脸上的无奈，甚至有一点厌恶。

“怎么都是他们两个的照片？”赵子坦觉得有些奇怪，孙志波怎么找出了这么多他们两个人的照片呢？

“我也觉得很奇怪，这里面好多这个教导员和严颜的照片。我在想，是不是这件事依旧和教导员脱不开干系？之前我们就怀疑过他，但是一直没有证据，现在我还是觉得这个教导员有问题。”孙志波一字一句地分析道，赵子坦认真地听着。他看着照片上的两个人，也觉得可能真的不只是老师和学生这么简单。

“你上次不是说好好调查他，结果怎么样？”

“后来这么多事，我就给忘了。”孙志波有些不好意思地说道，赵子坦并没有说什么，这时候刘晨拿着盒饭走了进来。

“赵叔回来啦，吃饭了吗？”赵子坦点了点头，刘晨对着赵子坦笑了笑，把盒饭递给孙志波。

“也没什么好吃的，就买了点盒饭，将就将就吧。”他一边说着一边坐了下来，打开盒饭就开始吃，孙志波也坐了下来。

“这几天你们再去调查调查他，开庭之前我不想有任何的遗漏。”孙志波点了点头，开始吃饭。

“调查什么？有什么新的发现吗？”刘晨听着这话就抬头看着赵子坦。赵子坦没有说话，继续往下看照片。刘晨又看着孙志波，等待着他的回答。

“就是严颜的那个教导员，我觉得他不像什么好人，赵叔让我们再去好好调查调查。”

“我也觉得这个教导员有点问题，你看照片上他看严颜那眼神，恨不得把她吃了一样，一看就是图谋不轨。”

“这是什么？”赵子坦突然看到了一张照片，照片显示的时间是凌晨一点十分。灯光很昏暗，一个人拖着另一个人正在往附近的居民楼里走，他觉得自己浑身的细胞都震动了，被拖着的人怎么这么像严颜呢？

“如果我没有猜错的话，这个人肯定就是张教授，那么被拖着的人肯定就是严颜，但是太黑了，又离得有点远，所以还不能确定。”孙志波和刘晨都来到了电脑的跟前，这张照片就像是一记锤子，敲开了赵子坦已经有些混沌的心。

“果然是在学校里杀的人，可是为什么就没有人知道呢？下面还有没有清晰一点的照片？”赵子坦一边翻着一边问道，孙志波有些遗憾地摇了摇头。

“没有，本来这样的照片就只有三张，而且还都不是很清楚。不过后面有张教授拿着他那个黑袋子的照片，甚至有他去垃圾场抛尸的照片，虽然离得很远，但是依旧能够看出那里就是发现严颜头颅的地方。”孙志波尽量让自己的心情保持平静，他告诉自己，自己是一个专业的警察，不能够感情用事。赵子坦说得对，办案子用的是心，不是感情。

“这些照片很有用，可惜就是没有事发时候的照片。”赵子坦觉得有些可惜。

“已经不错了，就算再不济也能把他送进监狱。”刘晨插了一句。赵子坦点了点头，至少能够让他得到惩罚。

第八十八章

公平吗

“你那个日记整理得怎么样了？”赵子坦看着刘晨问道。刘晨赶紧放下手里的盒饭走到了自己的办公桌那儿，拿起了自己做的整理材料。

“其实和他说的差不多，他的确是看到了张教授拖着严颜进了居民楼，而且他每天都监视张教授，上面还记录了张教授每次抛尸的时间和地点，我们两个对比了一下尸体发现的地点，完全吻合，上面甚至有我们发现尸体的时间。”刘晨简略地说了一下，赵子坦沉思着。

“这个钱正奇到底想干什么？”孙志波感叹了一声。

“上面有没有记录杀人的方式和时间？”赵子坦问道，刘晨摇了摇头。

“没有，上面只说他是偶然间看到的，并不是故意监视张教授，只是那天从学校外面回来晚了，宿舍里关了门，他就去了自己租的地方，租那个房子也是因为可以有自己的空间，这样就能够好好地做自己想做的事，没想到来了这以后发现了这么一个秘密。”

“这么说他是无意的？”赵子坦又问了一句。刘晨耸了耸肩膀，对此表示不置可否。

“这个就不清楚了，不过他上面是这样写的，我觉得他应该不会对自己的日记撒谎，而且之前他说的母亲被杀的事，上面都有。我觉得他一直活在自己的梦魇里面，他从没有走出过仇恨，上面写着他甚至想要杀死自己继母的孩子，但是最后因为胆子小没敢动手。”刘晨如是说道。孙志波一边听着一边吃饭，他们已经讨论过这个问题了，钱正奇的确是一个很不一般的人。

“这个孩子的思想不正常，要是他母亲健在的话应该不会变成现在这个样子。”赵子坦也不免感叹了一句。一个家庭对于一个孩子来说是多么重要，它可以培养一个孩子，也同样可以毁了一个孩子。

“谁说不是呢？每天活在仇恨里也是够痛苦的，好不容易找到了自己的人生目标吧，竟然还被人拒绝了。”刘晨摇了摇头，坐回自己的位置上继续吃饭。

“这又怪得了谁呢？”孙志波插了一句。这时候赵子坦把话题拉了回来。

“明天早上问问钱正奇愿不愿意出庭做证。还有，你们再去找找那个教导员，这次一定要找出点什么线索——拿着照片去，一定要逼他就范。”刘晨和孙志波同时点了点头。

“行了，我有点累了，这些东西明天再看吧，我先去休息一下。”赵子坦是真的累了，之前一直在忙并没有感觉到疲惫。但是现在案子似乎就要真相大白了，他突然觉得累了。这么多年了，被自己埋藏在心底的儿子再次占据了他的心，要是没有当年那个杀人案的话，他一定不会留下那么多的遗憾。

“赵叔，您去吧，剩下的事情交给我们。”赵子坦没再说话，而是转身离开了这里。看着赵子坦有些飘忽的脚步，孙志波感到了一阵心疼。

“赵叔真是老了。”刘晨感叹道，孙志波也叹了一口气。

“赵叔每天太辛苦了，早就应该安享晚年了，现在赵叔就要退休了，苦日子也算是过到头了。”孙志波多么希望赵子坦能够健康地活着，在他的眼里，赵子坦既像是慈父，又像是良师益友。赵子坦就是他生活上的指明灯，教他为人处世的方法，工作上也教了他很多。

“你觉得赵叔这种脾气的人能闲得住吗？我觉得他就算是退休了也会到处帮助别人的，赵叔真的是个好人，可惜了，却没有人继承他的这些优点。”听到刘晨这么说，孙志波的心里更加难受了。

第八十九章

教导员的秘密

第二天一早孙志波和刘晨就出门了，两个人吃完饭就去了学校，在那里找到了教导员。

“你们好。”教导员开门的时候见是他们，先是愣了一下，然后主动开口问好，现在办公室里面就只有他一个人。教导员关好了门，又给他们两个人分别倒了点儿水。

“今天来主要是想求证一件事，不知道你现在方便不方便。”孙志波坐在一边的椅子上看着他说道，教导员点了点头。

“你们有什么问题就问吧。”他已经有心理准备了，这段时间他的内心也在承受着极大的折磨，因为严颜的失踪，也因为自己曾经的行为。

“我们近来得到了几张照片，上面有你，还有死者，看起来你们的关系不像是一般的师生关系，所以想来问问你是有人在诬陷你，还是事实就是如此？”刘晨说道。他的话听起来很委婉，其实很犀利，教导员知道已经瞒不住了。

“是我做得不对。”他声音带着悲痛与忏悔，孙志波和刘晨对视了一眼。

“我们还没有让你看照片，你怎么就觉得自己不对了？”刘晨接着问道。

“我知道你们说的是什么意思，上次你们问我的时候我撒谎了，我和严颜的确有点关系，是我一直在缠着她。”他的话让孙志波皱了皱眉，终于说实话了。

“你为什么要缠着她？”孙志波问道。

“严颜长得很漂亮，你们也是知道的，我就对她动了邪念。刚开始我还不是很敢，因为不知道她是什么样的人，后来听说她名声不好，所以我才找了她，但是她一直拒绝我，其实到最后我们都没有发生什么。”他的话听起来是在懊悔，但是却让孙志波和刘晨感到气愤，这是一个老师应该做的事情吗？

“那你还想发生什么？”刘晨讥讽了他一句，他没有说话。

“那这么说，严颜的死和你有关系了？”孙志波虽然也很生气，但是依旧压制住了怒火，他要理性地对待这个案子，对待这个案子里面的每一个人，一切还只是猜测，没有人知道这个案子真正的杀人凶手是谁。

“没有，我没有杀她，我虽然对她有非分之想，但是我从来没有想过要杀了她，我不敢杀人。”教导员看着他们两个人激动地说道。他急于为自己辩解，可是他越是这样越让他们两个人感到厌恶。

“我们好像没有说你杀人了吧。”刘晨有些鄙弃地看着他。

“我知道你们在怀疑我，可是我真的没有杀人，就算是她不跟着我，我也不会杀人的。”教导员再次申诉。孙志波不想再继续这个话题，也不想再看到他这样一副嘴脸。

“你说严颜的名声不好，你是怎么知道的？”

“刚开始是无意间听到我们班的两个同学在谈话的时候说的，我觉得这是我的一个机会，所以我以后就注意了一下，的确发现她每天晚上都出去，而且有的时候还会被车送回来。我确定她就是那样的人，所以我就找了她，但是她拒绝了我，还特别生气。我觉得她就是在假矜持，于是经常找她，但是她一直没有同意，直到她后来失踪了。我真的不知道她会失踪，还被人杀了，我总觉得是那个男人杀了她。”刘晨立即警觉起来，他看着教导员。

“谁？”

“就是开车送她回来的那个人？”这句话是问的孙志波，孙志波点了点头。

“这个人已经查过了，指纹也对比过了，的确没有任何问题。”孙志波说完又看着教导员，“你知道严颜的家庭条件不好，所以在外面打工兼职吗？”教导员点了点头。

“我说过我帮她，给她助学金、奖学金，可是她没有要。”教导员说这些的时候还有点无奈，严颜为什么就这么讨厌自己呢？

“她敢要吗？”刘晨哼了一声。

“你结婚了吗？”孙志波突然问道。教导员先是愣了一下，然后点了点头。

“那你真是个混蛋！”刘晨毫不掩饰自己对他的厌恶，教导员并没有反驳，而是低下了头。

第九十章

发审

“我承认我不是人，但是我真的没有杀人，你们一定要相信我。”

“这话你和我们说没有用，你和法官去说吧。”孙志波冷着脸说道。

“法官，什么意思？”教导员听到法官这两个字以后声音就透着恐惧。

“什么意思你还不明白吗？我们已经把张教授起诉了，几天后法庭就要受审，到时候一定会让你出庭的，你最好做好心理准备。”教导员的心理防线彻底被击垮了，他不能够去法庭，否则所有人都会知道，包括自己的老婆和孩子，他以后又该怎么做人呢？

“我能不去吗？”他的声音不是很大，虽然他知道了这不太可能，但是他还是想要再问一遍。

“你觉得你能不去吗？”刘晨语气不善地说道。这时候门开了，进来一个男老师，三十多岁的样子。

“原来你在呀，关着门，我还以为你不在呢。”他看了看穿着制服的孙志波和刘晨。

“你们是不是有事要谈，那我先去隔壁坐会儿，你们先忙着。”那人说着就来放东西。

“不用了，我们已经谈完了。”孙志波温和地说道，然后转头对着教导员，“我们有什么事还会再来找你的，今天就先这样，我们就先告辞了。”说完对着刚进来的老师点了点头，然后两个人转身离开了。

只过了三天的时间就到了开庭的日子，钱正奇也同意了做证，一切看起来似乎已经完全准备妥当了。

“张朝义，以上证据所显示的你承认是你做的吗？”法官看着站在被告席上的张教授，张教授摇了摇头。

“我承认一部分。”在场的人都看着他，承认一部分是什么意思呢？

“你为什么承认一部分，难道证据有什么问题？”

“人的确是我分解的，尸体也是我丢的，但不是我杀的。”张教授依旧摇了摇头。几乎所有的人都被他的话震惊了。现在证据已经这么明显了，为什么他还能够对着大家说谎呢？

“你这话什么意思？”法官继续问道。

“没有证据可以证明我杀了人，你们只是在我的家里找到了和死者有关的东西，我也承认是我抛的尸体，但是我没有杀人，杀人的另有其人。”张教授十分从容镇定，大家都在看着他，但是他的脸上看不出一点慌张和愧疚。这些之于他似乎就是在意料之中。

“既然你这么说，那你是不是知道谁是凶手？”法官接着问道。

“我不知道谁是凶手。”

“那尸体是从哪里来的呢？”法官沉着冷静，但是刘晨却不能够这么冷静了，他皱着眉头，脸色变得很难看。

“我捡的。”张教授说完这句话以后满座哗然，大家都在讨论，不能够相信这句话会出自一个教授之口。

“肃静！张朝义，你知不知道你自己在说什么？”法官也不能够很平静地面对这个人了，他怎么看都觉得张教授是在和他兜圈子。

“我当然知道我在说什么，我知道你们不信，但尸体真的是我捡来的。”

“那你是在哪里捡来的？”

“就在我们的楼底下。”张教授平静地说着。赵子坦看着他，分析着他的每一句话。

“什么时候？”

“我不记得了，反正是在晚上。”

“我看他就是一派胡言，这个老狐狸，到现在了还不承认，真是不见棺材不落泪！”刘晨终于忍不住了，对着孙志波说道。

“他太狡猾了。”孙志波同样气愤地说道。

第九十一章

证据不足

“张朝义，你有什么证据证明你说的话是正确的呢？”法官看着他问道。

“我有。”张教授肯定的语气让大家都吃了一惊，他会有什么证据呢？

“我有录像带，那个能够证明我是无辜的，我并没有杀人。”这句话让在场的人都感到无比的愤怒，却又不能采取什么措施。

“那录像带现在在什么地方呢？”

“就在我的家里。”赵子坦他们都愣了一下，他的家他们已经搜了一遍了，难道有什么地方遗漏了？

“他说在家里，难道他说的就是安在墙上的监控器？还是指学校里失踪的那两个小时的录像带？”孙志波看着赵子坦小声问道，赵子坦并没有回答他。

“我觉得都有可能。”刘晨回复了他一句。

“那你家里还有什么人吗？能不能现在送过来？”法官接着问道。张教授摇了摇头。

“我的家里现在只有我一个人，我的妻子在住院，我的女儿已经嫁人了。”他平静而沉稳地回答道。赵子坦的脑子却突然冒出来一个疑问。

“我怎么差点儿忘了一个人。”赵子坦自言自语地说道，但是还是被孙志波听到了。

“忘记了一个人？什么人？”

“我记得他之前就说过他妻子住院了，而且他还要去给妻子送饭，可是都这么长时间了，他竟然没有提起过他的妻子，也从来没有担心过什么。”赵子坦分析道。孙志波想了想，的确没有听他提起过，但是之前看他的样子好像和自己的老婆感情很好，但是为什么他没有提起过呢？是真的不担心，还是另有原因呢？

“赵叔，还记得那颗不是严颜的心脏吗？”刘晨有点儿脊背发凉地说道。孙志波和赵子坦同时看向他，三个人对视了一眼，愣了半秒钟。

“你是说……”孙志波没有说完，但是他却已经明白了刘晨的意思，他也感到了脊背发凉。

“回去马上查查，看看他的妻子住在哪个医院。”赵子坦的脸色越发难看了。他也意识到这段时间他的思维有点儿混乱，竟然把这件事给忘记了。

“知道了。”孙志波应允道。

“那下次开庭的时候你能够把证据带来吗？”法官问了一句，前面问的什么他们三个没有听到。

“我能。”教授很肯定又很自信地回答。赵子坦有一种不祥的预感，感觉自己又把这件事想得过于简单了。

“张朝义，对于你刚才说的话你能够保证都是真实可信的吗？”张教授点了点头。法官看了看律师，又看了看下面坐着的人。

“因为证据不足，这次审判就到这儿，休庭。”大家对于这个结果都不能够接受，都在气愤地议论着，法官和审判员相继离开了。

“走吧。”赵子坦站了起来，看着刘晨和孙志波说道。

“你说这叫什么事儿？竟然是证据不足，那在他家发现的又是什么呢？难道这个还不足以定他的罪吗？”刘晨愤愤不平道。

“现在说这些有什么用？他不承认，还要查，况且我们的确没有充足的证据证明人就是张教授杀的。”

“你说他真的有什么证据吗？”刘晨有点怀疑，就算是有录像带，难道上面真的有他们想找的证据吗？

“说不定他真的有什么证据。”孙志波半信半疑。

“我最担心的并不是他能够找到什么能为他自己开罪的证据，因为他就算是有证据证明他并没有杀人，他也同样难逃法律的惩罚。我现在最担心的是他的证据不但证明了他没有杀人，而且证明了有别的人参与了其中，但我们却不知道有这么一个人。”赵子坦担忧道。要是真的有这么一个人，而张教授又不想要告诉他们这个人是谁的话，他们又要开始像大海捞针一样去寻找这个人。

“有证据证明他无罪，不就能够证明有人有罪吗？至少可以给我们一些线索。”刘晨不明白为什么赵子坦这么担忧，是害怕张教授得不到应有的惩罚吗？

“这个我们不能肯定，但是可以肯定的是，我们现在还有很多事不知道，我们任重而道远。”赵子坦摇了摇头，叹了口气，然后快步往前走。孙志波和刘晨对视一眼，也快步跟上去，出了法院。

第九十二章

神秘光碟

“那我们现在回去吗？”孙志波问道。此时三个人正停在警车前，赵子坦回头看了看法院的大楼。

“我一定让他再也出不来。”赵子坦说完转身去开车门，“去看看到底是什么样的证据能够证明一个恶魔是无辜的。”孙志波和刘晨对视了一眼，刘晨有些疑惑地皱了皱眉头，两个人同样迅速上了车，车子离开法院向车流汇去。

他们去了张教授的家里，队长还没有带人过来，他们又四下查找了一遍，依旧没有什么所谓的证据，三个人只好坐在沙发上等着。

“你们来得这么早，怎么也不通知我一声？”队长带着张教授还有程册随后赶了过来，他们也很想知道，这个所谓的证据到底是什么？

“刚才没有看到你，知道你有事处理，我们就先过来了。”赵子坦看了看张教授，张教授很坦然的样子，可是这个样子却深深地刺激了他。

“张教授，说吧，证据在哪儿？”队长的语气很严肃，张教授看了他一眼，也看了赵子坦一眼，径直向卧室走去，可是走到门口的时候他却停了下来。

“把这个开关取下来。”他指着墙上的开关说道，在场的人都惊了一下。

“你去。”队长对着程册说道。程册走过去，看着这个并没有任何异样的开关，感觉有点奇怪，难道这里真的有什么证据？

“我也去看看。”刘晨说着也走了过去，他见程册弄不开，就四下找了找工具，可是没有找到。

“你们家的工具呢？”刘晨对着张教授说道。

“在厨房右下角那个柜子里面。”张教授很配合。刘晨不想和他多说，走过去找到工具，然后和程册一起把开关取了下来。没想到里面有一个用纸包着的东西，很小，是个内存卡。

“队长、赵叔，内存卡。”刘晨拿着内存卡兴奋地说道。他们走了过去，看着内存卡，又看了看开关那儿的小洞，深感张教授的狡猾。

“还有别的东西吗？”张教授摇了摇头。

“既然没什么东西了就把他带走。”队长对着程册说道。程册上前去拉张教授，带着他朝门外走去。

“行了，证据也找到了，该回去了。”队长对着赵子坦说道。

“你们先回去吧，内存卡交给我，我一会儿带回去，我再看看，还有什么线索没有。”

“行，你们看吧，我饿了，回去吃饭了。”队长说完就走了出去。赵子坦看了看内存卡，又看了看这四周，觉得这里突然变得神秘了许多。

“你说这样的人知道什么是感情吗？”刘晨对着孙志波问道，孙志波摇了摇头。

“难说，他看起来是挺冷血的。”

“你说他每天不会就琢磨着怎么杀人吧？”刘晨在屋子里踱着步子，对于这个张教授，他有着太多的疑问。

“你可以研究研究。”孙志波笑他。刘晨白了他一眼，自己还在看着屋子里的东西，然后他就看到了电视那里有许多光碟，于是他随手翻了翻。

“没想到这个老狐狸还喜欢看京剧，还有电影。”孙志波有些感兴趣，也走了过去，和他一起看光碟。

“竟然还有《电锯惊魂》？”孙志波微微有些惊讶地说道。

“看来他是研究了好久了。”刘晨的话里有些讥讽。孙志波也笑了笑，他看到了那台上次并没有很注意的旧式 DVD。

“你看，他家还有这个呢。”

“你说这个还能用吗？”刘晨放下光碟看了看。“要不咱们试试，反正也没事，咱们也看个《电锯惊魂》什么的，找找线索。”赵子坦就站在那儿看着他们两个人，其实他正思考这张内存卡里面的东西。

“能用。”刘晨有些兴奋地说道。他随手打开开关，然后转身拿光碟，没想到电视竟然开始“嚓嚓”作响，然后电视上出现了一个画面，画面不是别处，就是这里，就是张教授的家里。刘晨转身的时候也发现了这个问题。

“赵叔，你快点过来看。”孙志波有些兴奋又有些恐惧地喊道。赵子坦回过神来看着电视上出现的地方，他的大脑猛地震动了一下，快步走到跟前，这时候画面上出现了张教授，然后张教授就拖着一个女人从外面进来了，这个时候正好是晚上，监控上显示的时间是凌晨一点十三分。他们感到脊背发凉，孙志波和刘晨差点叫了出来，原来他们一直要找的东西就在这。

第九十三章
血证

“赵叔，这不是严颜吗？”孙志波看着视频说道。他自己都没有意识到自己的声音在颤抖，他用力握着自己的手。

刘晨微微有些激动，但是却没有半点兴奋。他看着那个已经没有了生命迹象的女人，他想到了那张美丽的照片，那个鲜活的生命就这么消失了，变成了任人宰割的“鱼肉”。不禁感到一阵悲凉，谁说生命是伟大的，有的时候生命是那么的脆弱和渺小。

张教授把这个人放到了地上，然后拿来了水轻轻地给她擦洗着，好像是在擦拭一件高贵的圣物，他慢条斯理的，从上往下，一点一点地擦干净。对着这具美丽的身体看了半天，好像看的时间够了，他就把这具身体挪到了屋子里面，然后视频上就是良久的静默，什么都没有了，也没有那条狗。赵子坦拿过遥控器调了调，但是直到最后依然什么都没有，他感到莫名的奇怪，怎么就突然没有了呢？那么是不是还有别的呢？但是这些视频又会在哪里呢？

“怎么没了？”刘晨同样感到很奇怪。三个人反复地播放了几遍，都是这样的结果，他们觉得这里面绝对不可能只留下这一点信息，可是别的视频会在哪里呢？

“就是他抓走的严颜，就是他杀了严颜。”孙志波看着周围，他好想马上把他送到绞刑场，把他千刀万剐。可是他不能，他是警察，他要找证据，他觉得自己有点眩晕。

“这里面都是些什么影片？”赵子坦刚刚注意到那些放着光碟的架子，他随手拿起一个来看了看。

“还看京剧。”刘晨突然想起了自己手里的光碟，然后他就把光碟递到了赵子坦的面前。

“不仅看京剧，而且还看电影。”赵子坦拿过去看了看。

“《电锯惊魂》？还是外国电影，是不是有关杀人的？”他并没有看过这个电影，但是从名字就可以看出很血腥。刘晨点了点头。孙志波听着他们的说话，精神恢复了好多。

“挺恐怖的，估计是他想要从上面学点儿什么新手法吧。”刘晨耸了耸肩膀，表示猜不透。

“放放这个，我看看。”刘晨听着赵子坦的话接了过来，换出了里面的光碟。里面的光碟上面也是一个电影的封面，赵子坦立马警觉了，但是他什么也没有说，而是看着刘晨把光碟放进去，然后电视上又出现了一个画面，是一个浴室，刘晨顿时就觉得不对劲儿。

“不对呀，这不是《电锯惊魂》。”

“继续看。”赵子坦平静地说道。他早就知道这里面有什么不对劲儿，原来秘密就在这些光碟里面，张教授竟然把里面的内容换了，好狡猾。

“这是他家里。”孙志波突然想到了，他去卫生间查过，他认出了浴缸上面挂着的那幅画，有些抽象，他看不懂，所以当时就多看了几眼，这里就是张教授家里的浴室。三个人的心再次提了起来，空气中都弥漫着恐怖和战栗的因子。

没过多久张教授就把严颜抱了进来，然后把她放到了浴缸里。此时的严颜一丝不挂，干净得像是刚刚来到这个世界上的孩子，没有沾染一点俗世的尘埃。张教授同样先是注视着她的身体，然后轻轻地抚摸着，不知道在想些什么，最后他从旁边拿起了事先准备好的刀子。孙志波和刘晨都惊恐地瞪大了眼睛，屏息凝视，看着那上面的血腥画面，孙志波强忍住要吐的欲望，努力让自己看下去。刘晨脊背发寒，竟然一动不能动。赵子坦这么多年也从未见过这么血腥的场面，他的眉头皱到了一起，瞳孔放大着，他感觉自己好像到了现场，就这么眼睁睁地看着那个曾经笑容甜美的女孩此时安静地躺在那儿任人宰割，这个世界到底有多残忍呢？他在想，要是严颜的父母看到了这一切，他们还能够继续以后的生活吗？恐怕一辈子都会被噩梦萦绕。那么她的那个男朋友呢？她的那个闺蜜呢？她的那个教导员呢？是不是能够安心地睡着而不被噩梦侵扰呢？那么张教授呢？他是怎么做到无动于衷的呢？

视频在慢慢地播放着，他们觉得空气都是冷的，何况人心呢？

第九十四章

接受不了

光盘上放着的画面让他们觉得浑身无力。孙志波觉得自己浑身都在颤抖，他想要去卫生间吐出来，可是却又不敢走进那个地方，不仅是那个地方，现在这里的每一寸空间都让他感到脊背发凉。

“赵叔，您看到严颜脸上的瘀青了吗？”赵子坦点了点头。刘晨和孙志波不一样，他的胆子大，心也宽，虽然他也很难受，也感觉到浑身不自在，但是他还是冷静的，孙志波却已经不能正常地思考了。

“赵叔，我出去一下。”孙志波说完没等赵子坦回答就跑了出去。赵子坦和刘晨随后就听到了他干呕的声音，赵子坦有些无奈地摇了摇头，伸手取出了光碟。

“回去看吧。”刘晨知道赵子坦是怕孙志波受不了，而且这里毕竟不是分析的好地方。他也同意回去看，细细地看。

“把东西都带着，我们就先回去吧。”刘晨答应了一声，找了一个袋子把这些东西装了起来。两个人走到门口，孙志波在那儿靠着墙角站着，脸色发白，看起来很难受的样子。赵子坦走过去拍了拍他的肩膀，孙志波抬头看了看赵子坦，然后对着赵子坦摆了摆手。

“我没事，我真的没事。估计是吃坏肚子了。”说着就对着赵子坦站得笔直。

“别逞强了，回去吧。”赵子坦像一个慈爱的父亲一样，说完就往前走着。刘晨上来扶住孙志波，三个人慢慢走下了楼梯。他们各怀心事，所以一路上并没有什么交流。

“赵叔，你们回来啦，队长刚才还问你们来着。”程册一见赵子坦他们走进来就上前打招呼。赵子坦点了点头，径直朝着监控室走去。

“你们吃饭了吗？”程册见赵子坦没有说话的意思，就问跟在赵子坦后面的刘晨，刘晨摇了摇头。这时候孙志波也没有说话，而是快步跟着赵子坦去了监控室。

“这是怎么了？怎么感觉有点不对劲儿呀？”程册好奇地问道，刘晨撇了撇嘴。

“别提了，找到新证据了。”程册更是不解，找到新证据难道不应该开心吗？为什么他们是这副模样呢？

“找到证据了你们还这副德行？”刘晨叹了一口气。

“你给我们买点饭去吧，我还有任务要做。”程册看了看他手中拿的袋子，指了指。

“这就是证据？”刘晨点了点头，程册伸手拿起一个来看了看。

“这个能证明什么呢？不就是几张光碟吗？”刘晨现在不想和他解释这么多，从他手里把光碟拿了过来，又放回到了袋子里。

“说了你也不懂，你先去买饭，回来让你看看，去吧。”程册不满地哼哼了一句，但还是转身走了出去。刘晨深吸了一口气，也转身走了进去。

“怎么这么久才进来？”赵子坦看着刘晨问道。刘晨把光碟放到一边，坐到了一旁的椅子上。

“叫程册给我们买点饭，都这么晚了还没吃饭，有点饿了。”刘晨的状态已经恢复，孙志波情绪有些低落，他看了看刘晨。其实他有的时候还是很羡慕刘晨的，别看刘晨看起来吊儿郎当的，但是做起事情来很认真，也很细心，有头脑。关键是他这个人对于不开心或者不好的事情，绝对不会让它在脑子里待超过一天，所以每天看他都是笑眯眯的，就算是不高兴也只是一会儿的事。

“我不是很饿。”孙志波对着刘晨说道。

“不饿也要吃，刘晨，你把这个内存卡和电脑连起来，我看看里面有什么。”赵子坦说着就把内存卡递给了刘晨，刘晨接过来，又把它和电脑连了起来。打开以后里面只有一个文件夹，叫作“真相”。看到这个名字的第一刻，赵子坦感觉到了讽刺，张教授这是在为自己开脱。

“赵叔，都是照片。”刘晨一边打着一边说道。

“放大看看到底有什么玄机？”孙志波也凑了过来。第一张照片是严颜和一个男人在楼底下站着，还是那个居民楼，张教授所住的居民楼下的角落里。但是那个男的看不清脸，因为他背对着镜头，而且是在晚上，所以分辨率很低。

接下来的照片就是严颜和那个人起了争执，他们的第一个念头就觉得这个人是严颜的教导员，她和教导员有过这样的情况，所以他们理所应当地认为这个人就是他。

“赵叔，我有一个发现。”刘晨声音有些颤抖地说道。赵子坦看了他一眼，赵子坦并没有注意到什么。

“什么？”赵子坦问道。

“时间正好是严颜失踪的那天，11 月 20 日。”他看到了照片的拍摄日期。而这句话像是惊雷一样在他们的脑中炸开。那天严颜失踪了，而这个男人很可能直接导致了她的失踪。

第九十五章

张教授的隐藏

“快，往下看，看看后面是什么。”刘晨把照片依次往下放。从照片上来看，两个人似乎起了什么冲突，那个男人开始推搡严颜，中间好几次还抱住了严颜，然后两个人似乎吵得很激烈。这个人是谁呢？看起来并不是严颜不认识的人，难道是教导员？

“赵叔，后面没有了。”赵子坦看着最后定格的那张照片，那个男人蹲在地上，但是却没有严颜。

“人呢？严颜呢？”孙志波着急地问道。刘晨耸了耸肩膀，他也不知道为什么最后一张上面只剩下了这个男人，难道严颜会平白无故消失吗？

“往前倒回去，再看一遍。”他们来回看了好几遍，依旧没有找到疑点。严颜突然消失完全不符合常理，就算真的是这个人杀了严颜，那么最后严颜又是怎么到的张教授的家里呢？

“赵叔，没有别的照片了。”刘晨有些无奈地看着赵子坦。已经看了好几遍了，依旧不能够解答这其中的奥秘，难道人真的能够凭空消失吗？

“走，我要去见见张教授。”说着就起身站起来往外走。刘晨赶紧跟上，孙志波也迟疑了一下，跟了上去，但是他知道，张教授什么都不会说的。

三个人坐在审问室里面，张教授被带过来的时候好像刚睡醒。赵子坦的内心感到一阵愤怒，但他还是压制了下来，他安静地看着张教授，并没有急于问他。

“赵警官，你找我有事？”张教授见赵子坦一直不说话，于是他先开口了。赵子坦依旧看着他不说话。

“赵警官，你找我有什么事？”张教授又问了一句。赵子坦还是盯着他看，一句话也不说。刘晨和孙志波都感到奇怪，都看着他，可是赵子坦不为所动 ，就这么看着张教授，好像要用眼睛剖析他一样。

“如果赵警官没有什么事的话，我就先回去了，我有些累了。”说着他就站了起来。赵子坦在他即将转身的时候开口说话了。

“我在想你到底是个什么样的人？”张教授听到这句话愣了一下，然后看了赵子坦几秒钟，对着他笑了笑，转身又坐了回来。

“那赵警官觉得我是个什么样的人呢？”他语气很随意。赵子坦也笑了笑，那笑容里带着讽刺，他很少会用这种讽刺的笑容去面对一个人。

“我怎么会知道？恐怕你自己都不知道吧？”张教授看着赵子坦，这次换成了他紧紧盯着对方，两个人像是有着深仇大恨一样。刘晨看了孙志波一眼，孙志波也正好看他，两个人都唏嘘不已。他们从没见过这样的赵子坦，只能静静观望着。

“我自己又怎么会不知道我自己呢。赵警官，你今天来不是和我讨论这个的吧？”赵子坦的嘴角动了动，他要忍住，不能和这样的人发怒，尽管他现在非常生气。

“你很聪明，我今天的确不是来找你聊天的，我是想来问问你，你照片上的那个男人是谁。”赵子坦并没有说出他已经找到了光碟的事，而是想要试探一下他是不是真的知道这其中的关系。

“哪个照片上的男人？”张教授装作不知道，其实他又怎么会不知道呢？这些照片明明是他刚刚让他们找到的。

“我想张教授很清楚我说的什么，我也不想和你兜圈子。”

“你说的是我今天给你们的照片？”

“正是那些照片，不知道那上面的男人是谁？”赵子坦又一次问道。

“我不清楚，你也看到了，光线很暗，我没有看清。”他怎么会说呢？赵子坦明知道他不会说的。

“那你是怎么拍下来的呢？”

“偶然看到的，然后就拍了下来，赵警官有什么疑问吗？”赵子坦皱了一下眉头，但是依旧保持着平静。

“我还有一个问题想问你，问完了你就可以回去休息了。”

“什么问题？”张教授同样平静地回答道。

“你的妻子在哪个医院？”这句话让张教授的眸子变了变。这点细微的变化并没有逃过赵子坦的眼睛。

第九十六章
家事

只是一瞬间的变化，他的眼眸迅速恢复了正常。

“赵警官什么时候关心起我的家事来了？”他的神情很淡然。赵子坦因为刚才他的那一点变化而越发的胸有成竹，此时的他不管怎样都要卸下他的伪装。

“你来了这么长时间了，我们一直没有让你出去，你也没有时间去看看你妻子，难道你就不担心她？”赵子坦故意绕着弯子。张教授的脸色不是很好看，尽管他装作很坦然的样子。

“我想去看她，你们就能让我出去吗？”

“我们现在当然不能够让你出去，说不定以后你也出不去了。所以，你的这个请求我恐怕答应不了。”赵子坦很自然地摇了摇头。

“那赵警官问我的妻子是什么意思？”他不知道赵子坦到底怀疑什么，但是他敢确定，赵子坦一定是意识到了什么。

“我的意思就是，既然你现在出不去，以后也出不去，你的妻子就没有人能够照顾了，所以我们想要帮你照顾，张教授不会不领情吧？”赵子坦脸上带着自信，语气里也没有了往日的严肃和紧张，现在他要做的就是要张教授紧张。既然他的心理防线这么深，那么就要设法一点点地攻破他的心理防线，让他认罪。

“原来是这样，赵警官的好意我就心领了，不过我想不需要。”他的话看起来是在感谢，似乎也很温和，但是眼神里和语气间都透露着对赵子坦的敌意。孙志波和刘晨只是在一边看着，记录着，并不插嘴。现在是他们学习的好机会，所以他们两个人看得很认真，听得很仔细，也在积极思考着。

“为什么不需要呢？难道有人替张教授照顾了？”张教授点了点头。赵子坦微微皱了眉头，看起来好像很遗憾的样子。张教授看着赵子坦，他没有想到赵子坦竟然这么会演戏，明明就是想要窥探自己的隐私，却在这装作一个好人。张教授现在有些气愤，但是却丝毫没有表现出来，他要忍。

“赵警官猜得很对，我的女儿现在正在照顾她妈妈。”张教授在撒谎，赵子坦立刻就意识到了，可是他却没有急于拆穿。

“那就好了，不知道你女儿叫什么？嫁到了哪里呢？”赵子坦一副拉家常的姿态。

“这赵警官都要管，难道这也属于审案子的范畴吗？”赵子坦点了点头。

“这当然是在审案子，和案子有关的一切事物我们都要知道，不仅要知道，必要的时候还要保证证人或者凶手家人的安全，这些都是我们的职责。”赵子坦温和地说着。孙志波看了看赵子坦，又和刘晨对视了一眼，在心里想道，“他们什么时候有这么个规定了，他怎么没有听说过。”

“很好，你们很负责。不过，我们家的事真的不用了。”张教授显得有点不耐烦了，但是赵子坦却没有要放过他的意思。

“那么张教授，我还有几个问题不是很明白，不知道张教授能不能给我解答呢？”他此时说话的态度是很谦恭的，就像是一个学生在问老师问题一样。

“你有什么问题就问吧，问完了我还要回去休息。”赵子坦点了点头。

“为什么我们这么多次到你家都没见过你的女儿呢？”张教授看着赵子坦，这个赵子坦也不是泛泛之辈，手段很高明，尽职尽责，而且还细心，有经验，这些对于嫌疑人来说，都是很大的威胁。

“我没让她在家里住。”

“那么你为什么不让她回家呢？”

“因为家里有你们找到的那些东西，我怕被她发现，吓到她。”赵子坦又点了点头，表示认同。

“看来你还是个好父亲。”这话里并没有讽刺。

“好父亲算不上，赵警官还有什么问题？”他有些不耐烦地再次问道。

“你是不是知道你要进这里来？”

“什么意思？”这句话让张教授愣了一下。他有些不解。

“意思就是，你要是不知道你要进来的话，你怎么会不让你的女儿回来呢？据我所知，你的女儿应该已经有一年没有回来了吧？”张教授的脸色很不好看，他没有回答这个问题。

第九十七章

你骗了我

“赵警官，我郑重地警告你，这些都是我的私事，你要窥探我的生活吗？”张教授脸上带着微微的怒气，他努力隐忍着，他不想提起家里的事，可是赵子坦一直抓着这些不放，他感到一阵厌烦，但是他看出来了，赵子坦绝对不会轻易放开这个话题，他是打定了主意，要让自己发怒，然后露出破绽。

“难道你的私生活我们还不该介入吗？”赵子坦同样阴沉着脸，语气也是严肃的、冰冷的。

“赵警官，我的律师可没有告诉我说一个人成了嫌疑犯，他就没有隐私权了。赵警官，难道你听过这样的法律？”两个人针锋相对，但是赵子坦这次没有半点退缩的意思。

“我可不认为张教授现在只是嫌疑犯而已。”他故意加重了“而已”这两个字，就是要让他明白，现在他们已经掌握了一定的证据，而且绝对不会轻易放他离开。

“赵警官，说话是要讲证据的。赵警官要是能够拿出证据来让我心服口服，我绝对会认同你的话。”说这些话的时候张教授的脸阴沉到了极点，他有些发狠地望着赵子坦，眼睛像是要喷出火来一样。赵子坦同样看着他，但却是一种胜券在握的感觉。

“证据当然有而且绝对会让张教授成为名副其实的犯人的。”说完这些话赵子坦故意笑了笑，带着挑衅。张教授的眼睛闪动了一下，他不确定赵子坦说的话。

“赵警官是想要威逼利诱吗？”赵子坦挑了挑眉，不置可否。

“其实我还是想要给你个机会。”赵子坦沉静而坦然地说道。

“什么机会？”张教授看着他，他可不认为赵子坦会给他机会让他出去，赵子坦的眼睛无时无刻不在告诉自己，他再也出不去了。

“说不定是一个你可以少判几年的机会。”赵子坦抛出诱饵，虽然他不知道这对于张教授来说算不算是一个诱饵。

“赵警官还真的是很有自信，不过我也的确想要知道你说的机会是什么。赵警官，我们都是痛快人，你也不用和我绕弯子，你就直说好了。”张教授早已经厌恶了赵子坦的拐弯抹角，赵子坦就是想要从他的嘴里套话。他知道，因为他也想要从赵子坦的嘴里得到他不知道的信息。

“你妻子的事你总应该向我们介绍一下吧。”赵子坦的脸看不出任何的变化，还是那么严肃，给人一种掌控一切的感觉。张教授看着赵子坦，分析着他话里的意思和真实性。

“我妻子的事你不是已经知道了，你还想要听什么事情？”

“你好像还没有把最重要的事情告诉我吧。”赵子坦继续一步一步诱导他深入，张教授更加疑惑。孙志波和刘晨虽然现在还没有弄明白赵子坦“葫芦里卖的什么药”，但是他们都很聪明地没有提出任何的疑问，脸上也没有表现出任何的不自然。所以张教授看了他们两个人以后，变得更加心虚。

“什么事情？”他其实猜到了是什么事情，但是他不想说。

“看来张教授没有诚意呀。”赵子坦摇了摇头。

“你到底什么意思？”张教授见赵子坦还不说，就阴沉着脸，怒目而视。

“我的意思就是想问你，你为什么不告诉我你的妻子已经死了呢？”听到这句话的时候，张教授的脑子“轰”的一声，他不相信赵子坦竟然知道了这些，也不确定赵子坦是不是真的知道这件事，他需要一分钟的时间思考。但是，也就是这一分钟，让赵子坦看得清清楚楚，自己赌对了，张教授的妻子就是死了，而且很有可能就是他亲手杀害的。孙志波和刘晨也一下子明白了赵子坦的意思，原来赵子坦是在试探张教授的反应。

“张教授，很意外对吗？”赵子坦此时更加成竹在胸了，他觉得自己正在一步步击溃张教授的心理防线。

“你是怎么知道的？”张教授其实已经在变相承认了，他知道自己瞒不下去了。

“我不知道，我猜的，不过我现在知道了。”赵子坦突然笑着说。张教授的脸色迅速失去了生气，刚刚消退的震惊之色让他现在的脸看起来很苍白，没有一点血色。

“你骗了我。”张教授竟然有些悲伤。赵子坦笑了笑，嘴角带着讽刺。

“和你比起来，我岂不是差得太远了。”

第九十八章
心痛的往事

“你利用了我的悲伤。”张教授幽怨地看了赵子坦一眼，然后低下了头，看起来很受伤。

“哼，你还有悲伤？”这句话是从刘晨的嘴里说出来的，他冷哼了一下，看着张教授这种可怜又悲伤的表情，他觉得特别讽刺。

“你们猜对了，我家里的心脏就是我妻子的，而且那个空盒子里面之前装的是那个女学生的心脏，你们都猜对了，我想我这辈子也出不去了。”他的这一番话都是实话，可是从他的嘴里说出来，他们还是感觉无比震惊。尤其是，为什么他会有这么悲伤的表情呢？难道他也会受伤？孙志波这么想着，但是随即推翻了这种想法，他告诉自己，这一切都是装的，都是假象。

“你为什么要这么做？”赵子坦冷静地问道。张教授的嘴角艰难地扯了扯，带着一种莫名的哀伤。

“你们觉得我就不会受伤吗？你们见过我的妻子吗？她很漂亮，就像那个女学生一样，那么招人喜欢。”说到这儿他微微叹了一口气。

“这和你杀人有什么关系？”孙志波看着他，不满于他对自己杀人这件事的狡辩。

“我说过，我没有杀人，你们为什么不相信我呢？”张教授说这句话的时候神态极为认真。赵子坦注意到了，又联想到了他家里的视频，还有张教授拍摄的那些照片。他的直觉告诉他，此时此刻，他的话就是真的，还有一个人，那个他们没有注意到的人才是真正的杀人凶手。

“你想让我们相信，你就应该给我们证明。”赵子坦同样认真地看着他。张教授盯着他看了一会儿，突然笑了。

“赵警官，你可能还不够了解我。”

“了解你？”赵子坦反问了一句。不明白他为什么偏转了话题，也不知道他这么说的意思。

“我这个人很记仇的，你们刚才欺骗了我，所以作为惩罚，我不会告诉你们我知道的，反正不管我说不说都会被抓进去，那么我为什么要告诉你们呢？”他笑得很邪恶。

“看张教授这么学识渊博，为什么心胸如此狭窄呢？”赵子坦依旧沉着地应对着。听到赵子坦的话，张教授只是笑了笑，似乎是同意了。

“人和人怎么能一样呢？不是所有的人都会心胸宽广的，我恰恰是那些君子里面的小人。”孙志波被他的话气到了，怎么会有这样的人？他在心里问自己，这个人真的是一个人民教师吗？

“这个道理我懂，我想问一下，你还打算继续和我们说你刚才的故事吗？”赵子坦试探性地问道。

“为什么不说？难道我不应该为自己洗刷冤屈吗？我要是不说的话，你们岂不是一辈子都要给我扣上这个黑锅，我多冤呀。”刚才的悲伤和痛苦一扫而尽，这到底是一个什么样的人呢？

“那就说吧，我们洗耳恭听。”赵子坦说道，孙志波和刘晨在一边记录着。

“说到了我的妻子很漂亮对吧？”赵子坦点了点头。张教授也点了点头，稍稍沉思了一下。“年轻的时候我们很恩爱，我以为我们会一直这么恩爱下去，但是后来我发现了一个秘密，我的妻子，我深爱的女人背叛了我，她背着我和别人好了，而且那个人好像还是她的初恋情人。我悄悄监视她，我恨她，但是我又爱她。我和她谈了，问她能不能和那个男人断绝来往，她同意了。”说到这儿他顿住了。赵子坦感到一点疑惑，张教授似乎又在思考着什么。

“然后呢？”赵子坦轻轻地提醒了他，他又点了点头。

“然后她又骗了我，你知道吗？我这辈子最恨的就是别人的欺骗，可是她一而再再而三地欺骗我，所以我打算不再忍了。我去找那个男人，但是那个男人出国了，要一年以后才能回来，所以我就折磨她，我打她，越打她我的心里就越难受，越难受就越想要打她，甚至想要杀了她。但我是爱她的，我不想离开她，我那段时间就跟疯了一样，控制不住地痛苦，我不能看到她，就算是不看到她我也很痛苦，我走不出这个阴影。后来她受不了了，想要自杀，被女儿发现了，送到医院以后被抢救了过来，但是她却再也没有睁开眼。我知道她恨我，她中毒太深了，几乎成了植物人，后来女儿受不了嫁到了外地，再也没有回来。”他这么说着，眼角竟然流出了泪水。这一刻他们三个人都没有说什么，没有愤怒，没有指责，只有震惊。

第九十九章

嗜血的愤怒

“那么，到现在为止，你后悔你的所作所为吗？”赵子坦看着他，看着他那悲痛的表情，这到底是个什么样的男人呢？有的时候看起来无比狡猾，有的时候让人感到怒火中烧。可是现在，这个男人似乎又是无比深情。到底哪个才是真实的他呢？在每个梦回的深夜，他是不是也会感到痛苦和愧疚呢？

“后悔？”他顿了顿，看着赵子坦，好像听不懂他的话。孙志波和刘晨也对他此时此刻的表情感到困惑，刚才还一副悲痛欲绝的样子，现在的眼神就变得阴冷起来，他到底在想什么呢？

“难道你不该为你自己所做的事情感到后悔吗？”赵子坦平静地问道。张教授讥讽地一笑，眼神随即狠戾了起来。

“你为什么觉得我应该后悔呢？这就是你们这些人的庸俗想法，你真的觉得我做错了吗？我不这么觉得，明明错的人不是我，我却要来承担所有的痛苦，难道我真的错了吗？这是什么逻辑，简直可笑至极。”他的笑容有点狰狞。孙志波感到了一阵恶寒。

“就算是她们的错，可是你杀了她们就对吗？没有人能够剥夺别人生存的权利，你凭什么这么做？还这么理直气壮？”孙志波气不过地说道。

“我说多少次你才能相信呢？我没有杀人。”说到最后一句的时候，他的眼神阴狠了起来，声音也带了怒气。孙志波和他对视着，突然就产生了一种念头，他在打自己的妻子的时候是不是也是这样的眼神？又是怎样的折磨让那个女人想到了去死呢？

“就算是你没有动手，你的嘴、你的心都已经杀了人，你觉得杀人就只有一种方式吗？杀人的方式多了，你这种精神和身体上的折磨岂不是比直接把人杀了更痛苦，更残忍？”孙志波没有任何畏惧，他觉得自己为什么要害怕？为什么要闪躲呢？难道该害怕的不该是那些犯了错的人吗？他是正义的，就像赵子坦说的，“邪不胜正”，所以他应该无所畏惧才对。

“你说我残忍，难道那些伤害我的人就不残忍吗？”张教授完全失去了平日的镇定，而他那温文尔雅的外表此时也消失殆尽。他红着眼睛，看着针锋相对的孙志波，有一种想要杀了他的冲动，他克制着，却又克制不住，他甚至是有些歇斯底里地冲着孙志波喊道。他的双手紧绷着，攥成拳头在努力隐忍着什么，他们看着张教授那双手上微微暴露出来的青筋，他们知道，他是真的愤怒了。

“你们残忍的方式不一样。”

“怎么个不一样？”

“你残忍地杀了她们。”孙志波就是为了激怒他。他就这么看着孙志波，沉默着，整个空间显得无比的压抑。所有的人都屏息凝视，等待着下一刻突然爆发的声音，此时就好像暴风雨来临的前夜，安静的黑夜预示着不久将要出现的电闪雷鸣和狂风暴雨。

“我说过，我没有杀人。”张教授突然站起来对着孙志波大声喊道，他的眼睛里布满了红血丝，一双拳头攥得更紧了。这时候门口的警察听到声音跑了进来，以最快的速度冲到了张教授的面前。

“你想干什么？坐回去。”刚才在门口的那个警察厉声喝道，拉着他，想要他坐回去，但是他却固执地挣脱着，然后怒视着孙志波，又看了看赵子坦和刘晨。这时候孙志波和赵子坦还在平静地坐着，刘晨此刻就站在座位那里，准备着随时处理突发事件，屋子里又安静了下来。

“你没有资格在这里评断我的不是，你要是想污蔑我，就拿出证据来，要是拿不出证据来，你就闭嘴，不然我一定不会放过你。”他恶狠狠地说道，然后就挣扎着要往外走，门口的那个警察试图拉住他，但是他的力气很大，那个拉着他的警察有些无能为力地看了看赵子坦，赵子坦微微叹了一口气。

“带他出去吧。”那个年轻的警察像是得到了特赦一样拉着他走了出去，连门都没有来得及关上。

“赵叔，他受刺激了吧。”刘晨悻悻地说道。

“我觉得他很奇怪。”孙志波若有所思。

“奇怪什么？”刘晨和赵子坦同时看着他，等待着他的见解。

“他应该没有杀人。”孙志波观察了，他应该是真的没有杀人，他的举动不像是装的。

第一百章
他不是凶手

“你这话什么意思？”刘晨的反应比较大。赵子坦并没有说什么，他看着孙志波，刚才的一切他看在眼里，也在思考着。张教授的眼里都是恨，所以他能够做出肢解尸体的事情来也就不难理解。就算不是张教授，任何一个人都很难接受自己的爱人出轨，只不过他的方式太极端了。

“直觉。我的直觉告诉我，真正的凶手可能真的不是他，而是那些照片上的那个人。”

“什么直觉？难道你没有看到光碟上的一切吗？明明是他肢解了严颜的尸体，他妻子的心脏也出现在了他家的冰箱里面，你现在告诉我他不是凶手，他没有杀人，这样的结果你自己能够接受吗？”刘晨看着孙志波的眼神都带着点儿愤怒。赵子坦看了一眼刘晨，他知道，此时此刻的刘晨已经被愤怒冲昏了头脑，他已经无法平静地思考现在的事情了，尤其是对一个这么恶劣的男人。

“可是上面能够看到他杀人了吗？有什么证据看到他杀人了吗？没有呀，现在什么证据都没有，所以我们为什么不能够相信他不是那个凶手呢？”孙志波看似很平静，其实内心里并没有外表那么镇定。他之前又何尝不认为张教授就是那个凶手呢？可是他不能自欺欺人，虽然他以前真的这么认为过，虽然他真的觉得张教授很可恶，但事实就是事实，他的直觉告诉他，凶手另有其人。

“你别跟我说什么证据，要是他真的没有杀人的话，难道就能够逃脱法律的制裁吗？这样的人渣就应该下地狱，就应该枪毙。”刘晨愤怒地说道，他看着孙志波，孙志波知道他的愤怒已经达到了极点。

“你为什么这么生气呢？难道生气能够解决问题吗？我也想要将他枪毙，可是我们就是没有证据，你能否认吗？拜托你理智一点好不好？”孙志波有些无奈地说道，他也没有想到刚才还好好的孙志波一下子就变得这么愤怒了，猜想也是因为刚才的对话，他对张教授的厌恶已经到了无以复加的地步。

“难道我不应该愤怒吗？这样的人难道不应该得到法律的制裁吗？”刘晨质问着孙志波。赵子坦不打算管他们两个人，只是在那儿翻看着刚才的笔录。

“就算是他没有杀人也会得到法律的制裁的，你为什么不明白这个道理呢？他就算是没有杀人，但是他的所作所为已经构成了严重的犯罪，吃牢饭是肯定的，只不过不会被枪毙罢了。”孙志波尽力安抚着刘晨，刘晨刚才的愤怒让他有些招架不住。

“这个王八蛋，怎么这么狠。”刘晨恶狠狠地骂了一句，然后转身走了出去。孙志波有些不明所以地看着赵子坦，赵子坦摇了摇头，然后抬起头来看着他。

“随他去吧，他就是这个脾气。一会儿就没事了，估计也是因为刚才太生气了，年轻气盛，脾气火爆也是难免的。”

“赵叔，我想问您，您觉得我分析得有道理吗？”赵子坦点了点头。

“我刚才也观察了，他的表现足以证明他并没有杀人，而是在别人杀了人之后进行的肢解。他也一定知道杀人的过程，不过现在恐怕是从他的嘴里得不到明确的答案了。不过从照片上来看，那个男人应该是个年轻的男人，身高大概有一米八左右。但是照这样来看的话，严颜的教导员的嫌疑就小了很多，严颜的教导员的身高也就一米七五左右，有些微胖，不是这种匀称的身材，而且这个男人应该是比较健壮。还有最重要的一点就是，这个男人很可能就是严颜认识的男人。不对，确切地说应该是严颜很熟悉的男人，不然不会在那个时间，在那种地点见面。照片上没有显示他打了严颜，所以严颜脸上的瘀青是从何而来呢？很蹊跷。”赵子坦细细地分析着，孙志波听得很认真，在赵子坦分析的过程中，他也想到了一个问题。

“赵叔，您还记得张教授拖着严颜进屋时候的视频吗？”赵子坦点了点头。

“那时候视频上的严颜的脸上应该是已经有瘀青了，所以张教授可能并没有拍下严颜被打的照片。”

“我还想起了那块玉。”赵子坦接着说道。这么长时间没有关于玉的线索，现在他再一次想起了那块玉。

“哪块玉？”孙志波也忘记了那块玉的存在。

“就是严颜的手里抓着的那块玉，是时候去查一查他的主人了。”赵子坦若有所思道。

第一百〇一章

尸体上的创伤

“可是我们去哪里找玉的主人呢？我们现在一点线索都没有，还有严颜脸上的指纹。对了，还有严颜口中的福尔马林。我们到现在都找不到可疑的人，更没有找到可疑的地方，我觉得这一切都很奇怪。”

“再把张教授家里的光碟拿出来看看。”赵子坦看着孙志波说道。孙志波虽然心有余悸，但是他经过了今天的事，觉得自己似乎已经重生了，可以去应对接下来将要发生的一切。

“那我们现在去看看吧。”赵子坦点了点头。两个人走出了审问室，这时候正好遇到了迎面走来的法医老郑，他好像在思考着什么。

“老郑，想什么呢？这么入神？”赵子坦拦住了他的去路，老郑这才抬头看着他，微微叹了一口气。

“正好，我正要去找你呢。”老郑说道。

“找我？找我干什么？”

“这几天我们不是在拼尸体吗？结果就发现了一个以前忽视的问题。”

“什么问题？”赵子坦疑惑地问道。孙志波也很疑惑，什么样的问题让老郑这么纠结呢？而且好像还很严重的样子。

“我们之前并没有发现死者的头部除了瘀青以外还有什么别的伤，但是这次我们又仔细检查了一次，发现死者的头部受到过剧烈的撞击，导致了粉碎性骨折。”赵子坦和孙志波顿时被震惊到了。

“粉碎性骨折？”两个人几乎异口同声，老郑点了点头。

“还有，她的手指也骨折了，中指骨折，这很奇怪，你觉得这和死者的死是不是有关系？”赵子坦点了点头，他思索了一下。

“很有关系，很有可能就是死者之前遭受了非人的折磨，但是为什么照片上没有看出来呢？”赵子坦好像是在问自己问题一样。

“什么？”老郑不明白，又问了一句。

“没什么，你还有别的情况吗？”

“暂时是没有了，到时候我要是还有情况再告诉你，我看你们两个人好像也有事，你们先去忙吧，我也再去检查检查。”老郑心情也很压抑，不只是因为自己犯了错误，还因为这个错误很有可能导致办案子的方向出现问题。

“行，你先去忙吧。”老郑对着他们点了点头就离开了。孙志波看着老郑离开就转头看向赵子坦。

“赵叔，您怎么看？”赵子坦并没有回答他的问题。

“走，先去看看光碟。”他一定要看清楚，张教授带着严颜进屋的时候严颜是什么模样。

两个人快速走到了电脑室，首先放的就是第一次严颜出现在张教授家里的那张光碟。

“赵叔，我发现了一个问题。”这是孙志波之前没有注意到的问题。

“什么问题？”赵子坦其实也已经注意到了。

“您看，严颜被张教授拖着进去的时候穿的衣服好像是湿的，而且衣服很脏，同时，严颜的右手就是握着的，这就说明，当时玉已经在她的手里了，那么也就能够证明这块玉就是那个凶手的，她从那个凶手的身上拽下了那块玉。”孙志波越分析越激动，就好像自己置身其中，看着这一切在自己的眼前发生一样。严颜和那个凶手扭打了起来，凶手用利器击中严颜头部的时候，严颜抓住了凶手脖子上的玉，然后严颜就死了，但是那个人却没能把这块玉拿走，也许是那个人忘了。这一切看起来都是那么的合情合理，孙志波认为这就是当时的情景，只是他不能够联想到那个男人是谁。

“那么手指的骨折又是因为什么呢？”赵子坦很赞同孙志波的看法，也认为这似乎合情合理，但是又没有那么简单。

“这个，我还不清楚。”孙志波的确不知道，他猜想可能是碰到了哪里吧。

“那么衣服为什么会是湿的呢？”

“明明是在冬天，为什么衣服会是湿的呢？”孙志波也想不明白，冬天外面不是结冰了吗？

第一百〇二章
忙里偷闲

他们两个人继续看着光碟，以后的视频就是张教授对着严颜开始“手术”，孙志波努力克制着自己。

“赵叔，您发现严颜身上的伤了吗？”赵子坦点了点头。严颜的腿上有瘀青，肚子上也有瘀青。

“很奇怪的伤，这到底是之前就有的呢，还是那个男人打的呢？”孙志波自说自话地分析着。

“我们应该去现场看看。”赵子坦想到了那几张照片的地点就是张教授家的楼下，这个地方很关键。第一次他和孙志波感到被人监视的时候，就是这个地方。

“现在就去吗？”孙志波看着赵子坦，赵子坦点了点头。孙志波看了看时间，下午五点多。

“现在就去。”赵子坦说着就飞快地站了起来，拿着手机向外面走去。孙志波不敢迟疑，也马上跟了过去。

两个人出门的时候正好看到刘晨在大门口和几个民警说着什么，赵子坦和孙志波开着车停到了他的旁边，他这才吃了一惊似的看着他们。

“你们这是要干什么去？”刘晨已经没有了刚才的愤怒，他的脾气来得快，去得也快，现在完全就是平时那个吊儿郎当的刘晨。

“上车，去学校。”孙志波对着刘晨说道。刘晨反应迅速地打开后车门上车，然后对着门外面的那几个民警笑了笑。

“回来告诉我结果怎么样了啊。”没等刘晨说完车子就飞快地朝着远方驶去。

“刚才在聊什么呢？还一副意犹未尽的样子。”孙志波并没有看他，而是看着前方问道。

“聊什么你又不感兴趣，瞎操什么心，开好你的车就行了。”刘晨一边嘿嘿地笑着，一边说道。早就没有了和孙志波吵架时候的样子，整个人看起来也更加随和了。

“你不说怎么知道我不感兴趣？”孙志波哼了一声。刘晨对着孙志波狡黠地笑了笑。

“你真的想知道？”刘晨故意逗弄孙志波。孙志波装作无动于衷，刘晨撇了撇嘴。

“赵叔，您看到了吧？明明想知道，还不求人。”赵子坦的嘴角弯了弯。

“你还说不说了？”孙志波从镜子里看了他一眼，刘晨又开心地笑了起来。

“我说，你知道周成吧？他前几天相亲去了，结果你猜怎么样？”刘晨故弄玄虚地问道。

“怎么样？”孙志波很配合。这时候正好遇到了红灯，他停下车在那儿等着。

“结果他相亲的对象是他暗恋了好久的网友。”刘晨说着自己都想笑，可是孙志波却不认为这很好笑。

“然后呢？这不是很好吗？”

“你听我往下说呀，是暗恋很久的网友没错，可是那个人之前一直是存在照片里，现在突然见到真人了，周成反而有点不习惯了。”刘晨笑着说道。

“什么意思？是因为人长得不好看？”孙志波刚说完这句话就绿灯了，他发动车子，一边开车一边等着刘晨的回答。

“你猜得太对了，那照片上长得和天仙似的，我们刚才还看了照片了，结果本人，唉，根本就不能把两个人联系到一起。”刘晨甚至有点同情周成，本以为找到了真爱，没想到却被骗了。

“真有这么大的差别吗？”孙志波有点怀疑。

“你还别不信我，你自己回去看看不就知道了。”

“那周成是怎么知道那个女孩就是他的网友呢？”

“两个人先互相介绍了名字，周成一听名字就在想是不是一个人，但是很快否定了，觉得不可能，然后就问了这个女孩的电话，没想到真的是一个人。他说自己当时都要怀疑人生了，差别太大，完全不能接受，而且这个女孩还是他小姨朋友的女儿，你说这个世界小不小？”刘晨有点幸灾乐祸地笑着，赵子坦也被他逗笑了。

“然后呢？”孙志波比较关心事情的结果。

“然后我就上车啦。”

第一百〇三章

致命的石头

三个人赶到学校的时候天都要黑了，不过路上还有很多人，大家用好奇或者探究的眼神看着这三个警察，他们把车停在了居民区那儿，走了下去。

“你说这里为什么就没有被人发现呢？”孙志波在那儿绕了一圈，并没有发现任何异常。

“你们当时不是来过吗？你还说这里感觉怪怪的。”刘晨也察觉不出有什么不一样，但是他清楚地记得孙志波当时和他说过这件事，但是他还感到奇怪，难道是因为磁场的原因？不然怎么可能一到了这里就有了一种奇怪又恐怖的感觉。

“那时候的确觉得怪怪的，就觉得有一个人在盯着自己一样，但是现在却没有了那种感觉，为什么呢？”孙志波又感到了奇怪，一种异样的感觉袭上了他的心头。他走到了那个摄像头的旁边，站在那儿看着，上面的封带已经没有了。

“看什么呢？”刘晨也走了过去，他也看了看摄像头，不知道这里面有什么玄机。

“这里当时不是被人封起来了吗？现在已经没有封带了，应该是学校的人修的吧。”孙志波微微地叹了一口气。他看了看赵子坦，赵子坦站在那边不说话，就这么安静地看着。

“赵叔，有什么不对的地方吗？”他们两个人走到了赵子坦的身边，赵子坦摇了摇头。

“看不出任何不对的地方。”他说着就向上看了看，四楼的那个窗户正好对着下面，而那个窗户正好是张教授的家。

“看来那个张教授是在楼上看到的这一切。”孙志波注意到了这一点。

“既然他能够看到，那么你说别的人会不会也看到了呢？”刘晨突然发出的疑问让两个人同时愣了一下。赵子坦看了他一眼，又看了看周围的住户，会有人看到过吗？

“应该没有人吧？不然怎么会不说呢？”孙志波有些怀疑地说道。毕竟这件事情已经闹得这么大了，怎么可能没有人知道呢？既然大家都知道了，应该会把线索说出来才对。

“你说得也有道理，要是大家知道的话，肯定会说的。”刘晨也同意这个想法。毕竟这件事对于自己也没有什么坏处，大家会说也是情理之中的事。

“别瞎猜了，明天你们来挨家挨户询问。”赵子坦一边说着，一边拿着那些照片来看。照片上的位置有点儿倾斜，所以赵子坦又向前走了走，在靠近后墙的地方停了下来。

“赵叔，您在干什么呢？”刘晨看着他走来走去，有些不解。他走到赵子坦的身边，又看了看他手上的照片，立刻就明白了赵子坦的意图。

“应该是这个位置吧。”赵子坦并没有回答刘晨的话，而是自言自语道。

“应该就是这个位置。”这时候孙志波也已经走了过来。他看了一眼，就开始往前走，走到了墙根那儿，突然他有了一个很重要的发现。

“赵叔，郑叔是不是说严颜的头部粉碎性骨折？”孙志波看着赵子坦说道。赵子坦对着他点了点头。他意识到孙志波似乎发现了什么，因为孙志波的表情看起来很严肃，还带着一点震惊和恐惧。

“怎么了？”刘晨走到孙志波身边问道，他并不知道孙志波说的是什么意思，但是他也意识到了孙志波似乎发现了什么。

“因为我看到了这个。”他挪开了自己的身体，一块石头赫然出现在了他们的面前，赵子坦和刘晨立刻就意识到了这是什么意思。

“你的意思是说，严颜很有可能就是被这块石头碰伤的？”刘晨看着孙志波说道，孙志波点了点头。

“我看看。”赵子坦绕过孙志波来到那块石头的前面，他看了看，石头并不是很尖，但是依旧很有杀伤力，这不能不说是一种可能，要是这个猜测成立的话，那么很有可能就是那个人用大力推了严颜一把，使得严颜受到了石头的撞击，导致了严颜头部骨折，也很有可能就是因为这一撞击，导致了严颜的死亡。

“赵叔，您觉得有可能是这块石头导致了严颜的死亡吗？”孙志波小心地问道。因为他看到此时的赵子坦很认真，脸上的表情也很严肃。

“有可能。”赵子坦简单地回答道。

第一百〇四章

下水道的水汽

赵子坦又看了看四周，如果说严颜的头部是被人推得撞到了石块上，那么她的手指为什么会骨折呢?

“赵叔，我已经拍了石头的照片了，您在想什么呢?”赵子坦顿了一下才转头看向刘晨，然后摇了摇头。

“赵叔，您站在井盖上了。”孙志波小声提醒道。

刘晨和赵子坦同时看了看赵子坦的脚下，赵子坦此时的确踩在了井盖上，他们两个都不知道孙志波说这个问题是什么意思，都看向了他。

“踩井盖怎么了?”刘晨看着孙志波问道，孙志波有些孩子气地笑了笑。

“我妈不让我踩井盖，说踩井盖会带来霉运的。要是踩了井盖的话，就要让你旁边的人打三下，这样霉运就被打没了。”他也知道这是迷信，可是从小就被灌输这样的想法，已经根深蒂固了。

“你这什么乱七八糟的理论?你可是人民警察，别这么迷信好不好?”刘晨有点鄙视地白了他一眼。

“我这也就是随便一说。”孙志波撇了撇嘴，刘晨突然就坏坏地笑了。

“不过你说的有些想法还是挺好的。”

“什么想法?”孙志波一看到他坏笑就觉得他没打什么好主意。

刘晨转头看向了赵子坦，赵子坦低着头在想着什么。“赵叔，那我现在能帮您除霉运了吗?”刘晨笑着等着赵子坦的回答，但是赵子坦并没有回答，还沉浸在自己的世界里。

“你这个人怎么这样?”孙志波皱着眉头看向他，对他的表现不想再发表什么别的看法。

“你们听到什么声音了吗？”赵子坦没有关心他们刚才讨论的话题，就这么突然地问了一句。他们两个先是愣了一下，然后对视了一眼，不知道赵子坦说的是什么声音。

“什么声音？有别的声音吗？”刘晨听了听，并没有听到什么声音，他问了赵子坦一句，赵子坦依旧没有回答，却蹲了下来，就在井盖的上面，听着下面的声音。刘晨和孙志波狐疑地看了彼此一眼，也跟着蹲了下来，三个人都屏住了呼吸，静静地听着下面的声音。这时候孙志波和刘晨同时听到了声音。

“是水声，我听到了水声。”刘晨有些惊奇地说道，赵子坦点了点头。

“可是下水道不就是应该有水吗？”孙志波幽幽地说道，他也是刚反应过来，刚才他的确感觉到了惊讶，但是转念一想，下水道不是就应该有水吗？他在想，这就是所谓的“草木皆兵”吧！

“对呀，下水道不就是应该有水吗？”刘晨也突然明白了。但是赵子坦依旧不说话，只是站了起来，抬着头看着天。此时的天已经渐渐黑了，他就是觉得不对劲儿，听到水声，他想到了视频上严颜衣服湿着的样子。他现在对水很是敏感，虽然他知道自己现在有点乱，但是直觉告诉他这里很可疑，这个井盖很可疑，但是为什么可疑，他却解释不出来。

“你说下面有什么呢？”孙志波看着刘晨问道，刘晨摇了摇头。

“不如我们搬开看看吧。”刘晨说着就要动手，孙志波赶紧拉住他。

“你搬井盖干什么？你搬得起来吗？等明天我们拿个工具吧。”刘晨觉得有道理，就又蹲了下来。他看了赵子坦一眼，赵子坦还在想着什么，他见赵子坦并没有要制止他的意思，就顺手掏出了手机。然后点开手机的手电筒，顺着井盖的小孔往里面照。

“你干什么呢？”孙志波好奇地看着刘晨，刘晨还是认真地往下看着，他很想看看里面有什么，但是就是看不到。

“还是等到明天拿来工具再搬开看看吧。”他有些泄气地拿起了手机，却发现了手机屏上的水珠，一个个密集的小水滴聚集成了一片水雾。

“什么现象？手机屏上竟然有水汽。”刘晨嘟囔了一句，又用手擦了擦手机屏。赵子坦听到了刘晨的话，突然想到了这其中的关系，他猛地低头看着他们两个。

“你们说有水汽？”刘晨不知道赵子坦为什么这么激动，但是还是认真地点了点头。

“我明白了。”赵子坦平静地说道。

第一百〇五章

猜测的真相

孙志波和刘晨都站了起来，他们看着赵子坦，不知道赵子坦发现了什么。他们并没有觉得什么不对劲儿，只是觉得好奇而已。

“赵叔，您明白什么了？”孙志波带着满满的疑惑。赵子坦看着他们，脸上的表情很复杂，看不出一点情绪。

“你们还记得严颜的衣服是湿的吗？”他们两个人同时点了点头。用期待的眼神等待着赵子坦接下来的分析。

“记得，怎么了？”孙志波还是没有明白赵子坦的意思。可是刘晨却已经明白了过来，他看了一眼下水道，又看了一眼赵子坦，恍然大悟。

“我想到了。赵叔，您的意思是严颜的衣服湿是因为在下水道的原因？”刘晨期待着赵子坦的回答。

“是，我觉得就是这样的原因导致了严颜的衣服湿，还有一个原因让我产生了怀疑。”赵子坦走了走，像是在思考着什么。

“什么原因？”孙志波和刘晨同时问道。

“你们还记得当时老郑检查严颜的头的时候说的话吗？”

“我记得，当时郑叔说严颜嘴里有淤泥，而且口腔中的成分和下水道里面的很多成分都吻合。”孙志波率先想了起来。赵子坦赞同地点了点头，刘晨也想起了这个快要被遗忘的检验结果。

“也就是说，严颜在被张教授拖回家之前应该是掉到了下水道里面。”刘晨带着点肯定地说。

“不是掉，应该是被那个男人推下去的，你们还记得最后一张照片上面那个男人在干什么吗？”孙志波和刘晨想了一下，其实他们并没有太多地注意最后一张照片，因为那上面没有严颜。可是赵子坦却注意了那张照片，而是特别地注意，以至于他想到了那个动作，最后一张照片上那个蹲着的动作，虽然看不清那是在干什么，但是现在赵子坦已经差不多能够猜出来了。

“干什么了？我没注意。”刘晨很直接地说道。赵子坦并没有责怪他们的粗心，而是意味深长地看了他们一眼。

“给你们看看照片。”赵子坦找到了那张照片递给他们，他们两个人接过来看了看，那个人背对着他们，蹲在那里看着什么。

“这个男人蹲在这里干什么呢？”孙志波问了一句，刘晨看了看那个井盖，他再一次明白了。

“再仔细看看。”孙志波又看了看，然后想了想，也明白了。

“这个男人该不会是在看掉在下水道里面的严颜吧？”

“我也这么认为。”刘晨表示赞同。

“走，现在就去找工具，我们要取点水样回去检测。”赵子坦突然转了话头。

“现在？”刘晨看了看手机，天差不多已经黑了。

“对，现在取水样回去分析，还能早点出结果。”赵子坦不能接受一分钟的耽误，这个案子已经耽误了太多的时间。每次当他觉得要发现凶手的时候，都会有新的线索否定他的想法。他害怕这一次的线索也是假的，自己的猜测也是错的，他太需要准确的答案来继续维系这个案子的发展了。

“那我去找后勤。”刘晨自告奋勇。

“这时候后勤估计早就下班了，还是去找找警卫吧，说不定他们能帮咱们找来工具。”细心的孙志波说道。

“那你们两个人就先去吧，我在这等着。”没过多久，赵子坦听到了自己的身后有脚步声，警觉的他猛地回过头去，看到一个六十多岁的老头正往这边走着。因为这个位置比较偏，灯光又不是很亮，所以赵子坦在揣测着他走过来的意图。

“看什么呢？”老人笑呵呵地问道。赵子坦看到了他的脸，一个看起来很和蔼的老人，赵子坦警惕的心稍稍放松了一下，他也对着老人笑了笑。

“没什么，在这儿随便看看，老大哥吃饭了吗？”赵子坦虽然比他小，但是也已经是五十岁的人了，所以礼貌地叫了他一声哥。

“吃了，看你在这站了好久了，就过来看看。”老人说道。

“你往这边站站，这个井盖不知道结实不结实，别一会儿掉下去了。”老人好心提醒。

“为什么这么说，难道这个井盖不结实吗？”赵子坦看似随意地问道。

“这个井盖以前坏过，应该还有人掉下去过，所以你离远点，别掉下去了。”听到这些话，赵子坦的心立马颤动了一下，他的猜测很有可能对了。

第一百〇六章 再疑前男友

“老大哥，您说井盖之前坏过，这是什么时候的事了？”赵子坦想要知道详细的日期，是不是和严颜失踪的日期相符合。

“具体日子我也记不太清了，有一个多月了吧。”老人想了想说道。

“那你说的有人掉下去了，是什么时候的事了？”赵子坦想了想，一个多月前，日子差不多吻合。

“这个我也不是很清楚，这个井盖一直不是很好，但是没什么人来这边，所以也就没有人注意这里，一直没有人修。我们这里的人都知道，所以就很注意，但是有一天楼上的老李发现这个井盖掉了下去，碎了，应该是有人踩掉下去了，但是没有人看见。我们就和后勤说了说，后勤就把这个井盖换上了，但是我总觉得这个井盖不安全，你还是离远点好。”老人好心提醒道，赵子坦点了点头。

“那 11 月 20 日那天，你们有听到什么奇怪的动静吗？”赵子坦试探着问道。老人想了想，然后摇了摇头。

“我这个人年纪大了，也记不清事了。11 月 20 日那天我没什么印象了，但是我并没有在这段时间发现什么不对劲儿，就是这个井盖让我比较上心。”老人走到井盖旁边看了看，又摇了摇头。

赵子坦其实也在想这个问题，好好的为什么要来这个地方呢？为什么会在这里掉下去呢？他敢肯定，这个人一定和严颜有着非常亲密的关系，不然严颜不会跟他到这里，而且那个人还抱着她。不对，是什么人能够抱着她呢？虽然当时严颜的样子看起来好像是抗拒的，真的是从内心里抗拒，还是两个人因为某些原因吵架了呢？但是从严颜的日记里看，也就只有一个人有可能，这个人就是严颜一直喜欢并且深爱着的男人——程瑞。

“赵叔，工具找来了。”孙志波说道，他的手里拿着一根铁棍，刘晨的手里也拿了一根铁棍，后面还跟着一个男人，四十多岁，手里拿着一个矿泉水瓶，还有一根绳子和一个大号手电筒。

“这位是？”赵子坦看着那个后面的男人问道。那个男人身上穿着警卫的衣服，但是赵子坦还是问了这么一句。

“这是今天值班的李大哥。”孙志波礼貌地说道，并且对着老人点了点头。

“孙老师，您也在这儿呢。”那个警卫率先和老人打了招呼。

“今天你值班？”老人问道。

“是呀，今天值班。”他说着走到了赵子坦的旁边，“赵警官，这是你们要找的东西，这里有什么不对劲儿吗？”老李问道，赵子坦笑了笑。

“没有，就是我们办案子需要找点证据，麻烦你了。”赵子坦客气地说道。

“没事，配合你们警察办案子是我们应该做的，现在就弄开吗？”赵子坦点了点头。

“刘晨、志波，搭把手。”孙志波和刘晨赶紧上前用铁棍撬开井盖，然后慢慢往一边挪动。现在天已经完全黑了下来，赵子坦对着上面看了看，有一个人正在往下看，是个男人，但是看不清脸，在五楼正对着下面的位置。赵子坦看到他的那一刻，他应该也看到了赵子坦，于是很快就把身子转了过去，好像是在逃避着什么。赵子坦觉得这个人有点可疑，但是现在他没有时间去注意他。“开了吗？”赵子坦看他们把井盖移了移位置，在手电的照耀下，有水汽飘了上来。

“这里怎么会有这么多的水汽呢？”刘晨看了看飘上来的水汽，这么冷的天，水应该都结冰了才对，哪里来的这么多的水汽？

“这里是下水道，每天这么多人洗澡，用热水，当然有很多水汽。”老人在一旁说道。他就是这里的住户，住了好多年了，对这里的情况了如指掌，刘晨这才恍然大悟地点了点头。

“原来如此。”

“赵叔，要取点水吗？”孙志波蹲在那儿问道。赵子坦答应了一声，孙志波他们用绳子拴上水瓶取了点水上来。“这些行吗？”孙志波取了差不多半瓶。赵子坦看了看，点了点头。

“看你们也怪不容易的。”老人微微叹了一口气，刘晨对着老人笑了。

“不辛苦，为人民服务嘛。”刘晨说完，大家听到这话，都笑了。

第一百〇七章
吊坠谜团

采集完了水样他们就赶紧返回了局里，老郑已经下班回家了。赵子坦着急要数据，就把老郑打电话叫了回来。

“你电话里说的什么，我也没有听明白，哪里来的水样？”老郑一边走进来，一边对着正在吃饭的赵子坦说道。

“就是在一个下水道里取的水样，你看看和之前在严颜嘴里发现的液体成分一样不一样。”

“水样在哪儿？”老郑问道，孙志波拿起那个放在旁边的矿泉水瓶晃了晃。

“郑叔，在这里面装着呢。”老郑把水瓶接了过来，看了看。

“那我先进去了，你们吃饭吧，等结果出来了我告诉你们。”赵子坦点了点头，老郑就拿着水样走了进去。

“你们两个明天去查查张教授妻子住的医院，把情况给我调查清楚了。”

“知道了。”刘晨答应了一声。

“赵叔，您说那块玉是不是张教授的呢？”孙志波拿着手中的筷子，看着赵子坦问道。

“明天你们再顺便去看一看张教授的家里，尤其是他家里的照片，看看有没有张教授戴着那块玉的照片。”孙志波点了点头。

“就是之前在严颜手里发现的那块玉？”刘晨抬着头看着他们两个人，孙志波点了点头。

“就是那块玉，今天下午的时候我和赵叔看张教授家的那些光碟，发现那时候的严颜手就是握着的，那块玉应该就在严颜的手里。而且我猜测，要是这块玉真的是张教授的话，那么严颜手指骨折很有可能就是张教授想要取下那块玉导致的。”

孙志波一本正经又严肃认真地分析道。

“可是你今天不是才说了张教授不是凶手吗？”刘晨带着怀疑的语气问道，孙志波瞪了他一眼。

“我有说我是肯定的吗？我只是猜测，说不定有了新的线索我就改变我的观点了。”

“你这人真是一点也不专一。”刘晨哼了一声，孙志波被他的话惊了一下。

“大哥，你能不能稍微注意一下用词，这是形容什么的，你现在就拿来形容我。”

“反正你也不是什么好人，形容你怎么了？”两个人又开始争论起来。

“你们两个别闹了，我还有一个事情要叮嘱你们。”赵子坦并没有生气，只是突然想到了什么。

“什么事？”孙志波问道。

“明天你们顺便去一趟程瑞的宿舍，然后看看程瑞是不是有这样的玉。”他的话让孙志波和刘晨都震惊了，他们两个有点不能相信地看着赵子坦，又互相对视了一眼。

“赵叔，您的意思是在怀疑程瑞？”刘晨有点怀疑地问道。

“我从来就没有觉得哪个人是真正无辜的，我们只是在办案子的过程中暂时会觉得某个人的作案动机小一点儿，但是从来就没有排除掉任何一个人，包括李美佳。”赵子坦冷静，甚至有点儿冷漠地分析道。孙志波和刘晨见他这么严肃，也都变得谨慎起来，生怕自己说错什么话。

“可是李美佳真的不像是凶手，上次的事情不就是我们亲身经历过的吗？她甚至差点自杀了。”孙志波小声说道。赵子坦摇了摇头，然后转眼看着孙志波。

“上次她要自杀的确是我们两个看见的，但是谁能保证她不是做给我们看的呢？要是那是她的苦肉计的话，我们不就正好上了她的当。”孙志波有点不明白，为什么赵子坦突然就变得这么不相信人了。确切地说，是赵子坦从未放过任何一个人，只不过之前事情太多太乱，让他有点儿糊涂，现在线索越来越多，也有越来越多的人浮出了水面，他觉得是时候把这一切联系起来，逐个排除了。

“可是张教授拍的照片上明明是个男人呀，怎么会有一个女人参与杀人呢？”刘晨也问出了自己的不解。

“你们知道人在做事的时候最容易犯什么样的错误吗？”赵子坦看着他们两个意味深长地说道。

“什么错误？”刘晨问道。

“过于自信，自以为是。”赵子坦的话让两个人沉默了，谁才是凶手呢？

第一百〇八章

迷失方向

吃过了饭，三个人就在那儿等着结果，因为太累的原因就直接趴在桌子上睡着了。不知道几点的时候，赵子坦感觉到有人在叫他，他就微微睁开眼睛看了一眼，是老郑，老郑正在他旁边看着他，手里拿着一张报告单。

“结果出来了？几点了？”赵子坦轻声说道。孙志波和刘晨还在睡觉，老郑指了指门口，赵子坦站起来跟着老郑来到了门口。外面很冷，赵子坦接过报告单，抖了抖肩膀，他现在还有点蒙。

“结果我已经比对过了，不一样。最不一样的就是你刚给我的那些水样里面没有福尔马林。”老郑有点疲惫地说道。现在已经是凌晨两点钟了。

“没有？怎么会没有呢？太奇怪了。”赵子坦看着两张报告单。这个最重要的线索没有，难道是他猜错了？赵子坦有点想不明白。

“我做了好几遍，可能你找的并不是案发现场的水样吧。”老郑说着就打了个哈欠，他已经很累了。

“我知道了，看你很累了，你快去休息休息吧。”赵子坦拍了拍老郑的肩膀。

“那我就先去休息一会儿，有什么事你再叫我，现在老了，真是不中用了。”他一边小声说着一边往里面走去。赵子坦站在门口，此时的他已经感觉不到外面的寒气了。他看着满天的星星，夜空看起来很透明，今天是一个很美好的夜晚，可是他的心情却并不美好，到底哪里出了问题呢？他想不明白，到底是谁策划了这一切？到底是谁导演了这样残忍又诡异的一场戏？到底谁才是真正的凶手呢？他看不透，也看不清了，每一次证据出现，每一次又被现实否定，谁才是那个真正的幕后黑手呢？

“我的方向到底在哪里呢？”赵子坦轻声对自己说道。他看着天空，天空很黑，正如他现在的心情，充满了阴霾。但是天空却又不是完全黑着的，因为天空中的星星，虽然它们有着的仅仅是最微弱的光芒，但是它们依旧是亮的，有光亮的地方不就应该有希望吗？赵子坦突然就抛开了阴霾，这些事自己不去做，自己都不再抱有什么希望的话，那么又该让谁去做呢？难道要承认自己失败了吗？难道要强迫自己去接受“邪恶战胜了正义”吗？

想明白的赵子坦转身进了屋子，孙志波和刘晨还在睡觉，赵子坦轻轻地拍了拍他们，让他们进休息室休息，自己也去了休息室。

第二天一大早他就起来了，给老郑他们买了饭，然后自己一个人在那儿看资料，他想要找到哪怕一点的蛛丝马迹。

“我说老赵，你不会一晚上没有睡觉吧？”老郑朝着赵子坦走了过来，赵子坦对着老郑笑了笑。

“我又不是铁打的，怎么可能不睡觉，现在年纪大了，睡觉的时间也少了，起得早，你怎么也起这么早？”他看着老郑问道，老郑活动了一下筋骨。

“我每天早上都要去锻炼，习惯了，这上了年纪就是睡不着，往常我都是四五点钟就醒了，今天算是晚的。”老郑一边说着一边活动着自己的脚腕和手腕。

“没想到你还锻炼。”赵子坦笑着说道。

“我怎么就不能锻炼？有的时候我还会跟着跳跳广场舞什么的，人的年纪越大就越怕死，所以就要多锻炼，对自己好一点，不然自己什么时候得个什么病都说不好。”老郑有些开玩笑地说道，赵子坦含着笑摇了摇头。

“你呀你，活那么大年纪有什么用？还不是浪费国家的粮食，你还是为国家省点钱吧。”老郑不打算搭理他，自己往外面走着。

“我也不和你争论，你就忙吧，哪天你真累倒了，你可别说我没有提醒你。”

“我谢谢你。”赵子坦一边看着资料一边轻松地说道。

“对了，他们两个还睡着呢，你就先别叫他们了，年轻人爱睡觉，让他们好好休息休息吧。”老郑说完赵子坦点了点头，老郑就开门走了出去。

“你干什么去？”赵子坦听到门响就问了一句。

“去锻炼锻炼。”说完老郑就关上门离开了。

第一百〇九章
再寻福尔马林

没过多久孙志波和刘晨就睡眼蒙眬地走了出来，刘晨一边走一边打哈欠。

“赵叔，您怎么起得这么早？”刘晨走到赵子坦的身边，看他正在翻资料就坐了下来。

“你们就别坐了，赶紧洗洗脸吃饭吧，我已经把饭买回来了，在那边放着呢。”赵子坦一边说着一边指了指他旁边的桌子。

“嘿嘿，我其实早就看到了，赵叔，您可真是太贴心了。”刘晨大言不惭地说道。这期间孙志波就一直站在那看着赵子坦看资料。

“行了，少说这些好听的，赶紧吃饭去，昨天交给你们的任务今天就去办了，办不完不许回来吃饭。”赵子坦看似严肃地说道。

“得令。”刘晨说完就兴高采烈地去洗漱。可是孙志波还站在那儿看着，赵子坦以为他也走了，可是一抬头就看到了孙志波。

“你怎么还不去吃饭？”赵子坦看了他一眼问道。

“赵叔，结果怎么样？”他还记得昨天的水样，本来想着一直等到结果出来的，但是最后累得睡着了，半夜被赵子坦叫醒也没有想到要问问结果。

“结果昨天晚上就出来了，不过和我们想得不一样，最重要的就是没有福尔马林。”赵子坦对于这个结果是非常不满意的，但是结果就是如此，他左右不了事实。

“没有？怎么会没有呢？我们的分析明明很合情合理呀，怎么可能不一样呢？”

“这我就不清楚了，我正在看所有的资料，今天你们就去多找证据，到时候资料多了，我们分析起来也比较简单。行了，你赶紧去吃饭吧，吃完了就去。”孙志波答应了一声就离开了，赵子坦继续看资料。

吃了饭以后，孙志波和刘晨就离开了，赵子坦依旧一个人在办公室看资料。

孙志波想和刘晨去张教授家附近的居民区，调查一下11月20日那天晚上大家有没有听到什么异常的声音，大家都说不知道，调查了一上午，一无所获。后来他们又问了张教授邻居关于张教授妻子住院的事，然后两个人就去了程瑞那里。

程瑞不在宿舍，只有同宿舍的两个人在打游戏，他们见到孙志波和刘晨以后都显得比较拘谨。

“程瑞去哪儿了你们知道吗？”孙志波问道。两个人同时摇了摇头。

“他现在早出晚归的，不知道去哪儿了。”一个男生说道。孙志波点了点头。

“那好，你们忙你们的吧，我们随便看看。”他们两个人站在那儿，对视了一眼，并没有多说什么。

孙志波和刘晨看了看周围，只要是有程瑞的照片就统统看了一遍。程瑞的床上放着他和严颜的合照，但是上面并没有那块玉，别的照片上面也没有。

“问你们一下，你们知道程瑞有过一块玉吗？就是戴在脖子上的那种。”孙志波见找不到答案就问了站在那儿的两个男生，他们想了想，然后摇摇头。

“不清楚，我们平常也不注意，应该没有吧。”一个男生说道。

“我也不清楚。”另一个男生也回答道。孙志波若有所思地点了点头。

“那就没什么事了，你们忙着，我们就先走了。”刘晨和孙志波从程瑞的宿舍出来就往停放警车的地方走。

“要不然先去实验室看看吧，我想了解一下情况。”孙志波对着刘晨说道，刘晨有些诧异地看了他一眼。

“你有什么发现？”

“没有，就是觉得应该去看看，了解一下，去看了就放心了。”孙志波摇了摇头。

“你是说福尔马林的事？”

“现在严颜的案子没有什么实质性的进展，凶手还躲在暗处，我们只有拼命找证据。时间拖得越长，对我们就越不利。”孙志波有些担忧地说道。这时候从他们旁边走过一个个子不高的女生，她一直看着他们，注意听着他们的话，但是他们却并没有注意到这个女生的不一样。

“那就去看看。”刘晨回应道，两个人继续往前走。

“等一下。”从他们的身后传来了一个女生的声音，声音不大不小，正好落在他们的耳朵里。他们有些奇怪地停住了脚步，回头看到了刚才那个个子不高的女孩。

第一百一十章

惊人线索

“你有什么事吗？”孙志波看着她问道。那个女孩点了点头。

刘晨有些奇怪，这个女孩到底是有什么事情要说呢？看她的样子还有点迟疑，甚至带着一点儿疑虑。

“我知道一个情况，不知道对你们有没有用。”孙志波和刘晨听到这句话以后，两个人对视了一眼，觉得肯定是和这个杀人案有关。

“什么情况？”孙志波温和地问道。女孩指了指旁边的小凉亭，他们立刻明白了什么，三个人就走到了人少的凉亭那儿。

“刚才我听到你们在谈论严颜，我想了很久，还是觉得应该把我知道的情况和你们说说。”孙志波点了点头以示鼓励，女孩微微吐了一口气，像是鼓足了勇气一样看着他们。“我之前有看到他和我们专业的一个男生有来往。”女孩慢慢地说道。

“你们专业的男生是不是程瑞？”女孩摇了摇头。

“那个男生叫周小剑。”孙志波觉得这个名字有点耳熟，但是一时间想不起来是谁。

“他们有什么异常的关系吗？”刘晨接着问道。

“我知道那个女生的男朋友叫程瑞，他们在我们学校还是金童玉女呢，所以我看到她和周小剑在一起的时候很诧异，也就注意了一下。”女生娓娓道来。

“在一起？什么意思？”刘晨有些不明白。

“有一次我自己在图书馆看书回来，已经很晚了，那时候我走到楼下，就看到周小剑搂着一个女生在前面走，我以为是他的女朋友，可是走近了才发现是严颜，我当时有些吃惊，也怕被他们看到，就匆匆离开了。后来我又看到了好几次，有一次周小剑还吻了她，就在我们楼下，那次也是我从图书馆回来。”女生的脸上没有多余的表情，可是这个信息却足以让孙志波和刘晨震惊不已，这个严颜真的背叛了程瑞吗？

“那这个周小剑是有女朋友的对吗？”孙志波问道。女生点了点头。

“那他们两个人公开在一起过吗？”孙志波接着问道。女生摇了摇头。

“严颜的男朋友我知道的只有一个，就是程瑞，他是学校篮球队的，人长得帅，也比较出名，别人我并没有听说过，不过……”女生突然顿住了，看起来有点难为情的样子，似乎不想说。

“不过什么？”刘晨也很温和地问道，这个女生说的这些对于这个案子说不定又是一个全新的突破口。

“不过严颜的名声不是很好，所以他们之间到底是什么关系，我也不能主观臆断，我只是知道这些，虽然不知道是不是有用，但还是想告诉你们，希望对你们办案子有帮助，也能尽早找到凶手。”女孩心里是害怕的，毕竟没有什么证据，但是她还是觉得这件事情非同小可。

“我们明白你的意思。我们会对今天的谈话保密的，这点你放心。”孙志波注意到了女孩的害怕，女孩会心地点了点头。

“谢谢你们。”

“那你觉得这个周小剑人怎么样？”孙志波接着问道。

“我和他不是很熟悉，也几乎没有说过什么话，但是他看起来有点坏坏的，至于他是什么样的为人，我也不是很清楚。”

“那你刚才说他其实是有女朋友的，你知道他的女朋友是谁吗？”刘晨看着女孩问道。女孩点了点头。

“他女朋友好像是严颜的好朋友，具体叫什么我记不太清楚了。”女孩口中的“好朋友”让孙志波想到了一个人，但是他又不想往那个人身上联想。

“严颜的好朋友？不是你们专业的？”刘晨问道。女孩看着他摇了摇头。

“他的女朋友和严颜是一个专业的，好像还是一个宿舍。”这句话彻底让两个人震惊到了，此时的孙志波也想起了周小剑这个人是谁。

“他的女朋友是不是叫李美佳？”孙志波问道。女孩想了想，随即点了点头。

“是她？”刘晨虽然也联想到了这个人，但是当他亲耳听到的时候，还是无比震惊，原来他们一直漏掉了一个看似很不起眼的重要人物。

第一百一十一章

探访实验室

“剩下的事情我就不知道了，我还有事，就先走了。”女孩礼貌地说道，然后笑了笑转身离开了。

“你说她说的是真的吗？”刘晨有点怀疑地问道。孙志波摇了摇头。

“现在我们还不能够确定，但是这也不失为一个线索，说不定这个周小剑还能知道什么呢。”刘晨赞同地点了点头。

“找机会查查他，现在先去实验室吧，要不然下午去不了医院了。”孙志波这才又想起了要去实验室这件事。两个人走出凉亭，孙志波对着路上看了看，已经没有了那个女孩的身影。

“看什么呢？”刘晨看着孙志波问道。孙志波摇了摇头，有些失望地回过头来往前走。

“你就算是不说我也知道你看的是什么，刚才真该把电话号码要过来。”刘晨一边走着一边说道，脸上还带着坏坏的笑容。

“就你思想不单纯。”孙志波揶揄道。

“是我思想不单纯吗？你敢说你刚才不是在看那个女生？”孙志波不理他，快步往前走着。

“你看你，你这是心虚的表现，装什么装，我也觉得人家女孩挺漂亮的，这有什么不好意思的。”说着追了上去，孙志波没有回答他的话，但是刘晨还是开了一路的玩笑。

“同学你好，你们管标本的老师在吗？”两个人到了实验室，他们到了标本馆，并没有看到上次的那个周老师，而是看到一个学生正在那儿观察标本。

“我们老师在办公室里面，你们去楼下的办公室看看，老师应该在那里。”说话的是一个女孩，很文静。

“谢谢。”说完两个人就转身去了楼下的办公室。周老师正在那里看书，见他们进来就站了起来。

“周老师您好，打扰了。”周老师是个四十多岁的女人，给人一种亲和的感觉。

“不打扰，来，快请坐。”周老师招呼他们两个人坐了下来，刘晨打量了一下四周，很干净，很整洁。

“周老师，这次我们来还是想问一下关于福尔马林的事情。”周老师点了点头。

“你们不来我也想着去找找你们呢，只不过这段时间有点忙，一时间给忘了。”孙志波和刘晨立刻意识到了有情况。

“周老师，是不是有什么新的情况？”周老师再次点了点头。

“上次你不是问我我们实验室的福尔马林有没有人动过吗？我当时说的是没有，当时我的确不知道福尔马林少了，前几天学校里来了新的标本，我们要用福尔马林浸泡，我去找福尔马林的时候才发现少了一大瓶福尔马林。”周老师缓缓说道。孙志波和刘晨认真听着，刘晨还在一旁做着记录。

“那周老师，你们这里的确少了福尔马林对吗？”孙志波问道。周老师点了点头，“那您现在知道那瓶少了的福尔马林去哪儿了吗？”

“那瓶福尔马林是一个学生给洒了，那个学生在给一个标本加福尔马林的时候不小心把福尔马林洒在了水池里，所以我们少了一瓶福尔马林，并不是被外人拿走的。这个学生当时很害怕，怕我说她，也就没有和我说，我也是前几天问到的时候她才说的。”孙志波点了点头。

“你们这里的确没有少过福尔马林？”刘晨问道。周老师点了点头。

“的确没有，要是有的话我们一定会知道的，除了那一瓶被洒了的福尔马林，别的并没有少，因为这个我们都是有记录的，所以不会轻易丢失。”

“周老师，我们能见见那位学生吗？”孙志波想要知道，这个弄丢了福尔马林的学生，到底是个什么样的人。

“就在楼上的标本室里面，我带你们去看看她。”周老师说着就站了起来，孙志波也跟着站了起来。

“您说的就是在楼上的那个女生吗？”周老师点了点头。

“就是那个孩子，挺听话的，就是胆子小。”

“那这里还有别的学生经常出入，或者别的人能够自由进出吗？”周老师摇了摇头。

“我平常都在这里，来去都要登记，不会有人随便进出的，最经常来的就是楼上那个学生了，她经常来帮我打扫卫生。”孙志波对着周老师笑了笑。

“那好，麻烦周老师了，我们今天还有别的事，就先走了，要是有什么情况，我们还要来打扰您。”孙志波有礼貌地说道。刘晨也站了起来。

“没事，你们有事尽管来。”寒暄过后，孙志波和刘晨离开了办公室，一出门正好看到那个女生，女生对着他们笑了笑，他们也笑了笑，然后离开了，并没有询问她。

第一百一十二章
剖心之谜

两个人赶到了市医院，找到了当时张教授妻子的主治医生，这是个五十多岁的男医生。

“您是说她在一个月前就去世了？”主治医生点了点头。

“她的情况一直以来都算很稳定，可是不知道为什么，突然就去世了，我们查了原因，并没有任何的异常。”医生平静地回答道。

“您是说她是突然死亡？”医生点了点头。

“按我们的分析是突然死亡，但是我们并没有什么证据，因为不管是仪器还是药物都很正常，或者就是真的到了要死亡的时候了吧。其实离开了也挺好的，她一直是那个样子，看的人也很难受，而且死也是一种解脱。”医生一边说着一边叹了一口气。

“那您觉得她的丈夫是个什么样的人？”刘晨看着医生问道。医生想了一下。

“看着就是个文化人，对人很有礼貌，对他的妻子也很好，只可惜了，妻子却再也醒不过来了。”医生有点惋惜地说道。

“那您不觉得他有什么异常吗？”刘晨继续问道。

“异常，什么异常？”医生有点不理解地看着刘晨。在他的眼里，张教授是一个话不多，温文尔雅的男人。

“没什么，就是想多了解一下情况。”刘晨看得出来，医生并不知道什么内情，他已经被张教授的外表蒙蔽了。

“哎，有的时候看着他真的很难受，我们两个年纪差不多，有一次他说起了他和自己妻子的事，看得出来，他很爱他的妻子，就算是他的妻子走了，他也还是不能释怀。”医生有些同情地说道。在他的眼里，张教授的确是一个这样的好男人。

“不能释怀？怎么样的不能释怀呢？”刘晨细心地捕捉到了医生话语里面的信息，虽然医生并没有意识到什么。

“他的妻子死了以后，他还在停尸间陪了他的妻子好久，大概有一天吧，我们怎么说都不行，一个人在那里待了一天，不吃不喝，不见人。”医生一边说着一边摇了摇头。

“在停尸间待了一天？”孙志波也注意到了这个问题，他刚才还在想，既然他的妻子是在医院里去世的，那么他又是怎么把他妻子的心取下来的呢？

“不但在停尸间陪他的妻子，而且还把他妻子喜欢的东西都拿了过来，满满的一袋子。还是自己亲自给他的妻子洗的身子，真的是个很痴心的丈夫。”医生的眼里有着许多种复杂的感情，有同情，有怜悯，有赞叹……

医生的这些看法在刘晨和孙志波的眼里，只能是无奈，因为他们已经知道了张教授的真面目，他们也知道张教授并不是因为情深，而是因为要取出自己妻子的那颗心。

“是挺痴情的。”刘晨幽幽地说道。虽然他很想告诉医生这个男人其实是一只披着羊皮的狼，是一个十恶不赦的大恶魔，但是他也知道，说这些没有任何的好处，只能徒增医生的害怕和质疑。

“吴医生，今天真的是麻烦您了，我们想要一份她的病历单，您看可以吗？”孙志波问道。现在想知道的也已经知道了，说得再多也不会有什么新的进展，最重要的还是证据。

“可以，那你们在这等一会儿，我去拿一份。”孙志波对着医生笑了笑。

“谢谢您。”他礼貌地说道。

“没事。”医生说完就走了出去，刘晨见医生离开了，这才回头看着孙志波，孙志波正好也在看着他。

“有什么感想吗？”刘晨问道。孙志波点了点头，脸上的表情有点凝重。

“我想我知道了一个秘密。”孙志波声音不大地回答道，刘晨对着他挑了挑眉。

“什么秘密？”其实他也已经猜了出来，他们两个人应该是想到了同一件事情。

“冰箱里的那颗心是怎么来的。”孙志波皱了皱眉头，他发现自己的内心已经开始变得强大了，不再会有那么多悲伤，尽管这样的事情还是让他难以接受，但是他现在能够坦然面对了。

“我想我也知道了。”刘晨说完，两个人眼神一交流，孙志波对着刘晨叹了一口气，没再说话。

第一百一十三章 女尸的联系

回到警局的时候赵子坦没在，他们两个人和大家在一起聊了一会儿天，这时候赵子坦从外面回来了。

“你们回来了。”赵子坦看到正在说笑的两个人问道。孙志波和刘晨这才意识到赵子坦已经走到了他们的身边。

“回来一会儿了。”孙志波站起来回答道。赵子坦微微点了点头。

“有情况吗？”他问道。

“有情况。”

“你们跟我过来说吧。”说着就朝着一旁的监控室走去。他们两个赶紧拿着在医院找到的资料跟了过去。

“什么情况？”赵子坦看起来有点疲惫，孙志波没敢多问，赶紧把手上的资料递给他。

“我们今天去了医院，找到了他老婆的主治医生，医生告诉我们他老婆是突然死亡的，但是找不到意外死亡的原因，虽然他们也觉得有点蹊跷，但还是没有任何证据，最后只能说是自然死亡。”孙志波说道。刘晨站在一旁没有说话，他也看出了赵子坦的疲惫，有些心疼他。

“死亡时间是 12 月 1 日？”

“的确是 12 月 1 日，医生已经证实了。”孙志波点了点头。

“那么还有什么异常没有？”赵子坦看了看病例，并没有什么异常，可是他还是觉得有什么解释不清，那颗心是怎么来的呢？

“医生说张教授很爱自己的妻子，妻子死了以后还一个人守了一天，后来还亲自给他的妻子洗身子。”孙志波平静地说道。似乎在说一件寻常的事情。

“独自待了一天？”赵子坦注意到了问题的细节，那么这一天发生了什么可就未知了。

“是。”孙志波并没有说出自己的猜测。刘晨也没有多说，赵子坦其实已经在猜测那颗心是不是就是那个时候被张教授取出来的。

“那你们不觉得有什么值得调查的吗？”赵子坦看孙志波的样子似乎是知道什么，却没有说，他越是平静，说明这件事他知道得越多。

“我们有一个猜想。”孙志波看了刘晨一眼，刘晨对着他点了点头，示意他说下去。

赵子坦等待着他们的猜想，同时也是在进一步印证自己的猜想。

“医生说张教授独自给他的妻子洗的身子，而且还带来了妻子生前喜欢的东西，这就给我们留出了一个想象的空间，这段时间，是不是张教授足够有能力把他妻子的心取出来，然后放在那一堆东西里面，把流出来的血冲掉，再给他的妻子封住伤口，穿好衣服，这样把心带出去就神不知鬼不觉了。”

赵子坦听得很认真，因为这和他想得差不多。“还有呢？”赵子坦接着问道。

“我们两个人还去看了洗身子的地方和停尸间，都没有监控，所以张教授是很有可能在那个时候下手的，因为尸体穿好衣服以后就去火化了，以后就再也不可能有人知道这个女人少了一颗心。”孙志波强忍住自己的感情，他表现得很冷静，也很坦然，可是只有他自己知道，此时的他并没有表面上看起来那么波澜不惊。

“你分析得很有道理，而且我突然想到了什么。”赵子坦的思绪飘到了那些线索里面。

“什么？”两个人几乎是同时问出口。

“还记得我们的人曾经在火葬场的门口找到了严颜的尸体吗？”孙志波和刘晨想了想，的确有这么一回事，而且那时候还发现了那个电话号码，也正是因为那个电话号码让他们找到了张教授。

“我记得那件事，还有那个电话号码。”刘晨说完，赵子坦就点了点头。

“我当时还在想，到底是怎么才能把人弄到那里不被发现的呢？现在我知道了，这个张教授先把自己的妻子带回了家里，然后把严颜的尸体也放了进去，最后直接送到了火葬场，可是因为他要和我们兜圈子，所以并没有火化严颜的尸体，而是悄悄把尸体放在了门口，并写了那个电话号码。但是为什么他的邻居不知道张教授的妻子死了呢？”赵子坦有些想不明白这个问题。

“因为当时没有办丧事吧，只是叫人抬了棺木，所以没有人知道。”刘晨分析着说道。

“那么视频上有吗？”赵子坦想到了视频，要是有的话，他们一定会知道的。

“这个要看看，我没有注意过。”孙志波回答道。

第一百一十四章
神秘男朋友

为了弄清楚张教授是怎么把尸体弄出去的，三个人又开始查看所有的视频，并没有找到张教授家里有棺木抬出的监控，但是在12月5日的时候张教授却拉着一个箱子出门了，时间是晚上七点多，张教授当晚并没有回来，而是在第二天早上六点多回来的，嫌疑很大。

“这个拉箱里面肯定就是尸体。”刘晨肯定地说道。赵子坦若有所思地看着监控，只有这一个地方是最为可疑的，那么大的箱子，肯定能够装得下。

“我也觉得，而且还是晚上出去的，肯定是在晚上的时候把尸体放到了火葬场那里，然后第二天早上又回来的。”孙志波分析道。刘晨赞同地点了点头。

“赵叔，您觉得呢？”刘晨看着赵子坦问道。赵子坦点了点头，表示同意。

“几乎能够确定了，到时候再问问他，看看他有什么反应。”孙志波和刘晨同时点了点头。

“你们今天去程瑞那里了吗？查到那块玉的线索了吗？”孙志波和刘晨又同时摇了摇头。

“他没在，我们问了他们宿舍的人，都说不清楚，而且我们看了照片了，上面并没有那块玉，应该不是他的。”孙志波说完，赵子坦点了点头。

“不是他的最好，我也不想怀疑他。”对于程瑞，赵子坦或多或少还是觉得有点同情的，毕竟他也算是受害者。

“赵叔，还有一件事我们需要向您汇报。”刘晨坐在一边说道。

“什么事？”赵子坦转过头去看着他。

“我们今天在去实验室的路上遇到了一个女生，她叫住了我们，和我们说了一个让我们有点意外的事，不过我们觉得也算是一个线索。”

“什么事？”赵子坦来了精神，眼睛也有了光芒。虽然今天因为妻子生病住院的事有点焦头烂额，但是听到有新的线索，他还是很兴奋，除了新线索，现在恐怕没有什么事情能够引起他的兴致来了。“是不是和福尔马林有关？”

“福尔马林的事我们也查到了一点和以前不一样的地方，不过我们要说的还不是这件事，而是一个人，一个和严颜有着不正当关系的人。”刘晨说完孙志波就皱了皱眉头。

“什么叫不正当关系？注意用词好不好。”他不是很喜欢这个带有太多贬义色彩的词。

“我说错了吗？抱都抱了，亲都亲了，而且还都各自有男女朋友，那你告诉我这叫什么关系？”刘晨反驳着。孙志波皱着眉头，没有回答。

“说重点。”赵子坦微微皱了皱眉头。今天的他有些累，精神也不是很好。

“那个女生说看到他们专业的一个男生经常和严颜在一起，大多都是在晚上，而且还看到过两个人抱在一起，那个女生说那个男生有女朋友。赵叔，您猜那个男生的女朋友是谁？”刘晨故意卖着关子。

“谁？”赵子坦听刘晨的语气应该是一个他知道的人。

“李美佳。”刘晨的话彻底让赵子坦震惊了，怎么会是她呢？

“她？这到底是怎么回事？”赵子坦很诧异，如果这件事是真的，那么这个严颜到底是个什么样的女生呢？是真的纯洁美好？还是假装的呢？李美佳的男朋友和严颜又是什么样的一种关系呢？难道真的像刘晨所说的，是不正当的关系吗？

“我们也不知道是怎么回事，那个女生也不知道，只是觉得这个可能会对我们有帮助，就告诉我们了，而且还是偷偷地，看她的样子还是很害怕被别人知道的。”

“这个可以理解。”赵子坦点了点头说道。

“可是我觉得严颜不是那样的人。”孙志波看着赵子坦说道。赵子坦在心里微微叹了一口气，他何尝不希望严颜是个纯洁的女孩呢？

“现在还不能下这种定论，明天去学校见见这个男生，别打草惊蛇，还有，注意查找照片上的那个男人。”两个人点了点头。

第一百一十五章

坦白

晚上的时候赵子坦去见了张教授，张教授正在看一本书，是一个警察拿给他的。他看书的样子很认真，由此可以窥见，他在教学上也一定是一个严谨而又认真的人。

“看得这么认真，不愧是大学教授。”赵子坦说这句话的时候没有带任何的讽刺，只是单纯地赞叹。

“你怎么来了？有事？”张教授只是抬头看了赵子坦一眼，并没有其他表情，心思还是专注在书上。

“有点事，不知道你现在是不是方便和我聊聊？”

“什么事？说吧。”他依旧看着那本似乎极具吸引力的书。

“你妻子的事情，我想和你好好谈谈。”张教授低着头，赵子坦看不见他的眼神和表情，只是默默等待着他的回答。

“上次不是谈过了，还有别的什么事情吗？”他显然不是很愿意继续这个话题，赵子坦感觉得出来。但是赵子坦必须和他谈，让他知道，他们已经知道了大概的过程。

“你的妻子是12月1日突然死亡的，对吗？”赵子坦虽然是在询问，其实是想要继续这个话题。显然，这一招起了作用，张教授合上书抬头看着他，眼神里微微有些吃惊，但是随即消失不见了，莫名地显得空洞。

“看来你们已经知道了，是我一直小看你们了。”张教授的声音有点缥缈，好像不是在和赵子坦说，而是在和空气说，和外面的世界说。

“这些天我想了很多，觉得有点儿累了，一年多了，我的女儿从来没有给我打过一次电话，医生说她去看过她妈妈几次，但是她始终不肯原谅我。我又何尝想要这样呢？要不是她当初背叛了我，何至于走到今天的地步。”他的神情极度悲伤，像是被人抽干了精气一样坐在那儿，微微弯着背，像极了一个命不久矣的老人。

“你是怎么想明白的呢？”赵子坦并没有急于知道他妻子的死因，张教授今天的状态有点奇怪，说不定他能够在张教授悲伤的时候得到更多有用的信息。

“一个人的时间多了就会想得多，我想了太多的事情，现在已经想明白了，你说我的人生还能够有什么希望呢？恐怕真的要在监狱里面度过余生了。”他微微叹了一口气，没有了往日的嚣张和桀骜。

“说不定还有出去的希望，只要你把知道的东西都告诉我，争取宽大处理。”赵子坦说完他就笑了，有点像自嘲，又好像是在笑赵子坦。

“你不用安慰我，我又不是小孩子，我知道我出去也没有什么意思了，就算是我自己能够原谅我自己，别人会原谅我吗？我的女儿这辈子都不会见我了，我的老婆也被我亲手杀死了，我罪孽深重呀。”赵子坦被他的这些话惊了一下，他这是无意识地说出了真相吗？

“你说你亲手杀了自己的妻子？”

张教授重重地点了点头。那颗头颅像是铅球一样，压得他抬不起来，他看起来累极了，赵子坦甚至有点儿接受不了。

“我之前撒谎了，我杀了她。那天我看着她的脸，突然就想到了这张脸曾经对着别的男人笑，那时候的她一定笑得很开心。我越想越生气，我不能够控制自己，我恨到想要杀了她，那时候病房里一个人也没有，我就伸手把她捂死了，我颓废地坐在那儿，我也不知道当时的自己怎么可能这么镇定，可能是因为之前已经面对了死人的原因吧，我觉得我自己的心都跟着很平静，然后我去叫了医生，然后我又装作不知道的样子，很不幸，我骗过了所有人。”他笑了，像是在笑自己，那笑容有点狰狞，赵子坦觉得自己有点脊背发凉的感觉，赵子坦就这么安静地看着他笑，直到他最后痛哭了出来。

“枪毙了我吧，都是我干的。”他几近歇斯底里地喊道。赵子坦什么也没有做，就这么看着他。别的警察听到了喊声，就跑了过来，见赵子坦正在那儿站着。

“赵叔，没事吧？”赵子坦看了他们一眼，然后摆了摆手。他们狐疑地看了一眼张教授和赵子坦，就径直走开了。

第一百一十六章
被吃掉的心脏

“你说都是你干的，到底什么是你干的？”赵子坦不知道他说这些话是一时激动，还是真的是事实，以他现在的状态来看，赵子坦觉得可信度并不是很高。

“那个女学生是我杀的，我的妻子也是我杀的，都是我杀的，你们不是想知道那颗心是怎么来的吗？我告诉你们，是我从她们身上解剖下来的，还有，你们知道为什么那颗心只剩下了半个吗？因为已经消失的那半个被吃了。”他说话的时候有点儿狰狞，又有点儿解脱般的释然。赵子坦不了解他现在复杂的感情，但是他的话却无比清楚地飘进了他的耳朵。孙志波和刘晨同样震惊地听着这一切，他们觉得自己的底线又一次被刷新了。

“被吃了？被谁吃了？”赵子坦显得比较平静，他早就想到了会是这种让人难以接受的答案，虽然难以接受，但是它却是无比真实的现实，不容任何人拒绝。

“贝贝吃了。”张教授突然有点泄气地说道。他现在的情绪变化极为迅速，让人躲闪不及，也琢磨不透。

“贝贝是谁？”赵子坦接着问道。孙志波和刘晨就这么看着张教授，等待着那个出乎他们意料的答案。

“贝贝就是被你们带回来的那条小狗。”他的声音极轻，像是从地底下飘来的声音，让人有点难以捕捉，却又脊背发寒。

“什么？你竟然把她们的心让狗吃了？”此时的刘晨震惊无比，难以相信这样的事情竟然会发生在现实的生活中，而且发生在他们的身边，这太恐怖，也太让人难以理解，为什么会有人有这样的想法，并且真的这么做了呢？

“很意外吧？”张教授笑了笑说道。那笑容里看不出感情。

“你为什么这么做？”这是孙志波的声音，他的声音里带着微微的颤抖，这样的结果同样是他难以接受的，两个女人，就算是无辜地死去了还是不能逃脱这样的厄运，怎么能不让人感到惋惜和心痛呢？那个时候他的心里又是怎么想的呢？

“只要是正常人都不会这么做，可我不是正常人。”张教授自嘲道。孙志波竟然无言以对，他这么“诚实”，反倒让他无话可说了。

“你到底是怎么想的呢？你真的能够下得去手？”刘晨质问道。张教授先是摇了摇头，然后又点了点头。

“你恨过一个人吗？当你恨一个人恨到失去自己的时候你就会明白，有些事情不是自己能够控制得了的，我又怎么会想到，我亲手杀了两个女人，并且亲手解剖了她们美丽的躯体呢？你问我那时候心里是怎么想的？我告诉你，我也不知道，我的心里只有恨，只有报复过后的快感，我的脑子几乎是一片空白，所以做那些事的时候不会感到恶心，也不会感到害怕，没有别的多余的想法，那时候的我恐怕是真的疯了吧。”张教授似乎平静了许多，但是整个人看起来还是那么没有精神，完全没有了以前那嚣张自信的样子。这个男人已经完了，再也不可能回归正常的生活了，就算是能够逃过法律的制裁，也终究摆脱不掉自己内心的愧疚与谴责。

“你不仅那时候是疯的，你一直都是疯的，你枉为人师，竟然能够做出这么狠毒的事情来，你简直就是个恶魔。”刘晨气愤地说道，他努力攥着自己的拳头，不让自己太过激动和愤恨，这样的人就应该千刀万剐，让这个世界多一点善良和美好。

“是，我是疯了，从我知道了自己的妻子背叛了我以后我就疯了。”张教授的目光涣散，像是在看着刘晨，又好像不是在看着他，让人感觉不到他眼睛里暗藏的情感。

“那你为什么要杀了严颜？”孙志波看着张教授问道。张教授转头看着他笑了笑。

“谁让她长得这么漂亮，和我的妻子一样漂亮，和我的妻子一样是个水性杨花的女人呢？”他认定严颜就是这样的一个人，所以他并不觉得她的死是一种无辜。

“你怎么知道她是这样的女人？”孙志波接着问道。眼睛里充满了探究和怀疑。

“因为我看到了。”他的嘴角弯了弯，带着几分邪狞。

“你看到的就是真的吗？”赵子坦不再只是听着，他看得出来，张教授已经心灰意冷，恐怕刚才说的有些话里面是带着虚假的成分的。

“当然是真的。”张教授肯定地回答道。

“你在撒谎。”赵子坦看着他的眼睛，字正腔圆地说道。然后，三个人同时看向了他。

第一百一十七章

真实 or 虚假

“你凭什么说我在撒谎？”张教授看着赵子坦，赵子坦的眼神很笃定，但是张教授的眼神同样没有任何闪躲。

“凭我们掌握的证据，凭你现在不想活了。”张教授就这么直直地看着赵子坦，半天没有说一句话。

“人是我杀的，这一切都是我干的，之前你们千方百计地想要让我招认，现在我说了你们却又不相信，到底我怎么做才是对的呢？”他的语气里带着微微的怒气，现在的他焦躁易怒，情绪极不稳定。

“我们要的是证据，不是你想承认就承认，不想承认就不承认的。”张教授笑了笑，没有说话。

“这么说你真的是在撒谎？”孙志波看着他问道。张教授依旧没有回答。

“请你现在回答我们的问话。”见张教授不回答，孙志波再一次问道。张教授轻轻地摇了摇头。

“我累了。你们先走吧，让我好好休息休息，明天我告诉你们答案，行吗？”他带着恳求的语气。这倒是以前不曾有过的，赵子坦没有再勉强，他对着孙志波和刘晨招了招手，三个人转身开门走了出去。

“赵叔，您为什么觉得他在撒谎？”三个人在楼道里走着，孙志波一边走一边问道。

“办案讲求的是证据，不管这个人我们有多么不喜欢，但是只要证据表明他没有犯案，我们就不能以自己的主观意见来妄下定论，这不管对谁都是不公平的，知道了吗？”刘晨和孙志波都点了点头。

“现在不管是从哪方面看，张教授都不是杀害严颜的凶手，现在他的情绪很不稳定，我们还要看好了他，千万不能出什么意外。”赵子坦嘱咐道。

“那么他老婆呢？难道就没有可能是他杀的吗？”刘晨问出了这个他一直很想弄清楚的问题，赵子坦一边走一边思考，这的确是个应该查清楚的事情。

“你说的这个倒是很有可能，要是真的是他杀了他妻子的话，那么他依然逃不了法律的追责。”

“可是这件事情也过去这么长时间了，恐怕追查起来依旧很麻烦。”刘晨其实是一个很怕麻烦的人，对于有些事也不甚感兴趣。

“我们警察就是干麻烦事的，咱们都嫌麻烦了，别人岂不是更不想去干了。”赵子坦语重心长道。刘晨听得很认真，他笑了笑，对着赵子坦点了点头。

“每次听赵叔说完我都有一种灵魂被洗涤的感觉。”赵子坦转头看了他一眼，笑了。

“你小子就是这张嘴会说。”

“赵叔，现在我们去哪儿？”三个人快要走到门口的时候孙志波问道。赵子坦顿住了脚，站在那想了一会儿。

“去钱正奇那看看吧，好久没去了。”说着又转了回来，朝着关钱正奇的房间走去。

他们站在门口，钱正奇又在对着房顶发呆，他很喜欢这样想事情，想得太多了，恐怕连自己都要卷进去了。

“想了这么久，现在愿意和我们说点什么了吗？”赵子坦推门进去，钱正奇看着他们三个人站在门口，微微愣了一下，然后站了起来，他似乎变得有点瘦了。

“倒是我想要问你们，你们查出什么来了吗？”钱正奇和赵子坦对视着，赵子坦耸了耸肩。

“一部分，不过还是想要知道你脑子里知道的东西。”赵子坦一边说着一边指了指自己的脑子。钱正奇摇了摇头，看起来似乎有点失望。

“我都把凶手告诉你们了，你们还是查不到，我真不知道该用什么词语来形容你们的办事能力。”他说着还摇了摇头，又坐了回去。

“我们今天就是想来和你谈这件事的，关于杀人凶手的问题。”赵子坦不慌不忙地说道。他老练沉稳，不急不躁的性格对嫌疑人的心理很有震慑力。

“这件事还有什么好谈的，我不是已经说了，凶手就是张教授吗？你们还找不到证据，难不成你们还想要我帮你们去找证据吗？”他的眼神里带着一点轻蔑，赵子坦笑了笑。

“看来你还是不想说实话，上次我们差点就信了你的话，这次你还想要故技重施吗？”钱正奇看着赵子坦，两个人对视着，时间仿佛也跟着停止了。

第一百一十八章

发飙

“赵警官这句话是什么意思？什么叫故技重施？我语文不好，理解不了这么高深的词。”钱正奇痞痞地说道。刘晨每次一对上钱正奇就会有一种暴怒的冲动。

“你别再这儿和我们玩什么词谜，你上次撒谎了，说张教授就是凶手，可是事实上张教授根本就不是凶手。你说，你这么做到底有什么动机？你到底想干什么？”刘晨满脸怒气，语气也极为严厉，像是来自海底的寒冰。

“你们查出证据来了？我方便知道吗？”钱正奇并没有任何的慌张，而是有点无辜地看着他们说道。

“你现在就和我们说你到底为什么撒谎？你没有资格和我们谈条件，知道吗？”刘晨强忍着自己的怒火，赵子坦现在就在他的身边，他不想让自己表现得不够冷静。

“好吧，我承认，我是撒谎了，我并不知道是谁杀的，就是随口一说。”钱正奇一副无所谓的样子。赵子坦皱了皱眉头，本以为上次钱正奇那么愤怒，说的话一定是真的，原来又是在演戏，这个钱正奇真的是太狡猾了。

“随口一说？你到底是什么东西？你以为你天天这么耍着我们玩很有意思吗？你知不知道你这是在犯罪？你不是心理变态吗？你不是喜欢寻求刺激吗？我现在就告诉你，你的目的达到了，我们被你耍得团团转，我们没有找到严颜的全尸，今天也是刚知道了她的心都被狗吃了，够刺激吗？现在觉得舒服了吗？觉得爽了吗？这就是你爱人的方式，这就是你变态的欲望导致的恶果，你满意了吗？”刘晨有些失控地对着钱正奇吼道。他真的是忍无可忍了，说他是变态都是对他的一种抬举。虽然刘晨知道这么想只会让自己更生气，情绪更加失控。尽管现在赵子坦就在他的身边，但是他还是不受控制地说了这么多的话。他愤怒地看着钱正奇，此时钱正奇的目光有点呆滞，脸上是一副不可置信的表情。赵子坦和孙志波听着刘晨说了这么多的话，尽管很难听，却很解气，但是赵子坦并没有表现出来，同样没有责备刘晨。

“别用这种眼神看着我，你的伪装很恶心。”刘晨现在看着钱正奇那副有些哀伤的样子就觉得内心无比的愤怒。

“你刚才说的什么，我没听清。”钱正奇的声音微微有点颤抖。刘晨心想，这个人怎么会这么能装呢？他到底在演给谁看呢？

“你少给我装。”刘晨鄙弃地说道，他对钱正奇的行为嗤之以鼻，没有哪怕半点儿的同情。

“什么叫被狗吃了？”他没有理会刘晨的话，自顾自地继续问道。刘晨冷哼了一声，没有回答他。

“严颜的心被张教授喂了他家的小狗贝贝了。”孙志波虽然也很愤怒，但是他比刘晨更加善于安抚自己的情绪，他沉声说道。然后就看到钱正奇的眼睛微微眯了一下，直接倒在了床上，他们还以为他是装的。

“你先起来。”孙志波走到他身边说道。钱正奇睁大眼睛，眼睛眨都不眨一下，就这么直勾勾盯着天花板，就像死去了一样，就连呼吸都十分微弱。

“你少在这儿装死，赶紧起来，这件事还没有完呢。”刘晨用脚踢了踢他，但是他依旧没有动。

“你现在这么做是什么意思呢？难道是想要逃避责任吗？”孙志波接着说道。钱正奇依旧没有任何的反应，他们觉得很奇怪，孙志波看了看刘晨，又看了看赵子坦，束手无策。

赵子坦靠近钱正奇看了看，钱正奇也没有看他，他们都感到很奇怪，钱正奇到底是不是装的呢？就在赵子坦想要伸手试一试钱正奇是不是还有呼吸的时候，钱正奇突然坐了起来，幸好赵子坦躲闪得及时，才没有被他撞上。他坐起来就往外冲，孙志波他们甚至都没有反应过来，钱正奇就这么跑了出去。

“快去追。”赵子坦率先喊道。刚反应过来的三个人立刻追了出去，可是走廊里没有钱正奇的身影，什么都没有，就连值班的民警也没有，人去了哪里呢？

“去那边找找，启动紧急预警，马上把他给我找出来。”赵子坦焦急地说道。然后一路小跑着冲了出去。

警铃响了，大家纷纷出动，并且率先关闭了大门，局里瞬间陷入了混乱。

第一百一十九章 枪杀张教授

“找到没有？”赵子坦已经在警局里找了好几遍了，但是没有见到人，他刚从屋里出来，满头大汗，看到刘晨正在往里走，他就拦住刘晨问道。刘晨同样是满头大汗，他摇了摇头，对于钱正奇的逃跑感到很无力。

“没有。”刘晨刚说完这句话就听到了一声枪响，是后面传来的，他们马上意识到不好的事情已经发生了。

“不好，快走！”赵子坦一边说一边往那边跑。可是刚跑了几步就又听到了一声枪响，他们知道，枪声是从关押张教授的地方传来的，此时的他们来不及思考，飞快地跑到了那里，这时候那里已经站满了人。赵子坦推开人群走进去，就见张教授躺在床上，胸口中了一枪，而钱正奇的胳膊也中了一枪，同样倒在了地上，看到赵子坦进来他放声大笑起来。

“我给严颜报仇了！我报仇了！”他失控地大喊，又是哭又是笑。赵子坦皱着眉头，竟然不知道该怎么回答他，他看了看钱正奇，一边叹着气一边摇了摇头。

“张教授怎么样了？”赵子坦问站在张教授身边的程册，程册摇了摇头。

“已经死了。”赵子坦又回头看着钱正奇，半天才平静下来。

“把他带走，去医院看看，记住了，看好他。”赵子坦对站在他身边的警察说道。那位警察点了点头。赵子坦看着钱正奇，他此时的脸色很不好看，想来也是非常的痛苦。大家看着赵子坦，等着赵子坦的指示。

“刚才是怎么回事？”赵子坦问程册，因为此时程册的手里正拿着两把枪。

“我在找人的过程中去了放手枪的地方，结果我去了以后发现手枪少了一把，明显是被人动过的，我就知道不好了，于是我赶紧拿着枪往外跑，想去告诉您，可是走到这边的时候就听到了一声枪响，我赶紧往这边跑，见他拿枪对着张教授，我就对着他的胳膊打了一枪，把手枪抢了过来，然后你们就过来了。”程册一五一十地说道，赵子坦点了点头。

“是我们太大意了。”张教授死了，好些事情就再也弄不明白了，而钱正奇这次肯定也是必死无疑。

“赵叔，对不起，都怪我。”刘晨在旁边说道，他的声音听起来有些颤抖，脸色也极为难看。赵子坦转头看向他，对着他摇了摇头。

“这件事不怪你，谁都不怪，你别自责。”

“就是怪我，要是我当时不说那些话激他，要是我当时不那么冲动的话，他就不会这么做了。都怪我，怪我沉不住气。赵叔，您骂我吧！”刘晨的声音颤抖得更厉害了，他觉得就是自己错了。赵子坦不止一次地告诉他，做警察一定要沉得住气，一定不要太冲动，可是他还是犯了这样的错误，所以才酿成了现在的恶果。

“现在说什么都没用了，张教授死了，一条线索断了。”赵子坦看着张教授躺在床上一动不动的样子，这恐怕也是他自己想要的结果吧。其实这样死去对他来说未必不是一件好事，至少可以不用那么痛苦，这份感情债再也不用纠缠他了，可是有些事也不可能再解开了。

“赵叔，您骂我吧！”刘晨都快要哭出来了。赵子坦转身拍了拍他的肩膀，对着他摇了摇头。

“这件事不怪你，就算是你不说他也会知道的，这些事是避免不了的，当务之急不是分辨谁对谁错，而是再去找新的线索。”孙志波站在一边看着，心里也很不是滋味，原本张教授还有很多秘密没有说，可是现在，那些谜团恐怕很难揭开了。

“赵叔，尸体怎么办？”程册问道。

“交给老郑处理吧。”说完迈步走了出去，现在的他有些乱，有些难以接受这样的现实，这件事来得太快太突然，他还来不及反应就已经结束了。现在他一点头绪都没有，他原本还希望钱正奇能够有改过回头的那一天，但是这一天恐怕再也来不了了。孙志波和刘晨跟着他来到了院子，院子里一个人都没有，四周很静。他微微叹了一口气，对现在的情况有些无力。

“赵叔，您别难过了。”孙志波走到赵子坦身边说道，赵子坦摇了摇头，脸上的表情有点惋惜。

“这个孩子算是完了。”他说的是钱正奇，虽然钱正奇做事的方法和态度的确很让人接受不了，可是他在赵子坦的眼里还是一个孩子，他何尝不是受害者呢？

“谁？”孙志波有些不明白。

“钱正奇。”

第一百二十章

死结

“可他的思想一点儿也不像个孩子。”刘晨在一边揶揄道，他对于钱正奇的厌恶已经超过了对于张教授的厌恶，“难道自己的童年过得不好就应该满怀仇恨，报复社会吗？比他处境糟糕的多了去了，也没见别人像他这样，是自己的问题就是自己的问题，何必找这么多的理由来掩饰自己。”刘晨气愤地说道。

“你说得有道理，这不能够怪别人，是他自己做的这些事太让人难以接受了。”赵子坦叹了一口气，想起了一句话：“天作孽犹可违，自作孽不可活”。

“怎么回事？谁看着他来着，怎么出了这么大的乱子？”队长气冲冲地从外面赶了回来，看到赵子坦站在那儿就开口问道。

“当时我们在审问他，他突然情绪激动，然后跑了出去，我们找了好久都没有找到，最后就听到了枪声，要不是程册开枪制止了，还不知道会出现什么别的乱子。”赵子坦情绪不是很高，队长虽然很生气，但还是控制了一下。他也知道这件事不能够怪赵子坦，可是出了这么大的事，他也很着急。

“怎么不看好了，你说现在该怎么办吧。”队长一个劲儿地叹气，赵子坦摇了摇头，同样束手无策。

“太突然了，我们也没有想到。”赵子坦也跟着叹了一口气。

“行了，事情都这样了，说这些也没用，现在他在哪里？”

“已经送去医院了，我也叫人看着了，别再出什么情况了。这下张教授死了，我们的一条线索断了。”赵子坦感到很惋惜。

“真死了？”队长试探性地问了一句。

“一枪毙命。”

“唉，这不是坏事了吗？”说着队长摇了摇头走了进去。

“赵叔，电话。”一名警察从里面跑了出来，把手机递给了赵子坦，赵子坦看都没看就接了起来。

“行，你们两个看好了他，再出什么意外拿你们是问。”挂了电话他们也走了进去，又是一夜无眠。

早上的时候刘晨带来了那条叫贝贝的小狗，小狗在警局里被养得很健康，看起来也很欢畅。

“赵叔，就是它。”刘晨实在是很难把这只可爱的小狗和一桩惨不忍睹的凶杀案联系在一起。

“志波，去把老郑叫来。”孙志波答应了一声就走开了。赵子坦看着这只小狗，小狗来到赵子坦的身边，磨蹭着赵子坦的腿，赵子坦伸手摸了摸它的头。

“你说它知道它吃了什么吗？”赵子坦一边抚摸着小狗一边问道。刘晨看着他，又看了看小狗。

“它当然知道它自己吃的是什么，在它的眼里，那只能叫作肉。”刘晨没有起伏的叙述却拨动了赵子坦的心弦，一个人如果没有了灵魂，剩下的可不就只能叫作肉。

“你说得对，就只是肉而已。”赵子坦站直了身体，叹了一口气。刘晨看着他，也没有继续说话。

“赵叔，郑叔来了。”孙志波带了老郑过来，老郑看起来精神不好，因为昨天一宿没睡的原因，现在的他没有了往日的精神。

“怎么看你这状态这么不好？”赵子坦看着老郑问道，老郑笑了笑。

“我这都忙活一晚上了，精神好了才怪。你说吧，叫我什么事？”虽然没有往日有精神，但是老郑依旧尽职尽责。

“昨天那个尸体查得怎么样了？”老郑知道赵子坦问的是张教授。

“没什么异常，就是被枪击中了心脏，还有就是，他好像已经绝食好几天了，胃里很空。”赵子坦点了点头。

“那如果一块肉被吃进了肚子里，还能不能提取它的 DNA？”赵子坦的问题让老郑有点摸不着头脑。

“那看要多长时间了。”

“要是超过了 20 天呢？”

“20 天，几乎是没有这种可能的，早就消化了，就算是胃里的残留也都没了，上哪里去找什么 DNA。”老郑肯定地说道。

“那还有什么别的办法吗？”老郑摇了摇头。

第一百二十一章
吊坠主人的下落

“算了，这件事先告一段落。志波、刘晨，你们两个人今天去一下学校，去见见那个周小剑。”孙志波和刘晨都点了点头。

“那行，你们先忙着，我先睡会儿去，累死我了。”老郑对着赵子坦说道。

赵子坦看了看那只小狗，最终还是没有把小狗吃了人心的事说出来，免得老郑连饭都不想吃了。

“好了，你去吧，先吃点东西。”老郑点了点头。

“对了，今天别忘了去医院看看。”老郑提醒道。赵子坦这才想起了住在医院的老婆，有些感激地看着他，老郑拍了拍他的肩膀就离开了。

“赵叔，去医院干什么，您病了吗？”刘晨开口问道，赵子坦轻轻摇了摇头。

“没事，看个人去，你们快去吃饭吧，吃完了就赶紧过去。”他一边说着一边朝里面走去。刘晨和孙志波看着他的背影，觉得他更加苍老了。以前的赵子坦给人一种意气风发的感觉，但是现在，似乎再也找不到当初的那种感觉了，看来人真的能够被现实摧倒，不管是多么坚强、多么勇敢的人。

“走吧，吃饭去。”刘晨推了推孙志波，两个人便朝着大门口走去。

吃过饭两个人就去了学校，先在学校的学籍科那里找到了周小剑的档案，并没有什么前科，虽然他学习成绩不好，还经常挂科，但是这并不能说明他这个人存在什么问题。问了宿舍号，两个人就赶到了周小剑的宿舍，叫了半天门，才有人出来开门，开门的是一个戴着眼镜的男生，个子很高，一米八左右。当那个人睡眼蒙眬地看到穿着警服的孙志波和刘晨时，立马就清醒了。

“警察先生，有事吗？”男生声音不大地问道。

“有一点事想找一下周小剑，他在吗？”孙志波问道，声音听起来很温和，没有给人丝毫的压力，但是那个男生还是感觉有点战战兢兢。

“他不在，回家了，有什么事吗？”那个男生小声问道，孙志波看了一眼刘晨，刘晨没有说话。

“那他是什么时候回去的？什么时候回来呢？”孙志波接着问道。

“具体时间我不是很清楚，不过他是陪女朋友回去的，什么时候回来我也不清楚。”男生一五一十地回答道。

“谁呀？大早上的说个没完，还让不让人睡觉了。”里面的声音有些不耐烦。

“别喊，是警察。”门口的男生小声提醒道，然后门里面就没有声音了。

“那我们能进去看看吗？”孙志波询问道。门口的男生向里面看了看，还是让开了路。

“有点乱。”男生有些尴尬地笑了笑，那个刚才大喊的男生此时已经站在了屋子里，没有穿外套。孙志波和刘晨走进来，给他们关上门，以免外面的冷气进来。

“对不起呀，我刚才不知道是你们。”那个刚起来的男生不好意思道，孙志波对着他笑了笑。

“没关系，这么早来打扰你们是我们的错，还请你们见谅。”其实现在九点多了，已经到上课时间了，显然，这两个人没有课，或者说是逃课了，但是这和孙志波他们没有一点关系。

“没事没事。”男生不好意思地笑了笑。

“哪个是周小剑的床？”刘晨看着两张没有人睡的床铺问道。

“这个。”那个戴眼镜的男生指了指刘晨面前的那个床。刘晨点了点头，说了一声“谢谢”。

“你们有他的联系方式吧，要不留给我们一个吧。”孙志波说着就拿出了手机，那个不戴眼镜的男生也赶紧去找手机。

在他找手机的时候孙志波看到了放在他下面书桌上的照片，照片上是他和程瑞。

“你还认识程瑞？”孙志波有些好奇地问道，那个男生点了点头。

“我们都认识好多年了，一个地方来的，这张照片还是我们刚上大学的时候照的呢。”男生高兴地回答道，看起来两个人的关系非同一般。

“那时候看起来比现在年轻。”孙志波开玩笑地说道，然后他突然注意到了一样东西，就是照片里程瑞脖子里上那个吊坠，他的脑子“轰”的一声炸开了。

第一百二十二章

真相渐出水面

孙志波看着那张照片，又转头看着那个男生，有点不可置信地再次确认了几遍。的确是，他没有看花眼，就是程瑞，就是他，原来他们找了这么久的人竟然是他，是他伪装得太好了，他们都被他骗了，他难以接受这样的结果。

“这是他的手机号。”男生见孙志波有些失神，就把号码写了下来递给他，他点了点头，想笑，却没有笑出来，这时候他是怎么也笑不出来的。

“谢谢你。刘晨，找到什么东西了吗？”刘晨摇了摇头，走到他身边，并没有注意到他手里的那个相框。

“那我们今天就先回去吧。”孙志波说道。然后他又看向了那个男生，“我们能把这张照片带走吗？”男生听到这句话迟疑了一下，但还是点了点头。

“行，你们拿走吧，我这还有底片，还能再洗的。”那个男生笑了笑，虽然心里满是狐疑。另一个戴眼镜的男生也有点疑惑地看着孙志波，刘晨则伸手拿过了那个相框，看了看，没觉得有什么异常。

“谢谢你，那我们今天就先回去了，有什么事我们会随时来找你们的。再有，要是周小剑回来了，一定要及时通知我们。”那两个人男生同时点了点头。

他们转身走出宿舍，刘晨有些不明所以地看着孙志波，觉得他刚才的行为和表情都有点怪。

“你干吗非要拿人家的一张照片？难道就是因为上面有程瑞？”孙志波先是点了点头，然后又摇了摇头。

“难道你没有注意到程瑞脖子上的东西吗？”经孙志波一提醒，刘晨果然看到了程瑞脖子上的一个小饰物，但是他并没有立刻联想到那块玉，对于那块玉，他本来就不太熟悉。

“不就是一个吊坠吗？看你紧张兮兮的。”

“这可不仅仅是一个吊坠，而是一个线索，你难道忘记了严颜手里握着的那个玉吊坠了吗？你再仔细看看，是不是程瑞脖子上戴的那个吊坠？”刘晨看着程瑞的脖子，他越看越觉得像。

“原来程瑞才是那只老狐狸！”刘晨有些夸张地说道，但是这真的是出乎他的意料。

“走，我们去把程瑞带回去。”刘晨看了孙志波一眼。

“现在？要不要给赵叔打个电话？”孙志波摇了摇头，此时此刻，他的心情无比复杂，怎么能够是程瑞呢？这个结果比怀疑是教导员或者是李美佳更难让他接受。

“先带回去再说。”刘晨也没有和他争执。两个人快速赶向程瑞的宿舍，而程瑞却不在宿舍。

“那你知道程瑞去哪儿了吗？”孙志波站在程瑞的宿舍门口问着那个前来开门的男生。

“应该是在操场，他每天都去跑步，你们可以去那儿看看，要不然我现在给他打个电话？”男生试探性地问道，孙志波摇了摇头。

“没事，不用麻烦了，我们有他的手机号。打扰你休息了，我们就先走了。”

两人在操场外面走了一圈，就看到了正在跑步的程瑞，程瑞似乎并没有注意到他们两个人，一个人一边听音乐一边跑着，步子看起来稳健有力，孙志波看着他的身影，依旧难以接受程瑞就是那块玉的主人这个现实。

“难道我们真的被骗了？”孙志波看着正在跑步的程瑞对刘晨说道，刘晨也在看着程瑞，其实这于他来说，何尝不是一样地难以接受呢，可是如果现实就是如此的话，那么不管程瑞是什么动机，都不可能逃脱法律的制裁。

“说不定这里面还有什么别的因素，也许程瑞不是那个凶手，这其中有什么误会。这件事还是要等我们了解清楚了才能下定论，不能因为一张照片就怀疑一个人是凶手，毕竟现在我们还没有确凿的证据。”刘晨理性地分析着，孙志波点了点头。他何尝不希望这其中有什么误会呢！

“走，去看看就知道了。”说着他就迈开步子往里面走去，刘晨耸了耸肩，也跟了过去。

第一百二十三章

迷雾

程瑞跑到操场门口的时候见到了孙志波和刘晨，他有些惊讶，朝着他们跑了过来。

“你们怎么今天有空过来了？”他说得极为自然，孙志波和刘晨都顿了一下。

“有些事想要问你。”刘晨说道，程瑞点了点头。

“那好，我们去那边说吧。”他指了指操场的一角，三个人就朝着最近的那个角走去。

“张教授的事怎么样了？好久没有见你们了，也不知道现在到底查到了什么地步。”程瑞一边走一边问道。显然，他对这件事很关心，毕竟这件事自己参与其中了。

“看来你还挺关心他。”刘晨说道。看似不经意，其实话里有话。程瑞是个聪明人，马上感觉到了异样，但是他却没有表现出来。

“当然关心，一天找不到凶手，严颜就一天都不能瞑目。”他说这句话的时候语气很沉重。刘晨和孙志波都在分析着此时此刻程瑞的心理。

“这句话说得好，我很赞同。”刘晨别有意味地看了程瑞一眼，而这一眼让程瑞确定，他们今天肯定是冲着自己来的。

“你们今天来找我有什么事？”他问了出来。与其这样一直打哑谜，还不如说清楚，这样他反而不用一直在这儿猜测，现在的他早就没有了思考的欲望。

“想来向你求证一个事。”刘晨接着说道。这期间孙志波一句话也没有说，他现在的心情很复杂，也害怕自己控制不住自己的感情——毕竟这个人他曾那么信任，他也不知道现在该用一个什么样的心态来面对他。

“什么事？”程瑞不知道为什么，突然有了一种不祥的预感，难道严颜的事又出了什么新状况？

“你之前是有过一个玉吊坠吗？”刘晨试探性地问了出来。程瑞顿了一下，不知道他们怎么会知道，但是他还是诚恳地点了点头。

“跟了我很久了，是我姥姥在我十岁生日的时候送给我的，说是有特别的意义，能够一直保佑我，所以我之前一直戴着，怎么了？”程瑞有些不解地问道。

“那现在那个吊坠在哪儿？我们想要看一看，可以吗？”刘晨步步深入，孙志波看出程瑞的表情有一丝异样，但是却不像是恐惧，而是不解。

“可是那个吊坠现在不在我这儿了。”程瑞一五一十地说道。

“不在？那它去哪儿了？”刘晨不依不饶。程瑞立刻就明白了。这个案子肯定和这个吊坠有关系，不然他们也不会这么兴师动众地赶来专门问他吊坠的事情。但是这个吊坠和这个案子有什么关系呢？他现在还不清楚。

“我在一年前给了严颜，现在我也不知道去哪儿了。”程瑞有些无奈地摇了摇头，人都没了，吊坠还能找得到吗？

“你给了严颜？”刘晨有些不可置信地看着他问道。他在心里想着，程瑞这么说是真的给了严颜呢？还是觉得既然现在被他们发现了，还不如说是给了严颜，这样反而能够把自己撇干净呢？

“当时严颜说这个吊坠很漂亮，也很特别，我见她喜欢就送给她了。之后她一直带着，现在应该没有了吧。”程瑞的心情很复杂，也很难受，这件事每提起一次，就好像在他的心上扎了一把刀子，疼得钻心刺骨，却又无能为力。

“我们发现了这个吊坠。”孙志波说道，他看着程瑞。

“你们发现了，在哪儿？”程瑞惊讶地问道。

“严颜的手里。”孙志波语调没有任何变化，可是内心却极为复杂，他还是愿意相信程瑞的。

“什么时候的事？”程瑞接着问道。

“好久了，现在才发现那个吊坠是你的，要是你方便的话，和我们回一趟局里吧，我们和你慢慢说。”他想着把程瑞带回去让赵子坦审问。

“好，那我们现在就走吧。”程瑞爽快地答道。没有半点迟疑，也没有半点心虚。

第一百二十四章

行凶动机

孙志波他们把程瑞带回来倒是让赵子坦吃了一惊，不明白他们为什么突然把程瑞带了回来。

“小刘哥，你先把程瑞带去休息一下，我们有点事要和赵叔说。”那个民警就带着程瑞暂时离开了。这期间程瑞一句话也没有说，他愿意配合他们，无论是让他干什么。

“怎么了，看起来还很神秘的样子。”赵子坦看着他们两个人。这时候孙志波把包里的相框递给了赵子坦，赵子坦一眼就看到了照片上那个吊坠，他吃了一惊，转而又镇定了下来。

“问过了吗？是他的吗？”赵子坦问道，孙志波和刘晨点了点头。

“问了，承认了，就是他的，但是他说他之后给了严颜，我们不知道这是实话，还是他在撒谎。”孙志波看着赵子坦说道。刘晨找了凳子坐下，一边喝水一边听着。

“那你们觉得是真的还是假的呢？”赵子坦问道。孙志波看了看刘晨，又摇了摇头。

“可是我觉得你现在怀疑他的成分占了上风吧。”孙志波诚实地点了点头。

“但是我又觉得他不像是那样的人。”孙志波有些无奈地说道，赵子坦笑着摇了摇头。

“这个要看证据，而不是看感觉。刘晨，你觉得呢？”赵子坦转头看向刘晨。刘晨顿了一下，他在思考，因为他也不知道自己应该相信谁。

“当时知道吊坠是他的以后，我也怀疑了，但是最后我还是觉得他不是凶手。”赵子坦对着他点了点头。

“那你为什么觉得他不是凶手呢？”

“第一个就是感觉，再就是之前的指纹，我们不是比对了吗，没有程瑞的指纹残留，所以我觉得很有可能不是程瑞。而且程瑞那么喜欢严颜，当然，越是这样越有可能因爱生恨。但是，最重要的是严颜那么爱程瑞，要是他想要和严颜在一起的话，不会有任何的阻力，严颜一定会同意和他复合的。而且和程瑞接触了这么多次，程瑞并不恨严颜，而是怀疑居多，或许他还在想着有一天和严颜复合，所以程瑞没有杀人动机。”刘晨一字一句地说道，分析得头头是道，赵子坦有些赞赏地点了点头。

“你说得很有道理，破案最重要的不是知道凶手怎么杀人，用了多么残忍的手段，而是去了解这个凶手为什么杀人，杀人的动机是什么。我也觉得程瑞没有杀人的动机，虽然以前怀疑过，但是可以看得出来，他对于严颜的感情还是真挚的。可是这些事谁也说不明白，程瑞恐怕是要在这里待一段时间了。”

“那赵叔，我们要不要先审问他？”赵子坦摇了摇头。

“没有必要，要是他打算骗我们的话，我们是不会从他嘴里得到什么的，现在就静观其变好了。”赵子坦说着就站了起来，伸一个懒腰，坐这么久，他有些累了。

“今天去找周小剑，有什么收获吗？”赵子坦一边在桌子旁边踱着步子，一边看着他们两个人问道。

“不就是吊坠的事情嘛。没有什么别的收获了。”孙志波坐了下来，既然赵子坦都不怀疑程瑞了，那么他也不用再这么纠结了。

“我是说周小剑，不是说吊坠，你们觉得他这个人怎么样？”赵子坦看着孙志波问道。

“我们没有见到他。”刘晨回答道。

“没有见到？怎么回事，他不在学校？”赵子坦对这件事有点敏感，但是孙志波和刘晨并没有感觉到什么。

“我们去了他的宿舍，他们宿舍的同学说他早就离开学校了，当时他送李美佳回的家，然后就没有回来。我们虽然没有见到周小剑，但是却在那里找到了程瑞和他同学的照片，找到了吊坠的主人。”对于这个收获，孙志波和刘晨还是感到很开心的，毕竟一个线索又摸清了。

“他们宿舍的同学说他送李美佳回的家？”赵子坦问道，孙志波和刘晨对视了一眼，然后同时点了点头。

“怎么啦，不对吗？”孙志波很疑惑，因为他看到赵子坦的脸色变了。

过了一会儿，赵子坦突然像是发现了什么大事件一样看着他们两个人，“可是李美佳是被家人接回去的，而且我在医院里并没有见到周小剑，他真的是送李美佳回去的吗？还是说，他对宿舍的人撒谎了？”

第一百二十五章 你在撒谎

赵子坦的这一提醒让他们猛然察觉到这个周小剑的不对劲儿，明明还在上课的时间，他为什么突然就不回来了呢，这其中一定有什么是他们不知道的。

“赵叔，您这么一说我也觉得奇怪了，今天我们看到了程瑞脖子上的那块玉，就认定了程瑞是凶手，倒是把周小剑忘了。你说他不好好上课，反而回家了，会是因为李美佳吗？”孙志波问道，赵子坦摇了摇头。

“现在还不知道，不过问问就知道了，你现在给李美佳打个电话，顺便问问她什么时候回来。”孙志波一边点头一边拨着电话，没一会儿电话就接通了。

“你好，孙警官。”孙志波开了扩音器，以便三个人都能够听到。

“你好，你身体好点了吗？”孙志波客气地问道。

“好多了，谢谢你还记得，不知道孙警官找我有什么事吗？”李美佳的声音听起来很平静，似乎已经没有了当时的绝望。

“那就好，你回学校了吗？”

“还没有，准备这两天回去，要期末考试了。”

“回来看看书也挺好的。”孙志波说完，李美佳顿了一下，然后迟疑地问道，“严颜的事怎么样了？”其实她已经看了新闻，只是不知道新闻上说的和实际情况是不是一样，对于严颜的惨死，她内心满是愧疚。

“现在还没有找到凶手，不过我们一定会尽力找到，还严颜一个公道。”孙志波保证道，李美佳“嗯”了一声，等待着孙志波接下来的话。

“美佳，我们有些事想要问你，你现在方便和我们说吗？”

“方便，我在自己的房间里，孙警官你就说吧。”

“你的男朋友是叫周小剑吧。”孙志波问道。赵子坦和刘晨都竖起耳朵认真地听着，这个李美佳知不知道周小剑和严颜的事情呢？

“我们已经分手了。”李美佳顿了一下说道，语气里带着一点儿怒气，这种怒气从何而来呢？难道李美佳真的知道周小剑和严颜的事情？

“你们分手了？什么时候的事呢？”孙志波接着问道。

“就是在我住院的时候。”

“那你方便和我们说一下，你们为什么要分手吗？我记得当时他不是还陪你一块儿录过口供吗？”孙志波一步步诱导，如果他推测得没错的话，李美佳肯定知道他和严颜两个人的关系，而且还是因此和周小剑分了手。

“可以。当时我住院，他去看过我一次，但是对我的态度不是很好，我们就吵了一架，然后就分手了。”李美佳的话里看似没有什么纰漏，其实一推测并不是很符合常理。那时候李美佳正在饱受严颜失踪的折磨，正是需要人安慰的时候，她怎么会选择在那个时候和周小剑分手呢，这一点儿也不符合常理，到底是他们哪个人在撒谎呢？

“那这么说他没有送你回家了？”孙志波接着问道。

“他怎么可能送我回家，就算是我们没有分手他也不可能送我回家的，我们的事我没有和家里人说。”李美佳分析道。孙志波对此很赞同，这么说来，周小剑的确是撒谎了。

“那之后你们还联系过吗？”

“没有，那之后我们就再也没有联系过。”李美佳很干脆地回答道，似乎极力想要撇清与他的关系。

“嗯，我知道了。”孙志波看了看赵子坦，赵子坦随手把他想问的话写在了一张纸上：那你知道他和严颜的关系吗？

“孙警官，你们怎么突然问起他来了？”李美佳好像意识到了什么。

“没有什么。”孙志波说完后就故意顿了一下，继续说，“美佳，你知道周小剑和严颜是什么关系吗？”那边安静了，没有回答。孙志波看了看赵子坦，赵子坦没有说话。

“我不知道。”李美佳等了一会儿才说道，声音里已经没有了什么气力，好像在推脱或者掩饰着什么。

孙志波又看到赵子坦在那张纸上写下了一句话：你在撒谎。孙志波有些吃惊地看着赵子坦，赵子坦示意他必须说。他虽然不明白赵子坦为什么这么说，但是还是照做了。

“你在撒谎。”然后那边再次沉默了。

第一百二十六章
新线索

因为李美佳的沉默，他们三个人同时意识到一个问题，那就是李美佳是真的撒谎了。

“你为什么要撒谎？”孙志波趁热打铁，没想到等来的不是李美佳的回答，而是李美佳的哭泣。他们三个人更加迷惑，难道李美佳有什么难言之隐？

等到李美佳哭得不那么厉害了，孙志波这才再次开口：“你难道有什么难言之隐？”

“我刚才撒谎了。我知道，之前我就知道了，严颜和他在一起被我看到了，他们两个人背叛了我。”那边等了一会才回答。那种受伤的声音让孙志波听着心里很不舒服，但是他还要继续问下去，因为这也是线索。

“那你是在什么时候知道的？”

“我能不能回去再和你们说，我现在心里很难受，在电话里也说不清楚，我明天就坐飞机回去，现在别再问我了好吗？”那边是李美佳恳求的语气，声音里带着哭腔。孙志波有些受不住地看着赵子坦，赵子坦顿了一下，然后点了点头。

“那好，那你早点休息，等你回来我们再谈。”那边答应了一声就挂了电话。孙志波这才长舒了一口气。

“原来周小剑才是最厉害的，自己有个那么漂亮的女朋友，竟然还能把严颜搞到手，不简单。”刘晨一边摇着头一边说道。

“不许瞎说。”赵子坦说了他一句，刘晨撇了撇嘴没有再说话。

“赵叔，那周小剑怎么办？”孙志波问道。

“他家地址记下了吗？还有他家的电话号码。”

“昨天以为他就在学校，所以没有记下来，明天我们两个再去一趟，到时候把这些信息都记下来。”赵子坦点了点头，又转头看着刘晨。刘晨很听话地在听着，并没有多说什么。

“行了，你们两个人都去休息吧。明天还要忙一天。”两个人点了点头，先后离开了。赵子坦又坐了一会儿，也转身离开了。

第二天孙志波和刘晨就赶紧去了学校，找到了周小剑家里的联系方式，也给周小剑打了一个电话，但是电话停机。他们又给周小剑的家里打电话，接电话的是周小剑的妈妈。

“谁呀？”周小剑的妈妈问道。

“您好，我们是刑侦支队的警察，请问您是周小剑的什么人？”孙志波客气地问道。

“警察？”那边先是惊讶了一下，“我是周小剑的妈妈，是我儿子出什么事情了吗？”周小剑的妈妈问道。孙志波和刘晨立马就意识到，周小剑很有可能不在家，不然他的妈妈不会这么问。

“没有，只是现在这边有点事，想要他配合一下调查，请问您知道他去哪儿了吗？”

“他们学校不是有什么实习吗，他说他出去实习去了。”周小剑的妈妈说道。孙志波现在还不能分辨周小剑的妈妈说的是不是实话，但是从她担忧的语气里可以听出来，她好像并不知情。

“那您知道为什么他的手机停机了吗？”孙志波接着问道。

“停机了？我不知道，一直都是他给家里打电话。前段时间他说他现在在外地，又换了一个手机号。”周小剑的妈妈诚实地说道。

“那您能把那个手机号给我们吗？”孙志波继续问道，要是能够要到周小剑的手机号，那就太好了。

“可以，我一会儿发给你们吧，我要找找，我没有记住。”周妈妈感觉像是一个很通情达理的人。

“好的，谢谢您。”

“我儿子是不是遇到什么麻烦了？”周妈妈再一次担心地问道。这一刻，孙志波竟然不知道该如何回答。

“没有，阿姨，您就放心吧，您先忙着，我们先挂啦。”他不想再说下去，生怕控制不住自己的感情。要是周小剑真的和这件案子有什么关系的话，那么周妈妈又该怎么接受呢？

“好的，警察同志，你们忙着。”说着就挂了电话。听着“嘟嘟”的忙音，孙志波突然有种不忍，有种复杂的悲伤涌上他的心头。

“干什么呢？”刘晨提醒了他一句，孙志波摇了摇头，没有说话。这时候短信过来了，他赶紧打了一个电话，但是电话占线，等过了差不多十分钟电话才不再占线，响了两声以后，对方竟然关机了。

“怎么回事？”孙志波诧异地问道，怎么刚才还在通话，现在就关机了。

“他肯定知道了，刚才打电话的应该是他的妈妈。”刘晨肯定地说道，孙志波叹了一口气。

“可怜天下父母心呀！”他说了这么一句话。

“你说李美佳回来了吗？”刘晨问道。孙志波看了看时间，摇了摇头。

第一百二十七章 电话单

“这时间应该还没有上飞机吧，才八点多，估计要等到晚上。”孙志波说道，刘晨点了点头。

“那咱们先回去告诉赵叔，看看下一步怎么办。”孙志波点了点头，两个人开车离开，就要出校门口的时候刘晨突然把车停到了路边，孙志波狐疑地看着他。

“怎么停下来了。”孙志波看着刘晨问道。

“我突然想起一件事，我们好像忽略了。”刘晨皱着眉头若有所思。

“忽略了什么？你别这么疑神疑鬼的。”

“你还记得当时严颜失踪的时候她的电话关机了吗？”孙志波点了点头，等待着他进一步地分析。

“肯定是凶手关的机，怎么了，有什么疑问吗？”

“没错，肯定是凶手，那么这个凶手是谁呢？我记得当时你们还调查了严颜的通话记录，你还留着那个通话记录吗？”

“还有，不过在局里，你到底想说什么？”孙志波看着刘晨，刘晨已经发动了车子，车又开了起来。

“看看上面有没有一个电话号码。”

“什么电话号码，谁的？”

“看看就知道了。我怀疑上面有一个电话号码就是周小剑的，只不过我们一直忽略了，凶手很有可能就是周小剑。”虽然是在怀疑，但是刘晨已经带着确定的语气了，孙志波思考着，回想着。当时他们太着急了，每天都在忙着满世界地找凶手，找尸体，可是却忘了一些重要的细节，而这些细节，恰恰是解决问题的关键。

回到局里的时候赵子坦不在，说是去医院看钱正奇了。他们两个就翻出了通话记录，找到通话记录以后两人就开始对号码，没想到真的找到了那个号码，周小剑的号码，虽然不多，看起来也不是很显眼，但是这就证明这两个人真的不是陌生人，但是为什么联系不多呢？

“再找找看，有没有一个号码，不是学校的，也不是她父母的。”他们又开始寻找，一个电话号码映入他们的眼帘，孙志波觉得有点熟悉，就拿出手机来看了看。

“刘晨，快看！这是周小剑给他妈妈的手机号，原来他一直都有两个号码。”孙志波像是发现了新大陆一样地激动。

“查查这是哪里的号码？”孙志波用手机查了查。

“陕西。”

“陕西？难道他一早就知道自己要逃跑，而且提前买好了陕西的号码？”刘晨反问道，孙志波撇了撇嘴，没法给他一个合适的答案。

“这个问题我也不知道，看起来是有点矛盾。”

“这不是看起来，而是确实有问题。”刘晨一边说着一边把通话记录扔到了一边，坐下来想要休息一下。

“李美佳好像是陕西的。”孙志波幽幽地说道。

“那就对了。很有可能李美佳和周小剑去陕西玩过，然后就一直有陕西的手机号。”孙志波也点了点头，觉得这个解释似乎合情合理。

“你们两个在这嘀咕什么呢？”程册走了进来，径直坐到了刘晨的身边，刘晨顺手就搂住了程册的肩膀。

“这么久没见你，去哪儿了？”刘晨笑着问道。

“我能去哪儿？天天当司机呗。”

“当什么司机，咱们局里还有敢用你的人？”孙志波也笑着说道，程册伸手拍开了刘晨搭着自己肩膀的手。

“怎么没人敢用我？天天给局长开车。”

“那你不是很快就要升迁了，还不请请客？”刘晨逗着他。

“去你的，就说这些有的没的。对了，赵叔家的事你们知道了吗？”程册问道。孙志波和刘晨同时愣了一下。

“什么事？”两个人异口同声。

“看来你们不知道，赵婶已经住了好长时间的院了，说是得了癌症，你们难道没有发现赵叔最近很累？”程册怀疑地看着他们两个人，这两个人的确是有点粗心了。

“发现了，但是没有往那上面想，怪不得赵叔最近老是沉默寡言的。”刘晨心里很难受，他知道，要是赵婶也走了，那么就剩下赵叔自己了。

“赵叔是不是没有孩子？”孙志波问道，这件事他早有耳闻。

“没有，几年前出车祸死了。”程册惋惜地说道，孙志波和刘晨没有接话，这件事对于他们来说有点突然。

第一百二十八章

一同消失的两个人

他们等到晚上，赵子坦终于回来了，看起来很疲惫，但是他们没敢问。

“赵叔，我们今天给周小剑打电话了，关机。他的母亲说他没在家，他对家里撒谎了，说是学校安排了实习。”赵子坦坐下以后孙志波站在一边说道，赵子坦沉默着不说话。

“他的号码是陕西的，而且我们在严颜的通话记录里面发现了这个号码，我们觉得，周小剑有很大的作案嫌疑。”赵子坦这时候点了点头。

“那你们查了他的号码归属地了吗？”孙志波看了看刘晨，归属地难道不就是陕西吗？

“查了，是陕西的号码。”孙志波以为赵子坦没有听清，又重复了一遍。

“注册的身份是周小剑本人吗？”赵子坦又解释了一下。他们两个这才发现自己忽略了这个问题，觉得这个理所应当就是本人的号码。

“这个我们没有看，应该是吧。”赵子坦叹了一口气，看着孙志波。

“不能说应该，我们办什么事情都要确定，哪里来的应该，要是在法庭上说应该，法官会相信吗？”他有气无力地说道。看得出来，他整个人已经很疲惫了。

“我知道了。”孙志波很诚恳地接受了赵子坦的批评。

“李美佳回来了吗？”赵子坦问道，孙志波摇了摇头。赵子坦皱了皱眉。

“怎么这件事也没办好？”赵子坦有点生气，这的确是孙志波他们疏忽了，他们认为李美佳回来一定会主动联系他们的。看到赵子坦生气，孙志波和刘晨顿时不知道说什么了，他们面面相觑，不知道该怎么接话。

“现在打，问问她现在回来了吗？”赵子坦用手揉了揉太阳穴，今天的他的确是累了，身体累，心更累。

“知道了。”孙志波一边回答着一边听话地开始拨打李美佳的电话，但是那边电话关机了。孙志波顿时有了一种不妙的感觉，为什么现在关机？难道现在还在飞机上？可是现在都已经傍晚了。

“赵叔，关机了。”孙志波看着赵子坦小声说道，赵子坦闭着的眼睛猛地睁开了。

“刘晨，去查查，从陕西来这里的飞机，最晚一班是什么时候？”刘晨答应了一声，在旁边的电脑上开始查。

“赵叔，最后一班已经到了，今天不会再有班机了。”刘晨也感觉到有点不对劲儿，两个人突然都关机了，而且到现在还找不到人，关键是这两个人之前还是男女朋友关系，难道这一切真的是巧合吗？

“快，现在就查查，那个陕西的号码注册的是谁的名字。”赵子坦一下子坐直了，他有一种不好的预感，他在等待着那一刻的到来，那出乎意料的一刻。

“知道了。”孙志波开始找号码打电话，赵子坦他们在那儿安静地等着。孙志波走了有一会儿了，就在他们就要被安静吞没的时候，孙志波突然跑了进来，眼睛里带着一点震惊。

“赵叔，注册的名字是李美佳。”孙志波的声音有点儿颤抖，难道他们一直被骗了，李美佳的电话打不通并不是因为还没有回来，而是她不想回来了吗？昨天李美佳说她知道严颜和周小剑的事，她那么伤心，这一切难道都是假的吗？

“果然没错，你现在再打一下李美佳的手机号，看看是不是还是关机。”

“对不起，您拨打的号码已关机……”电话的听筒那边传来优雅的女声，可是他们的心情却跟着沉重起来。

“走，去学校。”赵子坦说着就拿上衣服往外走，他的步子很大，走得很快。孙志波和刘晨赶紧跟在后面跑了出去。

“赵叔，干什么去？”程册看着慌慌张张的三个人说道，这时候刘晨他们已经开门上车了。

“有事。”刘晨说完，车子飞快地跑了出去，消失在夕阳下。

他们径直去了严颜的宿舍，没有人在。他们三个人站在门口，看着这个已经空了好久的屋子，一种说不清的感觉涌上心头，难道这一次又走偏了？

“赵叔，抓人吗？”刘晨站在一边问道，赵子坦沉默了一会儿。

“明天给李美佳的家里打电话，要是找不到人的话，通缉。”说完这句话赵子坦就转身走了出去。

第一百二十九章
老路

第二天他们打了李美佳的手机，还是关机，又打了李美佳家里的电话，被告之早就回学校了。这使他们确定，这个李美佳就是有问题，没想到被她骗了这么久。

“赵叔，我们被骗了，怎么办？”孙志波怎么也没有想到李美佳会骗过了所有的人。

“通缉他们两个。”赵子坦阴沉着脸说道，刘晨站在一边，他突然想到了钱正奇拍的那些照片。

“赵叔，你们还记得钱正奇拍的那些照片吗？”刘晨说道。赵子坦和孙志波同时看着他，赵子坦沉思了一下，然后点了点头。

“怎么了，有什么问题吗？”孙志波看着刘晨问道。

“还记得有一张照片上只有李美佳和严颜，但是照片上却写着‘她早晚害死你’吗？”刘晨提醒道。赵子坦和孙志波想了想，这个细节他们两个已经记不清了。

“走，去看看。”赵子坦带着他们两个径直来到了贴着照片的墙那儿，找到了那张照片。赵子坦皱了皱眉，这些无时无刻不在预示着什么的线索，他们却忽略了，怪不得钱正奇会用那种不屑的表情看着他们，他们的确太自以为是，太盲目自信了，有些事情是不能够用惯性思维的。

“赵叔，还有这张。”刘晨拿着那张李美佳、周小剑、程瑞还有严颜的照片，上面写着“但愿那小子不会伤害你，其实他没有我对你真诚”。

赵子坦接过去看了看，心中莫名地多了一种说不上来的感觉。钱正奇真的是一个很细心的人，他其实什么都知道，一直都知道，可是他为什么不说呢？

“这个钱正奇什么都知道，他一直在骗我们，这个该死的狐狸！”孙志波恨恨地说道，这次他也不能不生气了，为什么所有的人都在撒谎呢？为什么每个人都这么虚伪和残忍呢？

“一直都是我们错了，钱正奇早就说过不要我们按常理出牌，可是我们还是走了以前办案的老路，是我们犯了错误，所以才导致了今天这个结果。不管是教导员、周小剑、程瑞、李美佳、张教授还是钱正奇，没有一个能逃脱干系。”赵子坦意味深长地说道，这不仅仅是说给他们两个人听的，更是说给自己听的。

“赵叔，我现在就和队长去说，我们应该全网通缉，不然凭我们一己之力，就像是大海捞针一样，很难找到。”刘晨说道，赵子坦点了点头。

“你去吧。”他说完刘晨就走了出去，孙志波看着赵子坦，又看了看这些照片，心中涌上了一股难以名状的感觉。

“赵叔，之前是我错了。”孙志波歉疚地说道。赵子坦转头看着他，不明白他为什么要这么说。

“为什么这么说，难道因为李美佳？”孙志波摇了摇头。

“不仅仅是因为李美佳，之前一直是我太感情用事，我觉得所有的人都不像坏人，就像李美佳一样，我怎么也没有想到这件事会和她有这么大的关系。要是最后凶手真的是她的话，我觉得我就是罪孽深重，因为我耽误了你正确的思路。”他无比难受，这样的结果远远没有他想得那么容易接受，面对这些，他突然觉得自己很无力。

“为什么把所有的责任都揽到自己身上呢？明明我们都在犯错，而且是我做的决定，我的错误比你还要大得多，你用不着这么自责，不管做什么事情，走弯路是正常的，只要最后能够走上正轨，就不能说我们是走错了，我们一直在努力，有些事不是我们能够掌控的。其实每一次的挫折都是一次成长，我们不就是在这一次次的失败中成长起来的吗？何况现在我们还没有失败。李美佳和这个案子到底是不是有关系，她到底是不是凶手还都是未知数。这个案子走到今天，我们都有责任，这也不是我们能够掌控的，所以没必要自责。不管多么难破解的案子，总会有真相大白的那一天。我们是警察，我们一定要相信正义最终能够战胜邪恶。”孙志波看着赵子坦，沉重地点了点头。这是一个教训，也是一次经验，不到最后，谁又能知道答案呢？

第一百三十章
人格分裂症

下午医院打来了电话，赵子坦他们赶了过去。给赵子坦打电话的是钱正奇的主治医生孙医生。

“赵警官，结果出来了。”孙医生坐在赵子坦的对面，赵子坦和刘晨他们坐在另一面，每个人的表情看起来都很凝重。

“怎么样？有什么别的问题吗？”赵子坦看着孙医生的脸色就知道，事情可能远比他想的要复杂得多。

“有，这个病人有人格分裂症。”孙医生声音低沉地说道。赵子坦看着孙医生，一时难以接受这样的结果。

“什么意思？”刘晨问道。虽然“人格分裂”这个词他听过，但是还是第一次在生活中遇见，人格分裂到底会有什么样的后果，他一无所知。

“人格分裂就是大家常说的双重性格，一个人会在面对不同情况的时候表现出不同的性格，而且暴躁易怒。”孙医生解释道。

“你们是怎么知道的？”赵子坦看着孙医生问道。

“刚开始我们也就给他做了外伤手术和处理，并没有想到这一方面。后来我们觉得他有点儿不对劲儿，经常一个人发呆，而且有的时候脾气很大。而且这种情况变得越来越严重，所以我们就请了精神科的医生。邹医生看了以后说他很有可能有精神问题，我们就让他接受了精神检查，诊断出他有‘人格分裂症’。”

“那这种分裂症会导致什么样的后果呢，和这次枪杀案有没有什么关系呢？”孙志波看着孙医生问道。

“人格分裂症在受到外界的刺激时就会做出和平常不一样的举动，甚至是极端的行为，这种人格分裂症很有可能是因为童年时留下了什么阴影，或者是看到了什么让他内心难以接受的事情。你刚才问我和枪杀案有没有关系，邹医生告诉我，这个应该是有直接关系的，很可能是因为病人当时受到了刺激，然后分裂成了另一个人格，导致了悲剧的发生。”孙志波认真地听着孙医生的解释，再联想到以前钱正奇的阴晴不定，这个答案倒是很符合发生的这些情况。

“那他既然是人格分裂症的患者，是不是就意味着他杀了人不算是犯法？”刘晨终于问出了心中的疑问。

“这个要看情况，如果是严重精神分裂，而且病人不知道自己的意识和行为活动的话，是不受法律制裁的。但是，如果行为人知道自己的行为是不对的，但是还是没有控制住自己而犯了错误的话，是要负法律责任的。”孙医生耐心解释道。对于这个问题，他也咨询了别的医生，这种病例也很少见。

“那就是说只要是能够证明钱正奇是在有意识的情况下杀的人，他就能够被判刑，是吗？”刘晨对于这件事似乎很上心，他希望天下所有的坏人都能够得到应有的惩罚，而不是因为什么精神分裂症而抵消掉自己所犯的错误。

“应该是这样，具体的情况你们还是要问一下律师。”

“我们现在能去见一见钱正奇吗？”赵子坦对孙医生说道。孙医生点了点头，站起来带着他们往外走。

“现在他的情况稳定了点，但是情绪波动还是很大，别让他伤害了你们。”孙医生一边走一边说道。赵子坦答应着，四个人来到了钱正奇所住的病房，一个警察正站在门口看守，见到赵子坦来了就敬了一个礼。

“赵叔。”那个站岗的警察上前打招呼道。

“钱正奇有什么异常吗？”

“今天还算稳定，但是最近他的脾气很大，动不动就暴怒，现在又在里面发呆了。”警察看了看里面正在坐着的钱正奇说道。

“我知道了，你休息一会儿吧，我们进去看看。”

“你怎么又来了。”听到钱正奇的声音，他们并没有感到什么异常，好像还和以前一样，但是又有点儿不一样。钱正奇转头看着他们，脸上没有多余的表情。

第一百三十一章
曾经的美好

“来看看你，你好点儿了吗？”钱正奇看了赵子坦一会儿，然后点了点头。

“你不是单纯来看我的吧，是因为那些医生的话来的吧？”赵子坦吃了一惊，看来钱正奇已经知道了。

“你是不是已经知道了？”赵子坦说道。钱正奇点了点头。

“他们带着我做了那么多的测试，我怎么可能不知道，我有精神病对吗？”钱正奇看起来有些无辜。这一刻，赵子坦看着这个从小就失去了母亲，而且还是亲眼见到自己母亲被杀的孩子，心里想着，他是怎么生活到现在的呢？他知道钱正奇做出这样的行为不值得他同情，但是，他要不是经历了那么痛苦的童年，又怎么会走到今天这一步呢？他也曾是个孩子，和自己的儿子差不多大的孩子，可是这个孩子却背负了这么多年的仇恨，他的心理疾病真的能够怪他吗？

“孩子，要是没有那一次意外，你也许不会变成今天这个样子。”赵子坦痛心地说道，他没有办法回答钱正奇，告诉他得了“人格分裂症”，但是他又为此感到了深深的惋惜和痛心，他的青春和未来又该谁来埋单呢？

“这个世界上哪有什么如果。”钱正奇说道，赵子坦不知道该说什么，“其实我早就知道自己不正常了。”钱正奇幽幽地说道。

“你是怎么知道的？”赵子坦不敢相信地看着钱正奇，钱正奇自嘲地笑了笑。

“之前他们说我有点不一样，我并没有觉得有什么不对劲儿。后来我上了高中，有人玩心理测试，我就测了一下。我想自己真的是有精神分裂，但是不严重。后来我想的事情越来越多，遇到的挫折也越来越多，我终于还是没有能够把自己解救出来。我想了很多办法，我努力去转移自己的注意力。上了大学以后我就见到了严颜，我见到她的第一眼就被她吸引住了。那时候她穿着一件白色的T恤，下面穿着牛仔裤和运动鞋，很简单，也很随意。可就是这样一个女孩，像天使一样飘进了我的心里。我每时每刻都在关注她，以至于我都要忘记我的仇恨了。我看她军训，看她练习舞蹈，看她参加活动，她的一切我都了解。”钱正奇回忆着这些的时候脸上的表情是放松和愉悦的。

“那你为什么还要见死不救？”孙志波想到这些美好，又想到严颜的惨死，对于钱正奇，他是怎样也无法原谅的。

钱正奇看了他一眼，并没有回答他的问题，而是沉浸在了自己的回忆里面。

“你们见过严颜的照片，她很美对不对？其实她本人比照片还要漂亮，我从来没有见过这么漂亮的女孩！她美得清新脱俗，让人不敢接近。”钱正奇的嘴角动了动，他的心里是笑着的。他顿了一下，接着说道，“美好的东西大家都喜欢，所以有很多人都喜欢她，都想要追她，但是她没有同意。在我的眼里，那些人都配不上她。后来我担心她有一天真的变成别人的女朋友，我终于表白了，但是失败了。那时候我不恨她，我觉得她就是应该拒绝我，我还会喜欢她，追她，直到她成为我的女朋友。那段时间是我过得最开心的时候，我的眼里没有仇恨，只有爱情。”钱正奇又一次停住了，像是在回忆着什么。

“然后呢？”赵子坦顺着他的思绪往下引导，钱正奇看了看赵子坦接着往下讲。

“但是没过多久，我就见她和别的男人在一起了，那个男人就是她的男朋友。我当时很生气，就一直观察他们，后来我发现那个男的对她真的很好。我虽然很喜欢她，也在无时无刻地关注着她，但是我却再也没有去打扰她。可是我后来却发现了让我难以接受的秘密，这个看起来清纯无比的女孩竟然是个那样的贱女人，她有了男朋友，还勾搭上了她的教导员和自己好朋友的男朋友。我开始恨她，恨她装得那么美好，恨她毁了我心中的美好。”钱正奇的脸色开始变得难看，心中的怒火也开始跟着燃烧起来。赵子坦细心观察着他脸上的变化，知道他就要变成另一个人格了，他赶紧制止住。

“你有没有想过，她其实不是这样的人，她才是最无辜的呢？”赵子坦声音淡淡的，他想要用平和的声音抚慰钱正奇越发焦躁的心。

“不可能，我亲眼所见。”钱正奇虽然说得很肯定，但是他注意到了赵子坦说话的表情和语气是那么肯定。他开始动摇，虽然只是一点点，虽然他依旧很坚持。

“亲眼所见的就一定是真的吗？”

钱正奇看着他，没有回答。

第一百三十二章
李美佳出现

“或许你说的是对的。”钱正奇低下了头，他看起来平和多了，似乎也接受了自己的病，他毕竟还那么年轻。

“赵叔，您的电话。”孙志波听到赵子坦的电话响了，赵子坦拿出来看了看，是程册的电话。

“怎么了？找到了，好，我马上过去。”赵子坦挂了电话，看了看钱正奇，钱正奇正在看着他。

“你好好休息，我还会来看你的。”说完转身走了出去。孙志波他们也跟着走了出去，走到门口的时候他顿了一下，对着门口值班的警察说道，“好好照顾他。”说完就快步离开了。

在车上的时候孙志波才有机会和他说话，“赵叔，什么找到了？”刘晨对于电话的内容也很好奇，一边开车一边等着赵子坦的回答。

“李美佳找到了。”赵子坦平静地说道，似乎这件事在他的脑子里激不起一点涟漪。

“找到了？在哪儿？”刘晨惊讶地说道。那么周小剑呢，他们两个人是不是在一起呢？这个问题不仅困扰着刘晨，同样也困扰着赵子坦和孙志波。

“在山东。”赵子坦一边回答，一边还在思考着，这个李美佳为什么跑到了山东呢？

“那我们现在就去山东吗？”孙志波接着问道，赵子坦点了点头。

“一到局里就准备坐高铁去山东，那边已经派人盯上了。”赵子坦回答道。李美佳其实也是刚到山东，她用的是真实的身份信息，所以警察很容易就找到了她。

“知道了。”两个人异口同声道。然后三个人就没再交流，因为孙志波和刘晨看出了赵子坦在思考。

三个人赶到局里，和队长简单说了几句话就坐上高铁离开了。到山东的时候已经是第二天的早上了，他们没有来得及找地方休息，而是直接去了李美佳所住的酒店附近的派出所，见到了那里的所长周春生。简单寒暄了几句后，他们开始步入正题。

“周所长，那现在你就让人带我们去吧，我们想早点抓捕嫌疑人归案。”赵子坦对着周春生说道。

“那行，就让小吴带你们去吧，正好让他在路上和你们说说情况。”赵子坦点了点头。

“那好，实在是麻烦你们了。”

“不麻烦，我们都是互相帮助，你们快去吧。”赵子坦他们又客气了几句就跟着小吴坐车离开了。

路上赵子坦他们询问了详细的情况。

“小吴，你们是怎么找到她的呢？”赵子坦坐在副驾驶座上，一边看着外面的街道，一边问道。

“她去酒店登记的时候被酒店经理看了出来，就把她的信息报给我们了，我们核对了一下，的确是她，所以就给你们打了电话。”

“那她有什么异常吗？”赵子坦问道。

“这个还真没有发现，她只出来过三次，而且都是买了东西就回去，并没有发现什么异常的情况。”

“嗯，我们知道了，是要到了吗？”赵子坦见小吴在一个酒店门前靠边停了车，就开口问道。

“是的，就是这家酒店。在顶楼，咱们现在进去吧。”车已经停好，他们四个人下车往里面走去。

“先去前台拿钥匙。”赵子坦一边说着一边往前走。

“你好，我们是警察。麻烦你给一下六楼605的钥匙。”小吴拿出证件给前台看，前台看了看赵子坦他们，对着他们笑了笑。

“请稍等，我需要通知一下我们的经理。”

“喂，经理，这边有警察过来办案子，需要房间的钥匙，你过来一下吧。”挂了电话，前台又微笑着看着他们，“请稍等一下，经理马上就来。”话音刚落，经理就快步走了过来。

“你们好。”经理首先对着年纪最大的赵子坦伸出了手，赵子坦和他握了握手，表示礼貌。

“你好，我们正在抓捕一个嫌疑犯，希望你们能够配合。”赵子坦温和地说道。经理看了看赵子坦的证件，连连点头。

“当然，我们一定会配合你们工作的，小宋，把钥匙给警官。”

第一百三十三章

后悔药

他们很快就来到了李美佳的房间，赵子坦示意刘晨用钥匙开门，他动作很轻，刘晨打头，赵子坦随后，孙志波第三，小吴警官最后。

“谁？”就在他们四个人都走进去的时候卫生间里传出李美佳的声音。赵子坦用手指了指小吴，小吴会意地点了点头。

“服务员，打扫卫生的。”小吴应声说道。

“我这儿不用打扫。你们出去吧。”李美佳的声音有点迟疑，赵子坦觉得有点不对劲儿，让刘晨敲门，刘晨用手轻轻地叩了三下，里面没有声音，他看了看赵子坦，赵子坦让他撞门，刘晨刚想撞门门就开了。李美佳裹着浴袍，满脸泪痕地站在他们的面前。这样的一幅画面把在场的四个人都震住了，他们都没有说话，也不知道该怎么开口。

“我猜到了会是你们。”她声音微微颤抖地说道，看起来很害怕的样子。

“这么说真的是你？”赵子坦看着李美佳说道。李美佳点了点头，又摇了摇头。

“我能先穿上衣服吗？”李美佳用乞求的眼光看着赵子坦。赵子坦和她对视了几秒钟，然后点了点头。

“我们给你五分钟的时间，你要是五分钟还不开门，我们就会进来。”李美佳点了点头，神情很是落寞。赵子坦示意了一下，他们四个人暂时离开了这个房间。

“赵叔，您不怕她跑了？”刚关上门刘晨就开口问道。

“不会，这里是六楼。”赵子坦肯定地说道，“既然她会跑，就证明她不想死，所以她不会跳下去，也没有办法逃跑。”

“赵叔，上次李美佳可是差一点儿跳楼自杀。”孙志波提醒道。赵子坦沉思了一下，然后抬头看着孙志波。

“现在过去几分钟了？”孙志波看了看手表，“还有两分钟。”

“怎么这个时候时间就过得这么慢了呢？”刘晨有些着急地说道，小吴在一旁站着没有说话。

“时间到了。”两分钟后孙志波说道。赵子坦的眼中立刻来了精神，他的身子转过去对着门，轻轻地敲了一下。

“好了吗？”赵子坦问道，但是里面没有声音，赵子坦又问了一声，还是没有回答，四个人警觉了起来。赵子坦开门就往里走，可是刚走了两步他就顿住了，因为此时的李美佳正坐在窗台上，侧着身子，脸看着外面，他们四个人都愣住了。

“你别在那儿，过来，那边危险。”赵子坦下意识地喊道。李美佳没有回头，只是摇了摇头。

“你别掉下去了。”刘晨着急道。四个人就这么看着他，李美佳慢慢转过了脸，这张美丽的脸庞此时挂满了泪痕，眉头皱在一起，脸上的表情极为痛楚。赵子坦甚至不知道为什么在她的身上看到了真诚的悔恨，但是有些错误注定是不能够被弥补的。

“我撒谎了。”李美佳声音颤抖着说道。

“哪件事？”赵子坦冷静地看着她，不着急逼问，声音淡淡地问道。

“从一开始我就在撒谎，是我的错，我错了。”她的眼泪又顺着脸颊留下来，她痛苦地用手抱了抱自己的胳膊。

“从一开始？你到底撒了什么慌，能不能先下来再说？”赵子坦耐心地安抚着她，李美佳摇了摇头。

“你都不知道我做了什么，我知道了严颜和周小剑的事，所以我很生气。我质问她，让她给周小剑打电话，我们吵了起来，吵得很凶，然后我打了她……”她啜泣起来，声音哽咽着，身体微微颤抖。他们紧张地看着她，生怕她一不小心就掉下去。

“这是什么时候的事了？”赵子坦轻声问道。

“就是严颜失踪的那天晚上。她回来过，后来因为和我吵架，她就走了，然后就再也没有回来。要是我知道她走了就不再回来的话，我一定不和她吵，我一定不打她，我一定成全他们，我真的不知道她走了就回不来了……”她哭喊着，无法再继续说下去。赵子坦不知道此时此刻自己的心情应该怎么表达，她是真的悔恨了吧？不然怎么会看起来那么伤心呢？

“可是这个世界上最缺少的不就是后悔药吗？”赵子坦幽幽地说道，不知道是在说给李美佳听还是说给自己听。

第一百三十四章

女人的妒忌心

“我知道我错了，在家的这么长时间我一直无法逃脱自己内心的谴责，我不该那么做，我后悔了，你们放过我吧，求求你们，我的心已经一辈子无法得到安宁了，求你们别再找我了好吗？”李美佳痛苦地哀求道。在场的人无不感到难受，可是谁又能放过严颜呢？暂不论严颜的人品如何，她是一个生命，谁想过她在死去的那一刻有多么痛苦不甘和无可奈何呢？

“不是我们不想放过你，而是我们还没有找到凶手。我最后问你一次，你告诉我，你到底是不是凶手？”赵子坦厉声问道。李美佳疯狂地摇着头，孙志波他们真害怕她会因此掉下去，可是她却不愿意让他们靠近。

“到底要我说多少次你们才肯相信我呢？我真的没有杀人，我怎么可能一个人杀了她，又把她肢解了呢，我没有那么残忍，真的不是我，不是我。”李美佳的痛苦不像是假的，赵子坦皱了皱眉头。

“那你在家的这段时间有见过或者联系过周小剑吗？”李美佳先是愣了一下，随后摇了摇头。

“从我知道他俩的事后我们就分手了。”李美佳带着哭腔说道。

“那他和你去过陕西吗？”李美佳又摇了摇头。

“没有去过，他说他不喜欢那儿，太干。”

“那你给过他你在陕西的电话号码吗？”李美佳还是摇了摇头。

“没有。”她肯定地说道，但是在赵子坦刚想接着问的时候，她像是想起了什么，猛地来了精神。

“不过中间他要过我的身份证，说是要注册一个游戏账号，他说他的不能用了。”李美佳现在才觉得有问题，是不是因为那次发生了什么，还是那时周小剑就已经和严颜好了。想到这儿，她咬了一下自己的嘴唇，握紧了拳头。

“那你给他了吗?”李美佳点了点头，有点恍惚地看了看赵子坦，那眼神让赵子坦觉得她是那么无助和痛楚。

“是不是他用我的身份证做了什么?”赵子坦并没有回答她，而是就这么看着她，过了大约一分钟，赵子坦再次开口了。

“大概时间是什么时候?”

“好像是今年四月份的时候。”李美佳想了想。虽然有点迟疑，但是语气里还是带着肯定。

“怎么记得这么清楚?”赵子坦显然也看出了这一点，李美佳似乎已经不那么激动了，也能够正常地思考，语气也变得平和了许多。

“那时候我刚过完生日不久，所以记得比较清楚，我当时是不想给他的，但是他生气了，所以我就给了他。”李美佳说这些的时候眼里带着一点酸楚，自己那么用心地爱着他，他竟然喜欢自己的朋友，而且还背着自己和她好了，她真的难以接受这样的结果。

“那他是什么时候认识的严颜呢?”

“他很早就认识严颜了，大概是在大二时候。那时候我们刚在一起，我带着严颜和他出去吃饭，那时候他也没有表现出什么，后来他们之间也没什么直接联系，都是通过我，为什么他们会在一起了呢?”李美佳怎么也想不明白，周小剑不是对自己那么好吗?

“那你和严颜的关系是什么时候开始变得不好的呢?”李美佳听到这个问题愣了一下，并没有回答，因为这个问题让她觉得有点难堪，赵子坦会这么问，一定会认为自己和严颜的关系不好是因为自己妒忌严颜。这时候的李美佳已经忘了自己告诉过他们，自己是因为妒忌严颜所以才这么讨厌她。

“我不讨厌她，但是她的确比我好，她做什么都是对的，所有人都喜欢她，可是大家都觉得我特别难缠。只有周小剑对我好，可是没想到到头来，他也背叛了我。”李美佳的眼泪再一次顺着脸颊流了下来。

“为什么别人住的都是四人间和六人间，可是你们两个人却是双人间呢?据我所知，严颜的家庭条件并不是很好。”这件事赵子坦早就想问了，可是每次都没有机会问，现在终于有时间了，却没想到会在这种情境之下。

“她家的条件的确不好，但是当时我们两个关系好，住宿费都是我家里出的。其实我也有私心，想要和她在一起吸引大家的目光，所以就让她和我一起住，可能也是因为这个原因吧，她一直很迁就我，很少违背我的意思，可是到头来她却给我来了这么一出，真狠。那时候我的确恨她，我虽然任性，但是对她并没有恶意，我只是嫉妒她，我并不想害死她。”李美佳哭得很痛苦。赵子坦看着她，心中一阵难过，一个嫉妒害死了多少人呀!

第一百三十五章
覆水难收

“不管你怎么想的，现在事情已经发生了，你这么难受也没有用，你先下来，我们好好谈谈，把案子查清楚才是问题的关键，自责没有任何的作用。”赵子坦往前靠了一步。李美佳看着他，没有抵触，也没有下来的意思。孙志波他们看着赵子坦一点点靠近李美佳，都紧张起来，生怕李美佳突然跳下去。在赵子坦距离李美佳只有两步的时候他停了下来，两个人对视着。

“下来吧。”赵子坦突然张开双臂对着李美佳，像一个慈祥的父亲一样等待着受伤的女儿归来。李美佳瞬间泪奔，她的脸因为痛苦皱在一起，眼泪滚落下来。她动了动腿，赵子坦见她要下来，可能是因为腿麻了走不了，生怕她出什么意外，就靠得更近了，当赵子坦的胳膊接触到李美佳的时候，李美佳一下子伸手抱住了赵子坦，靠在他的肩膀上哭得歇斯底里，她的身体随着抽泣而晃动着，赵子坦伸手抱住她，轻轻地拍了拍她的后背，安慰着她。

“是我错了，我以后再也不敢了，让她回来好不好？”李美佳痛苦地忏悔着。

“好了，都过去了，不要再想了，都过去了。”赵子坦轻轻地安慰着她。孙志波他们看着这一幕，心里同样很不是滋味。

“原谅我，原谅我，我想求求严颜原谅我，我该怎么办，我一直失眠，我的心里一直藏着这个秘密，我错了，我是个坏女人，我错了，求求严颜回来吧，回来吧，我真的错了，真的错了……”李美佳使劲儿抱着赵子坦，颤抖着，忏悔着。

“覆水难收，回不来了。”赵子坦抱了抱李美佳，虽然现在在他怀里的是李美佳，可是他的心里却在想着严颜。那个女孩已经没有了完整的身体，那个女孩已经在这个世界上消失了，就算是再多的忏悔也不可能把已经消失的严颜换回来，忏悔又有什么作用呢？但是真的能够完全责怪李美佳吗？要是当时李美佳知道会是现在这样的结果的话，恐怕她绝对不会让妒忌占满了自己的内心。

“过去的再也回不来了，你想开点儿吧。”孙志波上前一步，看着李美佳说道。李美佳没有抬头，还是在那儿痛苦地哭着。赵子坦把她从阳台上抱下来，李美佳就这样靠在赵子坦的怀里，轻轻抽泣着。大家都没有说话，赵子坦扶着她来到床边，让她躺下来，轻轻地给她盖好被子。

“我该怎么办？”李美佳翻了一个身，背对着他们，轻声询问了一句。

“睡吧，睡醒了我们就回去。”赵子坦轻声回答道。然后转身看着孙志波他们，“把门关上，让她睡会儿吧。”孙志波点了点头。刘晨想要进来，赵子坦做了一个禁止的动作，刘晨顿了一下，有些奇怪地看着赵子坦。

“我们先出去吧。”赵子坦说着就往外走，孙志波也要往外走。赵子坦拍了他的肩膀一下，示意他留下来。

“你留下来照顾她，我们先出去了。”说完就带着刘晨他们两个开门走了出去，然后把门关上了。孙志波皱了一下眉头，耸了耸肩膀，然后转身坐到了旁边的椅子上，看着床上背对着自己的李美佳，竟然平静了下来。

“赵叔，我们这是要去哪儿？”刘晨跟在赵子坦身后往外走，三个人行色匆匆，刘晨有些奇怪，赵子坦难道是受了什么刺激了？

“小吴，你们这儿最近有查到什么可疑的人吗？”赵子坦并没有回答刘晨的问题，而是偏了一下头对着小吴说道。小吴听着这话有点“丈二和尚摸不着头脑”，就看了看刘晨，刘晨对着他摇了摇头。

“可疑的人？什么样可疑的人？”小吴问道。

“一个二十多岁的男生，用的是假身份证。”赵子坦站在酒店门口，看着车水马龙还有路上的行人说道。小吴还是不清楚赵子坦的意思，用手摸了摸脑袋。

“我还真的不清楚，不知道是不是有这样的人。”小吴说完后赵子坦没有说话 。

“赵叔，您怎么确定周小剑用的是假身份证？难道他就没有可能和李美佳一样，用自己的身份证吗？”刘晨看着赵子坦问道。赵子坦深吸了一口气。

“他又不是李美佳。”就这一句话，刘晨马上就明白了，但是小吴依旧一头雾水。

第一百三十六章

偶然的天意

他们去了警局，看了好多档案，但是没有什么新线索，买了点饭他们就回到了酒店。这时候李美佳已经醒了，孙志波坐在李美佳的旁边，两个人都没有说话。

“赵叔，你们去哪儿了？”孙志波见赵子坦开门进来，就站起来迎接。李美佳没什么精神，但也抬起头来看了看赵子坦，慢慢地站了起来。

“我们给你们买了点饭，饿了吧。”刘晨拿着手里的饭递给孙志波，孙志波接过来放在了旁边的桌子上。

“小吴呢？”孙志波有点好奇地看了看门口，并没有小吴的身影。

“人家还有别的事，哪能老是跟着咱们，你们快点吃饭吧，我们已经吃饱了。”刘晨走到床边坐下来，李美佳又坐了回去，看起来极为温顺。

“好点了吗？”赵子坦站到了李美佳的身边，李美佳点了点头，但是看起来依旧很没有精神。现在的她已然不是曾经的她了，这个杀人案不仅改变了严颜的生死，还改变了好多人的生活，李美佳就是其中的一个，还有那个可怜的程瑞。

“吃点东西吧。”孙志波递给了李美佳一份饭，李美佳轻轻地摇了摇头。

“我不饿，你吃吧。”声音很轻，孙志波听得有点心疼。

“吃点吧，吃点东西有力气。”

“我们什么时候回去？”李美佳抬头看着赵子坦问道。赵子坦坐了下来，看了看时间。

“下午的火车，现在还有一个半小时，你要是累了就休息一会儿吧，到时候我们叫你。”李美佳点了点头，没有再说话。

四个人来到了火车站，在火车站等了一会儿火车就到了，四个人检票上车。李美佳挨着刘晨，孙志波挨着赵子坦，四个人面对面坐着，李美佳一直看着外面，有些失神。

“听说青岛很美，这次来也没有来得及看看，下次有机会一定看看。”刘晨见气氛有点沉闷，就和孙志波聊天，孙志波却没有什么心情。

“下次有机会吧。”刘晨见孙志波兴致不高，白了他一眼，也跟着李美佳看向窗外。虽然车厢里有很多的人在说话，但是他们四个人却很安静，就好像是四个不认识的人坐到了一起。

“周小剑！”李美佳突然小声说道，但是却是带着无比的震惊和兴奋。她看了一眼赵子坦，赵子坦他们三个人顺着李美佳手指的地方看过去，一个男人背对着他们，正在那儿排队上车，火车很快从他的身边开过，看不见了，但是那个男人真的是周小剑吗？他们三个人对于周小剑并不是很熟悉，但是李美佳却确信这个人就是周小剑，这个背叛了自己，让自己恨之入骨的人。

“你确定是他？”赵子坦沉声问了一句。已经看不见了周小剑，是不是只是李美佳的错觉，居然会在同一个城市遇到了两个对于案子都无比重要的人，这难道是天意吗？

“我和他在一起这么长时间，他的每一个动作我都很熟悉，绝对没错，肯定是他，但是你们能找到他吗？火车已经开走了，可是我们却不知道火车是要开往哪里。”李美佳虽然有惊讶，也很想让赵子坦他们带着周小剑回去，她很想知道，周小剑是不是真的和这个案子有关系。

“这个不是最重要的，只要确定那个人就是周小剑，他就跑不了。志波，赶紧去找列车长问问，刚才那辆火车是哪里来的，要开往什么地方，如果可能的话，马上联系下一站的警方，我们一定要抓住周小剑。”赵子坦的脸色有点阴沉，这个周小剑是要去哪里呢？

“我知道了，这就去。”孙志波说着就站了起来，然后往另一节车厢走去。

“赵叔，您说我们真的能够抓到周小剑吗？”刘晨有点儿怀疑，这人海茫茫的，真的能够找到他吗？其实他还有点怀疑那个人真的是周小剑吗？

“只要有一点儿线索，我们就能够找到他，没有一个人能够逃到别人找不到的地方，只是时间的问题。现在，就让我们慢慢等待，就算是一时找不到，也不可能永远找不到。”就像那个让他永远也忘不掉的案子，谁能逃得掉法律的制裁呢？就算是真的跑了，也逃不掉内心的谴责。

第一百三十七章
潜追

不一会儿孙志波就跑了回来，他气喘吁吁地看着他们三个人，尤其是赵子坦。

“赵叔，我查到了，您猜怎么样？”孙志波看着赵子坦说道。赵子坦摇了摇头，但是看起来似乎并不是很着急的样子。

“火车是开往哪里的？”

“是云南。”孙志波说道。赵子坦愣了一下，然后想着解决的方法，现在到底怎么样才能够抓到他呢？这个无比狡猾的男人，真的能够这么轻易地被抓到吗？

“我知道了，你们在这儿等着，志波，你跟着我过来一下。”赵子坦说完就往外走去，孙志波有些不解地看了一眼刘晨，然后跟着赵子坦走了出去。

“去哪儿？”孙志波见他一直往前走，就有些好奇地问道。

“去了你就知道了。”

两个人来到了值班室，找到了值班的乘警，一个四十多岁的男人，看起来很强壮。

“您好，现在我们有件事想要让您帮忙。”那个乘警接过赵子坦的证件看了看，很配合地点了点头。

“你们尽管说，有什么需要帮忙的我一定会尽力的。”赵子坦笑了笑，以示感谢，然后他把证件装好，又看了看周围，并没有什么人经过。

“我们正在抓一个逃犯，他在刚刚开走的那辆去往云南的火车上，不知道是不是能够麻烦你联系一下那辆车上的乘警，我们把照片给他们发过去，然后让他们帮我们找找那个人。”赵子坦声音平和地说道。那个人若有所思地点了点头。

“这倒是没什么，只不过每天开往云南的车很多，车上的人也很多，不知道能不能找到，你们是想要让我们抓到直接交给你们，还是只是先找到，到时候怎么抓你们自己定呢？”乘警很有经验，考虑问题也比较全面和仔细。

“不要打草惊蛇，我们自己抓就行，实在不行的话我们一定会求援的。”

“那好，你们先等我一下，我看看是不是能够找到那辆车上的人员。”说完就关门进去了。他们两个人在门口等着，没一会儿那个人就出来了，脸上带着笑容。

“找到了，你们现在把照片发过去吧，我给你们他的手机号码。”赵子坦感激地看着他。

孙志波赶紧把照片发了过去。

随后他们告别了乘警，又走了回去。这时候李美佳还在看着外面，刘晨在看着他们，两个人并没有什么交流。

“赵叔，怎么样了？”刘晨有些着急地问道。赵子坦和孙志波坐了下来，看了看李美佳，李美佳此时也在看他们，等待着他们的答案。

“已经去查了，就是不知道能不能查到，静待天命吧。”孙志波回答道。刘晨白了他一眼。

“这叫什么回答？”他说完又看了看赵子坦，赵子坦在想事情，并没有看他们，“你说这个周小剑到底想干什么呀？”这不但是刘晨的疑问，也是他自己的疑问。

“谁知道？要是知道他想干什么，就不用这么费劲儿了。”孙志波有些无奈地说道。

“你说我们能抓到他吗？”刘晨说这句话的时候看了看李美佳，想看看她有什么反应。果然，李美佳的眉头皱到了一起。

“能的，肯定能的。”孙志波虽然这么说，但是心里却没有底，这么大的城市，能找到也不知道是什么时候的事了。

“你倒是回答得干脆，好像你已经抓到了一样，你这个人呀，干什么事都这么有信心。”刘晨啧了啧嘴，孙志波没有再说什么。

“你们肯定能够抓到的。”李美佳突然说道。他们两个人同时吃了一惊，就连赵子坦也跟着转过了头，看着李美佳，但是李美佳却转头看向了窗外。

第一百三十八章
火车抓捕

过了大约两个小时，那位乘警来到了他们这节车厢，叫走了孙志波。孙志波看了看他手机里面的照片，上面的人不是别人，正是周小剑，这是一张偷拍的照片，孙志波感激地对着他笑了笑。

“谢谢你，帮了我们这么大的忙，您先等一下，我叫赵叔过来。”

孙志波往赵子坦身边走去，赵子坦正在等着他的消息，见他过来就看了看车厢的那头，乘警也在往这边看，两个人对视了一眼。

“怎么样了？”刘晨率先开口问道。

“有消息了，赵叔，您过去一下吧。”赵子坦站了起来，在孙志波面前走了过去。刘晨看了一眼李美佳，李美佳也在看着赵子坦，眼神里看不出什么感情。但是刘晨猜想，里面应该会有一点点哀伤吧。

“您好。”赵子坦礼貌地说道。那个乘警笑了笑。

“去我办公间说话吧。”赵子坦点了点头跟着他走了过去，孙志波这时候也跟了过来。

“给你看看照片，这是我同事在那辆车上拍到的。”赵子坦接过手机看了看，上面的周小剑在玩手机，目不转睛的样子，看起来并没有和别的人不一样。

“那你们没有惊动他吧？”赵子坦看着乘警问道。

“没有，您说了以后我就找了那辆车上的同事，让他们看着照片找一找，没有想到一下子就找到了。他们只说是要查票，看了看他的，但是那个人并不叫周小剑，而叫邹志成。”乘警一字一顿地说道。赵子坦若有所思地点了点头。

“他竟然换了名字，看来已经办了假身份证了。”孙志波看着乘警说道。乘警点了点头。

“肯定是办了假身份证了，要不然就是用的别人的身份证，不然在网上一定能够查到他的踪迹的。”孙志波点了点头。

“你说现在的假证真的是办得太真了，竟然能够买票不被发现。”

“那他现在还在那儿吗？”赵子坦沉着声音问道。乘警点了点头。

“还在那，他并没有发现自己被盯上了，现在怎么办？”乘警看着赵子坦说道。赵子坦思考了几秒钟。

“抓住他。”三个字铿锵有力。要是这次还不能确定凶手的话，他们的方向又该在哪里呢？

“那好，我现在就告诉他们。”乘警接着打了个电话，“老郑，把人抓起来吧。”那边答应了一声，他就挂掉了电话，“我已经说了，想必一会儿就会有消息了。”赵子坦点了点头，脸上并没有笑意。

周小剑还不知道这一切，还在那安静地玩着手机游戏，就在这时候来了两名警察，他皱了皱眉头，看向两名警察。

“有事吗？”周小剑有些不耐烦地说道。

“麻烦你跟我们走一趟吧，周小剑。”一个二十多岁的乘警严肃地说道。而且刻意地加重了后面的三个字。周小剑立刻愣住了，就在他想要逃跑的时候已经被铐上了手铐。

“你们放开我，我不是周小剑，你们认错了，我是邹志成，你们认错人了。”周小剑还在挣扎，但是终究挣脱不开。

“你和我们说没有用。”另一个人一边抓着他往前走一边说道。

“你们要带我去哪儿？”周小剑问道。他已经不再挣扎，跟着他们在人们的议论声中往外走去。

“去哪儿我们也不知道，等消息吧你。”说着就把他带了出去。

“赵警官，人已经抓起来了，现在怎么办？”乘警看着赵子坦说道。

“志波，和队长联系一下，让他接人。”孙志波点了点头。

“赵叔，真没想到这么快就抓到了周小剑，看来真的是天意。”孙志波有些兴奋地说道。这次真的是个意外收获。

“但是案子还没结束。”赵子坦说了这么一句，然后没再说话。

第一百三十九章 强迫

他们赶回局里的时候，周小剑已经被抓了回来，但是队长并没有审问他，只等着赵子坦回来问个明白。赵子坦也没有耽搁，他让队长安顿好了李美佳，就带着孙志波和刘晨去见了周小剑。

周小剑在见到他们的时候有些震惊，但是很快就平静了下来。他看着赵子坦他们，慢慢走过去坐下，没有任何的表情，也看不出惊慌。

“还记得我吗？”赵子坦见他坐下就开口问道。周小剑看着他顿了一下，然后点了点头。

“当然记得，我不只记得你，还记得他。”他指了指孙志波，当时是孙志波审问的李美佳，那时候周小剑就在李美佳的身边，那时候的他还不像现在这么淡然，也不像现在这么平静。

“你一直记得我们，可是我们却刚刚想起你来，是不是有点不公平？”赵子坦意有所指。周小剑皱了皱眉头，他当然知道赵子坦的话是什么意思。

“现在知道了也不晚。”周小剑平静地说道。

“不晚，那要看怎么不晚了。”赵子坦看着他的眼睛，此时的他看起来平静无波，不知道内心里是不是也这么淡然呢？

“你们不就是想知道人是不是我杀的吗？既然你们能够找到我，想必已经猜出来了，我也不想和你们兜圈子了，逃了这么久，我也累了。”周小剑叹了一口气，然后看着他们，“人是我杀的。”他一字一顿地说道。

“你是怎么杀的？”赵子坦接着问道，他的内心有些激动，这一次终于找到了真正的凶手，那么这一切谜团是不是就要解开了呢？

“其实我并不想杀她，严颜的死完全就是个意外。”周小剑有些感伤地说道。

“为什么你说是个意外？”孙志波坐在一边忍不住问道。周小剑看了他一眼，又转头看向赵子坦。

“既然你们能够找我，想必已经知道我和严颜的事了，你们也应该知道，我是多么爱她！既然我这么爱她，又怎么忍心杀她呢？”周小剑的脸上终于有了表情。孙志波看着他的脸，不知道还能不能相信他们口中所谓的爱。

“那你为什么还要杀她？”刘晨有些气不过，都会给自己找借口，杀了就是杀了，做错了事情就是真的做错了，哪有这么多的借口。

“我都说了是个意外。”周小剑有些不悦，赵子坦看了看孙志波和刘晨，又看了看周小剑。

“往下说。”赵子坦说道。

“我对严颜是一见钟情，那时候李美佳叫我和她一起吃饭，我没有想到她还带了一个人来，而那个人就是严颜，我见她的第一眼就爱上了她。她长得那么漂亮，纯洁得一尘不染，我虽然喜欢她，但是我什么也不敢说，我是李美佳的男朋友，而且看严颜的样子，本身就是一个不容易接近的女孩，所以我当时并没有打什么坏主意。但是我一直关注她，每次都装作不经意，但是她的所有的事我都知道，包括教导员对她的骚扰。”说到这儿的时候周小剑突然自嘲地笑了笑。赵子坦不知道他这是什么意思，也并没有问。于是周小剑自己继续说道，“后来我就利用了这件事，我威胁她如果不和我好的话，我就把这件事说出去，她害怕了，但是并没有因此和我在一起，她一直躲着我。后来她竟然找了一个男朋友，我很生气，但是也因此找到了威胁她的办法。”他又一次顿住了。孙志波看着他，听着他说的话，脑子里闪现着这一幕幕，上面有严颜被逼无奈的表情，还有这个男人和教导员的丑恶嘴脸。

“然后你就和她在一起了？”刘晨见他不说了就追问道。

“其实我们一直没有在一起，只不过一直都是我在逼她罢了。我拍了她和教导员的照片，威胁她如果不听我的，我就把那些照片发给他的男朋友。”周小剑陷入了自己深深的回忆里，他对严颜是真的有感情，每次午夜梦回的时候，他都会想起严颜，那张漂亮的脸一次次出现在他的脑海中，挥之不去。

“你拍了严颜和教导员的照片，那么当时我们收到的照片是不是也是你送来的？”孙志波想起了那些被人放到公安局门口的照片。周小剑看着他，然后点了点头。

“那些照片的确是我放的。”那个时候，他其实并没有逃走，只是藏了起来。

第一百四十章
强制的爱

“然后呢？你是怎么纠缠严颜的？”孙志波接着问道。周小剑看着孙志波，眼神有点迷离。

“后来她就被我逼得就范了，我们经常在一起，但是都是晚上，白天她从来不让我找她，没有人知道我们的关系，就连程瑞都不知道。”

“然后呢？你对她做了什么？”孙志波急于知道答案。

“其实我并没有做什么过分的事，我想和她有那种谈恋爱的感觉，但是每次她都会很害怕，就连我抱着她的时候她都会不停地发抖，即便是这样，我还是希望她能够待在我的身边。要是有一天我看不到她，我就浑身不舒服。”周小剑说这些的时候感情很真挚，但是这份感情似乎过于沉重，孙志波甚至能够想到当时严颜的内心是多么无助与无奈。

“即便她是那种人尽可夫的女人，你也愿意一直爱她吗？”刘晨看着周小剑说道。周小剑立刻转头看向刘晨，那种眼神都要喷出火来了。

“你没有看到就不要胡说，严颜不是那种女人，她一直洁身自好，无论跟我还是程瑞都从来没有做出过什么过分的事，你凭什么这么说她。”周小剑愤怒地指着刘晨，孙志波站起来阻止他，但是刘晨却不以为然，激将法一向是他的拿手好戏。

“你怎么知道她不是那样的人，难道你没有听到别人是怎么说的吗？”

“别人怎么说的是别人，严颜从来都没有做过那种事，不然她也不会过得那么辛苦，就算是我给她钱她都不要，你凭什么那么说她。”周小剑愤怒地大吼，刘晨继续不以为然。

“看来你还真的是很傻，都被人骗得团团转了，还在这替别人说话。”刘晨的语气里带了点嘲讽。赵子坦就在一旁看着，什么也不说，就这么关注着周小剑的一举一动，他发现周小剑应该是真的很爱严颜，不然也不会表现得这么激动，一如钱正奇。

“随便你怎么说，严颜不是那样的人，我一直跟着她，她的一举一动我都知道。如果你现在想要知道真相的话就给我闭嘴，不然我一定会抵死不承认，到时候让你们结不成这个案子。”周小剑有些发狠地看着刘晨，刘晨同样看着他，既然目的已经达到了，刘晨也不想再和他争执。

“好，我现在不说话了，你说吧。”刘晨平静地说道。孙志波见周小剑也不再那么激动了，就坐了回来，等待着周小剑口中的真相，还有那些久久难以解开的谜底。

“我和严颜的事还是被李美佳发现了，应该是无意发现的，就是严颜失踪的那天晚上，李美佳给我打电话，骂了我一通，那时候我才和严颜分开，我知道李美佳已经知道了真相，就给严颜打电话，但是没有人接，我就去楼下等着，生怕她出什么事。过了没有多久，严颜果然跑了出来，我拉着她追问，她就一直哭，后来我把她带到了那个居民楼的下面，他告诉我让我离她远点，求我放过她，我真的很难受，我是那么爱她，但是她还是不能够从心底接受我，那时候我甚至有点儿恨她。”周小剑脸色阴沉着，看起来很难受的样子。

“你不觉得你的爱太过分了吗？你明明知道严颜有男朋友，你还这么逼她。”孙志波也忍不住了。

“我知道我太自私了，可是爱本来就是一件很自私的事情，我也不想，可是我没有办法。我就是不能见她和别人在一起，我就是要拆散他们。”周小剑狠狠地说道。一个人倘若有了很强的嫉妒之心，那么这个人一定会不择手段地达到自己的目的，那时候的周小剑就是这样。

“你们到了居民楼那以后呢？发生了什么？”赵子坦在一旁开口问道。周小剑看了看他，又低下头继续说。

“我们发生了很大的争执，她死活都不让我再碰她，后来我就使劲儿想要拥抱她，她一直挣扎。我放开她，想要和她好好谈谈，但是她根本就不听，还一直和我说她最爱的人是程瑞。我气疯了，就推了她一下，没想到她撞到了后面的墙上，掉进了下水道，我蹲下看了看她，就走开了。我后悔了，无论怎么样我都不应该对她那么狠，她下去以后就再也没上来，是我杀了她，我杀了我最爱的人。”周小剑显然陷入了深深的悲痛之中，可是这种悲痛，无论从哪一方面来看，都那么让人难以接受，更无法原谅。

第一百四十一章

倘若曾回头

“那么，那条吊坠是怎么回事？”赵子坦沉声问道。孙志波和刘晨都看向赵子坦，周小剑也看着他，在愣了一下以后，马上明白了赵子坦说的是什么。

“你是怎么知道那个吊坠的？”周小剑觉得有点儿不可思议，当时那般争吵，吊坠肯定会掉入下水道找不到了，他们是怎么知道吊坠的呢？

“因为吊坠在严颜的手里。”赵子坦回答道。周小剑突然就笑了，笑得有点凄楚。

“她果然是最爱程瑞的，她没有骗我。”他一边说着一边摇着头。孙志波竟然在他的眼里看到了泪光。

“什么意思？”赵子坦看着他问道。他知道此时的周小剑无比悲痛，但是，他还是要问，直到问出真相。

“当时我们争吵的时候我看到了她脖子上的吊坠，我知道那个吊坠是程瑞送给她的，她从来没有拿下来过。以前我从来不会逼她拿下来，但是那次，我真的是气疯了，我不让她戴着，她不听，我就从她脖子上拽了下来，但是被她抢了过去，后来我推了她，我以为它已经掉了，没想到，就算是她掉了下去也没有松手。她把那个玉坠看得无比珍贵，就像程瑞一样，一直在她心里，怎么也除不掉。”周小剑痛苦地低着头，像极了受伤的孩子。可是这个看起来无比脆弱的男人却亲手杀了一个手无寸铁的女孩，而这个女孩还是他最爱的人，这真的能够叫爱吗？孙志波和刘晨看不懂，赵子坦也看不懂。

“你太狠了，你真的下得去手，就算是她不愿意不还是跟了你这么久，就算是她一直爱着别人，你还是在一直纠缠她，你到底是什么样的人？竟然可以这么狠心，对着那么善良，那么漂亮的女孩做出那么残忍的事！”孙志波看着他悲痛的样子愤恨地说道。孙志波越听越是接受不了，他甚至在心里对着严颜说，“严颜，你真的好可怜，上天赐给了你美貌和善良，却让你遇到了一群人间的魔鬼，这样的你真的值得别人羡慕吗”？

“我疯了，我当时是真的疯了，你们把我关起来吧！我什么都承认，人是我杀的，学校门口的监控是我盗的，那把锋利的菜刀也是我偷的，居民楼那儿的摄像头也是我遮住的，我还窃取了监控录像带，都是我干的，你们判我刑吧！”周小剑看着赵子坦歇斯底里地喊道，像是一个没有了正常思维的疯子。赵子坦一下子就想到了钱正奇，此时的他应该也过得不好吧。

“你为什么要做这些？”赵子坦看起来无比的淡然，但是他的内心却并没有表面上看起来那么的平静，面对一群这样的恶魔，他真的能够平心静气吗？赵子坦承认，他不是圣人。

“因为我当时很害怕，所以我想要嫁祸给别人，都是我干的，我是个王八蛋，我杀了人，我杀了严颜。”他的情绪似乎已经控制不住了，他一边说着一边疯狂地抓着自己的头发，孙志波担心出什么意外，就用手拉住他，防止他伤害自己。

“那么你知道张教授吗？”赵子坦接着问道。周小剑愣了一下，随即摇了摇头。

“哪个张教授？我不知道是谁。”他有些发蒙。

赵子坦斟酌了一下他的话，觉得他并没有说谎，而且张教授是在暗处，所以应该并不知道张教授的存在。

“严颜掉下去以后，你走了，那么后来你又去看过吗？”周小剑摇了摇头，甚至有些恍惚。

“为什么你不去看？”刘晨气愤地质问道。倘若当时他去看了，倘若他没有那么残忍地丢下严颜，那么她是不是就能够免于死亡，免于被肢解呢？

“我恨她，我当时很恨她。”周小剑似乎平静了下来，语气也平稳了许多，声音带着些许的颤抖。

“你不是很爱她吗？难道爱一个人就是这样的吗？你不管她的死活，这真的能够叫爱吗？”刘晨接着质问道。周小剑摇了摇头，他有些恍惚，并没有回答刘晨。

“那么你是怎么知道严颜死了呢？”赵子坦见他没有回答，就换了问题。

“因为她没有回去，后来李美佳给我打电话了，说她害怕，她犯了一个错误，而且我也没有听到关于有人被救的消息，我就知道，过了一夜，她肯定死了。”他的话里没有任何的感情，看起来极为冷漠。

第一百四十二章
胆寒

“你不觉得你自己太残忍了吗？那可是你最爱的人，想起你们两个在一起亲昵的时候，你会不会觉得自己像一个混蛋？”孙志波愤恨地说道，这样的男人简直都不配叫男人，一时冲动就杀了自己最爱的女人，这样的爱情真的让人胆寒。

“我怎么没想，我一直在想，可是我后悔有用吗？”周小剑红着双眼，带着怒气和悔恨看着孙志波，他是后悔了，可是却已经晚了。

“那你当时为什么不自首？”刘晨一针见血地问道。周小剑转头看着他，似乎没有听懂他的意思，他顿了一下，然后低下了头。

“我害怕，我害怕自己进去就出不来了，我害怕我再也见不到我的家人了，也害怕如果我被判了死刑，自己没有脸去见严颜。”他的声音很低，带着微微的颤抖，像是在隐忍着什么。赵子坦看着他，终于还是忍不住摇了摇头。

“早知今日何必当初呢。”赵子坦最不想看到这些年轻人触犯法律，都是和他的孩子一般大的年纪，他有些不忍心。

“我现在知道自己错了，我太自私了，我是个混蛋，我不该杀了严颜，哪怕是失手，我不该那么自私，剥夺了她幸福的权利，她明明不爱我，明明那么害怕和我待在一起，可是我还是一而再再而三地逼迫她，是我害死了她，我既然已经走到了今天这一步，我不想再做任何的狡辩，人就是我杀的，你们要杀要剐，我绝对没有任何的怨言。”他说得极为诚恳。

“要是你早点儿明白这个道理，严颜说不定就不用死了，我们也不用这么费劲地找凶手。”刘晨幽幽地说道。他真的没有想到，凶手竟然是周小剑，看来以后果真不能够只看感觉，也不能完全相信自己的眼睛，证据才是办案最基本的。

“你还有什么没有交代的吗？”赵子坦问道，周小剑摇了摇头。

“既然没什么要说的了，你就先休息，我们有事自然会找你的。小郑，把他带下去吧。”

“赵叔，案子终于要结束了，我们终于可以好好休息休息了。”刘晨有些兴奋地想着，这段时间真的很累，没有假日，没有白天黑夜，整个人都要变得不正常了。

“可是还有疑点。”赵子坦的身子靠在椅子上，微微向后倾着，闭上眼睛想着什么。

“还有什么没有明白的？”刘晨有些奇怪地问道，案子不是已经很清楚了吗？周小剑已经承认了，现在还需要什么别的证据吗？

“严颜脸上的指纹是怎么回事？嘴里的福尔马林哪里来的？还有，严颜的手机为什么一直没有找到？”赵子坦一下子问出了这么多的问题，孙志波和刘晨也不能够回答，他们刚才被将要结案的兴奋感冲昏了大脑，一时间忘记了这些很重要的线索。

“那我们刚才为什么不问问他？”孙志波看着赵子坦说道。他有些不解，既然赵子坦觉得还有疑点，他刚才为什么不问明白了呢？这让孙志波有些不理解。

“刚才忘了，过会儿你们去问。”赵子坦说道。孙志波点了点头。

“对了，钱正奇最近怎么样了？看过他了吗？”赵子坦睁开眼睛，看着孙志波问道。孙志波摇了摇头，现在他刚想起还有钱正奇这么一个人。

“不知道，好久没见他了，他不是还在医院吗？”赵子坦知道孙志波他们不会对这么一个看起来已经没有多大用处的人上心，加上他们本来就很讨厌钱正奇，就更不会去主动关心他的情况了。

“走，去医院看看他吧，我也好久没有见到他了，不知道他好了没有。”赵子坦一边往外走一边说道。孙志波和刘晨也顾不上疲惫，跟了上去。

“赵警官，你们怎么来了？可是好久没有看见你们了。”钱正奇的主治医生看着赵子坦说道，赵子坦和他握了握手，就坐到了医生对面。

“出差刚回来，钱正奇的情况怎么样了？好点儿了吗？”医生一听赵子坦这么问，就摇了摇头，看起来情况不是很好。

“最近情况更加不稳定了，看起来好像有恶化的趋势。”医生有些无奈。

“恶化？怎么会恶化呢？”刘晨用不可置信的语气问道。钱正奇可是个关键人物，怎么突然就病情严重了呢？

第一百四十三章 咫尺天涯

“他的情绪一直很不好，有的时候甚至会一两天不吃一点儿东西，待会儿你们看到他可不要惊讶，他现在瘦了好多。”医生带着叹惋的语气说道。

“那他平常都干些什么？”赵子坦开口问道。

“每天除了发呆就是发呆，什么也不干，有的时候甚至会自言自语半天。”

“说的什么？”赵子坦继续问道。

“听不清，等到你再问他的时候他就又一句话也不说了，现在更严重了，胡言乱语的时候也比以前多了，恐怕再这么下去，这个孩子就完了。”医生一边摇着头一边说道。赵子坦他们都皱起了眉头。为什么刚刚抓到周小剑，现在钱正奇又变成了这个样子，这个案子到底要祸害多少人才能够结束呢？

“完了？什么意思？”刘晨带着震惊和不解问道。

“要是一直这么下去，这个孩子恐怕就会越发神志不清了，到最后神经错乱，不知道自己是谁，他一直活在自己的梦魇之中，自我折磨，恐怕再也好不了了。”医生叹了一口气，他是多么希望自己的病人能够好起来，可是看着他一步一步变成今天的样子，除了挫败，他更感到惋惜，为一个年轻的灵魂逝去而惋惜。

“这么说他就是真的疯了，再也好不了了对吗？”孙志波在一旁站着，忍不住问道，尽管他并不喜欢钱正奇，尽管也想要让他得到应有的惩罚，可是钱正奇又何尝不是一个受害者呢？

“通俗点说是这样。”医生语气平和地解释道。孙志波的心竟然跟着一下子就跌倒了谷底，这样一个年轻人真的要成为一个真正的行尸走肉了吗？不知道自己是谁，不知道身边的人是谁，只会日复一日地活在对自己的折磨之中。

“去看看吧。”赵子坦拍了拍孙志波的肩膀。医生微微叹了一口气，然后转身走到前面，带着他们去看钱正奇。

他们站在病房的门口，并没有着急走进去。钱正奇正看着地面，嘴动着，不知道在说些什么，赵子坦推门走进去，钱正奇还下意识地抬头看了一眼，那眼睛里没有一点神采，以前那种张狂跋扈的样子早已消失不见，赵子坦甚至以为自己有了什么错觉，不就是半个月的时间吗？为什么一个人可以变得这么快？变得让人不敢认，也认不出来呢？

“你还认识我吗？”赵子坦慢慢走到他身边问道。他看着赵子坦，对着他点了点头，看了看旁边的这几个人，又低下了头。

“赵叔，好久不见。”钱正奇并不看赵子坦，但是语气里带着那么一点亲切。赵子坦听着这个称呼，心里不自觉地充满了隐隐的疼痛。这是钱正奇第一次这么叫自己，赵子坦总是感觉他的语气里带着无助和悔恨，他应该是想通了吧，可是却已经晚了，他终究没有救下严颜，现在也必将救不了自己。

“你最近还好吗？”赵子坦忍住自己内心的疼痛，但是语气里还是带上了慈父的那种疼惜。孙志波他们都看着赵子坦，知道赵子坦再次起了恻隐之心。

“我不好，我过得一点也不好。”他摇了摇头，依旧没有抬起头来，说话的语气也很轻。

“听医生说你现在情况不是很好，你是不是想得太多了。”赵子坦依旧温言轻语地说着。钱正奇微微叹了一口气，然后点了点头，看着窗户外边，好像在想着什么。

“我以前一闭上眼睛就能够看到严颜的脸，想起她的一切，现在无论睁眼闭眼，她的音容笑貌都会出现在我的眼前，占据着我的大脑，我忘不掉，是我错了，我太自私了，我是爱她的，我不想她死，我真的不想她死，我那时候是想要惩罚她的，惩罚她的表里不一，惩罚她拒绝了我，却相信那些对她不是真心的人。但是当我真的知道她死了以后，我还是感到无比难受。我假装自己是不在乎的，我让自己看起来若无其事，我不想要让别人看出一点破绽，可是我还是骗不了我自己。我不能想象她被分尸了的样子，太残忍了，是我害死了她，我应该出手相救的。”钱正奇痛苦地说着，眼泪顺着他的脸颊流了下来，要是早知道今天会这么痛苦和难以承受，他一定不会袖手旁观的。

“这么说，周小剑杀严颜的时候你就在旁边？”刘晨禁不住问道。可是这个问题却震惊到了钱正奇，他猛地抬起头来。

“周小剑？”满满地不可置信的语调。

第一百四十四章 心结

“没想到还是装作不知道？”刘晨看着钱正奇，这么久了，他不知道自己是不是应该相信这个人，就连他是不是真的疯了，还是装疯卖傻他都在怀疑。但是他看得出来，孙志波和赵子坦两个人都相信了，而且是深信不疑，他看到了赵子坦心底那满满的恻隐之心，这是他之前不曾见到过的。

“我知道你们不相信我，但是我真的没有想到会是他，我之前说了是张教授，那次不是假的，因为我看到的就是那样的，我没有见到周小剑，虽然我之前就知道他对严颜有意思，而且我还见到过他们在一起，但是我没有想到他会杀了她。”钱正奇有些痛苦地皱着眉头。

“那么还有什么是你知道但是没有说出来的呢？”赵子坦接着问道。

“没有了，我知道的都已经说过了，之前我一直想把你们带偏，但是现在我不这么想了，是我错了，要不是我的话，严颜应该就不会死了，我就算是现在死了都没有脸见她，我也是杀人凶手，你们把我带回去吧！我应该受到惩罚，你们现在就带我回去，送我进监狱，这样我可能还会安心一点。”钱正奇说着就往赵子坦这边靠，赵子坦用手轻轻地拦住他，不让他再往前靠近。

“你还没有好，先在这儿休息，有什么事了我们会来找你的。”赵子坦说不出什么安慰的话，因为他的确参与了此事，也的确不是无辜的。

“我好了，我哪里没好？我之前还杀了人，你们为什么不抓我？为什么非要让我待在医院里？我不愿意在这儿待着，我在这儿都快要疯了，你们带我出去，去哪儿都行，别让我在这儿了行吗？”钱正奇刚开始的时候说话有点亢奋，但是一会儿就带上了哀求的语气。赵子坦觉得自己的心在抽搐，他仿佛看到了钱正奇的妈妈正在一个他们看不见的地方注视着自己的儿子，她痛苦地呼喊着，但是却无能为力，她什么也做不了。

“等两天，再等两天我们就带你出去。”赵子坦试着诱哄他。看得出来，钱正奇的情绪已经开始不稳定了，要是再不安抚他的话，赵子坦不知道一会儿会发生什么难以控制的事。

“我不，我现在就要出去，你们带我出去。”他说着就要往外闯。孙志波和刘晨见情况有些不对，马上过来拉着他，但是他的力气依旧很大，还在奋力挣扎着，赵子坦甚至被眼前的这个男孩震惊了，他怎么突然变得这么快？他是真的好不了了吗？

“你们等着，我去拿药。”医生知道钱正奇又要犯病了，匆匆忙忙地跑了出去。

“放开我，你们放开我……”钱正奇一边喊一边疯狂挣扎着。孙志波和刘晨两个人竟然感觉到了力不从心。他们两个努力地想要控制住钱正奇，但是不知道他哪里来的力气，一直试图挣脱他们，疯了一样。

“小樱，快。”医生跑了回来，一进来就过去抓起钱正奇的胳膊对着匆忙跟在后面跑进来的护士喊道。女护士利落地跑过去给钱正奇打了一针，钱正奇挣扎了两下，然后就看到钱正奇往下倒，孙志波和刘晨接住他，赵子坦看着他微微闭上了眼睛，好像睡着了。赵子坦见钱正奇的嘴动了两下，然后那双一直看着自己的眼睛就闭上了。赵子坦分明在里面看到了无助，一个孩子般的无助。他立刻就明白了，钱正奇最后的那两个字说的是“救我”。他的心跟着猛地疼了一下，他是自己控制不了，不然又怎么会这么无助，这么痛苦呢？

“他睡着了。”孙志波轻声对赵子坦说道。赵子坦点了点头。

“我刚才让小樱给他打了一针安定，要不然控制不了他。”医生还在微微地喘着粗气，小樱已经帮着刘晨把钱正奇放好，然后开门离开了，屋子里安静了下来。

“他经常这么犯病吗？”赵子坦看着医生问道。

“最近这种情况有点多，但是从来没有像今天这么疯狂，看来他的病情又恶化了。”医生有些无可奈何地叹了一口气。

“他这是心结，这个孩子的心结解不开，他就好不了，他这是一步一步把自己逼疯了。”赵子坦也叹息地摇了摇头。孙志波和刘晨看着赵子坦，不理解他的感情。

“想要解开这个心结难呀。”医生说道。赵子坦看了医生一眼，叹了一口气。

“那他还能够出庭做证吗？”赵子坦不想再谈论这个沉重的话题，于是转了话题，但是一出口他就发现这依旧是个沉重的话题。

“只能看情况了，现在谁也说不好。”医生如实说道。赵子坦和医生对视了一眼，谁也没有说话。

第一百四十五章

案子结束

抓到周小剑的第四天，他们又去了下水道那儿。因为周小剑说严颜的手机当时被他扔在了里面，赵子坦带着孙志波和刘晨去打捞，找到了学校的后勤帮忙，但是并没有找到。

“找不到？”赵子坦看着已经到了井下的工人问道。工人弯着的身子直了起来，看着赵子坦摇了摇头。

“没有找到，这里是通着的，估计早就被冲了下去了吧。”工人站直了身子，但是却并没有从下水道里出来。

“这个地方是学校的下水道总管，连接着学校的全部下水道系统，所以有的时候水量会很大，手机被冲走了也说不定。”另一个工人站在赵子坦旁边说道。

“那可怎么办？一个好好的证据就这么找不到了？”刘晨在一边嘟囔道。

“那也没有办法，下水道四通八达的，我们不可能爬下去一点一点地找，找不到可不就是真的找不到了吗？”孙志波虽然也感到很惋惜，但是这并不是什么非常重要的证据，既然周小剑已经认罪，这只是一个物证罢了，何况这个物证有没有什么实质性的作用谁也说不好。

“你是说这个下水道系统连接着整个学校的下水道系统？”赵子坦刚才一直在想那个工人的话，总觉得哪里需要仔细推敲一下。

“是的，所有的污水都要从这里流出去。”那个工人回答道。

“那么实验室的下水道也连着这里吗？”赵子坦认真的表情让看着他的孙志波和刘晨感觉有点奇怪，但是当他们两个人听到实验室的时候，恍然大悟。

“是的，所有的都要从这里流出去。”工人虽然不知道赵子坦为什么这么关心这个问题，但是看着他认真严肃的表情就知道，这应该很重要。

“我明白了。”赵子坦像是解开了压在心底许久的结一样，一种释然油然而生。这么久了，那个一直缠绕着他的问题终于被他解开了。

“赵叔，您是说福尔马林？”孙志波在一旁看着赵子坦问道。赵子坦点了点头。刘晨和孙志波对视了一眼，竟然有点不敢相信，原来真相一直就在这里。

“师傅，上来吧，刘晨，你们帮着把师傅拉上来。”赵子坦对着地下的工人客气又有礼貌地说道。

“不找了吗？”那个工人问了一句。

“不找了，找不到也没有关系，上来吧，地下冷。”几个人合力把工人拉了上来。

“今天真的是麻烦你们了，谢谢。”赵子坦和两个工人握了握手表示感谢。

“没事没事，你们这也是为人民服务嘛。”

“谢谢你们的理解，天气这么冷，你们就回去吧，我们再去别处看看。”赵子坦和他们告了别，两个人离开了，他们却并没有离开。赵子坦看着这周围，一切都没变，他又看了看已经封好井盖的下水道，除了这个新的井盖，一切都还是原来的样子，可是却不见了原来的人。一个花季少女在这里被吞噬了，连痕迹都没有留下。

“赵叔，我怎么也没有想到，福尔马林竟然是这样跑到严颜的嘴里的。赵叔，你是怎么想到的呢？”孙志波虽然想明白了，但是却不知道是什么让赵子坦把这些联系到了一起。

“刚才我听到那个工人说这里是学校的总下水道，我就觉得哪里不对劲儿，但是一时间想不起来，然后我就想到了严颜嘴里的福尔马林，这个结一直在我心里，我一直想知道这些福尔马林是从哪里来的，为什么上次我们采的水样里面没有，这时候我突然想到了你之前的调查，那时候你说实验室里面曾经有人打掉了一瓶福尔马林，我就把这些联系了起来。”赵子坦的脸色看起来有些阴沉，眉头微微皱着，手放在口袋里面。但是孙志波能够猜到，赵子坦的手一定是握紧了拳头的样子。

“那为什么上次我们采水样的时候没有呢？”刘晨问出了这个问题。

“我也想了，你还记得那个工人说有的时候这里的水流会很大吗？”刘晨点了点头。赵子坦继续说道，“严颜失踪的时候最多不过十点，所以因为白天洗澡、洗漱的人不多，所以福尔马林残留了下来，虽然并不多，但是足以进入严颜的口腔，并且能够被老郑用先进的仪器检测出来。但是后来我们来的时候已经是两个多月之后了，水早就把福尔马林冲没了，所以我们才没有在水里检测出来。”赵子坦像是松了一口气一样，终于结束了，但是他却怎么也高兴不起来。

“要不是今天来到这里，知道了这个消息，我们是怎么也不会想到原来看似很远的实验楼和这里竟有着这么大的关系。”孙志波感叹道。赵子坦点了点头，这些细节看似没有关联，其实环环相扣。

“你们两个一会儿去实验室，务必找到那个女同学，让她出庭做证，证明她当时的确是打碎了福尔马林，最好有具体的时间，她应该会知道，毕竟在实验室里面做实验会有记录。这几天我们就申请再次开庭，案子是到了该结束的时候了。”拖了这么久，终究还是要有个结局，终究还是有人要为此付出代价。只是这一路走来，有的人死了，有的人疯了，有的人将会懊悔一生，这一切，真的值得吗？赵子坦想问自己，可是自己给不出答案。赵子坦想问别人，别人也同样回答不了。

“知道了，赵叔在想什么？”刘晨看着赵子坦望着天空，眼神里看不见解脱的光芒，反而多了几分感伤和迷茫。

“没事，走吧。”他转头看着刘晨说道，想笑一笑，但是终究没有笑出来。

第一百四十六章
尾声

又是一周的时间，他们日夜不停地整理证据和所有相关的数据。严颜脸上的指纹是李美佳的，是因为李美佳和严颜争吵时候扇了两巴掌。还有那失去的两个小时的监控记录了严颜和周小剑一同从宿舍楼下离开，严颜看起来很无助，很悲伤，周小剑搂着她，中间并没有什么情况，只是视频的最后，周小剑回来了，但是严颜却再也没有出现。那个居民楼的监控死角阻止了人们的视线，也埋藏了所有的真相。而门口小饭店那消失的监控录像同样有了周小剑的身影，是他拿走了那把刀，但是却并没有用，而是扔到了学校的湖里，赵子坦他们从湖里找到了那把刀。钱正奇虽然有一本《黑客攻略》的书，但是他却没有窃取监控。这一切的一切，越看似相互联系的越没有必然的关系，而那些深深潜藏着的细节，才是事情的真相。

“赵叔，材料都准备好了。”孙志波和刘晨站在办公桌那儿对着正在和队长说话的赵子坦说道。赵子坦抬头看着他们两个人，又转头看向队长。

“可以走了。”赵子坦说道。

“好，是时候结束了，出发。”说完两个人同时站了起来，赵子坦和队长走在前面，孙志波和刘晨拿着资料走在后面，一行四人快步向警车走去，当警车再次向检察院驶去的时候，赵子坦竟然有了一种恍如隔世的感觉。

孙志波就坐在下面，听着法官一一询问，案子一点一点被厘清，孙志波的脑海中就如同过电影一般回想了一遍严颜与这些人的种种纠葛。

“钱正奇，你认罪吗？”法官的话把孙志波的思绪从想象中拉了回来，孙志波看着钱正奇，钱正奇转头看了一眼严颜的父母，然后又把头扭了回去。

“我认罪。”他对着法官一个字一个字地说道，严肃而认真。

“吴志正（教导员），你认罪吗？”法官接着问道。大家都很安静，就连空气里都没有一点响动。

“我认罪。”教导员低着头，有气无力地回答道。

“周小剑，你认罪吗？”

“我认罪。”周小剑看着法官郑重地说道。

“既然你们都认罪，下面我宣读判决。请全体起立。”孙志波他们带着严肃的表情站起来，等待着最公正的宣判。他看了看坐在旁边的程瑞、李美佳、李美佳的父母、严颜的父母、周小剑的父母、教导员的妻子、钱正奇的父亲以及那些他不认识的人，他们同样严肃地等待着接下来的一切。

“钱正奇故意杀人，同时涉嫌窥探他人隐私，知情不报，情节恶劣，故判处无期徒刑，因为其精神状况，现批准在院治疗，等病情好转再行执行。周小剑过失杀人潜逃，涉嫌故意误导警方办案，同时猥亵妇女，情节恶劣，判处无期徒刑。吴志正涉嫌猥亵妇女，因其教师的职业，影响恶劣，判处三年有期徒刑。张朝义涉嫌故意杀人，非法解剖人体，判处无期徒刑，因其已经身亡，不予执行。你们还有什么异议吗？”他们同时摇了摇头。

“好，散庭。”法官说完就离开了。大家也开始起身离开，孙志波看着已经泣不成声的严妈妈，无比心疼。可是不管怎么难受，回不来的就再也回不来了。

“儿子，儿子你别走……”就在警察带着周小剑离开的时候，周小剑的妈妈终于忍不住大哭起来，她想要去拉自己的儿子，却被周小剑的爸爸拉住了。虽然周小剑的爸爸同样心痛到无以复加，但是他知道，法不容情。

“爸妈，对不起。”周小剑含着泪说着这句话，然后转身离开了，再也没回头。

“儿子……”周小剑的妈妈歇斯底里地喊着，却没有了任何的回应，周小剑的爸爸只能拉着她离开了。

钱正奇连看都没有看一眼他的爸爸就跟着离开了。教导员带着歉疚看着自己的妻子，想说什么，终究还是没有说。孙志波看着这一切，心里有种说不出的难受。这时候刘晨和赵子坦也已经跟着往外走，赵子坦在安慰严颜的父母，刘晨跟着，孙志波却没有动，他看着人们慢慢离开，直到这空荡荡的法庭只剩下了他自己一个人。他看着这里的空凳子，回想着刚才的一切，还有刚接手这个案子的时候的一切，恍如隔世。

“干什么呢？走呀？”刘晨走到外面没见到孙志波，就又进来找他，正好看到他在发呆。

“知道了。”孙志波说完就往外走，这时候他的眼睛里就出现了门口的那个监控摄像头，他顿住了，看着那个摄像头，觉得它的焦距越来越大，最后盖住了他的双眼。

“好大的一只眼。”孙志波看着摄像头像是自言自语又像是大彻大悟地说道。

“走呀，怎么又停下了？”刘晨再次站在门口催促道，孙志波看向他。

“来了。”说完孙志波就一步一步走了出去，然后和刘晨一起消失在了法庭的门口。

其实你我又何尝不是那一个个的偷窥者之一呢？我们窥探着别人的生活，装作若无其事。但是，当事情发生以后，谁又能逃脱得了呢？